Les Démons de la nuit

Virginia C. Andrews™

Les Démons de la nuit

FRANCE LOISIRS
123, boulevard de Grenelle, Paris

Titre original : *Midnight Whispers*
Published by Pocket Books
a division of Simon & Schuster Inc., N.Y.
Traduit de l'américain par Isabelle Tolila et Paul Benita

Une édition du Club France Loisirs, Paris
réalisée avec l'autorisation des Éditions J'ai Lu

Le Code de la propriété intellectuelle n'autorisant, aux termes des paragraphes 2 et 3 de l'article L. 122-5, d'une part, que les « copies ou reproductions strictement réservées à l'usage privé du copiste et non destinées à une utilisation collective » et, d'autre part, sous réserve du nom de l'auteur et de la source, que les « analyses et les courtes citations justifiées par le caractère critique, polémique, pédagogique, scientifique ou d'information », toute représentation ou reproduction intégrale ou partielle, faite sans le consentement de l'auteur ou de ses ayants droit ou ayant cause, est illicite (article L. 122-4). Cette représentation ou reproduction, par quelque procédé que ce soit, constituerait donc une contrefaçon sanctionnée par les articles L. 335-2 et suivants du Code de la propriété intellectuelle.

© Virginia C. Andrews Trust, 1992
© Éditions J'ai lu, 1993, pour la traduction française
ISBN 2-7242-8306-6

Chers lecteurs de Virginia C. Andrews,

Ceux d'entre nous qui connaissaient et aimaient Virginia C. Andrews savent que, pour elle, ce qui comptait le plus au monde, c'étaient ses romans. L'instant où elle prit en main le premier exemplaire de *Fleurs captives* lui procura la plus grande fierté de sa vie. Auteur plein de talent, narratrice unique en son genre, Virginia écrivait chaque jour que Dieu fait avec une ferveur constante. Elle ne cessait d'inventer de nouvelles histoires, projets d'éventuels romans futurs. L'autre grande joie de son existence, égalant presque sa fierté d'écrivain, lui venait des lettres dans lesquelles ses lecteurs lui exprimaient leur émotion.

Depuis sa mort, un grand nombre d'entre vous nous ont écrit pour nous demander si d'autres romans de Virginia C. Andrews devaient paraître. Juste avant sa disparition, nous nous sommes juré de trouver un moyen d'en créer d'autres de la même veine, reflétant sa vision du monde. Avec les derniers volumes de la saga des Casteel, nous nous sommes attelés à la tâche.

En étroite collaboration avec un écrivain soigneusement choisi, nous nous consacrons à prolonger son œuvre en composant de nouveaux romans, comme *Aurore, Les Secrets de l'aube, L'Enfant du crépuscule*, et maintenant *Les Démons de la nuit*, inspirés par son magnifique talent de conteuse.

Les Démons de la nuit est le quatrième volume d'une nouvelle série. Nous ne doutons pas que Virginia eût éprouvé une grande joie à savoir que vous seriez si nombreux à l'apprécier. D'autres romans, dont plusieurs s'inspirent des récits auxquels travaillait Virginia avant sa mort, paraîtront dans les années à venir. Nous espérons que vous y retrouverez tout ce que vous avez toujours aimé en eux.

Sincèrement vôtres,

La famille ANDREWS

Prologue

Chère tante Trisha,
Je suis si heureuse que tu puisses venir à la fête organisée pour mes seize ans. Maman m'a dit que tu essaierais, mais je ne croyais pas que tu pourrais interrompre tes répétitions pour ton nouveau spectacle à Broadway ! Maman a beau affirmer qu'elle n'est pas jalouse, je sais qu'elle l'est, car je l'ai souvent surprise à regarder avec une envie nostalgique les programmes de tes productions. Papa sait aussi ce qu'elle ressent à ce sujet, et il en est désolé pour elle. Chanter occasionnellement à l'hôtel n'est pas suffisant, surtout pour quelqu'un du talent de maman. Je pense que c'est encore plus douloureux quand on vient lui dire ensuite : « C'était superbe ; vous devriez vous produire à Broadway. »
Nous possédons un magnifique hôtel, qui marche de mieux en mieux, et maman est une femme d'affaires très respectée, mais je suis sûre que l'hôtel est une sorte de boulet pour elle. J'ai déjà averti mes parents que je ne travaillerais jamais dans l'hôtellerie. Mon frère Jefferson prendra leur suite, s'il le souhaite. Pas moi. Je veux être pianiste et m'inscrire au conservatoire Sarah-Bernhardt de New York, comme toi et maman.
Je sais que j'ai tout pour être heureuse. Maman et papa vont faire de mon anniversaire la plus belle fête qui ait jamais eu lieu à l'hôtel. Tout le monde sera là, même grand-père Longchamp et Gavin. Il me tarde tant de

retrouver Gavin ; cela fait des mois que nous ne nous sommes vus, même si nous nous sommes écrit presque chaque semaine.

Je parie que maman préférerait que tante Fern ne puisse pas quitter l'université mais elle ne l'avouera jamais à papa. La dernière fois que tante Fern est venue à la maison, maman et elle ont eu une terrible dispute au sujet de ses diplômes et d'un rapport de conduite envoyé par le directeur.

Bronson accompagnera grand-mère Laura, mais je doute qu'elle ait conscience de l'endroit où elle se trouve ou de quelle fête il s'agit. Il lui arrive parfois de m'appeler Clara. Hier, elle m'a appelée Aurore. Maman dit que je n'ai qu'à sourire et ne pas la contrarier.

Dans quelques jours j'aurai seize ans et je recevrai des montagnes de splendides cadeaux. De bien des points de vue, j'ai vraiment beaucoup de chance : je vis dans une magnifique maison sur la colline et ma famille possède l'un des plus luxueux hôtels de la côte Est, ma mère est belle et talentueuse, papa est plus merveilleux avec moi que mon mystérieux vrai père n'aurait jamais pu l'être, et, même si c'est un galopin, Jefferson est un adorable petit frère de neuf ans. Ne le lui répète surtout pas !

Mais parfois, de sombres sentiments se glissent dans mon cœur et je n'arrive pas à les chasser. Comme si une chape de nuages noirs pesait toujours au-dessus de moi, même quand le reste du ciel est bleu. J'aimerais te ressembler et ne voir que le bon côté des choses. Maman dit que du champagne coule dans tes veines. Je suis peut-être simplement sotte. Papa pense qu'il est insensé de croire aux malédictions, mais je ne peux pas m'empêcher de me demander si on n'en a pas jeté une sur notre famille. Rappelle-toi ce que grand-père Cutler a fait subir à grand-mère Laura, et la façon dont grand-mère Cutler a agi envers maman alors qu'elle venait juste de naître. Pas étonnant que tante Clara Sue ait été si perturbée et soit morte si jeune. J'ai de la peine pour grand-mère Laura parce que, à cause de tout ça, elle vit dans un monde de confusion.

On dit que toutes les grandes familles ont leur part de tragédies. J'ai l'invincible pressentiment que quelque chose de terrible me guette, moi aussi, une ombre noire qui attend l'heure de s'abattre sur moi. Toute la musique, toutes les lumières, tous les bonheurs et les rires ne parviennent pas à la dissiper. Elle attend, comme un hideux monstre de cauchemar.

J'ai bientôt seize ans et je dors encore avec une veilleuse. Je sais que je suis ridicule, mais c'est plus fort que moi. Seul Gavin n'en rit pas. Il semble comprendre exactement ce que je ressens. Je le vois dans ses yeux.

Et toi non plus tu ne ris pas de moi, même si tu me fais toujours remarquer que je ne souris pas assez. Je promets d'essayer. Il me tarde de te voir. Il me tarde de voir tout le monde. Ce sera le plus fantastique week-end de ma vie !

Tu vois, je passe d'une humeur à l'autre. Pas étonnant que papa m'appelle « balle de ping-pong ».

Tante Trish, si tu as un programme de ton nouveau spectacle, apporte-le, s'il te plaît. Je suis très fière de toi et j'espère de tout mon cœur qu'un jour tu seras toi aussi fière de moi.

Je t'embrasse,
Christie

1

Seize ans

Les épais nuages amenés par l'océan pendant la nuit couvraient encore le ciel à mon réveil, tôt ce matin-là. Je ne pouvais pas dormir plus longtemps, pas en un tel jour, le jour le plus extraordinaire de ma vie. Je rejetai ma couette et bondis de mon lit à baldaquin pour me précipiter à la fenêtre. Dans le parc séparant notre maison de l'hôtel, presque toute l'équipe des jardiniers était déjà au travail, taillant les haies, tondant les pelouses et ratissant les allées. Çà et là, un client faisait sa promenade matinale. Beaucoup de nos clients venaient à Cutler's Cove depuis des années et étaient assez âgés.

Sur ma droite s'étendait l'océan, lisse comme une surface d'argent, et les mouettes fondaient voracement sur les plages à la recherche d'un petit déjeuner. Dans le lointain, la ligne d'horizon se détachait à peine sur la masse d'eau grise. J'avais tant souhaité me réveiller avec un soleil éblouissant. J'aurais voulu voir l'océan briller comme jamais, j'aurais voulu que le soleil inonde les pétales de roses, les jonquilles, les tulipes, et donne aux feuilles des arbres l'éclat intense du vert printanier.

Quand j'étais toute petite, je me plaisais à rêver que l'hôtel, le parc, les plages et l'océan étaient mon pays des Merveilles à moi. Je baptisais tout ce qui m'entourait de noms absurdes et je prétendais même que les gens que je connaissais étaient des animaux déguisés en humains : Nussbaum, le chef cuisinier, était un vieux lion, et son neveu Léon, son assistant au long cou, était une girafe. Les garçons d'étage qui couraient partout étaient des lapins, et M. Dorfman qui rôdait dans l'hôtel à toute heure, ses yeux grands ouverts guettant les erreurs et le manque d'efficacité, était un hibou prétentieux. Quand je levais les yeux vers le portrait de grand-mère Cutler dans le hall, je la voyais en méchante sorcière. Même les jumeaux d'oncle Philippe et de tatie Bett, Richard et Mélanie, avaient peur du portrait de grand-mère Cutler, et ils essayaient de se terroriser l'un l'autre, ou Jefferson et moi, en criant : « Grand-mère Cutler va t'attraper ! »

Bien que maman ne m'ait jamais vraiment raconté tous les épouvantables détails, je savais qu'elle avait été horriblement maltraitée quand on l'avait ramenée à Cutler's Cove. Il me semblait inimaginable que quiconque ait pu mépriser ma belle et tendre mère. Enfant, j'étudiais parfois le portrait de grand-mère Cutler, tentant de déceler sur ce visage maigre aux traits durs les indices de sa cruauté. Quand je passais devant son portrait, ses yeux d'un gris glacial me suivaient toujours, et elle faisait partie de nombre de mes cauchemars.

Le portrait de son mari, grand-père Cutler, était différent. Il avait un sourire sournois qui me donnait aussitôt envie de détourner le regard et de vérifier si tous les boutons de mon chemisier étaient fermés. Je savais vaguement qu'il s'était très mal comporté avec grand-mère Laura Sue et que cela avait eu pour conséquence la naissance de maman ; mais là encore, on ne m'avait toujours pas dit ce qui était exactement arrivé. Tout cela faisait partie du mystérieux passé, de la sombre et triste histoire des Cutler. La plus grande part de mon héritage était gardée sous clé, documents ou albums de photos enfermés dans des coffres, quelque part dans les greniers de l'hôtel.

Parmi les gens qui travaillaient ici, de moins en moins se souvenaient de grand-mère et de grand-père Cutler. Ceux qui les avaient connus éludaient mes questions et me répondaient toujours : « Vous devriez demander à votre mère, Christie. Ce sont des histoires de famille », comme si « histoires de famille » était le nom de code pour *top secret*. Notre gouvernante, Mme Boston, utilisait une réponse type pour n'importe laquelle de mes questions : « Il vaut mieux que tu ne saches pas. »

Pourquoi était-ce mieux ? Ce qu'on me cachait était-il aussi terrible que cela ? Quand serais-je en âge de savoir ? Papa disait que c'était trop douloureux pour maman d'en parler et que cela servirait seulement à ranimer de mauvais souvenirs et à la faire pleurer.

« Tu ne veux pas qu'elle pleure, n'est-ce pas ? » concluait-il.

Alors je secouais la tête et j'essayais d'oublier.

Mais comment oublier un passé qui subsistait encore dans l'ombre et entre les mots, un passé qui pouvait subitement métamorphoser les sourires en expressions de tristesse et de peur, un passé qui me parlait à travers les anciens portraits ou les tombes de Randolph et de tante Clara Sue dans le vieux cimetière ? Parfois, j'avais l'impression d'être privée de la moitié de moi-même, comme s'il me fallait encore découvrir la vraie Christie Longchamp lorsqu'elle émergerait de ces ombres obscures.

En savoir si peu sur mon véritable père renforçait encore ce sentiment. Je connaissais son nom, Michaël Sutton, et je savais, pour l'avoir cherché dans les ouvrages de référence de la bibliothèque du lycée, qu'il avait été à une époque un chanteur d'opéra célèbre, qui s'était aussi produit à Londres et à Broadway. Sa carrière avait très mal tourné et on n'avait plus entendu parler de lui. Maman gardait le silence à son sujet. Elle ne me disait rien sur leur amour, ni sur les circonstances de ma naissance, ni pourquoi je ne l'avais jamais vu. Quand je lui posais la question, elle répondait : « Un jour je te dirai tout, Christie, quand tu seras assez grande pour comprendre. »

Oh, comme je détestais qu'on me dise cela ! Quand serais-je donc en âge de comprendre pourquoi les grandes personnes s'aimaient et ne s'aimaient plus, pourquoi elles se haïssaient et se faisaient du mal, pourquoi quelqu'un comme grand-mère Laura Sue, qui avait été jeune et belle, était maintenant flétrie, infirme dans son corps et dans son esprit ?

Je compris très tôt que le problème n'était pas mon âge, mais la douleur qu'éprouvait maman à parler du passé. J'étais désolée pour elle, mais, avec le temps, je l'étais également devenue pour moi-même. J'avais le droit de savoir... de découvrir qui j'étais.

Regardant toujours par la fenêtre, je frissonnai et boutonnai le col de mon pyjama. Ce matin de juin était aussi gris et froid que mes pensées. Même les moineaux, qui d'habitude sautillaient et paradaient sur les fils télégraphiques, semblaient étrangement calmes. On aurait dit qu'ils savaient que c'était mon anniversaire et qu'ils attendaient ma réaction face au mauvais temps. Leurs ailes palpitaient nerveusement, mais ils restaient en position d'observation, ramassés sur eux-mêmes.

Je leur lançai un regard renfrogné et croisai les bras, courbant les épaules comme maman détestait que je le fasse. Mes changements d'humeur étaient irrépressibles. Voilà pourquoi papa me surnommait aussi la girouette.

« Il suffit de te regarder pour savoir s'il fera beau ou non », disait-il.

Il avait raison. On pouvait voir en moi aussi clairement qu'à travers une vitre. Le temps affectait toujours mes humeurs. Les jours de pluie, je ne regardais même pas dehors, essayant de me persuader qu'il faisait beau et d'ignorer le crépitement des gouttes d'eau sur le toit. Mais quand le soleil traversait mes rideaux de dentelle et venait me caresser le visage, mes yeux s'ouvraient instantanément et je sautais du lit comme si le sommeil avait été une prison dont la lumière du jour venait d'ouvrir l'épaisse porte d'acier.

M. Wittleman, mon professeur de piano, disait la même chose. Il choisissait délibérément un morceau grave, du Brahms ou du Beethoven, les jours de mauvais temps, et quelque chose de léger ou de doux, du Tchaïkovski ou du Liszt, les jours ensoleillés. Il disait que mes doigts pesaient plus lourd quand il pleuvait.

« Vous auriez dû être une fleur », déclarait-il, ses gros sourcils noirs s'inclinant vers l'intérieur. (Ils étaient aussi épais que des chenilles.) « Vous vous ouvrez et vous fermez comme elles. »

Je savais qu'il me taquinait, même s'il ne souriait pas. C'était un homme rigoureux mais tolérant qui enseignait à un certain nombre de jeunes gens de Cutler's Cove. Il me considérait comme la plus prometteuse de ses élèves. À son avis, je devais sérieusement penser à auditionner pour le conservatoire Juilliard de New York et il avait l'intention d'en parler à maman.

Je me détournai de la fenêtre en entendant mon petit frère Jefferson sortir de sa chambre et se diriger vers la mienne. J'attendis de voir le loquet de ma porte tourner lentement. Il adorait entrer à pas de loup pendant que je dormais et bondir ensuite sur mon lit en criant, malgré le nombre incalculable de fois où je l'avais mis dehors pour cela. D'après moi, le personnage de Dennis la Menace avait été directement inspiré de Jefferson.

Ce matin-là, comme j'étais déjà debout, il allait avoir une drôle de surprise. La poignée tourna et la porte s'ouvrit petit à petit jusqu'à ce que Jefferson puisse se glisser dans l'embrasure. À l'instant où son pied se montra, j'ouvris la porte à la volée.

— JEFFERSON ! criai-je.

Il poussa un hurlement. Puis il éclata de rire et alla se jeter sur mon lit, s'enfouissant sous ma couette. Il était encore en pyjama, lui aussi. Je lui envoyai une bonne claque sur le derrière.

— Je t'ai dit d'arrêter ça. Tu dois apprendre à frapper avant d'entrer.

Sa tête émergea de dessous la couette. Jefferson était très différent de moi. Il n'était jamais déprimé, jamais en colère contre le temps, sauf si cela contrecarrait ses plans.

Il pouvait aussi bien jouer dehors sous une pluie battante qu'en plein soleil. Sitôt qu'il était plongé dans son monde imaginaire, rien ne comptait. Mme Boston devait l'appeler cinq ou six fois avant qu'il l'entende, et quand on l'interrompait, ses yeux bleu saphir se transformaient en deux fentes obscures et rageuses. Il avait le tempérament de papa, ses yeux et sa carrure, mais la bouche et le nez de maman. Ses cheveux étaient châtain foncé la plus grande partie de l'année, mais l'été, peut-être parce qu'il passait tout son temps au soleil, ils éclaircissaient pour devenir presque aussi dorés que des amandes.

— Aujourd'hui c'est ton anniversaire, déclara-t-il, ignorant mes reproches. Je dois te donner seize tapes sur le derrière et une en plus pour te porter bonheur.

— Et puis quoi encore ? Qui t'a raconté ça ?

— Raymond Sanders.

— Eh bien, tu lui diras de s'appliquer à lui-même ce bon conseil, si ça l'amuse. Maintenant, sors de mon lit et retourne dans ta chambre pour que je puisse m'habiller.

Il s'assit, repliant la couette sur ses genoux, et me considéra d'un regard inquisiteur.

— Quel genre de cadeaux tu vas avoir, d'après toi ? Tu en auras des centaines et des centaines. Il y a tellement de gens qui viennent à ta fête, ajouta-t-il, levant les mains, paumes ouvertes.

— Jefferson, ce n'est pas poli de penser aux cadeaux. Tous ces gens sont déjà assez gentils de venir, certains de très loin. Bon, tu sors d'ici avant que j'appelle papa ? dis-je en montrant la porte du doigt.

— Tu auras beaucoup de jouets ? demanda-t-il, les yeux emplis d'espoir.

— Cela m'étonnerait fort. J'ai seize ans, Jefferson, pas six.

Il eut un petit sourire désappointé. Recevoir des vêtements plutôt que des jouets pour ses anniversaires était ce qui pouvait lui arriver de pire. Il ouvrait impatiemment les paquets, regardait à peine les vêtements et se jetait sur le cadeau suivant.

— Pourquoi est-ce si important d'avoir seize ans ? demanda-t-il.

Je rejetai mes cheveux derrière mes épaules et m'assis au pied du lit.

— Parce que quand une fille a seize ans, les gens sont censés la traiter différemment, expliquai-je.

— Comment ?

Jefferson posait sans cesse des questions, rendant tout le monde fou avec ses « pourquoi », ses « comment » et ses « quoi ».

— Ils te traitent davantage en adulte, et non en enfant, ou en bébé comme toi.

— Je ne suis pas un bébé, protesta-t-il. J'ai neuf ans.

— Tu agis comme un bébé quand tu te glisses dans ma chambre en poussant des hurlements. Maintenant, va t'habiller pour le petit déjeuner, dis-je en me levant. Il faut que je prenne une douche et que je me prépare.

— Tante Trisha arrive quand ? demanda-t-il au lieu de s'en aller.

Il poserait mille questions avant de lever le camp.

— En début d'après-midi.

— Et Gavin ?

— Vers trois quatre heures. Ça te va, Jefferson ? Je peux m'habiller maintenant ?

— Habille-toi, dit-il en haussant les épaules.

— Je ne m'habille pas devant les garçons, rétorquai-je.

Il tordit sa bouche d'un côté et de l'autre, comme s'il mâchait l'objet de ses réflexions.

— Pourquoi ? s'enquit-il finalement.

— Jefferson ! Ce genre de question n'est plus de ton âge.

— Je m'habille devant maman et Mme Boston, argua-t-il.

— Parce que tu es encore un enfant. Maintenant, dehors ! répétai-je en désignant à nouveau la porte.

Il commença lentement à sortir du lit, mais s'immobilisa, considérant encore ce que j'avais dit.

— Richard et Mélanie s'habillent et se déshabillent l'un devant l'autre, dit-il. Et ils ont douze ans.

— Comment le sais-tu ? demandai-je.

Ce qui se passait chez oncle Philippe et tatie Bett m'intéressait toujours. Ils vivaient encore dans la partie ancienne de l'hôtel, oncle Philippe et tatie Bett dormant dans la chambre qu'avaient occupée grand-mère Laura et Randolph. Les jumeaux avaient à présent chacun leur chambre, mais jusqu'à cette année-là, ils avaient partagé la même. Je ne me rendais pas souvent là-bas, mais chaque fois que j'y allais je m'arrêtais devant la porte de ce qui avait été autrefois la suite de grand-mère Cutler. Je n'avais jamais eu l'occasion de la visiter.

— Je les ai vus, répondit Jefferson.

— Tu as vu Mélanie s'habiller ?

— Hun hun. J'étais dans la chambre de Richard et elle est entrée pour prendre une de ses paires de chaussettes bleues.

— Ils partagent leurs chaussettes ? m'étonnai-je.

— Hun hun, dit-il en hochant la tête. Et elle était seulement en sous-vêtements avec rien là-dessus, dit-il en indiquant sa poitrine.

J'en restai bouche bée. Mélanie commençait à avoir de la poitrine.

— C'est terrible, dis-je.

Jefferson haussa les épaules.

— On se préparait pour jouer au badminton.

— Et alors ? Une fille de son âge ne devrait pas parader à moitié nue devant son frère et son cousin.

Jefferson haussa encore les épaules et parut avoir une nouvelle idée.

— Si tu reçois des jouets, je pourrai jouer avec ce soir ? Dis, je pourrai ?

— Jefferson, je t'ai déjà dit que je n'aurais pas de jouets.

— Mais si tu en as ? insista-t-il.
— C'est d'accord. Si tu sors d'ici immédiatement.
— Super ! s'écria-t-il, et il se précipita vers la porte juste au moment où maman frappait et entrait.
Il lui rentra presque dedans.
— Que se passe-t-il ici ? demanda-t-elle.
— Jefferson était juste sur le point de partir pour que je puisse enfin m'habiller, dis-je en le fixant d'un œil furieux.
— Allez, Jefferson. Laisse ta sœur tranquille. Elle a beaucoup de choses à faire aujourd'hui.
— Elle a dit que je pourrais jouer avec ses jouets ce soir.
— Ses jouets ?
— Il croit qu'on va m'offrir des tonnes de jouets.
— Je vois, fit maman en souriant. Allez, Jefferson. Va t'habiller pour le petit déjeuner.
— Je suis un pirate, déclama-t-il en brandissant le bras comme s'il tenait une épée. Yo ho ho, à moi la bouteille de rhum ! cria-t-il en sortant au pas de charge.
Maman éclata de rire puis se tourna vers moi en souriant.
— Joyeux anniversaire, ma chérie, dit-elle en venant me prendre dans ses bras pour m'embrasser. Ça va être une journée magnifique.
Ses yeux brillaient de bonheur. La fraîcheur de son teint et la beauté de son visage n'avaient rien à envier aux mannequins des magazines.
— Merci, maman.
— Papa est sous la douche. Il tient à t'offrir ton premier cadeau au petit déjeuner. Je crois qu'il est encore plus impatient que toi.
— Il me tarde que tout le monde soit là. Tante Trisha vient toujours, n'est-ce pas ?
— Oui, oui, elle a appelé hier soir. Elle a dit qu'elle t'apportait des programmes et un tas d'autres souvenirs de théâtre.
— J'ai hâte de la voir.

Je me dirigeai vers le placard et choisis une jupe d'été bleue et une chemisette.

— Tu ferais mieux de mettre un sweat, me conseilla maman. Il fait encore un peu frais.

Elle me rejoignit pour admirer à nouveau ma robe de soirée.

— Tu seras magnifique, dit-elle en la sortant.

C'était une robe-bustier en soie rose avec un ravissant décolleté et des flots vaporeux d'étoffe s'évasant sur une crinoline à partir de la taille. Ma tenue se compléterait de chaussures et de gants assortis. Quand j'avais essayé la robe la première fois, j'avais pensé que je serais ridicule dedans à cause de ma petite poitrine, mais maman m'avait surprise en m'achetant un soutien-gorge à balconnet. Cela m'avait coupé le souffle de voir mes seins ainsi exposés et j'en avais rougi jusqu'aux oreilles. Pouvais-je porter ça ? Oserais-je ?

— Tu auras l'air d'une vraie jeune femme dans cette robe, dit maman en soupirant. Ma petite fille a grandi. Bientôt tu seras à l'université, et nous n'aurons pas vu le temps passer, conclut-elle avec une pointe de mélancolie.

— Je veux suivre le conseil de M. Wittleman, maman. Je veux auditionner pour Juilliard ou peut-être Sarah-Bernhardt.

Son sourire s'évanouit. Pour une raison inconnue de moi, maman avait peur que j'aille à New York et ne m'y encourageait guère.

— Il existe de nombreux conservatoires de bonne renommée en dehors de New York — plusieurs d'entre eux se trouvent en Virginie, d'ailleurs.

— Mais, maman, pourquoi devrais-je renoncer à New York ?

— New York est immense. Tu pourrais t'y perdre.

— C'est là qu'il y a le plus d'occasions, rétorquai-je. M. Wittleman est aussi de cet avis.

Elle ne discuta pas, mais son regard s'emplit de tristesse.

Elle était d'ordinaire si rayonnante et gaie que je ne pouvais pas la voir de sombre humeur sans éprouver un terrible vide et une sorte d'appréhension diffuse.

— En plus, c'est là que tu as étudié, maman, ainsi que tante Trisha, et regarde où elle en est maintenant ! lui rappelai-je.

— Je le sais, admit-elle à contrecœur. Mais je ne peux pas m'empêcher d'avoir peur pour toi.

— Je ne serai pas beaucoup plus jeune que toi quand tu as pris la responsabilité de l'hôtel, lui fis-je encore remarquer.

— Oui, ma chérie, c'est vrai, mais cette charge m'a été imposée. Ce n'était pas ce que je souhaitais faire. Je n'ai pas eu le choix.

— Tu me raconteras ce qui s'est passé, maman ? Pourquoi tu as quitté le conservatoire Sarah-Bernhardt ? Dis, tu me raconteras ?

— Bientôt, promit-elle.

— Et tu me diras enfin la vérité sur mon vrai père ? Tu le feras ? Je suis assez grande pour tout savoir maintenant, maman.

Elle me regarda comme si elle me voyait pour la première fois. Puis, son sourire angélique revint sur ses lèvres et elle tendit la main pour écarter tendrement quelques mèches dorées de mon front.

— Oui, Christie. Ce soir, je viendrai dans ta chambre et je te raconterai tout.

— Vraiment tout ? demandai-je, éberluée.

Elle prit une profonde inspiration et hocha la tête.

— Vraiment tout.

Papa, aussi élégant qu'à l'accoutumée, était déjà à table en train de lire le journal quand je descendis prendre mon petit déjeuner. Maman avait dû aller voir Jefferson pour qu'il se dépêche. Il était capable de traîner indéfiniment s'il s'intéressait subitement à l'un de ses jouets pendant qu'il se brossait les dents ou se coiffait.

— Joyeux anniversaire, ma chérie, dit papa en se penchant pour m'embrasser.

Il avait davantage l'air de mon grand frère que de mon beau-père. Mes parents paraissaient si jeunes que tous mes amis étaient jaloux, en particulier ma meilleure amie, Pauline Bradley, la petite-fille de Mme Bradley qui tenait la réception de l'hôtel.

« Ton père a de si beaux yeux », disait souvent Pauline.

L'été, comme il travaillait beaucoup à l'extérieur, sa peau brunissait. Le bronzage mettait en valeur ses yeux noirs qui luisaient comme de l'onyx poli, et ses magnifiques dents blanches lui donnaient un sourire éclatant. Il était grand et musclé, et dernièrement il avait laissé pousser ses cheveux qu'il coiffait en arrière. Je n'avais aucun mal à imaginer pourquoi maman était amoureuse de lui depuis son enfance.

— Alors, quel effet ça fait d'avoir seize ans ? me demanda-t-il avec un grand sourire plein de tendresse.

— Je ne sais pas. Je suis trop excitée pour me rendre compte de quoi que ce soit, je crois.

Son sourire s'élargit encore.

— Ta mère ne tient pas en place. On croirait que c'est elle qui fête ses seize ans, railla-t-il gentiment.

— Qu'est-ce que tu as dit, James Gary Longchamp ? s'écria maman qui arrivait justement, Jefferson à sa suite.

— Heu, rien.

Attrapant son journal, papa fit mine de reprendre sa lecture.

— En attendant, dit maman en s'asseyant, c'est ton père ici présent qui s'est inquiété pour le buffet, les décorations, la musique. C'est lui qui a rendu fou le personnel de l'hôtel pour que chaque haie soit taillée au millimètre près et que chaque tige de fleur soit parfaitement droite. On aurait cru qu'on recevait la reine d'Angleterre !

Papa baissa le journal juste assez pour m'adresser un clin d'œil.

— Papa, papa, je peux monter sur la tondeuse avec toi aujourd'hui ? supplia Jefferson. Je peux ? S'il te plaît !
— Nous verrons. Tout dépendra de ta tenue à table et du nombre de gens que tu amèneras au bord de la crise de nerfs en une heure.
Maman et moi éclatâmes de rire.
— Joyeux anniversaire, Christie, dit Mme Boston en entrant dans la salle à manger avec un plat d'œufs et de galettes de maïs.
Après l'avoir posé, elle me prit dans ses bras et m'embrassa.
— Merci, madame Boston.
— Tu seras la plus jolie jeune fille de la soirée.
— Vous venez à la fête, n'est-ce pas ? lui demandai-je.
— Bien sûr. Je me suis acheté une nouvelle robe, très à la mode. (Elle lança un rapide regard à papa.) Et ne faites pas de commentaires, monsieur Longchamp.
Papa eut un petit rire et plia son journal. Puis il se pencha sous sa chaise et reparut avec un paquet.
— Ce sera notre seule occasion d'être tranquillement en famille aujourd'hui, alors ta mère et moi avons décidé de te donner ceci maintenant, déclara-t-il. Nous avons pensé que ce serait particulièrement utile en ce grand jour, vu l'importance de chaque minute.
— Ouah ! s'écria Jefferson, impressionné par le papier argenté et le ruban bleu foncé qui enveloppaient le cadeau.
Je l'ouvris fébrilement, prenant bien soin de ne pas abîmer le joli papier. Je tenais à garder le moindre souvenir de cette journée mémorable. Quand je soulevai le couvercle de l'étui, je découvris la plus magnifique des montres.
— Oh, qu'elle est belle ! m'exclamai-je. Merci, papa. (Je le serrai dans mes bras.) Merci, maman, dis-je en l'embrassant.
— Je vais t'aider à la mettre, proposa papa.
— Est-ce qu'elle a un bip ? Elle est waterproof ? interrogea Jefferson.

— C'est juste une montre de jeune femme, répondit papa, tenant doucement mon bras tandis qu'il attachait la montre. Regardez-moi ça, ajouta-t-il alors que j'exhibais mon poignet.
— Elle te va très bien, dit maman.
— C'est la bonne heure ? demanda Jefferson. Elle est si petite, comment tu peux savoir ?
— J'y arrive sans problème, rétorquai-je. (Je souris à tout le monde, tellement heureuse que nous soyons ensemble, que nous nous aimions tous si tendrement. Pendant quelques instants, j'en oubliai même le mauvais temps. Il y avait tant de chaleur à l'intérieur.) C'est la meilleure des heures !

Maman et papa éclatèrent de rire et nous attaquâmes notre petit déjeuner, tout en parlant à bâtons rompus.

Durant les week-ends, à part m'occuper de Jefferson, j'aidais habituellement à l'hôtel, secondant le personnel de la réception. Quelquefois Pauline venait se joindre à moi. Il lui arrivait régulièrement d'avoir le béguin pour un des garçons d'étage, comme moi d'ailleurs, et c'était amusant de flirter dans le hall avec eux, ainsi que de répondre au téléphone et d'avoir au bout du fil des gens appelant d'horizons aussi lointains que Los Angeles ou Montréal.

Mais aujourd'hui, ma journée particulière, je n'avais aucune obligation. Sitôt le petit déjeuner fini, j'irais voir l'avancement des décorations dans la salle de bal. Naturellement, Jefferson voulut à tout prix m'accompagner.

— Tu devrais laisser ta sœur tranquille aujourd'hui, l'avertit maman.
— Il peut venir, maman, tant qu'il reste sage, dis-je en le regardant sévèrement.

Autant essayer de faire fondre de la glace avec mon regard. Personne, à part papa et Mme Boston, ne pouvait forcer Jefferson à bien se conduire s'il ne le voulait pas.

— Je serai sage, promit-il.
— Si tu tiens ta promesse, tu pourras tondre les pelouses avec moi cet après-midi, déclara papa.

Ce fut suffisant pour qu'il se redresse sur sa chaise, termine son petit déjeuner jusqu'à la dernière miette et boive son lait. Après quoi, il me prit docilement la main et nous nous hâtâmes vers la porte, descendîmes l'escalier en trombe et traversâmes de même le parc. Nous arrivâmes à l'hôtel avec une bonne longueur d'avance sur maman.

La grande salle de bal était tout illuminée parce que le personnel mettait en place les décorations. Maman avait décidé que ma fête se déroulerait sous le signe de la musique, alors d'énormes tubas, trompettes et batteries en mousse et plastique rose et blanc, ainsi que des violons, des hautbois et des violoncelles étaient accrochés aux murs. On avait suspendu au plafond des notes multicolores et on installerait aux deux extrémités de la salle d'immenses gerbes de ballons portant tous la même inscription : *Joyeux anniversaire, Christie*. Maman avait prévu que lorsque tout le monde aurait entonné le « Happy Birthday », les ballons seraient lâchés.

Quand nous arrivâmes, le personnel chargé du repas préparait déjà les tables, les recouvrant de nappes en papier rose et bleu imprimé de partitions musicales. Chaque table disposerait d'un panier d'accessoires de fête comprenant entre autres des peignes et des miroirs, ceux-ci agrémentés de ma photo au dos.

Un dais d'honneur avait été dressé, sous lequel papa, maman, grand-mère Laura et Bronson, tante Trisha, tante Fern, grand-père Longchamp, sa femme Edwina et Gavin prendraient place avec moi et quelques-uns de mes meilleurs amis du lycée. Jefferson était tout excité parce qu'il aurait sa propre table avec ses camarades d'école. Richard et Mélanie s'y installeraient aussi.

Spécialement pour cette soirée, les éclairages de la piste de danse avaient été changés pour laisser la place à des boules multicolores et des spots à pulsation. Nous disposerions de l'orchestre de l'hôtel et maman avait promis de chanter une ou deux chansons.

Chacun s'accordait pour dire qu'il s'agirait de la plus

belle fête qui aurait jamais eu lieu à l'hôtel. Tous les membres du personnel seraient présents, qu'ils soient invités ou qu'ils travaillent durant la réception, et la plupart étaient aussi enthousiastes que nous-mêmes.

Jefferson et moi restâmes figés à l'entrée, buvant des yeux tout ce qui se passait. L'activité était telle que personne ne nous remarqua. Soudain, nous entendîmes quelqu'un dire : « Ça va être une soirée très coûteuse. »

Nous nous retournâmes pour voir Richard et Mélanie, qui se tenaient si près l'un de l'autre qu'on aurait pu les croire attachés. Comme d'habitude, ils portaient des vêtements assortis : Mélanie une jupe bleu marine et un chemisier blanc à pois bleus, et Richard un pantalon bleu marine et une chemise identique. Tatie Bett passait une grande partie de son temps à leur dénicher des vêtements analogues. Elle était si fière d'avoir des jumeaux qu'elle ne ratait pas une occasion de souligner et d'exhiber leur ressemblance. Ils portaient les mêmes lunettes à double foyer, ayant les mêmes problèmes de vue.

Richard et Mélanie avaient les cheveux blond paille et les yeux bleu clair d'oncle Philippe. Ils avaient le visage pincé, avec le nez pointu et la bouche étroite de tatie Bett. Richard était un peu plus corpulent et grand que Mélanie, mais celle-ci avait des dents plus régulières et de plus petites oreilles. Richard tenait davantage des Cutler — larges épaules et hanches étroites —, avait un port de tête arrogant et la voix nasillarde de tatie Bett. Des deux, Mélanie était la plus renfermée, et, à mon sens, la plus intelligente, en dépit des airs supérieurs de Richard.

— Salut, dis-je. C'est fabuleux, non ?

— Fabuleux, mima sèchement Richard. (Il se tourna vers Jefferson.) Papa a dit qu'on s'assiérait à ta table, alors je te prie de ne pas nous faire honte, à nous et à Christie, en crachant la nourriture ou en lançant des boulettes.

— Jefferson ne fera pas ce genre de choses ce soir, n'est-ce pas, Jefferson ? demandai-je d'un ton lourd de sens.

— Ouais, dit-il en enfonçant profondément ses mains dans ses poches. Je vais couper l'herbe avec papa cet après-midi.

— Super, glissa ironiquement Richard du coin des lèvres. Rien ne me plairait plus que tressauter sur une machine crachant des gaz en plein soleil.

— Qu'est-ce que vous allez faire maintenant ? demanda Jefferson, insensible aux sarcasmes de Richard.

J'avais toujours apprécié l'indifférence de Jefferson à la méchanceté de Richard. Il agissait comme si Richard était affligé d'une étrange maladie et qu'il valait mieux ne pas trop y porter d'attention.

— Nous allions à la salle de jeux, répondit Mélanie. Jouer au Cluedo avec des enfants de clients.

— Je peux regarder ? demanda Jefferson.

— Je doute que tu te contentes de regarder, dit sèchement Richard, mais...

— ... tu peux venir, termina Mélanie. Tu veux venir aussi, Christie ?

— Non, je vais voir M. Nussbaum. Il m'a demandé de passer ce matin.

— La cuisine... eurk, commenta Richard.

— Tu ne devrais pas mépriser l'hôtel à ce point, Richard, lui reprochai-je. Tu es un Cutler.

— Il n'a rien dit de mal, intervint aussitôt Mélanie d'un ton défensif.

On aurait dit que ma remarque s'adressait à elle.

— C'est mal de regarder notre personnel de haut et de lui donner l'impression qu'on est supérieurs.

— L'hôtel nous appartient, me rappela Richard.

— Mais nous ferions faillite si le personnel ne voulait pas travailler ici et faire du bon travail, lui rappelai-je à mon tour.

Interloqués, ils me regardèrent derrière leurs verres à double foyer qui grossissaient leurs yeux au point qu'ils ressemblaient plus à des grenouilles qu'à des enfants. Richard haussa finalement les épaules.

— Allons-y, dit-il à Mélanie.
— Au fait, fit Mélanie en se retournant, joyeux anniversaire, Christie.
— Oui, joyeux anniversaire, Christie, répéta Richard comme un perroquet.

Jefferson les suivit et je me dirigeai vers la cuisine. Le visage de M. Nussbaum s'éclaira quand il me vit. Maman disait qu'il avait toujours fait partie de l'hôtel et mentait probablement sur son âge. Elle estimait qu'il avait un peu plus de quatre-vingts ans. Ces dernières années, il avait accepté de prendre un assistant, son neveu Léon, un grand homme dégingandé aux cheveux bruns et aux yeux noisette somnolents. Bien qu'il parût toujours à moitié endormi, il était un excellent chef et pratiquement la seule personne que Nussbaum tolérait dans sa cuisine.

— Ah, la reine du jour ! dit Nussbaum. Viens voir.

Il m'invita d'un signe et je m'approchai d'un des comptoirs où étaient disposés des plateaux de hors-d'œuvre.

— Il y aura trois sortes de crevettes, chacune cuite dans une pâte spéciale, des nems, des courgettes frites et une sélection de fromages, des toasts avec du jambon et d'autres avec du bacon. Celui-là, c'est Léon qui l'a préparé, m'informa-t-il en montrant un plateau du doigt. Viens, dit-il, en me prenant par la main pour me montrer les côtes premières coupées finement. J'ai prévu du coq au vin pour ceux qui n'aiment pas l'agneau. Regarde l'œuvre de mon boulanger, ajouta-t-il en me désignant les petits et les grands pains.

Les grands étaient en forme de notes de musique.

— Tu ne peux pas encore voir le gâteau. C'est la grande surprise.

— C'est magnifique.

— Et alors ? C'est pour une magnifique jeune fille. Pas vrai, Léon ?

— Oh, oui, oui, répondit ce dernier avec un sourire aussi rapide que distrait.

— Mon neveu, dit M. Nussbaum en secouant la tête. Voilà pourquoi je ne prendrai jamais ma retraite. (Il m'adressa un grand sourire.) Mais je ne dois pas t'embêter avec mes problèmes. Aujourd'hui, tu ne dois penser qu'à t'amuser.

— Merci, monsieur Nussbaum.

Je quittai la cuisine et pris le chemin du hall, mais je croisai oncle Philippe qui venait de l'ancienne partie de l'hôtel.

— Christie ! s'écria-t-il. Quelle chance de pouvoir féliciter ma nièce favorite en privé ! Joyeux anniversaire !

Il me prit dans ses bras et m'attira contre lui pour m'embrasser sur le front, puis me surprit en laissant glisser ses lèvres jusqu'à ma joue.

Oncle Philippe était un homme séduisant et enjoué, toujours très élégant dans ses vestes de sport sur mesure et ses pantalons aux plis si rigides qu'on pouvait craindre de s'y couper les doigts. Il portait des boutons de manchettes en or et diamants, des bagues et des montres en or. Ses cheveux étaient toujours impeccablement lissés. Je ne l'avais jamais vu sans chaussures aussi luisantes que des miroirs. D'après lui, le comble du négligé était de porter une veste sans cravate.

Tatie Bett était tout aussi guindée et tirée à quatre épingles, ne portant rien qui ne soit à la mode ou sorti des mains d'un créateur. Elle ne descendait jamais sans être parfaitement coiffée et maquillée de manière à rehausser ce qu'elle considérait comme ses principaux atouts : ses longs cils, sa bouche fine et son petit menton.

Oncle Philippe ne me libéra pas après avoir écarté ses lèvres de ma joue. Il me tint à bout de bras et me regarda de la tête aux pieds, hochant la tête d'un air approbateur.

— Tu es devenue une très, très jolie jeune femme, peut-être même encore plus jolie que ta mère à ton âge, dit-il doucement, si doucement que c'était presque un murmure.

— Oh non, oncle Philippe. Je ne suis pas plus jolie que maman.

Il rit, mais ne me lâcha pas. Je commençai à me sentir mal à l'aise. Je savais qu'oncle Philippe m'aimait, mais j'avais quelquefois l'impression d'être trop grande pour ses manifestations d'affection et ses caresses. En fait, cela m'embarrassait beaucoup. J'essayai de me dégager de ses bras sans le brusquer, mais il resserra sa prise.

— J'aime la façon dont tu te coiffes ces derniers temps. Cette frange te fait paraître plus âgée et très sophistiquée.

Il passa doucement un doigt sur mon front.

— Merci, oncle Philippe. Je ferais mieux d'y aller maintenant. Tante Trisha va arriver d'une minute à l'autre.

— Ah, Trisha, dit-il avec un petit sourire satisfait. Cette femme me rend dingue parfois. Elle ne tient pas en place. Toujours en train de virevolter et de courir partout, et ses mains... on dirait deux oiseaux attachés à ses poignets qui cherchent sans cesse à s'évader.

— Elle est comme ça parce qu'elle est actrice, oncle Philippe.

— C'est vrai. Le théâtre... fit-il d'un ton léger que démentait son regard grave rivé sur moi.

Il me tenait toujours.

— Je dois y aller, répétai-je.

— Moi aussi. Joyeux anniversaire encore, dit-il, m'embrassant à nouveau sur la joue avant de me libérer.

— Merci, fis-je en me dépêchant de partir, gênée par la nuance de nostalgie dans son regard.

Juste au moment où j'entrais dans le hall, maman accueillait tante Trisha. Je me précipitai vers elles. Tante Trisha portait une robe rouge foncé qui lui arrivait presque aux chevilles. Quand elle se retourna, le bas de sa robe tourbillonna comme celui d'une danseuse de flamenco. Ses pieds étaient chaussés de sandales à lacets montant sur ses mollets. Un châle blanc couvrait ses épaules. Elle avait tiré ses cheveux bruns en un chignon que je trouvai superbe. De longues boucles en forme de coquillages ornaient ses oreilles.

— Christie chérie ! s'écria-t-elle en me tendant les bras. Regardez-moi ça, dit-elle en me tenant par les épaules. Tu es de plus en plus belle chaque fois que je te vois. Elle est faite pour la scène, Aurore, ajouta-t-elle en hochant la tête.

— Peut-être, dit maman en me regardant avec fierté. As-tu faim, Trish ?

— J'ai l'estomac dans les talons. Oh, il me tarde que la fête commence ! ajouta-t-elle à mon intention.

— Julius transportera tes bagages à la maison, déclara maman. Tu logeras là-bas... dans la chambre de Fern.

— Elle ne quitte pas l'université pour cette occasion ? s'étonna Trisha.

— Si, mais elle a accepté de s'installer à l'hôtel.

Le regard qu'elles échangèrent fut éloquent — maman était contente que tante Fern loge à l'hôtel et non pas à la maison. Il y avait eu de nouveaux problèmes, dont mes parents essayaient de discuter en privé. Mais les murs avaient des oreilles et Jefferson et moi savions que tante Fern s'était récemment attiré de sérieux ennuis à l'université, une fois de plus.

— Viens, dit maman, je t'emmène à la cuisine trouver ton bonheur. Tu sais comme Nussbaum aime être aux petits soins pour toi. Et je te mettrai au courant des dernières nouvelles.

— D'accord. Christie, j'ai des programmes pour toi dans ma valise.

— Oh, merci, tante Trisha !

Je l'embrassai à nouveau, et elle et maman partirent en direction de la cuisine, bavardant déjà avec tant d'empressement qu'aucune des deux ne permettait à l'autre de finir une phrase.

Le reste de la journée passa beaucoup trop lentement à mon goût. Évidemment, j'attendais avec impatience l'arrivée de Gavin et je restai le plus possible aux alentours de l'entrée de l'hôtel. Enfin, tard dans l'après-midi, un taxi de l'aéroport arriva. Je me précipitai dehors et dévalai les marches, espérant qu'il s'agissait de grand-père Longchamp, d'Edwina et de Gavin, mais c'était tante Fern.

Elle portait un jean usé et un sweat-shirt dans le même état. Depuis sa dernière visite, elle avait coupé ras ses cheveux, sa belle et longue chevelure noire qui rappelait tant à papa celle de sa mère. Mon cœur se serra à l'idée de la déception qu'il allait éprouver.

Tante Fern était grande, presque aussi grande que papa, et avait la silhouette d'un mannequin — jambes interminables et torse longiligne. Malgré les terribles traitements qu'elle s'infligeait : fumer à peu près n'importe quoi, des cigarettes aux petits cigares, boire et faire la fête jusqu'à l'aube, elle gardait un teint remarquablement clair et dépourvu d'imperfection. Elle avait les yeux noirs de papa, mais plus petits et quelquefois carrément sournois. Je détestais sa façon de soulever sa lèvre supérieure en coin quand quelque chose l'ennuyait.

— Portez le sac à l'intérieur, ordonna-t-elle au chauffeur quand il l'eut sorti du coffre.

Puis elle m'aperçut.

— Tiens, mais c'est la princesse en personne ! Joyeux anniversaire, dit-elle en tirant un paquet de cigarettes de sa poche arrière.

Son pantalon était si serré... Comment y logeait-elle en plus ses cigarettes ? m'étonnai-je. Elle en alluma une tout en regardant l'hôtel.

— Chaque fois que je reviens ici, j'ai l'estomac noué, marmonna-t-elle.

— Salut, tante Fern, dis-je finalement.

Elle me lança un rapide sourire.

— Où est-ce qu'ils sont tous ? Dans leurs bureaux ? ajouta-t-elle sarcastiquement.

— Maman est avec tante Trisha à la maison et papa travaille dans le parc.

— Tante Trisha, dit-elle avec mépris. Elle est toujours montée sur ressort ?

— J'aime beaucoup tante Trisha, lui fis-je remarquer.

— Primo, elle n'est pas vraiment ta tante, alors je ne vois pas pourquoi tu t'obstines à l'appeler comme ça, secundo, grand bien te fasse. (Elle s'arrêta, tira sur sa cigarette, rejeta la fumée en l'air, puis me regarda.) Devine ce que je t'apporte pour ton anniversaire, dit-elle avec un sourire de sainte-nitouche.

— Je ne sais pas.

— Je te le donnerai plus tard, mais il ne faudra pas le montrer à ta mère ou lui dire que je te l'ai offert. Promis ?

— Qu'est-ce que c'est ? demandai-je, intriguée.

— Un exemplaire de *L'Amant de lady Chatterley*. Il est grand temps de te mettre au parfum, ajouta-t-elle. Bon, ben me voilà une fois de plus à la maison, soupira-t-elle d'un air de profond ennui avant de monter les marches.

Une vague d'appréhension me parcourut l'échine. Je ne lui avais parlé que quelques minutes, mais mon cœur cognait déjà dans ma poitrine, anticipant les événements à venir. Tante Fern était comme un orage inattendu qui faisait vaciller les fondations de n'importe quel bonheur. Je regardai vers l'océan. Les nuages encore lourds continuaient de s'amonceler avec obstination, déterminés à supplanter le soleil. Tête basse, je commençais à gravir les marches quand j'entendis un coup de klaxon. Je me retournai pour voir un autre taxi approcher.

Une main faisait signe à la vitre arrière, et puis j'aperçus un visage. C'était Gavin, son merveilleux sourire libérant mon cœur et ramenant l'espoir — aussi vite qu'il s'en était allé — que le soleil brillerait à nouveau.

2

Promesses de bonheur...

Gavin sortit rapidement du taxi mais n'alla pas plus loin. J'avais envie de courir à sa rencontre et de le serrer dans mes bras, mais je savais qu'une telle attitude de ma part le ferait rougir d'embarras, particulièrement en présence de ses parents. J'appelais son père grand-père Longchamp parce qu'il était le père de papa. Il était grand, mince et avait de profondes rides. Ses cheveux s'étaient considérablement clairsemés mais il continuait néanmoins à les plaquer sur les côtés et à bien les lisser sur le dessus. Brun foncé à l'origine, ils étaient encore plus gris que la dernière fois que je l'avais vu, surtout aux tempes. Sa silhouette longiligne et l'expression souvent triste de ses yeux m'avaient toujours fait penser à Abraham Lincoln.

La mère de Gavin, Edwina, était une femme très douce et chaleureuse qui parlait avec modération et paraissait toujours terriblement intimidée par l'hôtel et notre famille. Tante Fern ne ratait jamais une occasion de lui rappeler, par n'importe quel moyen, qu'elle était seulement sa belle-mère, et ce malgré l'amitié et la tendresse qu'Edwina tentait de lui témoigner. Dans ses lettres et chaque fois que nous étions réunis, Gavin me racontait fréquemment les méchancetés que tante Fern avait dites ou faites à sa mère.

« C'est ma demi-sœur, et je n'en suis pas fier », me disait-il.

— Regardez qui voilà ! s'exclama grand-père Longchamp en sortant du taxi. La petite reine du jour !

— Joyeux anniversaire, me souhaita Edwina pendant que grand-père Longchamp m'embrassait.

Puis il regarda autour de lui, les mains sur les hanches, se tenant exactement comme papa le faisait parfois.

— Salut, Gavin, dis-je, me tournant avec empressement vers lui.

— Salut.

Ses yeux s'adoucirent et retinrent un instant les miens.

— Où est Jimmy ? demanda grand-père Longchamp.

Mais avant que je puisse répondre, papa apparut sur le seuil de l'hôtel.

— Ah, papa, sois le bienvenu.

Il descendit les embrasser, puis les aida à porter leurs bagages jusqu'au hall. Gavin et moi les suivîmes.

— Comment s'est passé le voyage ? demandai-je à Gavin.

Je m'efforçais de ne pas le regarder, mais je pouvais voir qu'il avait grandi et que son visage s'était creusé, ce qui le faisait paraître plus mature.

— Long et ennuyeux, répondit-il avant d'ajouter : J'aimerais vivre beaucoup plus près de toi.

— Moi aussi, confessai-je. (Il m'adressa un rapide sourire et parcourut le hall du regard.) Rien de changé ?

— Attends d'avoir vu la salle de bal.

— Nous montons dans notre suite, Gavin. Tu viens ? demanda grand-père Longchamp.

— Laisse, je m'occuperai de tes affaires, intervint Edwina, sentant son manque d'enthousiasme. Il a envie de rester avec Christie. Cela fait longtemps qu'ils ne se sont pas vus.

Gavin devint pivoine. Je ne connaissais pas de garçon plus timide.

— Merci, maman, murmura-t-il avant de détourner les yeux, comme s'il s'intéressait à quelque chose de l'autre côté du hall.

Dès que papa fut parti avec grand-père Longchamp et Edwina, je me tournai vers Gavin.

— Tu veux marcher jusqu'à la piscine ? Les préparatifs vont bon train de ce côté-là.

— Si tu veux. Je parie qu'il y aura beaucoup de tes amis de lycée ce soir, dit-il tandis que nous nous mettions en route.

— Tous mes camarades de classe. Je n'ai pas eu le cœur d'en exclure un seul.

— Ah ? De nouveaux amis depuis ta dernière lettre ? demanda-t-il d'un ton hésitant.

Je savais ce qu'il entendait par là : avais-je un nouveau petit ami ?

— Non, répondis-je.

Son sourire s'élargit et ses épaules se redressèrent tandis qu'il repoussait en arrière ses longs cheveux noirs, d'un noir d'ébène aussi profond que ceux de papa. Il avait aussi de très longs cils, si longs et si épais qu'ils paraissaient faux.

— Et toi ? demandai-je.

— Non plus. Je sors toujours avec Tony, Doug et Jerry. Je ne te l'ai pas dit, mais la sœur de Doug s'est fiancée et mariée en l'espace d'un mois, ajouta-t-il alors que nous empruntions la sortie de derrière et nous dirigions vers le parc.

— Un mois !

— Enfin, dit-il en marquant une pause, elle était obligée.

— Oh ! Ça a dû faire du grabuge chez elle.

— Je suppose. Doug n'en parle pas beaucoup. Chaque famille a sa brebis galeuse, j'imagine. À propos, Fern est-elle déjà là ?

— Hun hun. Elle a coupé ses cheveux ras. Je ne crois pas que papa l'ait encore vue. Elle dormira à l'hôtel et tante Trisha s'installera dans sa chambre à la maison. C'est maman qui l'a voulu.

— Je la comprends. Comment va Pauline Bradley ? Elle entortille toujours ses cheveux autour de son doigt quand elle parle aux gens ?

Sa question me fit rire.

— Elle est vraiment timide, tu sais, expliquai-je. Entretenir des conversations n'a jamais été son fort.

Il hocha la tête. En regardant vers l'océan, je remarquai que les nuages commençaient à se disperser. Des coins de ciel bleu apparaissaient çà et là. Cette constatation, ajoutée à la présence de Gavin, me réchauffa le cœur. Gavin savait ce que je regardais, il me taquinait souvent sur la façon dont le temps affectait mes humeurs.

— Désolé pour les nuages, dit-il. J'ai bien essayé de souffler dessus, mais...

— Au moins il ne pleut pas. On dirait que ça s'arrange.

— La pluie n'osera pas se montrer le jour de ton anniversaire. Il te tarde que la fête commence ?

— Oui. Je suis si contente que tu sois là.

— Moi aussi, dit-il avant de s'interrompre et de me considérer avec plus d'attention. Tu as l'air très... en forme.

— Est-ce que je parais plus vieille ? Je ne me sens pas plus vieille, m'empressai-je d'ajouter, même si tout le monde me traite comme si je l'étais.

Il m'étudia un moment de son tendre et sombre regard.

— Tu parais plus épanouie, déclara-t-il. Et plus jolie.

Il détourna les yeux dès qu'il eut prononcé ces derniers mots, mais leur douceur continua de m'envelopper comme un parfum de roses à peine écloses.

— Hé, ce n'est pas Jefferson là-bas, sur la tondeuse ?

Il agita la main dans sa direction. Dès que Jefferson nous aperçut, il pressa Buster, le jardinier, d'arrêter la machine pour qu'il puisse en descendre et courir à notre rencontre.

— Gavin ! s'écria-t-il.

Gavin l'attrapa en pleine course et le fit tournoyer dans les airs.

— Comment tu vas, petit neveu ?

— Je travaille, Gavin. Je coupe l'herbe. Après, j'irai aider à réparer les marches de la piscine. Elles sont tout ébréchées.

— Oh, ça m'a l'air important, dit Gavin en me faisant un clin d'œil.

J'étais toujours frémissante du regard qu'il avait posé sur moi et de la façon dont il avait dit « plus jolie ».

— Tu veux voir ? lui proposa Jefferson. Viens, je vais te montrer les marches.

Il lui agrippa la main. Gavin haussa les épaules d'un air impuissant. Je les suivis, la tête basse et le cœur battant de bonheur.

Comme la vie est parfois bizarre ! Gavin et papa étaient demi-frères, et Gavin était par conséquent l'oncle de mon frère Jefferson, mais il n'avait aucun lien de sang avec moi. Il avait cependant l'habitude de plaisanter sur ce sujet, prétendant que je devais l'appeler oncle Gavin puisqu'il était en somme mon oncle par alliance. Même si nous parlions de nos relations avec humour, notre étrange lien familial nous empêchait d'évoquer ce que nous ressentions vraiment l'un pour l'autre. Je me demandais si nous dépasserions cela un jour et, dans ce cas, si l'unique résultat ne serait pas de compliquer encore plus la vie de tout le monde.

Quand Jefferson eut montré à Gavin le travail qui devait être effectué à la piscine, il courut retrouver Buster pour terminer de tondre les pelouses. Gavin et moi fûmes donc à nouveau seuls. Le vent balayait de plus en plus rapidement les nuages. Le soleil baignait une partie de l'hôtel et du parc. Nous poursuivîmes notre promenade en parlant de notre travail scolaire et de ce que nous avions fait depuis notre dernière rencontre. Nous nous répétâmes beaucoup, puisque nous nous étions presque tout écrit, mais ne pas arrêter de parler semblait nécessaire, pour lui comme pour moi. Au moindre silence, nous nous sentions tout drôles. Quand nos regards se croisaient, nous les détournions aussitôt et essayions de trouver quelque chose à dire.

— Je suppose que nous devrions rentrer, dit finalement Gavin. Il est tard et tu veux sûrement commencer à te préparer.

— Je me sens nerveuse, tout à coup. Pas tant pour moi que pour maman, précisai-je. Cette fête lui tient tellement à cœur.

— Tout se passera bien. Ne t'inquiète pas, dit-il en souriant et en serrant furtivement ma main.

Mes doigts cherchèrent les siens quand il les relâcha.

— Tu m'accorderas une danse ?

— Bien sûr, Gavin. Et même la première, d'accord ?

— La première ?

L'idée parut l'effrayer. Il savait que cela ferait de nous le centre de l'attention générale.

— Pourquoi pas ?

— Tu devrais peut-être danser d'abord avec Jimmy, suggéra-t-il.

— Je verrai, répondis-je avec coquetterie.

Cela le fit rougir.

— Et ne disparais pas dans un coin avec Ricky Smith ou Warren Steine. Je viendrai te dénicher, menaçai-je en plaisantant.

— Je ne disparaîtrai pas. Pas ce soir ; c'est un soir trop important pour toi.

— J'espère qu'il le sera pour toi aussi, murmurai-je.

De l'autre côté du parc, je vis maman me faire signe sur le seuil de la maison.

— Il faut que j'y aille. À tout à l'heure.

Nos doigts se touchèrent un instant, et ce simple contact me réchauffa de l'intérieur, comme une flambée de bonheur qui se fraya un chemin jusqu'à mon cœur et le fit battre plus fort. Je me retournai pour partir et m'arrêtai dans mon élan.

— Je suis heureuse que tu sois là, lançai-je par-dessus mon épaule.

— Moi aussi, répondit-il.

Je m'éloignai en courant vers le soleil qui venait de percer la grisaille nuageuse et promettait la plus merveilleuse soirée de ma vie. La brise marine me caressait le visage et faisait voler mes cheveux. Je sortais de l'enfance, me précipitant tête baissée vers le seuil de la féminité, à la fois enthousiasmée et terrifiée par les sentiments nouveaux et intenses dont je pressentais déjà l'existence.

Après ma douche, maman me rejoignit dans ma chambre pour se coiffer et se maquiller avec moi. Maintenant que nous étions assises côte à côte, bavardant avec excitation des réjouissances à venir, je pouvais voir pourquoi la plupart des gens nous imaginaient davantage en sœurs qu'en mère et fille. Bien sûr, maman m'avait eue très jeune. Elle avait à peine dépassé la trentaine à présent, et possédait ce genre de visage et de peau sur lesquels le temps n'a pas de prise. J'espérais être comme elle pour toujours, mais en cet instant, avec nos deux visages rapprochés dans la glace, de nettes différences me sautaient aux yeux, des différences qui ne pouvaient être dues qu'à mon père. Je cessai de me brosser les cheveux.

— Comment était-il, maman ? ne pus-je m'empêcher de demander.

— Il ?

— Mon vrai père.

D'une certaine façon, nous regarder dans la glace mettait une distance entre nous, une distance qui rendait le dialogue plus facile. J'espérais que maman saisirait cette occasion pour me dire ce qu'elle avait promis de me révéler cette nuit-là.

— Oh ! fit-elle en continuant de se coiffer pendant un moment.

Je pensai qu'elle ne répondrait pas. Mais elle suspendit enfin son geste.

— Il était très beau, la beauté d'une star de cinéma, avec de larges épaules et des cheveux noirs et soyeux, commença-t-elle à raconter d'une voix tranquille et lointaine. Il était toujours élégant et avait des yeux d'un bleu profond qui pétillaient de malice. (Elle sourit à ses souvenirs.) Toutes les filles de l'école étaient complètement folles de lui, évidemment. Et il le savait ! ajouta-t-elle en se brossant les cheveux plus énergiquement. Je n'ai jamais rencontré personne de plus arrogant...

Je retenais mon souffle, craignant qu'un mot ou un geste de ma part ne l'arrête.

— J'étais juste une adolescente de plus qui le regardait comme un dieu vivant et dont il profitait facilement. À ses yeux je n'étais rien de plus qu'une petite gourde buvant toutes ses paroles et flottant en plein rêve.

— Est-ce que j'ai ses yeux, alors ? me risquai-je à demander.

— Ils ont la même couleur, mais les siens étaient pleins de fausses promesses.

— Je dois avoir sa bouche, suggérai-je.

Elle m'étudia un moment.

— Oui, je crois, et tu as la même forme de menton. Parfois quand tu souris...

Elle s'arrêta comme si elle reprenait soudain ses esprits.

— Il a toujours été dur, même au début ? m'empressai-je de demander, espérant qu'elle continuerait de me parler de lui.

— Oh non. Au début il était séduisant, charmant et tendre. Je croyais tout ce qu'il me disait, je gobais ses mensonges avec avidité. Mais, ajouta-t-elle en penchant la tête, ses yeux se chargeant soudain de tristesse, mais il faut que tu te rendes compte que j'étais une jeune fille livrée à elle-même, sans réelle famille pour la soutenir. Grand-mère Cutler avait accepté de m'envoyer à New York, en grande partie pour se débarrasser de moi, et ma mère était incapable de s'occuper d'elle-même, encore moins de moi. J'étais vraiment orpheline. Et alors est arrivé ce chanteur mondialement connu et terriblement beau qui me portait de l'attention et me promettait qu'un jour je chanterais à ses côtés sur les plus grandes scènes. Pourquoi n'aurais-je pas perdu la tête et n'aurais-je pas cru à ses promesses ? Comme un vautour, il avait senti la proie idéale, ajouta-t-elle avec amertume.

— Et personne ne savait ? demandai-je, intriguée par le mystère.

Malgré les malheurs qu'avait ensuite endurés maman, l'aventure d'un tel amour me fascinait.

— Nous devions garder le secret. Il était professeur et j'étais son élève. Grand-mère Cutler avait ses espions, guettant la moindre occasion de me faire du tort. Je mentais même à tante Trisha... jusqu'au jour où ce ne fut plus possible. J'étais enceinte de toi.

— Qu'est-ce qu'il a fait quand tu le lui as dit ?

— Oh, encore de belles promesses, dit-elle en se brossant à nouveau les cheveux. Nous nous marierions, nous engagerions une nourrice pour m'aider et voyagerions. Je pourrais poursuivre ma carrière musicale. (Elle s'interrompit et eut un petit sourire amer.) À condition que je continue de tout garder secret afin qu'il puisse terminer sans problème son année au conservatoire. Puis, poursuivit-elle, le regard dur et froid, comme si elle le voyait dans le miroir, il a tout simplement disparu. Trisha est venue me voir un après-midi, toute retournée parce que Michaël Sutton avait brutalement interrompu sa carrière de professeur, apparemment parce qu'on lui avait offert un important contrat dans une nouvelle production à Londres. Un tissu de mensonges, dit-elle en secouant la tête. Il m'avait abandonnée.

— Quelle horreur ! soufflai-je, le cœur battant.

Je me demandai ce que j'aurais fait dans une telle situation.

— Je ne pouvais pas compter sur ma mère et je savais que grand-mère Cutler se serait réjouie de mon malheur. Je perdis la tête, errant dans les rues au milieu d'une tempête de neige et me fis renverser par une voiture. Heureusement, ce n'était pas grave, mais cela mit fin à tous les mensonges ; ensuite je fus encore plus vulnérable qu'avant et totalement à la merci de grand-mère Cutler, qui manœuvra habilement pour me livrer aux mains de sa sœur Emily, une véritable sorcière, dans leur plantation familiale, Grand Prairie. La suite est trop horrible à raconter, conclut-elle.

— Je suis née là-bas ?

— Oui, et arrachée de mes bras à ta naissance. Mais Jimmy est arrivé et, grâce à Dieu, nous avons pu te récupérer, dit-elle, les yeux si pleins de chaleur et d'amour que j'eus l'impression d'être la meilleure chose qui lui soit jamais arrivée. Et voilà, ajouta-t-elle en m'embrassant sur la joue, tu as réussi à me faire raconter notre triste histoire le jour de ton anniversaire.

— Mais tu ne m'as pas tout dit, maman, protestai-je. Et tu avais promis.

— Oh, Christie, que veux-tu savoir de plus ? demanda-t-elle d'un air accablé.

— Mon père est venu ici une fois, n'est-ce pas ?

— Pas ici. Il a appelé de Virginia Beach et m'a suppliée de t'amener à lui, jurant qu'il ne voulait rien d'autre que te voir. En réalité il voulait me soutirer de l'argent en me faisant chanter, mais mon avocat l'en a dissuadé. À dire vrai, j'ai eu de la peine pour lui. Il n'était plus que l'ombre de lui-même. L'alcool et tous les autres excès ont eu raison de lui et de sa carrière.

— Maman, dis-je, soudain envahie par un souvenir, ce vieux médaillon dans ma boîte à bijoux...

J'allai ouvrir la boîte et, après quelques instants de recherche, j'en sortis l'objet.

Elle hocha la tête.

— C'est mon père qui me l'a donné, alors ?

Elle acquiesça de nouveau.

— Oui, voilà tout ce qu'il t'a jamais donné.

— Je n'arrive pas à me le rappeler nettement... J'ai l'impression d'un visage triste... D'un regard sombre et mélancolique...

— C'était juste une comédie pour gagner ma sympathie, déclara-t-elle froidement.
— Tu le hais ? demandai-je.
Elle se retourna et se regarda un long moment dans le miroir avant de répondre.
— Plus maintenant, je crois. Dans mon esprit, il est une sorte de fantôme, celui de la tromperie, peut-être, mais aussi celui de la puérilité d'une jeune fille, le fantôme de son rêve d'amour, l'impossible rêve d'amour. Voilà ce qui arrive quand on perd le sens des réalités. (Elle se tourna subitement vers moi.) Prends garde, Christie. Maintenant que tu es devenue une belle jeune fille, tu vas être beaucoup courtisée. Je n'ai jamais eu de mère pour me guider, mais je crois que même dans le cas contraire je serais de toute façon tombée dans le piège du charme, des sourires et des promesses. Sois plus intelligente que moi. Ne redoute pas d'aimer quelqu'un de tout ton cœur, mais ne donne pas ton cœur à la légère. Il est bon et nécessaire de se méfier un peu, et si un homme t'aime vraiment, il comprendra tes peurs et n'essaiera jamais de brusquer les choses. Comprends-tu ce que je veux te dire ?
— Oui, maman.
Même si maman et moi n'avions pas vraiment eu de discussion ouverte sur la sexualité, je savais qu'elle était en train de me prévenir de ne pas aller trop loin dans ce domaine, comme elle l'avait fait.
Elle m'embrassa de nouveau et me serra tendrement le bras.
— Bon, où en étions-nous ? dit-elle en me souriant dans le miroir. Dommage que grand-mère Laura ne soit pas assez en forme pour être ici avec nous. Elle aurait paradé derrière nous comme un véritable coach, nous indiquant quelles boucles d'oreilles choisir, comment nous coiffer et nous maquiller.
— Je veux être comme toi, maman. Naturelle, simple, moi-même. Je ne veux pas mettre des tonnes de maquillage et impressionner les gens avec des kilos de bijoux.

— Mais on peut quand même se permettre quelques fantaisies — se brosser les sourcils, un peu de fard à joues, l'indispensable rouge à lèvres et une touche de parfum, termina-t-elle d'un ton coquin.

Elle fit tomber à la naissance de mes seins une goutte de son parfum préféré, qui glissa sous la serviette que j'avais enroulée autour de moi. Nous éclatâmes si fort de rire que cela attira papa.

— J'ai bien cru un instant que je m'étais égaré dans un dortoir de jeunes filles, déclara-t-il, souriant sur le pas de la porte.

— Épargne-nous tes commentaires, James Gary Longchamp, et occupe-toi plutôt de mettre ton smoking, comme tu l'as promis, le taquina maman. Tu sais que tu as beaucoup de chance, Christie ? remarqua-t-elle en se tournant vers moi. Moi je ne réussis même pas à lui faire porter une simple cravate.

— Je ne comprendrai jamais pourquoi une femme a le droit de porter tout ce qu'elle veut tandis qu'un homme est obligé de se déguiser en pingouin, se plaignit papa. Mais, s'empressa-t-il d'ajouter en voyant maman froncer sévèrement les sourcils, je vais le faire, je vais le faire très volontiers.

Il sortit en reculant, les mains levées.

Quand il fut parti, le visage de maman se radoucit, ses yeux brillants trahissant un amour qui comptait encore plus que tout au monde.

— Les hommes sont des enfants, dit-elle. Souviens-toi de ça. Même les plus forts et les plus durs sont bien plus sensibles qu'ils ne veulent l'admettre.

— Je le sais. Gavin est comme ça.

Elle me considéra un moment, son angélique sourire aux lèvres.

— Tu aimes beaucoup Gavin, n'est-ce pas ?

— Oui, répondis-je, un peu hésitante.

Elle hocha la tête, comme si elle venait d'avoir la confirmation d'une certitude.

— Tu l'aimes, toi aussi, maman ?
— Oh oui. C'est un jeune homme très doux et bien élevé, mais tu as largement le temps de tomber amoureuse de qui que ce soit. Tu auras d'abord des douzaines de petits amis.
— Tu n'en as pas eu, toi, fis-je aussitôt remarquer. Tu le regrettes ?
Elle réfléchit avant de confesser :
— Parfois. Je n'échangerais Jimmy contre personne, mais j'aurais voulu avoir une adolescence normale, avec beaucoup de bals, de rendez-vous et...
— Tu n'avais pas de petit ami au lycée et tu n'avais pas de rendez-vous ? m'étonnai-je.
Son regard rêveur disparut instantanément.
— Pas vraiment, dit-elle rapidement. Oh, Christie, cessons de parler de ces tristes choses et ne pensons qu'à ta fête ! Au travail ! ordonna-t-elle, et nous reprîmes notre séance de mise en beauté.
Mais pourquoi était-ce si terrible de parler des petits amis de lycée ? me demandai-je. Chaque fois que j'apprenais un fait nouveau sur ma mère, cela s'accompagnait toujours d'un immanquable lot de mystères. À peine une énigme était-elle résolue qu'une autre prenait sa place. Les questions sans réponses semblaient sans fin.
Lorsque nous eûmes fini de nous maquiller et de nous coiffer, maman alla s'habiller dans sa chambre et je revêtis ma robe. Je venais juste d'enfiler mes chaussures et de retourner devant le miroir quand tante Trisha frappa à ma porte.
— Je peux voir ? demanda-t-elle en glissant la tête dans l'embrasure.
— Oui, bien sûr.
— Oh, chérie, tu es magnifique ! J'espère qu'ils prendront des centaines de photos.
— Merci, tante Trisha. Tu es très belle, toi aussi.
Elle avait toujours ses cheveux relevés mais portait

maintenant une chatoyante robe bleu pervenche. Son cou était orné du plus beau collier de perles que j'eusse jamais vu et ses oreilles étaient parées de boucles assorties.

— Alors, dit papa en entrant et en venant se placer à ses côtés, j'atteins les sommets du ridicule ?

— Oh, papa ! m'écriai-je.

Dans son smoking noir, avec ses cheveux noirs impeccablement lissés et son bronzage, il était plus séduisant que jamais.

— Tu ressembles à... à une star de cinéma, dis-je, rougissant tandis que je me rappelais comment maman avait décrit mon véritable père.

Tante Trisha rit de ma comparaison.

— Je ne me sens pas dans la peau d'une star de cinéma mais dans celle d'un mannequin de vitrine, répondit mon père d'un ton faussement chagrin.

— Tu n'as rien d'un mannequin de vitrine, intervint maman en arrivant à son tour.

Elle portait une lumineuse robe de satin blanc. Le corsage, retenu par de fines bretelles, était moulant mais la jupe s'évasait à partir de la taille jusqu'aux chevilles, comme une robe de princesse de conte de fées. Avec son collier en diamants et rubis et ses boucles d'oreilles en diamants, elle ressemblait à une reine.

— Maman, tu es superbe ! m'exclamai-je.

— J'ai une bonne raison de l'être, répondit-elle. (Tous trois me regardèrent.) Tu ne la trouves pas ravissante, Trisha ?

— Absolument. Agnès Morris la ferait tout de suite auditionner pour le rôle de Juliette ou de Cléopâtre.

Elles se mirent à rire.

— Qui est Agnès Morris ? demandai-je.

— Notre responsable de groupe à Sarah-Bernhardt, expliqua Trisha.

— Je suis prêt !

C'était Jefferson. Il venait de sortir en trombe de sa

chambre, où Mme Boston l'avait aidé à s'habiller. Dans son petit costume bleu, cravaté et les cheveux soigneusement coiffés, il était absolument adorable.

— Quel beau jeune homme ! dit tante Trisha. Voudras-tu être mon cavalier ce soir ?

— Hun-hun, répondit Jefferson en levant vers elle de grands yeux stupéfaits.

Tout le monde éclata de rire et nous partîmes pour l'hôtel. Mon cœur battait si fort que je craignis de m'évanouir dans l'escalier. Voyant ma fébrilité, maman glissa son bras autour de ma taille et m'embrassa.

— Tout va se passer à merveille, m'assura-t-elle. Profite de chaque seconde.

— Merci, maman. J'ai les meilleurs parents du monde. Merci de m'aimer autant.

Elle sourit, mais ses yeux étaient emplis de larmes.

De nuit, avec l'orchestre qui jouait, les pulsations lumineuses sur la piste de danse et le scintillement des décorations, la salle de bal était vraiment spectaculaire. À la dernière minute, pour m'en réserver la surprise, le personnel avait suspendu une énorme banderole où se lisait en lettres roses brillantes : JOYEUX ANNIVERSAIRE, CHRISTIE QUE NOUS AIMONS.

Les invités arrivaient en un flot incessant si rapide qu'à peine avais-je accueilli les uns que d'autres s'avançaient vers moi. Les serveurs, en chemises blanches amidonnées, nœuds papillons et costumes bleu foncé, et les serveuses, en chemisiers et jupes roses, commencèrent à circuler avec les plateaux de hors-d'œuvre chauds et froids que M. Nussbaum et son neveu Léon avaient préparés. Sur le côté gauche de la salle deux énormes coupes de cocktail de fruits avaient été disposées pour les jeunes. Un bar attendait les adultes dans un coin reculé sur la droite.

Oncle Philippe, tatie Bett et les jumeaux arrivèrent peu après nous. Richard portait un costume bleu foncé et une cravate, et Mélanie une robe de la même teinte avec des manches lui arrivant aux coudes. Après qu'ils nous eurent salués, oncle Philippe s'attarda près de maman et moi. Il me parcourut du regard, hochant la tête d'un air approbateur.

— Je ne sais pas qui est la plus belle ce soir, toi ou ta mère, dit-il, ses yeux passant de moi à maman, puis revenant à moi. En fait, poursuivit-il avant que l'une de nous puisse clamer que l'autre était la plus belle, Christie ressemble à un petit diamant parfait et toi, Aurore, à un bijou royal.

— Merci, Philippe, dit rapidement maman, puis elle tourna son attention vers Bronson et grand-mère Laura qui arrivaient. Oh, maman est là.

— Je te laisse le soin de l'accueillir, dit Philippe, un sourire désabusé aux lèvres. Je déteste l'entendre m'appeler Randolph alors que Bronson est juste à côté d'elle.

Maman hocha la tête et m'entraîna avec elle par la main. D'un dernier regard je vis qu'oncle Philippe continuait à nous dévorer des yeux, puis je suivis maman jusqu'à la porte. Grand-mère Laura était visiblement passée entre les mains d'un coiffeur. Dernièrement, à cause d'une grave crise d'arthrite aux hanches, elle avait été obligée d'opter pour la chaise roulante. Elle ressemblait à une reine douairière, parée de son étole de zibeline. Elle portait l'une de ses plus belles robes et son gros collier de diamants, avec les boucles d'oreilles et la tiare assorties. Bien qu'elle parût heureuse de se trouver parmi nous, ses yeux trahissaient une certaine confusion.

Bronson Alcott avait la difficile tâche de prendre soin de grand-mère Laura. Il était toujours un homme de belle allure, mais ses épaules étaient un peu plus affaissées chaque fois que je le voyais. Sa moustache à la Clark Gable était presque entièrement grise, ainsi que ses cheveux. Cependant, il avait gardé une distinction et un charme incontestables. J'aimais ses manières pondérées et courtoises. Il représentait à mes yeux l'archétype du riche aristocrate du Sud. J'admirais avec quelle patience et quel amour il veillait sur grand-mère Laura, qui, d'après maman, était encore assez capricieuse, malgré ses pertes de mémoire périodiques.

— Maman, tu es ravissante, dit maman en se penchant pour l'embrasser.

Grand-mère Laura parut apprécier le compliment, puis son regard se leva vers moi.

— Joyeux anniversaire, ma chérie.

Comme c'était merveilleux ! Elle se souvenait et m'avait reconnue.

— Bronson, donne son cadeau à Clara, ajouta-t-elle.

Mon cœur chancela. Maman me lança un regard complice et Bronson un clin d'œil. Je hochai la tête.

— Merci, grand-mère, dis-je en l'embrassant à mon tour.

Son parfum me monta à la tête. On aurait dit qu'elle s'était baignée dedans.

— Allons-y, ordonna-t-elle à Bronson en lui faisant signe de pousser. Il y a du monde à saluer.

— Joyeux anniversaire, Christie, dit Bronson en glissant un cadeau dans mes mains et en m'embrassant sur la joue tout en commençant à conduire grand-mère plus avant dans la salle.

— Je vais le mettre de côté, proposa maman. Rejoins tes amis.

— Merci, maman.

Je cherchai Gavin des yeux, mais ni lui ni ses parents n'étaient encore là. Quelques minutes plus tard, Pauline Bradley déboula avec d'autres copines de classe et nous nous mîmes dans un coin, bavardant et gloussant, guettant la venue des garçons qui nous plaisaient.

— Je n'ai jamais vu une aussi belle fête ! s'exclama Pauline avec excitation. Tiens, ce n'est pas Gavin ?

Je me tournai dans la direction qu'elle désignait et mon cœur s'emballa quand je vis qu'il était enfin arrivé avec ses parents.

Dans sa veste de sport et son pantalon bleu ciel, Gavin s'attirait le regard de beaucoup de femmes. Même à cette distance, je pouvais voir ses yeux sombres me sourire tendrement. Je lui fis signe et il vint vers nous. De leur côté, grand-père Longchamp et Edwina rejoignirent maman.

— Salut, dit Gavin, son regard fixé sur moi. Tu es superbe.

— Toi aussi, répondis-je dans un murmure, malgré la musique et les bavardages qui nous entouraient.

— Merci. J'ai acheté cette veste spécialement pour ta fête.

Je me rendis rapidement compte que mes amies ne nous quittaient pas des yeux.

— Tu te souviens de Pauline, dis-je en me retournant.

— Oh, bien sûr. Salut.

Pauline se contenta de sourire et commença à entortiller une mèche de cheveux autour de son doigt. Du coin de l'œil, je vis maman m'appeler pour me présenter quelqu'un.

— Pauline, peux-tu présenter Gavin pendant que je vais voir ma mère ?

— Bien sûr, répondit-elle, les yeux étincelants de plaisir.

Gavin parut déçu que je le quitte si vite et était visiblement mal à l'aise d'être au centre de l'attention, mais je n'y pouvais rien pour l'instant. J'avais des douzaines de personnes à saluer : les partenaires importants de Cutler's Cove et de Virginia Beach, les clients de l'hôtel qui faisaient presque tous partie de la famille désormais, vu la fréquence de leurs séjours ici, et, bien sûr, les membres de l'équipe administrative, comme M. et Mme Dorfman.

— C'est bientôt l'heure de s'asseoir, dit maman.

— Je n'ai pas vu Fern, et toi ? demanda papa en la cherchant du regard.

— Ça lui ressemblerait bien de ne pas venir, marmonna maman.

Papa avait l'air très nerveux à ce sujet, et il avait raison, car quelques minutes plus tard, juste avant que l'orchestre demande à tout le monde de gagner sa place, tante Fern fit sa grande entrée. Il fut évident que papa ne l'avait pas encore vue, parce que ses premiers mots furent :

— Elle a complètement rasé ses cheveux !

Mais ce n'était pas le pire. Elle avait choisi de porter une tenue si outrageuse que même tante Trisha, la plus originale de nous tous, fut choquée. Sa jupe, dont le tissu était si fin que chacun pouvait voir son slip de gym, était fendue jusqu'au haut de ses cuisses. Ses seins bien galbés étaient si visibles sous l'étoffe transparente de son chemisier noir qu'elle aurait aussi bien pu se promener torse nu. Inutile de dire que son entrée attira l'attention. La salle resta absolument silencieuse pendant un moment, puis il y eut des murmures et enfin les bavardages reprirent tandis que les gens qui ne la connaissaient pas s'informaient sur son identité.

— Qu'est-ce que c'est que cette tenue ? Et qu'as-tu fait à tes cheveux ? demanda papa quand elle nous eut rejoints.

— Bonsoir quand même, frangin, dit-elle avec un petit sourire narquois. Joyeux anniversaire, princesse.

Elle me tendit l'exemplaire enveloppé de ce que je savais être *L'Amant de lady Chatterley*.

— À ouvrir en secret, précisa-t-elle en clignant de l'œil. Salut, Aurore. Tu es très... je dirais... toi-même, dit-elle avant de rire. Et Trisha, quel plaisir de te revoir.

Elle s'avança pour lui prendre la main, un sourire carnassier aux lèvres.

— Bonsoir, Fern, répliqua tante Trisha en glissant un regard à maman qui fulminait.

— Fern, dit papa en la prenant sans ménagement par le bras.

L'entraînant à l'écart, il lui parla sévèrement.

— Elle ne cesse de le provoquer ces derniers temps, commenta maman en secouant la tête. Elle fait tout ce qu'elle peut pour le mettre à bout de patience et nous rendre malheureux. Franchement, je ne suis pas loin de me désintéresser d'elle. C'est dur à dire, mais je maudis le jour où nous l'avons retrouvée.

— Oh, elle est juste gonflée à bloc, Aurore, remarqua tante Trisha. Une élève de fac typique.

— Pas vraiment. Elle est à ça du renvoi, rétorqua maman en montrant un infime espace entre son index et son pouce.

Le leader du groupe vint au micro et demanda à tout le monde de regagner sa place. Nous nous dirigeâmes rapidement vers la table d'honneur, papa, encore rouge de colère, à la suite de Fern. J'avais fait en sorte que Gavin soit assis à ma droite et maman à ma gauche.

On commença à servir le dîner. Pendant que nous mangions, le groupe jouait et les invités avaient la possibilité de danser entre les plats. Je m'attendais que papa soit le premier à m'inviter, mais oncle Philippe me prit par surprise.

— Puis-je être le premier ? demanda-t-il, les yeux pétillants.

Il consulta maman du regard, qui ne semblait pas apprécier l'idée. Pendant un moment, je ne sus que faire.

— À moins que tu n'aies réservé cet honneur à quelqu'un d'autre, ajouta oncle Philippe en fixant Gavin.

Gavin devint rouge pivoine et je réagis rapidement pour le tirer de cet embarras.

— Oh non, oncle Philippe. Je serai heureuse de t'accorder cette première danse.

Il me conduisit sur la piste et nous commençâmes à danser. Je regardai en direction de notre table et vis maman qui nous observait d'un air triste, et peut-être même effrayé. Quand oncle Philippe me fit tourner, j'aperçus Mélanie assise près de Jefferson. Malgré ses verres à double foyer, ses yeux paraissaient petits, et son visage était crispé, chargé de jalousie et de colère. J'étais désolée pour elle. Pas un seul garçon de son âge ou légèrement plus âgé ne l'inviterait probablement à danser. J'étais certaine qu'elle avait espéré une invitation de son père, mais oncle Philippe ne s'intéressait jamais beaucoup à Mélanie. Il ne passait pas énormément de temps avec ses enfants, mais le peu qu'il leur consacrait, il le passait habituellement avec Richard.

— Tu sais que tu es devenue une très belle jeune fille, murmura oncle Philippe, son souffle me chatouillant l'oreille. Comme j'aimerais avoir à nouveau dix-huit ans pour pouvoir te faire la cour.

— Mais même si tu avais dix-huit ans, tu serais toujours mon oncle, non ? remarquai-je, surprise par la sincérité de son ton.

— Oh, un si petit détail ne m'arrêterait pas. Je ne suis que ton demi-oncle.

Son visage était à présent si proche du mien que ses lèvres effleuraient mes cheveux. Sa manière de me tenir et le contact de son souffle sur mon visage me mettaient au supplice. J'imaginais que tout le monde devait nous regarder et se demander pourquoi un homme de l'âge d'oncle Philippe dansait si intimement avec sa nièce. J'eus subitement envie que cette danse se termine et je fus soulagée quand la musique s'arrêta. Il me retint par la main quand je me détournai.

— Merci, dit-il doucement.

Je hochai la tête et m'empressai de regagner la table, où l'on commençait à servir le plat principal.

Ensuite, je dansai avec papa. C'était agréable de tournoyer avec légèreté pendant qu'il me parlait de la fête et faisait d'amusantes remarques. À un moment, je vis Pauline se diriger vers Gavin et l'entraîner sur la piste. Il paraissait terriblement mal à l'aise. Je décidai de danser avec lui dès la fin du morceau. De temps en temps, papa s'arrêtait pour regarder tante Fern qui s'était maintenant retranchée du côté des serveurs, fumant et riant aux éclats.

— Elle file un mauvais coton, marmonna-t-il d'un air inquiet. Je le sens.

— Ça ira, papa, tentai-je de le rassurer.

Mais il n'avait pas l'air content du tout.

Avant que je puisse danser avec Gavin, le leader du groupe annonça que maman chanterait la prochaine chanson. Chacun retourna s'asseoir tandis que maman montait sur la scène. Elle remercia les invités de leur présence et leur souhaita une soirée agréable. Puis elle fit signe au groupe et ils interprétèrent « High Hopes ». Les applaudissements furent assourdissants. Ensuite, au lieu de revenir à la table, elle me demanda de la rejoindre pour accompagner sa chanson suivante au piano. Je fus tellement prise de court que je ne sus que faire. Les invités m'acclamèrent jusqu'à ce que je me lève et aille m'installer au piano.

— Tu me joues un sale tour, maman, protestai-je.

— C'est une idée de tante Trisha, se défendit-elle. Prends-t'en à elle. Interprétons « Somewhere Over The Rainbow ». On la connaît bien.

Je commençai à jouer et maman chanta comme elle ne l'avait jamais fait. Dès que nous eûmes fini, des invités nous entourèrent pour nous féliciter. Le groupe poursuivit son programme et, avant que je m'en rende compte, je tournoyais sur la piste, dansant d'abord avec l'un des garçons d'étage puis avec un de mes camarades de classe. À peine quittais-je les bras de l'un, qu'un autre se présentait pour m'inviter. La tête me tournait à force d'enchaîner les danses à ce rythme et je criai finalement grâce.

Riant et sirotant un jus de fruits, je cherchai Gavin du regard, mais je ne l'aperçus ni à la table ni sur la piste. Par contre, je vis Pauline revenir de la terrasse. Je lui fis signe et elle s'empressa de me rejoindre.

— Tu as vu Gavin ? lui demandai-je.

— Oui. Il est dehors. Je l'ai suivi, mais il voulait être seul.

— Dehors ?

Je la remerciai et m'empressai de le rejoindre. Je faillis ne pas le voir parce qu'il se tenait dans un coin obscur. Accoudé à la rambarde, il contemplait l'océan. Le ciel s'était considérablement dégagé et les étoiles étincelaient, certaines si proches de l'horizon qu'on les aurait crues dans l'eau.

— Gavin ?

Il fit volte-face.

— Je ne voulais pas te faire peur.

— Je n'ai pas eu peur, se défendit-il aussitôt.

Je m'approchai de lui.

— Ça va ?

— Bien sûr. J'avais juste envie de prendre l'air. Fern enfume l'atmosphère à elle toute seule, je crois, ajouta-t-il d'un ton méprisant.

— C'est vraiment tout ? insistai-je.

Je n'aimais pas sa manière d'éviter mon regard.

— Mais oui, répondit-il rapidement, trop rapidement à mon goût.

— Je suis désolée de n'avoir pas encore dansé avec toi. J'étais juste...

— Ce n'est pas grave. C'est ta fête ; tu es le centre de l'attention. De toute façon, je comprends que tous ces garçons aient envie de danser avec toi. (Il me regarda enfin.) Tu as très bien joué. Tu seras une pianiste de renom et tu feras le tour du monde. Tu rencontreras des tas de gens riches et célèbres et tu joueras sûrement devant des reines et des rois. Tu ne te souviendras probablement même plus de moi !

Il m'avait assené tout cela avec une rage rentrée, mais son magnifique regard, acéré comme une lame de rasoir, le trahissait.

— Gavin ! Comment peux-tu dire une chose pareille ! C'est ainsi que tu me vois ? me révoltai-je.

Il ne sut que dire devant ma fureur. La colère m'avait

assaillie et ne cessait de croître en moi, comme une force que rien ne peut arrêter.

— Tu crois que je serais assez égoïste et insensible pour oublier les gens que j'aime ? Quand t'ai-je traité ainsi ? Quelles sont tes raisons de faire une aussi abominable prédiction ? Je refuserais le succès s'il devait me transformer en un tel monstre, et quoi que tu en penses, je ne t'oublierai jamais. Parce que tu es presque tout le temps dans ma tête, ajoutai-je avant de pouvoir m'en empêcher.

— C'est vrai ? demanda-t-il.

Je ravalai ma salive et hochai la tête.

— Pourquoi ?

— C'est tout simplement comme ça, dis-je. Il n'y a pas un jour où je ne pense pas à toi ou à ce que je vais t'écrire.

— Tu ne dis pas ça pour me faire plaisir, n'est-ce pas ? s'inquiéta-t-il.

— Oh, Gavin, voilà bien une réaction masculine ! Les hommes ont peur de croire en quelqu'un. Ils volent si souvent les cœurs qu'ils sont terrorisés à l'idée de donner le leur sincèrement.

— Je n'ai pas peur de ça, se défendit-il. En tout cas pas avec toi.

— Alors... aie un peu plus confiance en moi.

Nous nous regardâmes.

— Tu ne m'as même pas embrassée pour mon anniversaire, dis-je, le cœur battant.

— Joyeux anniversaire, murmura-t-il en se penchant vers moi, ses yeux se fermant les premiers.

Je fermai les miens et sentis ses lèvres toucher si doucement les miennes qu'on aurait dit la caresse d'une brise. Je ne pus m'empêcher de me sentir déçue. Il dut s'en rendre compte immédiatement parce que, juste au moment où je rouvrais les yeux, ses lèvres touchèrent à nouveau les miennes, mais plus fort cette fois, et il m'attira contre lui. C'était le premier vrai baiser de ma vie. Quand nous nous séparâmes, nous fûmes incapables de parler. Puis nous entendîmes des cris. Ma soirée parfaite allait finalement être gâchée.

3

Deux cœurs entrelacés

Gavin et moi allâmes au bout de la terrasse pour voir qui criait. Papa avait brutalement entraîné tante Fern vers une autre terrasse à l'arrière du bâtiment.

— Jimmy, tu me fais mal ! cria-t-elle en se dégageant si subitement qu'elle faillit perdre l'équilibre et tomber.

Reprenant contenance, elle massa son poignet tout en affrontant mon père du regard. Mais même à cette distance, on pouvait voir qu'elle vacillait sur ses jambes.

— Comment as-tu osé faire ça ? demanda papa. Comment as-tu pu essayer de saboter cette merveilleuse soirée ? N'as-tu donc aucune décence ?

— Je ne l'ai pas fait, se défendit-elle.

— Tu ne l'as pas fait ? Tu pues l'alcool à des kilomètres !

— J'en ai bu, mais je n'ai pas mis de whisky dans les cocktails de jus de fruits, affirma-t-elle.

Gavin et moi nous regardâmes. Ces cocktails étaient réservés aux enfants et à mes camarades de classe. Quelle horrible idée tante Fern avait eue !

— Un garçon d'étage t'a vue faire, Fern, et je le crois, reprit papa. C'est un jeune homme de confiance.

Tante Fern s'éloigna un peu plus de lui, mais dut s'appuyer à la balustrade.

— Évidemment, tu croirais le premier venu plutôt que ta sœur, marmonna-t-elle, et elle se détourna.

— Il n'a pas la réputation de mentir ; ma sœur l'a, malheureusement. Et en plus, ce n'est pas la première fois que tu fais ce genre de chose, Fern.

— Il ment ! cria-t-elle. Je n'ai pas voulu danser avec lui, alors il a essayé de se venger.

— Arrête, Fern. Ce n'est pas tout ce que j'ai à te reprocher. Je ne voulais pas en parler avant demain pour ne pas gâcher la soirée, mais Aurore a reçu un coup de fil de la responsable du dortoir : il paraît que tu rapportes du whisky dans ta chambre.

Fern fit volte-face.

— Encore des mensonges. Elle me hait parce qu'elle m'a surprise à me moquer d'elle un jour. Ce n'était pas moi qui avais rapporté la bouteille de whisky. C'était...

— C'était toi. Ne te fatigue pas à nier. À te croire, tous ceux qui viennent se plaindre à moi ont une raison détournée de le faire. Tu es toujours la victime de l'histoire.

— C'est vrai ! Aurore est trop contente d'entendre des mensonges sur moi et d'aller te les répéter. Elle n'attend que ça !

— Tu racontes n'importe quoi. Aurore a essayé d'être une mère et une sœur pour toi, mais tu n'as aucune gratitude pour la générosité et l'amour qu'elle a envers toi. Et maintenant tu nous mets tous dans l'embarras. Pas seulement Aurore et moi, mais aussi papa et...

— Mettre mon père dans l'embarras ?

Elle renversa la tête en arrière et éclata de rire comme s'il venait de lui dire la chose la plus comique du monde.

— Arrête ! ordonna papa.

— Mettre mon père dans l'embarras, répéta-t-elle, avec cette fois du sarcasme dans la voix. Comment puis-je embarrasser un ex-détenu ?

Elle lui avait jeté ces derniers mots au visage comme on assène une gifle.

À côté de moi, Gavin retint son souffle.

— Je la hais, murmura-t-il entre ses lèvres serrées. Je la hais tellement !

Je lui serrai le bras. Quand il me regarda, je vis des larmes de colère et de douleur dans ses yeux. Puis nous reportâmes rapidement notre attention sur papa et tante Fern.

Papa avait levé la main, comme pour la frapper. Elle hurla et se recroquevilla par anticipation. Je n'avais jamais vu papa frapper quiconque jusqu'à présent. D'ordinaire, un regard réprobateur ou un mot sévère suffisaient, même pour Jefferson. Il ne le fit pas, là non plus ; il baissa lentement la main et reprit contenance.

— Ne dis plus jamais ça. Tu sais très bien pourquoi papa est allé en prison et qu'il n'y était pour rien. Grand-mère Cutler les a incités, lui et maman, à kidnapper Aurore, en mentant sur les raisons.

— Il n'empêche qu'il est allé en prison. Je ne le mets pas dans l'embarras, insista-t-elle. C'est lui qui m'y met. J'ai raconté à tout le monde à la fac que mon père et ma mère étaient morts. Je ne veux pas le considérer comme mon père.

Ses mots tombèrent dans nos oreilles comme des gouttes de pluie glacée.

Pendant un moment qui parut durer une éternité, personne ne dit plus rien. Papa la fixait. Tante Fern croisa les bras sur sa poitrine et regarda par terre.

— Ce que tu viens de dire est horrible, Fern, déclara-t-il lentement. Si tu ne considères pas papa comme ton père, alors je ne suis pas ton frère non plus.

Tante Fern leva la tête avec lenteur. À la lueur des éclairages extérieurs, je pouvais voir sa bouche méchamment tordue.

— Je m'en fous, jeta-t-elle. Tu n'es pas mon frère. Tu es l'esclave d'Aurore, gobant tout ce qu'elle dit, faisant tout ce qu'elle veut. Elle n'a qu'à claquer des doigts et tu accours comme un petit chien.

— ÇA SUFFIT ! cria papa. Maintenant, va dans ta chambre cuver tout le whisky que tu as bu. Allez ! ordonna-t-il en pointant le doigt dans la direction.

— Je m'en vais, dit-elle. Mais peut-être pas dans ma chambre. Peut-être que je vais m'enfuir.

Elle vacilla encore, puis se retourna et s'éloigna d'un pas mal assuré. Papa la regarda partir.

— J'espère qu'elle le fera, qu'elle disparaîtra pour toujours, dit Gavin. Il aurait dû la gifler. Après tous ces propos horribles qu'elle a tenus sur mon père et sur Aurore.
— Elle est soûle, Gavin.
— Et alors ? Ça n'excuse pas ce qu'elle a dit.
Le son d'un roulement de batterie à l'intérieur interrompit nos commentaires.
— OÙ EST LA REINE DE LA SOIRÉE ? cria le leader du groupe dans le micro.
Je n'étais pas d'humeur à retourner tout de suite à la fête, mais je n'avais pas le choix. Je vis papa se dépêcher de rentrer.
— Tu ferais mieux d'y aller, me conseilla Gavin.
— Tu viens ? Je n'irai pas sans toi.
— D'accord, concéda-t-il en souriant, voyant ma détermination.
Quand nous entrâmes, le leader du groupe annonçait qu'il était temps d'apporter le gâteau d'anniversaire. Il demanda à tout le monde de regagner sa place. Le roulement de batterie se fit à nouveau entendre et Léon poussa jusqu'au centre de la salle le gâteau disposé sur une table roulante. Lui et M. Nussbaum avaient préparé un énorme gâteau blanc en forme de piano. Toutes les touches étaient roses et seize bougies avaient été plantées sur le dessus.
Maman s'approcha fièrement du gâteau et me sourit. Puis les invités firent le silence et Léon l'aida à allumer les bougies.
— Christie... m'invita-t-elle.
Je m'avançai. Le batteur exécuta un autre long roulement. Je fermai les yeux, formulai intérieurement mon vœu avec ferveur, puis je soufflai de toutes mes forces, éteignant d'un seul coup les seize bougies.
Dès qu'elles furent soufflées, le groupe joua « Happy Birthday to You », et maman commença à chanter, aussitôt suivie par les invités et le personnel. Des larmes coulaient sur mes joues mais, après la scène qui venait de se passer

dehors, c'étaient des larmes de grand bonheur. Tout le monde applaudit. Les ballons furent lâchés, et les enfants, conduits par Jefferson, s'éparpillèrent en riant tandis qu'ils essayaient de les attraper par la ficelle.

— Joyeux anniversaire, ma chérie, dit maman en me prenant dans ses bras pour m'embrasser.

Avant que j'aie pu la remercier, papa m'enlaçait aussi. Puis vinrent tante Trisha, grand-père Longchamp, Edwina, tante Bet, et finalement oncle Philippe, dont l'étreinte fut la plus longue. Je cherchai Gavin des yeux. Il se tenait en retrait, souriant. Je lui fis signe de la tête et lui adressai un regard qui disait : « Tu ne t'en tireras pas comme ça, Gavin Longchamp. » Il comprit et se mit à rire.

Pauline et mes autres camarades de classe vinrent me féliciter, et le gâteau fut découpé et servi. L'ambiance générale se calma alors que les gens attaquaient leur dessert. Peu après, nos invités commencèrent à partir, chacun venant nous dire au revoir à notre table et me souhaiter encore une fois un joyeux anniversaire. Personne, à part Gavin et moi, n'avait assisté à la terrible scène entre papa et tante Fern ; ce fut donc pour tous les autres une soirée parfaitement réussie.

Même grand-mère Laura s'était beaucoup amusée et était restée plus longtemps que je ne m'y étais attendue. Quand Bronson avait dansé avec moi, un peu plus tôt dans la soirée, j'avais regardé du côté de grand-mère Laura et je l'avais vue sourire avec tant de grâce que j'avais compris pourquoi elle avait été considérée comme l'une des plus belles femmes de Cutler's Cove. Sous son lourd maquillage vibrait le sourire d'une femme qui retrouvait des joies de jeune fille. Ses yeux pétillaient et ses lèvres portaient toute la gentillesse et le charme du monde.

« Elle va bien, avait remarqué Bronson en captant mon regard. Elle revit ses seize ans », avait-il ajouté avec une pointe de mélancolie.

Maintenant, il la reconduisait. Je leur souhaitai une bonne nuit et restai devant la porte avec maman pour les regarder partir. Elle serra ma main et je vis qu'elle était au bord des larmes. Cependant, avant d'avoir le temps d'épancher nos sentiments, nous fûmes assaillies d'admirateurs, y compris tatie Bett, Richard et Mélanie. Jefferson ne s'était, après tout, pas trop mal conduit et Richard tenait à nous le dire. Évidemment, il s'en attribua le mérite.

— Il savait qu'il devait se conduire en gentleman à ma table, se vanta-t-il.

Avec son attitude rigide, ses épaules relevées et son expression invariablement sérieuse, il ressemblait davantage à un petit vieux qu'à un garçon de douze ans. Mélanie correspondait à peu près au même portrait. Elle m'embrassa pour me souhaiter bonne nuit, mais quand elle recula je vis ses yeux se lever furtivement vers son père. Le regard d'oncle Philippe était rivé sur moi.

— Bonne nuit, et encore joyeux anniversaire à la nouvelle princesse de Cutler's Cove, dit-il en s'avançant pour me prendre dans ses bras et m'embrasser sur la joue.

— Je ne suis pas une princesse, oncle Philippe.

Certaines de mes camarades de classe, postées derrière moi, ne manqueraient pas de me taquiner après l'avoir entendu.

— Bien sûr que tu l'es, insista-t-il. Qui d'autre pourrait l'être ?

Je vis les yeux de Mélanie s'assombrir.

— Et tous les cadeaux ? demanda Jefferson.

Il avait tourné autour de la pile de cadeaux toute la soirée, impatient de les défaire et de découvrir un hypothétique jouet.

— On les apportera plus tard à la maison, déclara maman. Va chercher ta veste.

Déçu, il fila. Je fouillai la foule du regard et j'aperçus Gavin non loin de là, en train de discuter avec Ricky Smith et Warren Steine.

— Je rentrerai un peu plus tard, maman, annonçai-je.

Perspicace, elle regarda vers Gavin.

— Ne tarde pas trop, ma chérie. Tu es bien plus fatiguée que tu ne le crois.

— Promis, dis-je en la serrant fort contre moi. Merci pour cette merveilleuse fête.

— Il n'y a pas de quoi, chérie.

Gavin me vit approcher. Il s'excusa auprès de ses amis et vint à ma rencontre.

— Je suis encore trop excitée pour aller me coucher, déclarai-je. Tu veux marcher un peu avec moi ?

— Bien sûr.

Nous nous écartâmes des derniers invités et nous dirigeâmes vers la sortie arrière de l'hôtel. Le ciel s'était presque entièrement dégagé et les étoiles ressemblaient aux milliers de bougies d'un immense gâteau d'anniversaire. Je pris la main de Gavin et l'entraînai vers le belvédère, mais un éclat de rire perçant venant de la piscine attira notre attention. Nous nous arrêtâmes, à l'écoute. Un autre éclat de rire confirma nos soupçons.

— C'est Fern, murmura Gavin.

Nous entendîmes une voix masculine. On aurait dit celle de l'un de nos garçons d'étage, nouvellement embauché. Incapables de refréner notre curiosité, nous nous hâtâmes vers la piscine et vîmes tante Fern sur un matelas de plage, le garçon d'étage allongé à côté d'elle. Son chemisier déjà bien trop léger était presque entièrement déboutonné. Gavin et moi nous figeâmes, sans mot dire, retenant notre souffle. Le garçon d'étage était en train d'embrasser ses épaules puis sa bouche descendit sur ses seins. Mais tante Fern leva subitement une petite bouteille et la porta à ses lèvres.

— Tu as assez bu.

— Je n'en ai jamais assez, répondit-elle, et elle éclata à nouveau de rire, seulement cette fois le rire se transforma en toux, et la toux en étranglement.

— Hé ! cria son amant alors qu'elle commençait à vomir.

Il s'écarta juste à temps. Tante Fern vomit de plus belle, ses spasmes bruyants résonnant grotesquement dans la nuit. Quand ce fut fini, elle poussa un gémissement et agrippa son ventre.

— Oh, j'ai l'impression que je vais mourir, pleurnicha-t-elle. Et j'en ai partout.

— Tu devrais aller te nettoyer, déclara son compagnon.

En réponse, elle ne put produire qu'un gémissement. Il l'aida à se lever et l'emmena, la tenant à bout de bras tandis qu'ils s'éloignaient en chancelant vers l'hôtel. Gavin et moi restâmes dans l'ombre jusqu'à ce qu'ils aient disparu.

— Je suis content, dit Gavin d'un ton rageur. Elle a ce qu'elle mérite.

— Il m'est déjà arrivé de la surprendre dehors avec quelqu'un, l'informai-je. La première fois, j'ai eu si peur en voyant ce qu'ils faisaient que j'ai couru jusqu'à ma chambre.

— Et la fois suivante ?

— J'ai regardé un moment, avouai-je.

— Tu ne m'as jamais raconté ça dans tes lettres.

— J'avais trop honte.

Nous repartîmes vers le belvédère.

— Malgré elle, ta fête a été très réussie, déclara Gavin quand nous fûmes assis.

— Je sais. Je ne remercierai jamais assez mes parents.

Un souffle d'air frais me fit frissonner.

— Tu as froid ?

— Non, ça va, répliquai-je, craignant qu'il ne décide de rentrer.

Mais il enleva sa veste et la posa sur mes épaules.

— Maintenant, c'est toi qui vas avoir froid.

— Ça ira, répondit-il. Tu as dansé avec beaucoup de garçons ce soir, remarqua-t-il d'un ton qu'il voulait dégagé.

— Pas avec toi. Pourtant, je le désirais plus que tout, Gavin.

Il hocha la tête. Puis il sourit.

— Eh bien, il est encore temps, décréta-t-il soudain.

Bien que la musique s'échappant de l'hôtel fût très atténuée, nous pouvions l'entendre. Gavin se leva et me tendit la main.

— Puis-je avoir cette danse, mademoiselle ? Ou votre carnet de bal est-il plein ?

— Non, il me reste juste une place, dis-je en riant.

Je me levai et il m'enlaça par la taille avant de m'attirer lentement à lui. Tout d'abord gênés, nos regards s'accrochèrent tandis que nous dansions, puis nous nous rapprochâmes jusqu'à ce que nos joues se touchent. J'étais sûre qu'il sentait les battements affolés de mon cœur.

Subitement, comme si nous en avions au même instant ressenti le besoin, je levai mon visage vers le sien et nos lèvres se rencontrèrent. Le baiser fut d'abord très doux, hésitant, plein d'incertitude, puis, au rythme de l'excitation qui montait en nous, il devint plus brûlant et passionné. Quand nos lèvres se séparèrent, je laissai reposer ma tête sur son épaule et nous continuâmes à danser, ni l'un ni l'autre n'osant parler.

— J'aimerais ne pas partir demain, dit-il finalement. Mais papa doit reprendre son travail.

— Je sais. J'aimerais moi aussi que tu restes plus longtemps. Tu as parlé à tes parents de la possibilité de travailler ici cet été ?

— Oui. Ils sont d'accord.

— Oh, Gavin, il me tarde tant que les vacances arrivent, même s'il ne reste que quelques semaines ! Nous allons tellement nous amuser. Nous irons faire du bateau, nous baigner et...

— Hé, je suis censé travailler ici, pas m'amuser, protesta-t-il doucement.

— Tout le monde a droit à du temps libre, et j'ai mes entrées auprès du patron, plaisantai-je, mais il ne sourit pas.

— Je ne veux pas prendre un travail pour le bâcler, dit-il avec fermeté.

— Ne t'inquiète pas, ça n'arrivera pas.

Il ressemblait vraiment à papa, plein de fierté et prêt à brandir sur-le-champ l'étendard de son amour-propre ; cependant, tout comme papa, il pouvait se montrer doux et tendre, sensible et aimant.

D'où nous nous trouvions, je pouvais voir maman, Jefferson, Mme Boston, tante Trisha et papa retourner à la maison.

— Je ferais mieux de rentrer, dis-je. Il est tard.

— Je t'accompagne.

Il me prit la main et je gardai sa veste sur les épaules jusqu'au seuil de la maison.

— Merci pour la veste, dis-je en la lui rendant.

— Tu n'as rien senti dans la poche ? demanda-t-il en la prenant.

— Dans la poche ? (Je notai son air malicieux.) Gavin Steven Longchamp, que caches-tu là ?

Il se mit à rire et sortit un petit paquet-cadeau.

— Papa et maman t'ont donné un cadeau de la part de nous tous, mais celui-ci est juste de ma part. Je voulais te le donner en privé, ajouta-t-il en me le tendant. Joyeux anniversaire, Christie.

— Gavin !

Le cœur battant, je défis l'emballage et j'ouvris la boîte. Sur un lit de papier soyeux reposait une magnifique gourmette en or. Au-dessus et au-dessous de mon nom étaient gravés deux cœurs entrelacés.

— Retourne-la, me dit doucement Gavin.

Je le fis et lus l'inscription : *Tendrement, Pour toujours, Gavin.*

J'eus du mal à reprendre mon souffle.

— Oh, Gavin, elle est magnifique ! C'est mon plus beau cadeau. Mais elle a dû coûter une fortune.

— Dépenser mon argent pour toi est un plaisir. Quand

j'en ai, bien sûr, ajouta-t-il en riant. Laisse-moi t'aider à la mettre.

Je tendis mon poignet et il y glissa délicatement la gourmette. Je l'observai pendant qu'il l'attachait et remarquai avec quelle douceur et quel amour son regard accompagnait ses gestes. Quand il eut fini, il leva vers moi ce regard si particulier qui ne quittait jamais ma mémoire.

— Merci.

Je l'embrassai rapidement sur la bouche et il me dévisagea un moment, l'air subitement beaucoup plus âgé.

— Tu ferais mieux de rentrer avant d'avoir à nouveau froid, dit-il.

— Je n'arriverai jamais à dormir cette nuit ! Rendez-vous au petit déjeuner, à la première heure.

— J'y serai, même si le lever risque d'être difficile, me lança-t-il alors que je montais les marches.

Il resta là à me regarder en souriant tandis que j'ouvrais la porte et pénétrais lentement dans la maison, mettant à contrecœur un terme à la plus merveilleuse soirée de ma vie.

J'eus énormément de mal à trouver le sommeil, mais quand j'y parvins, je rêvai de ma fête. Seulement, dans mon rêve, il y avait un invité supplémentaire, un invité surprise qui apparaissait à la dernière minute. Maman était en train de chanter « Happy Birthday » et tout le monde entonnait le refrain avec elle, quand un grand et bel homme brun apparut. Il s'avança lentement dans la salle, souriant tandis qu'il se rapprochait de nous. Maman s'arrêta de chanter.

— Bonjour, Christie, dit-il. Joyeux anniversaire.

Il avait des dents extraordinairement blanches, presque aussi blanches que les touches d'un piano, et ses yeux d'ébène brillaient avec douceur.

— Qui êtes-vous ? demandai-je alors que les gens continuaient à chanter « Happy Birthday » autour de nous.

— Je suis ton vrai père, répondit-il en se penchant pour m'embrasser, mais quand il s'approcha, son visage devint celui d'oncle Philippe, un visage concupiscent, aux lèvres souriantes et humides.

J'essayai de reculer, mais il m'attrapa les épaules et m'attira plus près de lui, de plus en plus près, jusqu'à...

Je me redressai brusquement dans mon lit, en nage, haletante. Pendant un instant, je ne compris ni où j'étais ni ce qui m'était arrivé. Mon cœur battait à tout rompre. J'inspirai profondément et je serrai mes bras contre ma poitrine. Alors je sentis la gourmette que Gavin avait mise à mon poignet. Elle me rassura ; je pouvais presque entendre Gavin dire : « N'aie pas peur. » Je restai un moment éveillée, m'interrogeant sur la signification de mon rêve. Finalement, mes paupières s'alourdirent et je fus incapable de les garder ouvertes plus longtemps.

Bien que la matinée fût lumineuse et ensoleillée, je ne me réveillai pas avant Jefferson, qui avait sûrement dû rêver de mes cadeaux toute la nuit. Il débarqua dans ma chambre en criant et je lui répondis par un grognement mécontent.

— Est-ce que je peux les ouvrir ? Dis, je peux ?

— Jefferson ! (Il me secouait vigoureusement par les jambes.) D'accord, vas-y, abdiquai-je.

— OUAIS ! hurla-t-il en se précipitant dans le couloir et en dévalant l'escalier.

Je grognai à nouveau et m'assis. Quand je vis l'heure, je bondis du lit. Je savais que grand-père Longchamp partirait comme à son habitude très en avance pour l'aéroport et j'avais peur de rater Gavin. Maman frappa à ma porte et entra. Elle était déjà habillée.

— J'ai trop dormi, maman.

— Ce n'est pas un problème, ma chérie. Papa est déjà à l'hôtel. Tu me rejoins à la salle à manger ? Mme Boston préparera le petit déjeuner de Jefferson ici. Il ne bougera pas de là tant qu'il n'aura pas inspecté tes cadeaux, de toute façon.

— Dis aux autres que j'arrive tout de suite, lançai-je en fonçant sous la douche.

À l'hôtel, je trouvai toute la famille installée autour de la grande table de la salle à manger. Tante Trisha paraissait pimpante et de bonne humeur dans sa jupe et son chemisier imprimés de couleurs vives. Elle était en train de raconter une histoire drôle et tout le monde riait. Le visage de Gavin s'éclaira quand il me vit entrer. Il avait gardé une place libre à côté de lui. Je m'empressai d'aller m'y asseoir.

— La voilà, un jour de plus et encore plus jolie, déclara tante Trisha.

Je répondis aux bonjours et m'excusai de mon retard.

— Tu n'as pas à t'excuser, chérie, dit Edwina. C'était une soirée chargée... et la plus belle fête à laquelle j'aie jamais assisté.

C'était visiblement l'avis de tous.

— Tu pars à quelle heure ? demandai-je à Gavin.

— Tout de suite après le petit déjeuner. Tu connais mon père. Il aurait dû être chef de gare. Nous arriverons là-bas trop tôt, l'avion aura du retard, et il se plaindra à qui voudra l'entendre.

Il se lamentait sur les habitudes de son père, mais cela ne l'empêchait pas de l'adorer.

Quelques instants plus tard, tante Fern entra d'un pas nonchalant. Elle avait le teint pâle et fatigué, les cheveux en bataille et portait des lunettes de soleil. De toute évidence, elle n'avait même pas pris le temps de se passer un coup de peigne. Son sweat et son jean serré étaient plutôt usés, mais moins sales que ses baskets, qu'elle portait sans chaussettes. Elle lança un regard noir à papa, dont le visage s'était crispé lorsqu'il l'avait vue apparaître en tenue si négligée. Tous les yeux étaient rivés sur elle tandis qu'elle se laissait tomber sur une chaise.

— Juste du café, marmonna-t-elle à l'adresse du garçon de service.

— À quelle heure repars-tu pour la fac, Fern ? demanda tante Trisha.

— Dès que j'aurai récupéré.

Elle avala son café noir et se renversa sur sa chaise, ne prêtant aucune attention aux autres.

Après le petit déjeuner, Gavin et moi eûmes la possibilité de passer encore un moment ensemble dans le hall pendant que ses parents terminaient de boucler leurs valises. Tante Trisha fut la première à partir. Papa, maman et moi lui fîmes la promesse d'aller voir son nouveau spectacle à New York. Elle me serra dans ses bras et m'embrassa une dernière fois avant de monter dans le taxi.

— C'était une merveilleuse soirée, ma chérie. Je n'aurais manqué ça pour rien au monde. (Elle regarda Gavin qui se tenait à quelques pas derrière moi.) Tu grandis vite et bien.

— Merci, tante Trisha.

Nous attendîmes que le taxi disparaisse de notre vue pour rentrer. Je détestais les au revoirs, en particulier quand je quittais des gens que j'aimais vraiment. Cela produisait en moi une sensation de vide qui prenait naissance dans mon ventre et se propageait en moi jusqu'à me donner l'impression de n'être plus que l'ombre de moi-même. Chaque au revoir me diminuait un peu. Une part de moi s'en allait avec la personne aimée. Et il y avait toujours cet affreux sentiment que, sans le savoir, je lui disais peut-être adieu pour toujours.

Je répugnais à me séparer de Gavin, mais le moment fatidique arriva finalement. Papa avait fait venir la limousine de l'hôtel pour eux. Nous nous embrassâmes tous, nous promettant de nous appeler et de nous écrire. Gavin attendit la dernière minute pour monter en voiture. Nos regards s'accrochèrent, mais nous n'osâmes pas nous embrasser.

— Je t'appelle ce soir, murmura-t-il à mon oreille.

— Promis ? Même si c'est tard ? voulus-je m'assurer, me réjouissant déjà à cette idée.

— Promis. (Il se tourna vers maman et papa.) Au

revoir, Aurore. (Elle le serra dans ses bras.) À bientôt, grand frère, dit-il à papa.

Ils se donnèrent une virile poignée de main, puis papa sourit et étreignit Gavin contre lui.

— Fais attention à toi, petit frère, fit-il en passant tendrement la main dans les magnifiques cheveux noirs de Gavin. Méfie-toi des Texanes ; ce sont de vraies tigresses.

Gavin me lança un regard gêné et rougit jusqu'aux oreilles.

— Il n'a pas de temps pour ça, grommela grand-père Longchamp.

— C'est toi qui le dis, papa, répliqua Jimmy en souriant.

Nous restâmes sur les marches, agitant la main tandis que la limousine s'éloignait. Quand elle disparut derrière le virage, mon cœur se serra si fort que je faillis éclater en sanglots. Remarquant mon chagrin, maman me prit doucement par la taille et nous rentrâmes à l'hôtel.

— Il y a toujours une petite dépression après des moments importants comme celui-là, ma chérie. Mais il y aura d'autres moments de bonheur, beaucoup, beaucoup d'autres.

— Je le sais, maman.

C'était dimanche, et les dimanches étaient toujours synonymes d'intense activité à l'hôtel. Au lieu de rester sans rien faire à me morfondre, je me rendis utile à la réception. Mme Bradley et ses collègues ne parlaient que de la fête. Ils me complimentèrent sur ma prestation au piano et ne tarirent bien sûr pas d'éloges sur la voix de maman. Tôt dans l'après-midi, tante Fern apparut dans le hall avec son sac de voyage. Elle s'arrêta devant la réception et alluma une cigarette.

— Pourquoi fumes-tu autant, tante Fern ? lui demandai-je.

— Ça calme mes nerfs, et j'en ai bien besoin ici. (Elle baissa ses lunettes et me scruta par-dessus la monture.) Tu as jeté un coup d'œil à L'*Amant de lady Chatterley*, cette nuit ?

— Non. Et de toute façon, je déteste cacher des choses à maman.

— Oh, arrête ton char ! marmonna-t-elle. Tu as seize ans. Qu'est-ce que tu crois qu'elle faisait à ton âge ?

— Elle ne faisait rien de mal, rétorquai-je.

— Ah bon ? (Elle me considéra un moment, puis s'appuya contre le comptoir.) Je parie que tu ne sais pas ce qui s'est passé entre elle et Philippe à l'école privée, hein ?

On aurait dit qu'une main brûlante venait de me comprimer le cœur. La chaleur irradia jusqu'à mon cou.

— Je ne vois pas de quoi tu parles, dis-je rapidement.

— Je m'en doute, fit-elle en hochant la tête. Souviens-toi juste de ça, princesse : tout le monde ici n'est pas aussi pur qu'il prétend l'être. Tu devrais demander à ta mère de te raconter ce qui s'est passé quand elle et Jimmy sont allés à Emerson Peabody, une luxueuse école privée de Richmond.

— Je sais qu'ils ont étudié là-bas. Grand-père Longchamp était chef de l'entretien et...

— Ouais, ouais, je ne parle pas du pourquoi ou du comment. (Elle se pencha davantage vers moi.) Ton oncle Philippe y est allé aussi, tu sais. C'est là que ta mère et lui se sont rencontrés. (Elle sourit d'un air sournois.) Tu es assez grande maintenant pour connaître les dures réalités en détail, ajouta-t-elle.

Julius apparut à la porte.

— Ah, c'est pas trop tôt, dit-elle. (Elle commença à s'éloigner, puis se ravisa et revint se pencher vers moi.) Chapitre dix, souffla-t-elle en souriant. Il vaut le coup. Voilà mon sac, cria-t-elle à l'adresse de Julius en le désignant du doigt.

Il alla le chercher et s'empressa de la devancer à l'extérieur. Une seconde après elle était partie, me laissant perplexe et le cœur battant. Que signifiaient tous ses sourires sournois et ses sous-entendus à propos de ma mère et d'oncle Philippe ? Pourquoi disait-elle que tout le monde n'était pas aussi pur que je le croyais ? Essayait-elle seulement de semer la zizanie ? Ou faisait-elle référence à l'un de ces obscurs épisodes de l'histoire familiale qui demeuraient encore secrets ?

Toute retournée, je quittai la réception et gagnai le bureau de maman. Elle terminait juste une entrevue avec M. Dorfman.

— C'était une magnifique soirée, me dit-il en partant.

Je le remerciai et m'assis.

— Mme Boston vient d'appeler : ton frère a allumé un feu dans la poubelle avec le miroir que t'ont offert les Hammerstein et la loupe du nécessaire de bureau que t'ont offert les Malamud, m'apprit-elle en secouant la tête.

— Comment ça ?

— Il a dirigé le soleil sur la poubelle et s'est servi de la loupe pour faire un trou dans l'un des papiers d'emballage des cadeaux. Je crois que je devrais augmenter Mme Boston, ajouta-t-elle en soupirant.

— Tante Fern est partie.

— Ah, c'est une bonne chose. Bien que je pense que ses jours dans cette fac sont comptés.

— Je ne comprends pas pourquoi elle est si méchante et malheureuse, maman. Toi et papa avez toujours été gentils avec elle et vous avez tant fait pour elle.

Maman se renversa en arrière pour réfléchir. Puis son regard s'emplit de fatalisme.

— Maman Longchamp disait que certaines vaches sont juste nées pour donner du lait aigre, quelle que soit la douceur de l'herbe qui les nourrit.

— Ç'a dû être bizarre pour toi d'avoir deux mamans, remarquai-je. (Elle hocha la tête.) C'est à Emerson Peabody que tu as rencontré oncle Philippe pour la première fois, n'est-ce pas ?

Ses yeux se plissèrent.

— Oui. Et Clara.

— Et pendant longtemps, tu as ignoré qu'il était ton frère ?

Elle me considéra un moment.

— Oui, Christie. Pourquoi me poses-tu ces questions ? Fern t'a-t-elle dit quelque chose à ce sujet ?

Je hochai la tête. Je ne pouvais rien lui cacher.

— Ça lui ressemble bien, dit-elle avant de prendre une profonde inspiration. C'est vrai, j'ai rencontré Philippe là-bas et, pendant une courte période, nous sommes sortis ensemble, mais rien de mal ne s'est passé, quoi qu'ait pu te raconter Fern.

— Elle ne m'a rien dit clairement. Elle a juste sous-entendu...

— Fern se hait tellement elle-même qu'elle veut gâcher la vie de tout le monde.

— De toute façon, je ne l'aurais pas crue.

Elle sourit et hocha la tête d'un air approbateur.

— Tu grandis vraiment très vite, chérie, et tu devrais tout savoir sur la famille. Je veux que tu saches quelque chose, Christie... (Ses yeux me fixaient si intensément que les battements de mon cœur s'accélérèrent.) Oncle Philippe... eh bien, oncle Philippe n'a jamais vraiment accepté la réalité, en particulier le fait que nous soyons frère et sœur. Comprends-tu ce que j'essaie de te dire, ma chérie ?

Je ravalai la boule qui m'était montée à la gorge. J'avais senti et vu de maintes façons différentes ce qu'elle essayait de me dire, mais mon trop jeune esprit n'avait alors pas compris. Je remontai le temps et me rappelai certains regards intenses, presque hypnotiques, qu'oncle Philippe posait sur maman. Je repensai à sa manière de toujours tourner autour d'elle, saisissant la moindre occasion de la toucher ou de l'embrasser.

— Mais il aime tatie Bett, n'est-ce pas ? demandai-je.

Je ne pouvais pas m'empêcher d'avoir peur face à ces révélations.

— Oui, répondit maman d'un ton rassurant.

— Mais pas comme toi et papa vous aimez.
— Non. (Elle eut un petit sourire.) Mais peu de gens s'aiment comme nous. (Elle se leva et contourna son bureau pour me rejoindre.) Ne t'appesantis pas sur ces tristes idées, ma chérie. Tante Fern n'aurait jamais dû ramener tout cela à la surface. (Nous nous dirigeâmes ensemble vers la porte.) Tu vas avoir ton diplôme de fin d'études et devenir une merveilleuse pianiste. Et ton frère va devenir docile, ajouta-t-elle en ouvrant de grands yeux pleins d'espoir.

Nous rîmes de bon cœur.

— Je t'aime, maman, et je ne croirai jamais rien de mal sur toi, quoi que dise tante Fern ou n'importe qui d'autre.

Le visage de maman devint sérieux, ses yeux plus petits, plus sombres.

— Je ne suis pas parfaite, Christie. Personne ne l'est, mais je ne te mentirai ni ne te trahirai jamais, pas de la façon dont les gens qui étaient supposés m'aimer m'ont menti et trahie. Je te le promets. (Elle m'embrassa sur la joue.) Maintenant, va surveiller Jefferson pour moi, et profite de ce superbe soleil. Je redoute de recevoir son carnet scolaire demain, ajouta-t-elle. Son bulletin de conduite est sûrement tout en rouge.

— Peut-être aurons-nous une agréable surprise, me pris-je à rêver.

— Peut-être, mais j'en doute, répondit-elle.

Mais ni maman ni moi ne pouvions savoir à quel point ses mots étaient prophétiques.

Il me fallut le reste de l'après-midi et une bonne partie de la soirée pour trier partiellement mes cadeaux. Je voulais envoyer le plus vite possible mes cartes de remerciement. Jefferson fut plutôt mignon, assis à côté de moi sur la moquette du salon, annonçant chaque cadeau et le nom de la personne qui l'avait offert. J'avais reçu un certain nombre de présents très coûteux, aussi bien des vêtements et des bijoux que du parfum ou des objets pour ma chambre.

Quand maman insista pour que Jefferson monte se coucher, je m'arrêtai et lui jurai de ne pas continuer le lendemain avant qu'il soit rentré de l'école pour m'aider. J'étais moi-même assez fatiguée et je me retirai dans ma chambre, principalement pour attendre avec impatience le coup de fil promis par Gavin. Mes yeux tombèrent sur le cadeau de tante Fern, soigneusement emballé. Je n'avais pas voulu le déballer devant Jefferson ou quiconque d'autre, en particulier papa. Mais la curiosité l'emporta.

J'ouvris lentement le livre et je tournai les pages au hasard. Pourquoi tante Fern tenait-elle tellement à ce que je lise cette histoire ? Je me rappelai son dernier commentaire faussement pudique sur le chapitre dix. En le feuilletant, je compris pourquoi. J'avais bien sûr lu et vu des choses plus révélatrices, mais d'une certaine manière, peut-être parce que cela venait de tante Fern que j'avais surprise en train de faire ces choses-là, celles-ci me paraissaient beaucoup plus interdites. Et rien n'est plus attirant qu'un fruit défendu... Je ne pouvais pas détacher mes yeux des mots décrivant l'acte sexuel. Tout en lisant, je me mis à nous imaginer dans cette situation, Gavin et moi. J'étais si profondément concentrée sur ma lecture que je n'entendis pas la première sonnerie du téléphone. Quand il retentit une deuxième fois, je décrochai rapidement en refermant le livre d'un coup sec.

— Salut, dit Gavin.

Entendre sa voix après ce que je venais d'imaginer avec lui me fit rougir de honte.

— Salut. Le voyage s'est bien passé ?

— Toujours aussi long. Non, plus long parce que je m'éloignais de Cutler's Cove.

— Seulement de Cutler's Cove ?

— Et de toi. Le calme est revenu ?

— Oui. Jefferson et moi avons ouvert une partie des cadeaux. J'ai reçu des tas de belles choses.

— Je m'en doute.

— Demain, c'est le dernier jour d'école. Maman craint le pire au sujet du carnet de notes de Jefferson.
— Le mien n'était pas bien brillant non plus à son âge. Enfin, je voulais te dire que j'ai beaucoup apprécié ta fête, en particulier notre danse en tête à tête.
— Moi aussi. Merci encore pour le magnifique cadeau.

Nous gardâmes le silence un moment.

— Je t'écrirai tous les jours cette semaine, promis-je. (Cela le fit rire.) Je t'assure.
— Super. Bon, il va falloir que je raccroche. Il me tarde de te revoir. Dors bien.
— Bonne nuit, Gavin.

Je gardai un long moment le téléphone en main après qu'il eut raccroché, comme s'il contenait encore sa voix et les promesses de bonheur qu'elle m'avait apportées.

— Bonne nuit, murmurai-je encore dans le combiné avant de raccrocher à mon tour.

Je baissai les yeux sur *L'Amant de lady Chatterley* et songeai à tante Fern. Elle ne m'avait pas fait ce cadeau pour m'initier à l'amour et aux joies qu'il peut procurer, mais pour me perturber. Elle espérait probablement que je deviendrais comme elle.

Eh bien, cela n'arriverait jamais, me jurai-je à moi-même. J'attrapai le livre et le jetai au fond de mon placard. Peut-être un jour l'ouvrirais-je à nouveau, mais ni comme un fruit défendu ni comme un objet diabolique venant de tante Fern.

Je me glissai dans mon lit, fermai les yeux et m'endormis en rêvant de l'été si proche et du retour de Gavin.

Le lendemain, sachant que nous irions chercher nos notes de fin d'année, Jefferson n'était pas vraiment impatient de se lever. Maman dut le secouer pour le sortir du lit et il essaya de faire durer éternellement son petit déjeuner. À voir sa tête, je supposai que le professeur avait déjà dû lui toucher un mot de ce que contenait son carnet. Certainement pas de bonnes choses...

À moins d'un problème avec l'arrivée ou le départ de clients, Julius nous emmenait tous à l'école dans la limousine de l'hôtel. Et c'était toujours lui qui venait nous chercher à la sortie.

Comme d'habitude, Richard et Mélanie arboraient les mêmes couleurs, lui en costume-cravate et elle en robe. Il était le seul enfant à venir au lycée dans une tenue aussi formelle, mais je ne pouvais pas l'imaginer habillé autrement. Ce jour-là, le dernier jour de classe, il paraissait encore plus net et guindé avec ses cheveux impeccablement lissés, sa cravate serrée au maximum, ses chaussures parfaitement cirées et son mouchoir dépassant de sa poche en une pointe si rigide qu'on aurait dit la lame d'un couteau.

Jefferson, lui, était étrangement calme quand il se glissa finalement sur le siège arrière avec moi, en face de Richard et de Mélanie.

— Tu ne pourrais pas être à l'heure, au moins le dernier jour ? lui reprocha sèchement Richard.

— Nous n'avons jamais été en retard à l'école, Richard, lui rappelai-je sur le même ton.

— Seulement parce que Julius conduit plus vite. Le car scolaire est toujours là avant nous, ajouta-t-il comme si c'était catastrophique.

— Et je n'ai jamais le temps de parler à mes amies avant les cours, déclara Mélanie pour étoffer la plainte de Richard.

— Eh bien, tu n'auras plus à supporter ça jusqu'à la prochaine rentrée, lui fis-je remarquer.

— Jefferson sera probablement toujours dans la même classe, nota Richard avec un sourire cruel.

Jefferson leva vivement la tête.

— Non, je n'y serai pas ! lança-t-il.

Le sourire de Mélanie s'agrandit.

Jefferson fronça les sourcils et leva les yeux vers moi. Je lui indiquai d'un regard de ne pas chercher à discuter, et il se renfonça dans son siège, boudant pendant tout le restant du trajet.

Au lycée, ma fête était le centre des conversations. Mes camarades s'étaient vraiment beaucoup amusés. Pauline s'empressa de me parler de Gavin. Elle le trouvait très beau, comme la plupart des autres filles.

La journée de classe fut abrégée, principalement consacrée au grand ménage de fin d'année : rendre les livres et les clés des casiers, vider et nettoyer nos bureaux, rapporter les livres empruntés à la bibliothèque, régler les dettes scolaires et s'informer sur la prochaine rentrée.

Naturellement, l'excitation régnait alors que tous parlaient des vacances, des endroits où ils iraient et de ce qu'ils feraient. Les couloirs retentissaient de rires et de conversations joyeuses, sous l'œil indulgent des professeurs, plus détendus et tolérants que d'habitude.

Quand la dernière sonnerie retentit enfin, nous nous pressâmes tous vers la sortie, nous éparpillant gaiement sous le doux soleil printanier. Les appels, les cris et les au revoirs des amis qui se séparaient pour plusieurs mois fusaient de toutes parts. Je remarquai Jefferson qui quittait d'un pas lent l'école élémentaire, tête basse, son carnet de notes coincé sous le bras.

— Alors ? lui demandai-je quand il me rejoignit.

Je retins mon souffle, craignant la réponse. Il se contenta de me regarder, puis se dirigea vers la limousine, où Richard et Mélanie nous attendaient déjà.

— Fais-moi voir, Jefferson.

Il s'arrêta et me tendit à regret le carnet.

Il n'avait pas seulement des notes insatisfaisantes en conduite mais approchait aussi le zéro dans deux matières. Jamais son bulletin n'avait été aussi catastrophique.

— Oh, Jefferson ! Maman et papa ne vont pas être contents.

— Je sais, dit-il, l'air plus malheureux qu'une pierre.

— Monte dans la voiture, dis-je sombrement.

— Alors ? demanda Richard, affichant déjà un sourire satisfait. Quelle est l'ampleur des dégâts ?

— Je refuse d'en parler, Richard, lui rétorquai-je sèchement. Ce n'est pas drôle.

Jefferson se recroquevilla dans son coin et commença à pleurer. Quand il était ainsi, je ne pouvais pas m'empêcher de le consoler, même si je savais qu'il ne le méritait pas.

— Pleurer ne sert à rien quand le mal est fait, dit Mélanie. Tu n'auras qu'à t'appliquer l'année prochaine.

Jefferson s'essuya les yeux et me consulta du regard.

— Mélanie a raison, déclarai-je. Tu devras promettre de te rattraper et ne pas faire la moindre bêtise cet été, pas même une toute petite, l'avertis-je.

Il hocha la tête.

— Je serai sage. Je peux ranger ma chambre et ne pas laisser traîner mes habits et fermer la porte d'entrée.

— Autant croire que la petite souris existe, railla Richard.

— Elle existe, lui renvoya Jefferson d'un ton sans réplique. Elle m'a laissé une pièce de vingt-cinq cents sous mon oreiller.

— Je t'ai déjà dit que c'est ton père ou ta mère qui l'ont mise là, répliqua Richard en secouant la tête.

— Ou peut-être Mme Boston, suggéra Mélanie.

— C'est pas vrai !

— Arrêtez de l'embêter, intervins-je fermement.

Les jumeaux se regardèrent, puis se tournèrent vers la fenêtre.

— Hé ! s'écria soudain Richard. C'est quoi, ça ?

Nous nous penchâmes tous et c'est alors que nous vîmes l'affreuse colonne de fumée noire s'élevant au-dessus du bâtiment principal de notre hôtel.

4

La malédiction du feu

— Julius, qu'est-ce que c'est ? criai-je, soudain prise de peur.
— Je ne sais pas, Christie, répondit-il en accélérant.

Il nous fallut presque dix minutes pour atteindre l'hôtel, à cause des nombreux curieux qui se précipitaient sur les lieux. Des policiers et des pompiers bloquaient la circulation sur un périmètre important devant l'entrée principale. Les gens avaient quitté leurs voitures et s'étaient massés sur la route pour regarder les flammes jaillir du toit et des fenêtres du dernier étage du luxueux Cutler's Cove. Leurs yeux étaient exorbités, leurs visages rouges du reflet de l'incendie et de leur propre excitation. J'aperçus des clients et des membres du personnel sur la pelouse, à distance des cordes installées pour empêcher l'accès.

— Voilà maman, dit Mélanie, pointant le doigt vers l'endroit où tatie Bett se tenait avec d'autres gens, mais je ne vis ni maman ni papa à côté d'elle, pas plus qu'oncle Philippe.

J'imaginai qu'ils devaient se trouver avec le chef des pompiers. Mon cœur se serra à l'idée de ce qu'ils devaient ressentir. Quelle horrible catastrophe, juste avant la saison d'été !

— Ouah ! souffla Jefferson, à la fois impressionné et effrayé.

— Qu'est-il arrivé ? demanda Julius au policier qui réglait la circulation.

— Une chaudière a explosé au sous-sol et le feu s'est

rapidement propagé. Cette partie de l'hôtel est assez ancienne et ne disposait pas de système d'extinction automatique, ajouta-t-il en faisant la grimace. Le temps que les pompiers arrivent, l'incendie s'était déjà bien installé.

— Où sont mes parents ? m'interrogeai-je, tout haut à présent. (J'avais beau regarder autour de moi, je ne les voyais nulle part.) Julius, rapprochez-nous.

— Oui, ordonna Richard d'un ton le faisant paraître plus âgé. Vite !

— J'ai les enfants des propriétaires avec moi, expliqua Julius au policier surveillant l'entrée.

— Vous ne pouvez pas aller plus loin. Il faut vous garer ici et rester derrière les cordes.

Julius se rabattit sur le côté mais, un peu avant qu'il ne s'arrête, j'attrapai Jefferson par la main et ouvris brusquement la portière. Tirant mon petit frère à ma suite, je traversai la rue en courant.

— Christie, attends ! cria Julius, mais je n'entendais plus rien.

J'étais consciente que Jefferson s'agrippait très fort à ma main, mais à part cela plus rien ne pouvait détourner mon attention de l'incendie.

Se tenant à l'écart, je vis Mme Bradley et une partie du personnel, mais toujours pas mes parents. Les bras serrés contre sa poitrine, elle sanglotait, le visage inondé de larmes et souillé de suie. Je regardai fébrilement tout autour. Pas trace de maman et de papa. Où étaient-ils ? Mon cœur se mit à battre de plus en plus fort et plus vite, et j'avais l'impression que des millions de fourmis bataillaient dans mon ventre.

— Où sont mes parents ? criai-je.

Certaines personnes m'entendirent, mais nul ne répondit. Mme Bradley sanglota seulement de plus belle.

— Hé ! Arrêtez ! hurla un pompier alors que nous nous glissions sous la première ligne de sécurité pour foncer sur la pelouse.

L'air était chargé de cendres et les flammes étaient si importantes que nous sentions leur chaleur même à cette distance. Les pompiers s'activaient, installant des lances à eau un peu partout, mais cela semblait inefficace. Provocantes, arrogantes, les flammes claquaient et s'étendaient, dévorant avidement les rideaux et les meubles. Je pouvais pratiquement les voir s'engouffrer dans les couloirs, lécher et mordre le moindre recoin, comme un animal diabolique, dévorant toute beauté, détruisant toute histoire, brisant chaque objet en mille morceaux. Rien ne pouvait entraver leur chemin ou calmer leur assaut.

Impatiente, j'entraînai Jefferson vers le côté opposé où j'aperçus finalement oncle Philippe. Seul, échevelé, sans veste ni cravate, il avait le regard si fiévreux qu'on aurait dit que le feu y avait aussi pénétré. Se parlait-il à lui-même ou pensait-il que quelqu'un se tenait derrière lui ?

— Oncle Philippe ! l'appelai-je en courant vers lui.

Il me regarda, mais ne dit rien. Il ne semblait pas me reconnaître. Ses lèvres remuaient spasmodiquement, mais aucun son n'en sortait. Il leva de nouveau les yeux vers l'incendie, puis les baissa sur moi et secoua la tête.

— Où est maman, oncle Philippe ? Où est papa ? lui demandai-je désespérément.

— Où est ma maman ? fit en écho Jefferson, ses larmes coulant plus fort.

Il se serra contre moi et leva la tête vers oncle Philippe.

— Oncle Philippe ! hurlai-je comme il continuait simplement à fixer les flammes, hypnotisé par leur activité.

Cette fois, il se tourna lentement et me regarda un long moment. Puis il sourit.

— Aurore, tu es sauve, dit-il. Grâce à Dieu.

— Oncle Philippe, c'est moi, Christie, répondis-je, abasourdie.

Il cligna des paupières, puis son sourire s'évanouit.

— Oh, articula-t-il en portant la main à sa joue. (Il regarda de nouveau l'incendie.) Oh.

— Où sont-ils, oncle Philippe ? demandai-je, encore plus désespérée.

Des larmes ruisselaient sur mes joues maintenant et ma gorge était douloureuse à cause de la fumée. L'horrible odeur de l'hôtel en train de brûler me retournait l'estomac, et la chaleur des flammes était si intense qu'on aurait pu se croire en pleine canicule.

— Où sont-ils ? répéta-t-il.

Je hochai la tête. Il secoua la sienne d'un air désorienté.

— Où ? hurlai-je en le secouant par le bras.

Je le sortis enfin de sa torpeur.

— Jimmy... était au sous-sol quand la chaudière a explosé. Le feu a gagné l'escalier et les conduits d'air et de chauffage. Il s'est répandu par toutes les cheminées et le plancher de la salle de jeux s'est effondré, récita-t-il comme un automate.

— Où est maman ? demandai-je dans un souffle.

— J'ai couru partout, hurlant pour prévenir les gens, aidant les plus âgés. Je crois que tout le monde est dehors.

— Maman et papa n'ont rien ? dis-je, un sourire d'espoir perçant à travers mes larmes.

— Quoi ?

Il regarda de nouveau l'hôtel, sans rien dire, encore perdu dans une sorte de transe.

— Où est maman ? cria Jefferson. Christie, où est maman ?

Il plaqua ses petits poings sur ses yeux et se colla à moi.

— Oncle Philippe ? (Je le secouai de nouveau par le bras.) Où est ma mère ?

Il bougea juste la tête.

— Christie ? gémit Jefferson. Je veux maman.

— Je sais, je sais. Allons demander à quelqu'un d'autre, décidai-je, comprenant qu'il n'y avait rien à attendre d'oncle Philippe.

Il était trop choqué pour se comporter de manière sensée. Je pris Jefferson dans mes bras et l'emmenai jusqu'aux pompiers qui se tenaient en retrait et donnaient les ordres aux autres. L'un d'eux était visiblement leur chef.

— Monsieur, s'il vous plaît...
— Hé, vous ne devriez pas être ici, les petits. Billy, mets-moi ces gosses de l'autre côté, ordonna-t-il à l'un de ses hommes.
— Attendez. Je suis Christie Longchamp. Mes parents sont les propriétaires de l'hôtel. Je dois savoir ce qui s'est passé.
— Hein ? Ah... Écoute, petite, je n'ai pas de détails pour l'instant. Apparemment c'est l'explosion d'une chaudière qui a provoqué l'incendie.
— Mais où sont mes parents ? Vous les avez vus ?
— Je n'ai pas le temps de te parler. Maintenant, tu ferais mieux d'emmener ton petit frère plus loin. Ces murs peuvent s'effondrer d'une minute à l'autre. Allez, ordonna-t-il. Billy, sortez-les de là.
Le jeune pompier me prit par le coude.
— Mais... ma mère...
— Vous devez écouter le chef. Il n'a pas de temps à perdre.
Jefferson se mit à sangloter, le visage enfoui contre mon épaule.
Je laissai le jeune homme nous conduire jusqu'aux cordes. Je repérai tatie Bett, Richard et Mélanie et m'empressai de les rejoindre.
— Oh, Christie chérie, dit tatie Bett en me tendant les bras. Et Jefferson. C'est si horrible, si horrible.
— Où est ma mère, tatie Bett ? Et papa ? Oncle Philippe n'a pas pu me répondre.
Elle secoua la tête.
— Ils sont encore à l'intérieur, chérie. Ils ne sont jamais sortis. Nous sommes restés ici, à attendre et à espérer.
— Jamais sortis ?
Je me retournai pour regarder l'hôtel. Des flammes jaillissaient de l'entrée principale. Presque chaque fenêtre crachait des flots de fumée.
— Peut-être sont-ils sortis par-derrière, dis-je. Ou peut-être sont-ils sains et saufs dans le sous-sol, attendant les

secours. Oui, c'est sûrement ça, conclus-je en hochant la tête.

— Oh, Christie, pauvre Christie, murmura tatie Bett.

— Ils vont bien, tatie Bett. (Je souris à travers mes larmes et serrai plus fort Jefferson.) Oui, ils n'ont rien. Tu verras. Ils sont sûrement quelque part derrière l'hôtel, ajoutai-je en partant dans cette direction.

— Christie ! cria tatie Bett.

— Je dois les retrouver. Ils se font certainement du souci pour Jefferson et moi.

Je partis en courant, contournant les barrages des pompiers et la foule jusqu'à être en mesure d'atteindre l'arrière de l'hôtel. Bien que Jefferson fût lourd, je ne me rendis compte que je le portais qu'une fois mon but atteint.

Là aussi, les pompiers arrosaient le toit et les murs avec l'eau tirée de la piscine. Je cherchai frénétiquement des signes de la présence de papa et de maman, mais je ne vis que certains membres du personnel et des pompiers.

— Où sont maman et papa ? demanda Jefferson, les yeux pleins d'espoir. Je veux maman.

— Je les cherche, Jefferson.

Je le posai, le pris par la main et me dirigeai vers le pompier le plus proche.

— Hé, les jeunes, vous feriez mieux de reculer, nous conseilla-t-il quand il nous vit.

— Nous cherchons nos parents, dis-je. Les avez-vous vus sortir par là ?

— Personne n'est sorti. Maintenant, emmenez ce petit garçon et reculez.

Le cœur cognant à tout rompre, je battis lentement en retraite. Nous allâmes nous asseoir sur les marches du belvédère, observant l'activité des pompiers. Les yeux de Jefferson, tout comme les miens, étaient gonflés à force d'avoir pleuré. Mais à présent nous étions assis là, en silence, les yeux secs, regardant simplement devant nous, attendant. Jefferson appuya la tête sur mon épaule et je le tins tout contre moi. Les flammes commençaient à diminuer, même si la fumée était de plus en plus épaisse et noire. Elle s'échappait en gros nuages que la brise marine emportait au loin. Je ne sais pas combien de temps nous restâmes là, choqués et effrayés, mais j'entendis finalement Richard crier : LES VOILÀ !

Envahie par une vague de soulagement je me tournai dans sa direction. Je vis Richard et Mélanie, Mme Boston, Julius et tatie Bett. Ils se pressaient vers nous. Jefferson se redressa, les yeux grands ouverts, réconforté par la vue de Mme Boston.

— Où est maman ? demanda-t-il.
— Oh, mon petit chéri ! dit Mme Boston.
— Ma mère ? demandai-je. Papa ?
Elle secoua la tête.

Jefferson se remit à pleurer, très fort cette fois, et ses sanglots, poignants et aigus, s'envolèrent dans la même brise qui emportait les affreux nuages de fumée. Mme Boston le prit dans ses bras et couvrit son visage de baisers de réconfort.

Je me levai, les jambes lourdes comme du plomb, mais la tête si vide qu'il me semblait qu'elle pouvait aussi s'envoler, avec la fumée et les pleurs de Jefferson.

— Christie, dit tatie Bett.
— Où sont-ils ? demandai-je en retenant mon souffle. Ils ne sont pas sortis ?
Elle secoua la tête.
— OÙ SONT-ILS ?
— On les a trouvés ensemble... au sous-sol, répondit tatie Bett. (Elle se mordit la lèvre inférieure. Ses yeux étaient rouges et gonflés par les larmes.) Oh, Christie ! ajouta-t-elle avant d'éclater en sanglots.

Alors mes pieds se dérobèrent sous moi, puis mes jambes, mon ventre, mon torse, mon cou, jusqu'à ce que ma tête ne repose plus sur rien.

Je tombai lentement, juste comme les ballons de mon

anniversaire, flottant vers le bas, peu à peu, peu à peu... Le monde autour de moi, qui avait été aussi coloré, magique et merveilleux qu'une bulle de savon, éclata et tout s'obscurcit.

— Ça va aller, entendis-je quelqu'un dire. (Je pensais avoir les yeux ouverts, mais c'était le noir complet.) Donnez-lui seulement un thé léger et un toast. Un choc émotionnel comme celui-ci peut être aussi dévastateur pour le corps qu'un traumatisme physique. Mais elle est jeune et résistante. Elle récupérera.
— Maman ?
— Elle se réveille, entendis-je tatie Bett déclarer.
— Oui. Laissez-lui la compresse froide sur le front pendant encore un moment.
— Maman ?
L'obscurité commençait à se dissiper. Elle reculait comme la marée, et à sa place je vis le plafond de ma chambre et puis les murs tandis que mes yeux bougeaient lentement, dans l'espoir de voir le doux visage de ma mère à côté de moi. Mais je vis seulement tatie Bett et le Dr Stanley, notre médecin de famille. Il sourit et hocha la tête, des mèches de ses cheveux châtain clair lui retombant sur le front et recouvrant presque ses yeux. Comme d'habitude, il avait bien besoin d'une bonne coupe. J'avais un jour dit à maman qu'il me faisait penser à un caniche. Elle avait ri en avouant qu'elle avait pensé la même chose.

« C'est un très bon praticien et un homme de grande valeur, mais il ne prête pas la moindre attention à son apparence », avait-elle admis.

Je pouvais si clairement entendre sa voix dans ma mémoire que je m'attendais à la voir dans la pièce.
— Où est maman ? demandai-je en regardant partout.

J'avais tellement mal à la gorge que je parvenais à peine à parler ; et ma poitrine était oppressée, comme si une lourde pierre l'avait écrasée pendant des heures et des heures. Ne la voyant pas, je soulevai la tête et, instantanément, la pièce tourna. Je fermai les yeux en gémissant.

— Tu dois rester tranquille, Christie, dit le Dr Stanley. Tu es sous le choc et ton équilibre n'est pas encore revenu.

— Je me sens si fatiguée, dis-je.

Je n'étais pas sûre qu'on m'avait entendue. Mais je sentis tatie Bett prendre ma main gauche et j'ouvris les yeux. Elle était à côté de moi, un pâle sourire aux lèvres, les yeux gonflés. Elle me parut plus maigre, l'arête de son nez plus aiguë, ses pommettes plus saillantes. Ses cheveux d'habitude impeccablement disciplinés étaient en bataille, les mèches partant en tous sens.

— Tatie Bett. (Elle se mordit la lèvre, ses yeux s'emplissant de larmes.) Mon père et ma mère... ne sont jamais sortis ?

Elle secoua la tête.

J'eus l'impression de recevoir un coup de poing dans le ventre. Mon corps fut à nouveau secoué de sanglots.

— Allons, allons, Christie, dit le Dr Stanley. Il faut te reprendre, ma petite. Tu ne veux pas te rendre malade au point de ne pas pouvoir aider ton petit frère, n'est-ce pas ?

— Où est-il ? m'empressai-je de demander. Où est Jefferson ?

— Dans sa chambre, ma chérie, répondit tatie Bett. Il dort.

— Mais il se réveillera bientôt et aura besoin de toi, déclara le Dr Stanley. Il aura besoin de sa grande sœur. Maintenant, repose-toi et essaie de prendre un thé et quelque chose à manger. Tu as des jours très difficiles devant toi, Christie. Une lourde charge vient de tomber sur tes jeunes épaules. Tu comprends ? (Je hochai la tête.) Bien. Je suis terriblement désolé du malheur qui vient de t'arriver et tu peux compter sur mon aide aussi longtemps que tu en auras besoin.

Je le regardai à nouveau. Maman l'appréciait et avait

suffisamment confiance en lui pour remettre entre ses mains la santé de notre famille. Elle aurait attendu de moi que je suive ses conseils.

— Merci, docteur Stanley.

Il me sourit encore, puis sortit.

— Dis-moi ce qui s'est passé, tatie Bett, demandai-je dès que nous fûmes seules.

— Nous ne connaissons pas encore tous les détails. Quelque chose a explosé au sous-sol pendant que Jimmy y était. Le feu s'est déclaré immédiatement. La fumée a envahi le reste de l'hôtel et déclenché les alarmes. Les clients ont été évacués. Philippe était partout à la fois, courant dans les couloirs, frappant aux portes, avertissant et aidant les gens. Ta mère et moi avons aidé à dégager le hall et puis nous sommes sorties, une fois sûres que tout le monde avait été évacué. L'incendie se propageait si vite que nous pouvions déjà voir des flammes au bout du hall. Dehors, Aurore a appelé Jimmy et a compris qu'il n'était pas sorti. Elle était folle d'inquiétude. Les policiers étaient déjà là, mais pas les pompiers. Un policier a essayé de l'empêcher de retourner dans l'hôtel, mais elle s'est dégagée et s'est ruée vers l'entrée principale en criant qu'elle devait trouver Jimmy. C'est la dernière fois que je l'ai vue, ajouta-t-elle en se mettant à sangloter doucement.

— Et après ? demandai-je, déterminée à tout savoir.

— Ensuite, quand le sous-sol fut à nouveau accessible, les pompiers les ont retrouvés ensemble. Ta mère avait rejoint Jimmy, mais ils sont restés coincés dans une pièce de stockage. Ils sont morts dans les bras l'un de l'autre, conclut-elle, et elle inspira profondément. Philippe est méconnaissable, poursuivit-elle d'une voix absente. Il erre comme un insensé parmi les décombres. Il est si enragé que personne n'ose l'approcher.

Je fermai les yeux. Si je les fermais assez fort, si je crispais mon corps jusqu'à ce qu'il me fasse mal, peut-être pourrais-je chasser ce cauchemar. Je rouvrirais les yeux et ce serait le matin, un radieux matin ensoleillé de fin de printemps. Jefferson jaillirait dans ma chambre et maman le suivrait de peu, lui disant de me laisser tranquille. Oui... oui.

— Comment va-t-elle ? demanda Mme Boston sur le seuil de la porte et mon rêve-prière s'effondra.

— Le docteur a dit de lui donner un thé léger et des toasts, déclara tatie Bett d'un ton sec. Apportez-les immédiatement.

Elle n'était jamais aussi gentille que maman avec le personnel et parlait souvent durement aux serviteurs. Maman disait que c'était dû à son éducation. Ses parents étaient si riches qu'elle avait toujours vécu comme une reine.

— Oui, madame, répondit Mme Boston.

— Je ne veux rien, risquai-je.

— Allons, Christie. Tu as entendu le Dr Stanley. Tu vas avoir besoin de toutes tes forces.

Je hochai la tête à contrecœur. Ils avaient raison ; je ne pouvais pas me réfugier dans l'irréalité et refuser d'affronter la vérité. Jefferson avait besoin de mon soutien. Mais je me sentais comme un petit enfant perdu, effrayé par le lendemain. Comment pourrais-je être assez forte pour deux alors qu'intérieurement je tremblais au point de ne plus pouvoir respirer ?

— Grand-père Longchamp et Gavin sont-ils au courant ? Et tante Fern ?

Tatie Bett hocha la tête.

— J'ai demandé à M. Dorfman d'appeler tout le monde.

— Et Bronson et grand-mère Laura ?

— Oui. Bronson est bouleversé. Heureusement, je crois que grand-mère n'est pas en état de comprendre.

— Je ferais mieux d'aller voir Jefferson, dis-je en m'asseyant, avec plus de précaution cette fois.

J'avais mal partout, comme si j'avais couru un marathon.

— Il dort encore, Christie. Je te promets de te prévenir

dès qu'il sera réveillé. Pour l'instant, repose-toi. Je vais voir Richard et Mélanie. Pauvres chéris : ils sont si secoués.

Elle soupira profondément, me tapota la main et se leva.

— Repose-toi, dit-elle, et elle secoua la tête.

Ses yeux brillaient de larmes non contenues. Puis elle se détourna et me quitta.

Je fermai les yeux et combattis mon envie de sangloter jusqu'à ce que la gorge me brûle. Un court instant plus tard, j'entendis quelqu'un pénétrer dans la chambre et j'ouvris les yeux pour voir oncle Philippe, les bras chargés d'un plateau. Il m'apportait mon thé. Bien que son visage fût blême de douleur, il s'était coiffé, avait boutonné sa chemise et renoué sa cravate aussi parfaitement que d'habitude. Il posa le plateau sur ma table de nuit et sourit. Son regard n'était plus brouillé.

— Comment va ma pauvre princesse ? demanda-t-il.

— Je n'arrive pas à croire que mes parents ne sont plus là, oncle Philippe. Je ne veux pas le croire, ajoutai-je en secouant la tête.

Il riva ses yeux sur moi et je les vis devenir plus petits et plus sombres. Ses lèvres tremblèrent, puis son attention se reporta sur le plateau.

— Tu as besoin d'avaler quelque chose de chaud.

— Où est Mme Boston ?

— Elle est très occupée à essayer de calmer tout le monde et à veiller à ce qu'ils ne manquent de rien. Alors je me suis proposé pour monter ton plateau. Force-toi à boire un peu de thé et peut-être à avaler une bouchée ou deux.

— Je voudrais suivre les conseils du docteur, mais je ne crois pas que j'arriverai à avaler quoi que ce soit maintenant, oncle Philippe.

— Je sais, dit-il d'un ton compatissant. Mais tu dois retrouver tes forces.

Je m'assis et il posa le plateau sur mes genoux avant de s'installer sur le lit.

— Oh, Christie, Christie ! gémit-il en me prenant la main. Ce qui vient d'arriver est horrible... (Il me caressait les doigts tout en parlant.) Et nous en souffrons tous, mais je me suis promis, comme j'ai promis à ta mère, que je prendrais soin de toi.

— Tu le lui as promis ? Quand ?

— Quand elle est retournée chercher ton père. Elle m'a appelé et a dit : « Si quelque chose m'arrive, prends soin de ma Christie. »

— Maman a dit ça ? (Il hocha la tête.) Et Jefferson ?

— Oh, Jefferson aussi, bien sûr. Quoi qu'il en soit, je tiendrai parole. dit-il, ses yeux bleus me couvant tendrement. À partir de maintenant tu seras comme ma propre enfant. Je t'aimerai et te chérirai de la même manière, ajouta-t-il en serrant ma main. Tout ira bien, poursuivit-il, ses doigts remontant le long de mon avant-bras puis redescendant, comme s'ils suivaient une ligne invisible. Nous sommes encore une famille et nous reconstruirons rapidement l'hôtel.

Il leva vers moi un regard déterminé.

— Nous avons une bonne assurance. Oh, nous ne pourrons pas ouvrir l'hôtel cet été, mais nous le restaurerons exactement comme il était avant cet horrible événement. Bien sûr, nous le moderniserons pour qu'une telle chose ne se reproduise plus jamais.

Mon attention fut attirée vers la porte, derrière laquelle se faisait entendre une certaine agitation. Il y avait aussi les voix de Richard et de Mélanie, qui parlaient très fort. Ils semblaient excités, mais pas comme des gens en deuil.

— Que se passe-t-il ? demandai-je.

— Une partie du personnel nous aide à emménager, m'informa oncle Philippe.

— Emménager ?

L'idée qu'ils viennent s'installer à la maison ne m'avait pas effleurée.

— Nous transportons ce que nous pouvons. La plupart

de nos affaires ont été détruites par le feu. Il y avait tant de fumée. Je voulais sauver ce qui restait le plus vite possible. (Il sourit.) Nous sommes ta famille maintenant. Je donnerais n'importe quoi pour que tout cela ne soit pas arrivé, mais c'est arrivé et nous devons réagir en conséquence. Après tout, je suis un Cutler, j'ai hérité de l'énergie de ma grand-mère, ajouta-t-il en se redressant, comme pour illustrer ses paroles. Elle avait la force, le pouvoir de surmonter n'importe quel désagrément.

— Désagrément ? Il s'agit de bien plus qu'un désagrément, oncle Philippe, rétorquai-je.

Quelle que soit la réputation de grand-mère Cutler, quels que soient ses accomplissements, elle resterait toujours pour moi la méchante sorcière qui avait maltraité maman.

— Bien sûr. Tu as raison. Je n'avais pas l'intention de minimiser ce malheur. Ce que je veux, c'est t'assurer que je serai toujours là pour toi, que nous surmonterons l'épreuve et que nous redeviendrons la grande famille que nous étions.

— Pas sans maman, murmurai-je en secouant la tête. Pas sans papa. Ce ne sera plus jamais pareil.

— Bien sûr que non, mais nous devons essayer. Ta mère l'aurait voulu, tu ne crois pas ? Elle n'était pas du genre à baisser les bras et à fuir la réalité. Elle était trop forte pour ça et je suis sûr que tu le seras aussi. N'est-ce pas ?

Il écarta les mèches de mon front, exactement comme maman le faisait souvent.

— Oui, dis-je en baissant les yeux. Je suppose que oui.

— Bien. Tu as hérité de très puissants gènes, Christie. Pense aux terribles malheurs que ta mère a endurés et cela ne l'a pas empêchée de devenir une femme belle et de réussir sa vie. Et elle n'avait pas une famille derrière elle, comme c'est ton cas. Je serai à tes côtés, à chaque étape. Tes problèmes seront les miens, tes obstacles mes obstacles. (Il sourit.) J'espère que tu accepteras mon aide. Je serai toujours là, ainsi que Betty Ann et tes cousins.

— Où dormirez-vous ? demandai-je en relevant vivement les yeux.

— Pour l'instant, Richard et Mélanie partageront la chambre d'amis que Fern occupe quand elle vient. Il y a deux lits. Quand Fern nous rendra visite, elle pourra dormir sur le canapé ou dans l'un des bungalows épargnés par le feu.

— Et toi et tatie Bett ?

J'anticipai la réponse et cela me donna la nausée.

— Nous nous installerons dans la chambre de tes parents, bien sûr. Dans un jour ou deux, quand tu t'en sentiras capable, tu montreras à Betty Ann ce que tu veux garder de ta mère et quelles affaires nous pouvons emballer et mettre au grenier. Évidemment, nous ne reléguerons pas tout au grenier. Certains vêtements d'Aurore étaient très beaux et pourraient servir à Betty Ann.

Les larmes commencèrent à inonder mes joues.

— Allons, allons, Christie, ne me force pas à te dire tous ces détails. C'est trop tôt. Regarde dans quel état ça te met, murmura-t-il en se penchant pour essuyer mes larmes.

Mais je me dérobai.

— Je vais bien. Je dois passer voir Jefferson.

— Bien sûr. Et moi je vais continuer à régler les préparatifs des funérailles, annonça-t-il en se redressant.

Je levai vivement la tête.

— Quand auront-elles lieu ?

— Dans deux jours. Nous les enterrerons dans le vieux cimetière, évidemment.

— Ma mère n'aurait pas voulu être si près de ta grand-mère, répliquai-je, le visage en feu.

Il me considéra un moment, puis sourit froidement.

— Ne t'inquiète pas. Elle ne sera pas trop près. Le caveau restant le plus proche est le mien. Il y a plein de place à l'arrière. Je suis désolé de tout cela, affreusement désolé. Je ne t'ennuierais pas avec ces détails, si je ne considérais pas que tu es assez grande maintenant pour accepter certaines responsabilités et comprendre les choses en adulte.

— Je veux tout savoir, le moindre détail de ce qui se passe et de ce qui est fait, rétorquai-je.

Il hocha la tête.

— Je te retrouve enfin, si semblable à ta mère. Tu n'as pas seulement hérité de sa beauté, ajouta-t-il d'un ton plein de satisfaction. Tu seras exactement comme elle... tu es exactement comme elle quand je l'ai rencontrée pour la première fois — pleine d'esprit et de fougue. Un jour, quand notre peine nous laissera un peu en paix, je te parlerai de cette époque. (Il soupira.) Bon, il faut que je m'occupe du déménagement. Appelle-moi si tu as besoin de quoi que ce soit. Je serai toujours et à jamais là pour toi, Christie. (Il secoua la tête.) Ma petite princesse, ajouta-t-il avec un faible sourire avant de se détourner et de me laisser, tremblante, dans mon lit.

Le téléphone n'arrêta pas de sonner durant tout le reste de la journée et toute la nuit suivante. Avant que je puisse passer voir Jefferson, il se réveilla et vint dans ma chambre. Il se tenait sur le seuil, frottant ses yeux de ses petits poings fermés.

— Je veux maman, gémit-il.

— Oh, Jefferson, murmurai-je en lui tendant les bras.

Et il s'y précipita. Maintenant c'était à moi de le réconforter comme une mère. Désormais je serais sa sœur et sa mère, pour toujours.

— Où sont maman et papa ? demanda-t-il. Pourquoi ne sont-ils pas sortis de l'hôtel ?

— Ils n'ont pas pu, Jefferson. Le feu les entourait de partout et il y avait beaucoup trop de fumée.

— Mais pourquoi papa n'a pas essayé ? Pourquoi ?

Sa peine commençait à se transformer en colère.

— Je suis sûre qu'il a essayé, mais tu as vu comme l'incendie était énorme.

— Je veux aller les chercher, décida-t-il. Maintenant. Viens, Christie. (Il me tira par la main.) Viens.
— Les pompiers les ont trouvés, Jefferson.
— C'est vrai ? Alors où sont-ils ? demanda-t-il en soulevant ses petites épaules.

Je savais que Jefferson comprenait ce qu'était la mort. Nous avions eu un chat, Fluffy, qui avait été écrasé par une voiture l'année précédente. Jefferson avait été bouleversé. Papa avait enterré le chat derrière la maison et nous avions organisé une petite cérémonie. L'endroit était toujours marqué. Jefferson savait ce qui était arrivé à maman et à papa. Seulement il ne voulait pas voir la vérité en face.

— Ils sont partis, Jefferson. Ils sont ensemble au paradis.
— Pourquoi ? Pourquoi nous ont-ils quittés ?
— Ils n'ont pas eu le choix. Ils ne le voulaient pas, mais ils n'ont pas eu le choix.
— Pourquoi ?
— Oh, Jefferson...

Je me mis à pleurer, consciente que je ne devais pas, qu'il pleurerait aussi. Me voir perdre la maîtrise de moi l'effraya. Je me ressaisis rapidement, reprenant mon souffle et me mordant la lèvre pour contenir mes larmes.

— Tu devras être un grand garçon maintenant. Nous devons nous entraider. Presque tout ce que faisait papa, il va falloir que tu le fasses.

Ces mots eurent raison de ses larmes, mais il se serra à nouveau contre moi et enfouit son visage contre ma poitrine. Je le berçai jusqu'à ce que Mme Boston apparaisse.

— Oh, il est là. Je venais prendre de ses nouvelles. Comment va-t-il ?
— Ça ira, dis-je tranquillement.

Ma voix était sans vie, mes yeux fixaient le vide devant moi. Je me sentais comme un pantin, l'ombre de moi-même. Mme Boston hocha la tête. Ses yeux étaient rouges d'avoir pleuré pendant des heures.

— Gavin m'a chargé de te dire que ses parents et lui sont en route pour ici.

— Gavin a appelé ? Quand ? Pourquoi personne ne me l'a dit ?

Mme Boston fit la grimace en secouant la tête.

— Mme Betty prend tous les appels. Elle lui a dit qu'il ne pouvait pas te parler pour l'instant, mais elle m'a quand même transmis le message.

— J'aurais voulu parler à Gavin, me plaignis-je. Elle n'avait pas le droit de...

— Eh bien, il sera là demain, mon petit. Inutile de créer d'autres problèmes, tout le monde est assez énervé comme ça, ajouta-t-elle avec sagesse.

Elle s'avança pour enlacer Jefferson. Il se retourna et nicha son visage au creux de son cou. Après m'avoir adressé un clin d'œil, elle l'emporta dans ses bras.

— Jefferson a besoin de boire et de manger quelque chose, annonça-t-elle. Peut-être un chocolat au lait, qu'est-ce que tu en dis ?

Jefferson hocha la tête mais garda son visage caché.

J'essayai de sourire à Mme Boston, mais n'y parvins pas. Grâce à Dieu, elle était avec nous...

Tout le lendemain et jusqu'à tard dans la soirée, les gens défilèrent pour présenter leurs condoléances. Tante Bet, qui avait retrouvé son aspect collet monté, prit les choses en main, accueillant les gens et organisant tout. Elle veilla à ce que Richard et Mélanie portent leur tenue de cérémonie : Richard son costume-cravate bleu marine et Mélanie sa robe et ses chaussures de même couleur. Tous deux étaient impeccablement coiffés, pas une mèche ne dépassait. Assis sur le sofa, ils étaient aussi immobiles que deux statues.

Tatie Bett vint dans ma chambre me conseiller sur ce que je porterais, puis s'en alla voir Jefferson. Je la suivis, certaine que Jefferson n'accepterait pas qu'elle se mêle de sa façon de s'habiller. Comme je m'y attendais, lorsqu'elle ouvrit son placard et commença à lui choisir des vêtements, il la regarda d'un air de défi.

— Ma maman dit que je ne peux porter ça que pour les occasions spéciales, lui jeta-t-il.

— C'est une occasion spéciale, Jefferson. Tu ne peux pas accueillir les gens vêtu comme un voyou, n'est-ce pas ? Tu veux avoir l'air correct.

— Je m'en moque, rétorqua-t-il, le visage rouge de colère.

— Bien sûr que non, chéri. Tu porteras ceci et puis, voyons...

— Je choisirai pour lui, tatie Bett, intervins-je rapidement.

— Oh... (Elle hésita un moment avant de sourire.) Bien sûr. Je suis certaine que ton choix sera avisé. Appelle-moi si tu as besoin de quoi que ce soit, ma chérie.

Elle fit volte-face et s'en alla.

— Je ne porterai pas ce qu'elle veut, insista Jefferson, les joues encore enflammées.

— Tu n'es pas obligé. Tu peux mettre cette tenue à la place, suggérai-je. Si tu veux.

Il continua de s'entêter en silence pendant un instant, puis son visage se détendit.

— D'accord. Mais je ne prendrai pas de bain.

— Comme tu voudras, répondis-je en haussant les épaules.

— Tu prends un bain, toi ?

— J'ai l'habitude de me doucher avant de m'habiller. Maman aimait bien que tu sois propre, ajoutai-je d'un ton lourd de sens.

Il réfléchit un moment, puis hocha la tête.

— Je prendrai aussi une douche.

— Tu as besoin d'aide ?

— Je peux le faire seul, s'indigna-t-il.

Je le regardai commencer à ranger ses vêtements. Ses gestes ressemblaient soudain à ceux d'un petit vieillard. Le malheur et la douleur nous font vieillir plus vite, pensai-je.

Gavin, Edwina et grand-père Longchamp arrivèrent tard dans la soirée. Oncle Philippe les installa dans l'une des maisons d'hôtes que l'on utilisait quand l'hôtel était bondé. Un seul regard au visage de grand-père Longchamp suffisait pour comprendre à quel point cette tragédie l'avait accablé. D'un seul coup, il avait perdu son fils et la jeune femme qu'il avait toujours considérée comme sa fille. Il paraissait vieilli de plusieurs années, ses rides s'étaient creusées, ses yeux étaient plus sombres et son teint plus pâle. Il se déplaçait lentement et parlait à peine. Edwina et moi tombâmes dans les bras l'une de l'autre en pleurant, puis Gavin et moi eûmes l'occasion de nous retrouver seuls.

— Où est Fern ? demanda-t-il.

— Personne ne semble le savoir.

— Elle aurait dû être la première ici pour t'aider avec Jefferson, remarqua-t-il avec colère.

— Ça vaut peut-être mieux ainsi. Elle n'a jamais su aider personne à part elle-même. Peut-être se sent-elle penaude de s'être disputée avec papa la dernière fois qu'elle l'a vu.

— Ça m'étonnerait d'elle.

Nous nous regardâmes. Nous nous étions naturellement éloignés des autres pour nous retrouver dans la salle de loisirs. Maman et papa l'utilisaient souvent comme second bureau. Il y avait une grande table en bois de merisier et une chaise, des murs couverts d'étagères pleines de livres, une grosse horloge de grand-père et un canapé de cuir rouge. Gavin regarda les photos de famille sur les étagères et les lettres d'éloges encadrées que maman avait reçues pour ses performances à Sarah-Bernhardt.

— Elle en était si fière, dis-je.

Il hocha la tête.

— Je n'arrive pas à y croire, murmura-t-il sans se tourner vers moi. Je continue à penser que je vais me réveiller bientôt.

— Moi aussi.
— Elle était plus qu'une belle-sœur pour moi. Elle était une sœur. Et j'ai toujours voulu être comme Jimmy.
— Tu le seras, Gavin. Il était très fier de toi et n'arrêtait jamais de vanter tes mérites et tes succès scolaires.
— Pourquoi est-ce arrivé ? Pourquoi ?

Les larmes m'assaillirent et mes lèvres se mirent à trembler.

— Oh, je suis désolé, s'excusa-t-il aussitôt en se rapprochant de moi. Je devrais penser à toi au lieu de me lamenter sur mon sort.

Il me prit dans ses bras et j'appuyai ma tête contre sa poitrine.

— Que se passe-t-il ici ? demanda tatie Bett.

Elle se tenait sur le seuil, les yeux écarquillés de surprise. Je levai lentement la tête et séchai mes larmes.

— Rien, dis-je.
— Vous ne devriez pas rester seuls ici alors que tout le monde est réuni au salon, remarqua-t-elle en nous regardant tour à tour. Ce n'est pas... correct. De plus, Jefferson ne se conduit pas bien. Tu ferais mieux de lui parler, Christie.
— Que fait-il ?
— Il ne veut pas tenir en place.
— Il a seulement neuf ans, tatie Bett, et il vient juste de perdre ses parents. Nous ne pouvons pas vraiment attendre de lui qu'il soit aussi parfait que Richard.

Son visage s'enflamma.

— Eh bien, je... j'essaie juste de...
— Je vais m'occuper de lui, l'interrompis-je en prenant la main de Gavin. Je suis désolée, dis-je après que nous l'eûmes quittée. Je n'aurais pas dû être aussi expéditive avec elle, mais elle est partout, à vouloir tout diriger. Je perds patience.

— Je comprends. Je t'aiderai pour Jefferson, proposa-t-il. Trouvons-le.

Gavin fut merveilleux avec lui, l'amenant dans sa chambre et jouant avec lui.

Tante Fern n'arriva qu'au matin des funérailles, accompagnée d'un de ses petits amis de l'université, un grand jeune homme brun. Elle le présenta seulement comme Buzz. Je n'arrivais pas à croire qu'elle avait choisi d'amener un petit ami à l'enterrement. Elle se comportait comme s'il s'agissait simplement d'une réunion familiale ordinaire. Tout le temps passé à la maison avant le départ pour l'église, elle le consacra à son petit ami, à l'écart des autres. Je les surpris nombre de fois en train de glousser dans un coin. Ils fumaient tous les deux sans relâche. Je rappelai à Fern que maman détestait qu'on fume dans la maison.

— Écoute, Buzz et moi n'allons pas nous éterniser ici, princesse, alors fiche-moi la paix avec le règlement, d'accord ? Telle mère, telle fille, dit-elle à Buzz qui sourit et hocha la tête à mon intention.

— Quels sont tes projets ? demandai-je.

— Retourner à la fac un moment. Je ne sais pas. Je commence à en avoir assez des emplois du temps et des devoirs.

Cela eut l'air de beaucoup amuser Buzz.

— Papa voulait que tu aies tes diplômes.

— Mon frère voulait vivre ma vie à ma place, dit-elle sèchement. Maintenant il est parti et je n'ai pas envie de m'inquiéter de ce que les gens attendent de moi. Je ferai ce que je veux, un point c'est tout.

— Mais que feras-tu ?

— Ne t'en fais pas. Je ne traînerai pas souvent par ici, surtout avec Philippe et sa nichée aux commandes.

— Ils n'ont pas pris les commandes !

— Ah non ? Tu appelles ça comment ? Une situation temporaire ? rétorqua-t-elle en éclatant de rire.

— Oui.

— Regarde la réalité en face, princesse. Tu es trop

jeune pour vivre seule. Philippe et Betty Ann vont devenir tes tuteurs. Je n'aimerais pas être à ta place. Mais courage : dans quelques années tu pourras partir toi aussi.

— Je ne quitterai jamais mon frère.

— Pas mal, la tirade de fin, hein, Buzz ?

Il hocha la tête et sourit, comme s'il n'était qu'une marionnette dont elle tirait les ficelles.

— Jamais, insistai-je.

Tante Fern avait le don de me mettre en rage. Maintenant que papa n'était plus là, plus personne ne la surveillerait et ne la tirerait des problèmes dans lesquels elle s'embourbait régulièrement. Elle ne le savait pas encore, mais il allait lui manquer beaucoup plus qu'elle ne l'imaginait.

Je les laissai dès qu'on m'annonça l'arrivée de tante Trisha. Son spectacle avait débuté à Broadway et, malgré sa douleur, elle avait dû monter sur scène. Je ne l'en blâmais pas ; le spectacle devait continuer. Maman me parlait souvent des sacrifices auxquels les gens du show-business sont contraints.

Tante Trisha et moi pleurâmes longtemps dans les bras l'une de l'autre. Puis Jefferson, heureux de la voir, se rua à son tour dans ses bras. Elle resta à nos côtés de ce moment-là jusqu'à la fin de la réception, puis dut repartir pour New York.

La limousine conduisait le cortège à l'église. Des nuages noirs de circonstance s'étaient amoncelés dans le ciel. Je pouvais presque entendre papa dire : « Oh non, le temps va la rendre encore plus triste. » L'église était comble. Bronson avait installé grand-mère Laura au premier rang. Elle portait une élégante robe noire et un chapeau noir à voilette. Son visage, fardé avec excès, particulièrement les lèvres, ressemblait à un masque. Elle semblait ailleurs, perdue, mais souriait néanmoins à tout le monde et hochait la tête tandis que nous prenions place. Jefferson m'agrippa très fort la main et s'assit si près de moi qu'il était pratiquement sur mes genoux.

Dès que le prêtre apparut, l'organiste cessa de jouer. Le prêtre nous invita à la prière et lut des passages de la Bible. Puis il fit l'éloge funèbre de maman et de papa, les comparant à deux étoiles ayant servi de guides à notre communauté, deux étoiles qui continueraient de briller et de nous donner des raisons d'espérer et d'être heureux. Là-haut, elles poursuivraient leur œuvre pour toutes les âmes du paradis.

Jefferson écoutait, les yeux écarquillés, mais ni lui ni moi ne pouvions détacher longtemps nos regards des deux cercueils. Cela paraissait encore irréel et impossible que maman et papa y fussent couchés.

Quand je me retournai après l'office, je vis que la plupart des gens avaient pleuré. La procession funéraire se rendit directement au cimetière. Devant leurs tombes, Gavin me prit la main et tante Trisha celle de Jefferson. Nous nous tenions aussi raides et immobiles que des statues. Le vent frais soulevait mes cheveux et glaçait les larmes sur mes joues. Juste avant que les cercueils soient descendus, je m'avançai pour déposer un baiser sur chacun.

— Au revoir, papa, murmurai-je. Merci de m'avoir plus aimée que mon vrai père ne le fera jamais. Dans mon cœur, tu seras toujours mon véritable père. (Je m'interrompis, ravalant mes larmes avant de poursuivre.) Au revoir, maman. Tu es partie, mais tu vivras toujours en moi.

Je levai les yeux vers oncle Philippe qui venait de me rejoindre. Il fixait le cercueil de maman, le visage inondé de larmes. Il le toucha doucement, ferma les yeux, puis recula avec moi. Les cercueils furent mis en terre.

J'entendais Jefferson sangloter. Je voulais le consoler, mais je n'arrivais pas à arrêter mes propres larmes. Gavin me serra contre lui. Grand-père Longchamp avait la tête baissée et Edwina le soutenait par la taille. Fern ne riait plus, mais ne pleurait pas non plus. Elle paraissait fatiguée et gênée, et son petit ami avait l'air désorienté, se demandant probablement ce qu'il faisait là. Bronson avait amené grand-mère Laura sur sa chaise roulante. Je le voyais lui expliquer des choses et elle hochait la tête, comme si elle commençait à peine à se rendre compte de ce qui se passait.

— Allons, tout le monde, dit tatie Bett en poussant Richard et Mélanie devant elle. Retournons à la maison.

La maison ? Comment serait-ce encore la maison sans maman et papa ? Ce n'était plus qu'une enveloppe remplie de souvenirs, d'ombres et d'anciens échos, un endroit où poser nos affaires et dormir, un endroit où nous mangerions désormais dans un calme morbide, car le rire de papa juste après qu'il eut taquiné maman ne serait plus là, ni les chants de maman et son doux sourire, ni ses tendres baisers et ses caresses, seuls capables d'éloigner les sorcières et les fantômes de nos mauvais rêves.

Le ciel s'obscurcit encore, le monde était en colère, et à juste raison, pensai-je. Nous quittâmes le cimetière d'un pas chancelant, passant devant les autres tombes familiales et le mausolée érigé à la mémoire de grand-mère Cutler. J'étais certaine que maman n'aurait plus jamais à l'affronter, car le paradis est fermé aux méchantes gens.

— N'oubliez pas d'essuyer vos pieds avant d'entrer, les enfants, rappela tatie Bett quand nous fûmes dans la limousine.

Je lui lançai un regard acéré et me demandai si le cauchemar ne venait pas seulement de commencer.

5

Compromis

Oncle Philippe étant incapable de quoi que ce soit, tatie Bett prit en charge l'organisation de la réception qui devait suivre les funérailles. Tout le personnel de l'hôtel s'employa à exécuter ses souhaits. M. Nussbaum et Léon cuisinèrent ce qu'elle jugea approprié pour la circonstance. Ils travaillèrent sous sa totale supervision. Buster Morris et les autres jardiniers furent chargés d'installer des tables et des bancs sur la pelouse. Nous nous attendions à un véritable défilé de gens venant présenter leurs derniers respects et offrir leur soutien moral à la famille. Ni Jefferson ni moi n'étions d'humeur à les recevoir, si sincères fussent leurs marques d'amitié et de sympathie ; mais il fallait le faire et de toute façon tatie Bett veillait à ce que nous tenions notre rôle à la perfection.

— Toi et Jefferson vous assiérez là, chérie, dit-elle en désignant le sofa du salon. Mélanie et Richard seront à côté de vous, bien sûr, et je conduirai nos visiteurs jusqu'à vous.

— Je ne veux pas voir de gens, dit Jefferson d'un ton légèrement plaintif.

— Je le sais bien, mon chéri, mais tu dois le faire pour ta mère et ton père, lui répondit tatie Bett.

— Pourquoi ?

— Il n'arrête jamais avec ses questions, commenta Richard avec exaspération.

Ses lèvres étaient aussi fines que des lanières et parfois, lorsqu'elles bougeaient de cette façon pincée, on aurait pu les croire prêtes à fouetter.

— Il a parfaitement le droit de poser des questions, Richard, remarquai-je sèchement.

— Bien sûr qu'il a le droit, dit tatie Bett d'une agaçante voix chantante.

Elle caressa les cheveux de Jefferson, mais il essaya de se mettre hors de portée.

— Demande tout ce que tu veux, chéri.

Jefferson serra les lèvres et ses yeux devinrent aussi tranchants que deux lames de rasoir, mais tatie Bett lui tapota à nouveau la tête et nous laissa. Avant que nous puissions argumenter sur quoi que ce soit, les gens commencèrent à arriver. Même Jefferson fut impressionné. Absolument tous les gens vivant aux alentours de Cutler's Cove se présentèrent, et certains de nos clients les plus assidus avaient fait le voyage quand ils avaient eu vent de la tragédie.

Tatie Bett sautillait de-ci de-là comme un canari, les barreaux de sa cage s'étendant du salon au hall d'entrée. Elle accueillait les arrivants et les conduisait vers nous. Cela devint très vite exténuant, mais je remarquai néanmoins que tous ces gens qui nous serraient contre eux et nous embrassaient éprouvaient une réelle peine. Pour la première fois, je me rendais compte du nombre étonnant de relations que maman et papa avaient eues.

Tante Trisha s'occupa de nous de son mieux, s'assurant que nous mangions et buvions quelque chose. Elle resta aussi longtemps que possible, puis nous attira à l'écart pour nous dire au revoir.

— Je suis obligée de rentrer à New York. Ça me fait gros au cœur de vous laisser.

— Je comprends, tante Trisha, dis-je, me rappelant la façon dont papa la taquinait. Après tout, tu es dans le théâtre, ajoutai-je en l'imitant.

Elle sourit brièvement.

— Ils vont tellement me manquer.

Elle regarda Jefferson. Il secoua la tête de façon déconcertante, les yeux pleins de larmes.

— Oh, mon petit chou, dit-elle en le serrant fort contre elle. Sois un gentil garçon et écoute ta tante et ton oncle, d'accord ? (Jefferson acquiesça à contre-cœur.) Je t'appellerai bientôt, Christie, et peut-être que dans quelque temps tu pourras me rendre visite à New York et assister à mon spectacle. Ça te plairait ?

— Beaucoup, tante Trisha.

Elle se leva, se mordit la lèvre pour ne pas céder aux larmes et nous salua une dernière fois de la tête. Puis elle fit volte-face, comme poursuivie par des fantômes, et disparut de notre vue. Seulement quelques minutes plus tard, Gavin vint m'annoncer que grand-père Longchamp souhaitait partir lui aussi.

— Ça le bouleverse de voir défiler tous ces gens éplorés, expliqua-t-il. Il préfère encore attendre à l'aéroport.

— Je comprends, dis-je, même si mon cœur s'était serré à l'idée de voir partir Gavin.

— Il a dit que je pourrais bientôt revenir, m'informat-il.

— Oh, Gavin, tu devais travailler ici cet été. Nous nous serions tellement amusés ensemble.

Ses yeux me dirent combien il regrettait.

— Maman veut que vous retourniez sur le sofa, déclara Richard en s'immisçant entre nous deux. Elle dit qu'il y a encore des personnes importantes à saluer.

— Hé, prends le large, dit Gavin en se tournant vivement vers lui.

— Quoi ?

— Du vent, tu piges ?

La bouche de Richard se tordit de perplexité pendant un moment. Puis il parut comprendre.

— Je fais juste ce que maman m'a demandé, gémit-il.

— Eh bien, maintenant, tu fais ce que je te demande.

L'expression furieuse de Gavin le fit partir en courant.

Je me mis à rire : comme c'était agréable de rire !

— Fais-moi plaisir, Jefferson, attache ses chaussettes ensemble tous les matins, d'accord ? dit Gavin.

— Ouais, répondit Jefferson, les yeux brillants.

— Ne t'avise pas de le faire, Jefferson, intervins-je. Gavin, il n'a pas besoin que tu lui donnes de nouvelles idées.

— S'il t'embête, dis-lui que je vais revenir, conseilla Gavin à Jefferson.

— Papa veut y aller, chéri, déclara doucement Edwina en nous rejoignant. Il ne se sent pas très bien, ajouta-t-elle pour s'excuser auprès de moi. Philippe a demandé la limousine pour nous.

— Je vous accompagne, proposai-je.

— Moi aussi, fit en écho Jefferson.

Il n'avait pas l'intention de me quitter d'une semelle.

Quand nous regagnâmes la pelouse principale, tante Fern et son petit ami étaient en train de rire et de plaisanter à une table avec des serveurs. Elle n'avait pas l'air affligée ; pas plus que ne l'aurait été une étrangère. Edwina alla lui annoncer qu'ils partaient, mais cela ne sembla pas l'intéresser outre mesure.

— Eh bien, au revoir, dit-elle en faisant un rapide signe de la main à Gavin et à grand-père Longchamp.

— Elle n'agit pas comme l'une des nôtres, et certainement pas en digne fille de Sally Jean, marmonna ce dernier. Je suppose qu'elle tient des canards boiteux de ma famille. Nous n'en manquions pas, ajouta-t-il.

Intriguée, je me demandai si Gavin connaissait les détails de son obscure histoire familiale.

— Prends bien soin de toi, Christie, reprit grand-père Longchamp en tournant vers moi ses grands yeux tristes. Et occupe-toi de ton frère comme tes parents l'auraient voulu. Et n'hésitez pas à nous appeler si vous avez besoin de nous, les enfants, c'est compris ?

— Oui, grand-père. Merci.

Il regarda une dernière fois la maison, puis entra dans la limousine. Edwina le suivit.

— J'appellerai et j'écrirai aussi souvent que possible,

promit Gavin. J'ai du mal à te laisser comme ça, ajouta-t-il, le regard débordant de tendresse.

Je hochai la tête, les yeux baissés. Il passa la main dans les cheveux de Jefferson puis, rapidement, si rapidement que je le sentis à peine et que personne ne le vit, il se pencha pour m'embrasser sur la joue. Quand je rouvris les yeux, il rejoignait ses parents dans la limousine.

Jefferson et moi restâmes là, main dans la main, suivant du regard la voiture qui s'éloignait. Un froid intense m'envahit subitement. Le crépuscule était tombé aussi vite qu'une ombre projetée, obscurcissant tout autour de nous.

— Vous voilà, les enfants, cria tatie Bett de la porte. Il faut que vous repreniez vos places à l'intérieur.

— Nous sommes fatigués, tatie Bett, déclarai-je, tenant toujours Jefferson par la main et la dépassant. Nous montons.

— Oh, mais, chérie, et tous les gens qui viennent d'arriver ? s'exclama-t-elle, désappointée.

Elle grimaça comme si notre absence allait être la véritable tragédie de la journée.

— Je suis sûre qu'ils comprendront, dis-je calmement. De même que toi.

— Mais...

Nous poursuivîmes notre chemin, tête basse, et montâmes furtivement l'escalier comme si nous n'étions pas chez nous, des étrangers dans notre propre maison.

Sachant que Jefferson ne voudrait pas rester seul, je l'emmenai dans ma chambre. Le bruit et l'agitation au-dessous nous parvenaient, à peine étouffés. Peu après que nous nous fûmes retirés, Bronson Alcott nous rendit visite. Il frappa à la porte, attendit ma réponse et glissa sa tête dans l'entrebâillement. Jefferson s'était endormi à mes côtés, mais je n'arrivais pas à trouver le sommeil.

— Oh, je ne voulais pas te réveiller, s'excusa-t-il en reculant.

— Ce n'est pas le cas, Bronson. Entrez, je vous prie.

Je m'assis et remis de l'ordre dans mes cheveux. Il pénétra dans la pièce, souriant au spectacle de Jefferson endormi.

— Pauvre petit môme, dit-il en secouant la tête. Ce n'est facile pour personne, mais pour lui, c'est spécialement dur. Je me souviens comme j'ai souffert de perdre ma mère, et j'étais un peu plus âgé.

— Comment est-elle morte ?

— D'une leucémie, répondit-il tristement.

— Et elle vous a laissé la charge de votre sœur infirme ? demandai-je, me souvenant de certains détails racontés par maman.

Il hocha la tête.

Et maintenant, il s'occupait de la pauvre grand-mère Laura, pensai-je avec compassion.

— Comment va grand-mère ?

— Bien. Je l'ai laissée avec l'infirmière pour pouvoir monter vous voir.

— A-t-elle compris ce qui s'est passé ?

Il acquiesça.

— Elle oscille entre la mémoire et l'oubli... peut-être vaut-il mieux l'oubli. Peut-être est-ce une protection de l'esprit contre tant de malheur.

— Votre charge est bien lourde, remarquai-je.

— Ta mère me le disait souvent, avec exactement les mêmes mots, m'apprit-il en souriant. Laura Sue n'a pas toujours été dans cet état, tu sais. C'était une femme vive, énergique et brillante, débordante d'enthousiasme et de joie, ravissant tous les hommes qui la croisaient.

— Maman m'a raconté, Bronson, repris-je au bout d'un moment, vous savez tant de choses sur la famille, croyez-vous qu'on lui ait vraiment jeté une malédiction ?

— Une malédiction ? Oh non, il n'y a pas de malédiction, malgré tous ces malheurs. Enlève-toi ces idées de l'esprit. Je suis sûr que tu réaliseras les espoirs que tes parents fondaient sur toi et que tu accompliras de merveilleuses choses.

Je secouai tristement la tête.

— Je ne veux plus faire de merveilleuses choses. Sans maman...

— C'est absurde, Christie. Tu dois plus que jamais penser à ta future carrière musicale, affirma-t-il avec conviction. Tu dois le faire pour elle, autant que pour toi-même.

— Mais j'ai toujours l'impression que je suis destinée à perdre, qu'une chape de nuages noirs...

— Christie, m'interrompit-il en fronçant les sourcils, le destin est parfois cruel, mais c'est aussi lui qui t'a donné ton talent. N'oublie jamais ça. Le destin nous conduit sur des chemins tour à tour bons et mauvais, mais si nous ignorons ou rejetons les bons chemins qu'il nous offre, alors nous sommes les artisans de notre propre malheur. Réalise tout ce qui est en toi. Tu en as l'obligation maintenant, m'avertit-il.

Je hochai la tête. Il était si assuré, si solide. Maman avait de bonnes raisons de l'aimer et de l'admirer, pensai-je. Puis une magnifique idée me vint subitement à l'esprit.

— Je ne veux pas vivre avec oncle Philippe et tante Bet, et Jefferson non plus.

— Je comprends, mais ils se sont proposés en premier pour vous garder et en plus ils emménagent ici... c'est la solution la plus logique. Ce ne sera pas facile, au début ou peut-être jamais, mais vous serez au moins au contact de gens qui vous respectent et qui vous aiment. Je suis sûr que Philippe vous traitera comme ses propres enfants.

Il vit la déception sur mon visage.

— J'aimerais... J'aimerais pouvoir vous prendre avec nous, mais je crains pour l'instant d'être dans l'incapacité de vous offrir un environnement favorable. Laura Sue est infirme et, même si elle vous montre de l'affection dans ses moments de lucidité, elle sera pour vous aussi un fardeau.

— Je suis prête à accepter ça, m'empressai-je de déclarer.

Il sourit.

— Tout se passera bien ici. Ne t'inquiète pas. Et je viendrai le plus souvent possible m'assurer que Jefferson et toi allez bien.

Je baissai la tête pour qu'il ne voie pas les larmes qui me montaient aux yeux.

— Allons, allons. Tout ira bien, Christie, dit-il de sa douce voix compréhensive.

Il se pencha pour m'embrasser sur la joue. Puis il regarda tendrement Jefferson.

— Dès que l'occasion se présentera, je vous inviterai à dîner tous les deux, promit-il. Cela fera aussi le plus grand bien à Laura Sue.

Il se dirigea vers la porte.

— Bronson ?

— Oui ?

— Peu avant que tout cela arrive, maman m'a raconté des choses du passé, des choses restées secrètes jusque-là. Mais elle ne m'a pas tout dit, et je voudrais savoir. Vous m'aiderez ?

— Bien sûr, si c'est en mon pouvoir. Quand tout sera plus calme, nous passerons un après-midi ensemble juste pour parler du passé et de ta famille, d'accord ?

Je hochai la tête.

— Merci, Bronson.

— J'aimais beaucoup ta mère, Christie. Elle avait développé une certaine sagesse au fil des années, peut-être à cause des passages difficiles de sa vie. Elle était d'une compréhension, d'une patience et d'une perspicacité uniques. Je suis persuadé que tu as hérité de ces qualités. Tu verras, dit-il, et il s'en alla.

Personne ne passa nous voir ensuite. Plus la soirée avançait, plus la réception funéraire prenait des allures de fête. J'entendais davantage de rires et de mouvements de voitures, des portes claquaient, des gens s'appelaient. Jefferson se réveilla et réclama notre mère en pleurant. Je le consolai jusqu'à ce qu'il se rendorme. Puis, ne parvenant toujours pas à trouver le sommeil, j'allai m'asseoir par terre près de mon placard et me mis à feuilleter les vieux albums de photos, souriant et pleurant sur les photos de maman et de papa.

Maman était si belle, tellement, tellement belle...

Je me roulai en boule, essayant de refréner la douleur et les larmes qui menaçaient de me submerger. J'étais encore dans cette position, quand la porte s'ouvrit à la volée.

— Ah, il est là, dit Richard.

— Qu'est-ce que tu veux ? demandai-je. On ne t'a pas appris à frapper ?

Il eut un petit sourire suffisant.

— Maman m'envoie le chercher. Il doit déplacer certaines de ses affaires ou bien je le ferai.

— De quoi parles-tu ? Il n'a rien à déplacer du tout, déclarai-je en me levant. Spécialement ce soir.

— Maman dit qu'il n'est pas correct que Mélanie et moi dormions dans la même chambre. Nous sommes trop vieux pour ça. Elle dit que les garçons doivent être avec les garçons. Elle va faire transporter mon lit dans la chambre de Jefferson. Je veux qu'il me fasse de la place dans le placard. S'il ne le fait pas, je le ferai moi-même, menaça-t-il.

Cette idée me fit frémir. Jefferson détesterait avoir Richard sur le dos jour et nuit, car Richard n'était pas un garçon de douze ans comme les autres. Il était tellement maniaque avec ses affaires... J'imaginais mal une telle cohabitation. Ce serait la guerre perpétuelle.

— Tu n'as pas intérêt à toucher à ses affaires ! m'écriai-je.

— Que... qu'est-ce qu'il y a, Christie ? bégaya Jefferson en s'asseyant et en se frottant les yeux.

— Rien. Rendors-toi. Je dois aller parler à tatie Bett.

Je sortis de la chambre, poussant pratiquement Richard hors de mon chemin.

Il y avait encore beaucoup de gens dans la maison. Ils en étaient à présent au café et aux gâteaux. Certains n'étaient visiblement là que pour se gaver des plateaux de nourriture qu'avaient préparés M. Nussbaum et Léon. Je cherchai tatie Bett et oncle Philippe du regard. Tout le monde me souriait et certaines personnes me présentèrent leurs condoléances, mais je passai rapidement d'une pièce à l'autre jusqu'à ce que je trouve tatie Bett en train de raccompagner quelqu'un à la porte. J'ignorais où se trouvait oncle Philippe ; je ne l'avais vu nulle part.

— Oh, Christie chérie, dit-elle en m'apercevant. Tu es descendue. As-tu faim, mon chou ?

— Non, tatie Bett, je n'ai pas faim, jetai-je. (Elle garda le sourire.) Je suis en colère. Pourquoi installer Richard dans la chambre de Jefferson justement cette nuit ?

— Oh, j'ai pensé que plus vite ils commenceraient à partager les choses, mieux ce serait pour eux. J'ai aussi pensé que la compagnie de Richard consolerait Jefferson. Et vraiment, chérie, ajouta-t-elle en se rapprochant de moi, je ne peux plus laisser Richard et Mélanie dormir dans la même chambre. Mélanie devient une jeune fille et toutes les jeunes filles ont besoin de leur intimité, n'est-ce pas ? Tu es bien placée pour le savoir.

— Je ne dis pas le contraire, tatie Bett, mais Jefferson vient juste d'enterrer ses parents. Il a au moins droit à une nuit de repos. Ces arrangements peuvent attendre. Et de toute façon, je crois que nous devrions avoir notre mot à dire là-dessus. C'est notre maison, ajoutai-je, brandissant l'étendard de ma fierté.

Tatie Bett ne perdait toujours pas son sourire.

— Où est oncle Philippe ? demandai-je.

— Il va et vient, chérie, mais il est trop bouleversé pour être d'une aide quelconque. J'essaie seulement de faire au mieux.

— Le mieux est de ne pas propulser Richard dans la chambre de Jefferson cette nuit. Il va avoir assez de mal à aller se coucher, et il est bien trop fatigué pour réorganiser son placard maintenant.

— Très bien, chérie. Cela attendra demain matin, si tu préfères.

Cette fois, quelque chose dans son sourire me sembla faux.

— Je préférerais que cela ne se fasse pas du tout, remarquai-je.

— Nous allons tous devoir faire des compromis, Christie, rétorqua-t-elle avec une certaine sévérité. Ta perte est grande, mais nous avons nous aussi beaucoup perdu. Notre maison et l'hôtel et...

— Tout cela est remplaçable, tatie Bett, l'interrompis-je, révoltée qu'elle ait seulement pu penser à faire la comparaison. Peux-tu me rendre ma mère et mon père ? Le peux-tu ? m'écriai-je, des larmes de rage douloureuse coulant sur mes joues.

— Je suis désolée, chérie, s'excusa-t-elle en se radoucissant. Je ne voulais pas te blesser. (Elle adressa un rapide sourire à des gens qui partaient.) Nous en parlerons demain. Veux-tu dire à Richard de descendre me voir, s'il te plaît ? me demanda-t-elle avant de s'empresser de retourner à son rôle d'hôtesse.

Je remontai aussi vite que possible. Richard était déjà dans la chambre de Jefferson. Quand j'ouvris la porte sans prévenir, il était en train de changer de place les vêtements de mon frère.

— Ne touche pas à ses affaires ! criai-je.

Il me regarda d'un air mauvais.

— Tatie Bett veut te voir immédiatement. Tu ne t'installeras pas ici ce soir. Alors sors tout de suite.

Je m'effaçai pour lui montrer la direction, déterminée à ne pas bouger tant qu'il n'aurait pas décampé.

— Cette chambre est bien moins jolie que celle que j'avais, marmonna-t-il.

— Alors ne prends pas la peine d'y revenir, dis-je dans son dos.

Il fila comme s'il avait le diable à ses trousses. Jefferson se tenait sur le seuil de ma chambre, le visage chiffonné par les pleurs et la fatigue. Il avait du mal à garder les yeux ouverts.

— Viens, Jefferson, je vais t'aider à te mettre au lit.
— Où va dormir Richard ?
— Je m'en fiche, répondis-je, et j'aidai mon petit frère à se déshabiller et à faire sa toilette pour une autre nuit sur cette terre sans ses parents.

Quand je réintégrai ma chambre, je fus surprise d'y trouver tante Fern en train de fouiller parmi mes vêtements.

— Tante Fern ! m'écriai-je. (Je regardai autour de moi, mais son petit ami n'était pas là.) Que fais-tu ?
— Salut, princesse.

Elle m'adressa un sourire stupide. Je n'avais pas besoin de m'approcher bien près pour sentir l'odeur de whisky.

— J'admirais juste tes sweats. Tu as de jolies choses. Cette montre, par exemple... (Elle l'accrocha à son poignet.) Je peux te l'emprunter un moment ?

C'était le cadeau d'anniversaire de mes parents.

— Enlève-la ! ordonnai-je. C'est le dernier cadeau que m'ont fait maman et papa.
— Oh...

Elle vacilla.

— Tu peux prendre n'importe quoi d'autre, dis-je. S'il te plaît...
— T'affole pas, répliqua-t-elle en bataillant pour défaire la montre, cassant presque le bracelet.

Elle la lança sans ménagement sur le lit. Je la ramassai aussitôt, me jurant de ne plus jamais l'enlever de mon poignet.

— Tu pourrais être un peu plus gentille avec moi, gémit-elle. Je m'en vais, et qui sait quand tu me reverras ?
— Tu ne passes pas la nuit ici ?
— Je suis invitée à une fête de fin d'année.

Elle se dirigea en chancelant vers ma coiffeuse et inspecta mes parfums et mes eaux de toilette.

— Tu ne suivras pas les cours d'été, comme tu l'avais promis à papa, n'est-ce pas ?

— Non. Je vais passer l'été à Long Island, avec un type plein aux as et gâté jusqu'à la moelle. Je l'ai déjà dit à Philippe pour qu'il m'envoie mes mensualités là-bas. Mais je ne pense pas qu'il m'ait entendue, alors j'appellerai Dorfman.

— Mais je croyais que tu devais rattraper les matières que tu as ratées cette année ?

Elle se retourna brusquement.

— Tu sais que tu as tout d'une vieille fille... et patati, et patata. À seize ans, j'avais déjà perdu ma virginité. (Elle rit de l'expression de mon visage.) Tu as lu le chapitre, pas vrai ? Ça va, garde tes petits secrets, ajouta-t-elle devant mon silence. C'est une manie familiale. Ta mère aussi avait ses petits secrets.

— Ne t'avise pas de dire quoi que ce soit de mal sur ma mère, la prévins-je.

Elle chancela de nouveau et secoua la tête.

— Il est temps que tu arrêtes de vivre comme Alice au pays des Merveilles. Ta mère et ton père ont grandi dans la même chambre, pratiquement l'un sur l'autre, jusqu'à ce qu'elle ait seize ans, et ensuite, elle est tombée amoureuse de Philippe sans savoir qu'il était son frère. Qu'est-ce que tu crois qu'ils faisaient pendant leurs rendez-vous, des mots croisés ? Bien sûr, tout ça était *top secret*, mais je ne leur ai jamais permis de me dicter ma conduite. Ils ne valent pas mieux que moi.

— Je ne te crois pas ; ce n'est pas vrai à propos de maman et d'oncle Philippe.

Elle haussa les épaules.

— Demande-le-lui à l'occasion. Et pendant que tu y es, demande-lui combien de fois il est entré dans ma chambre pendant que je m'habillais, soi-disant à la recherche d'Aurore ou de Jimmy. Tu n'as qu'à regarder sa femme, Christie, pour comprendre pourquoi il va voir ailleurs.

— Ce que tu dis est affreux, tante Fern. Je sais que tu as bu, mais l'alcool n'excuse pas tout. Je ne veux pas en entendre plus.

Elle éclata de rire.

— Vraiment ? (Elle s'avança vers moi, un mauvais sourire aux lèvres.) Tu ne veux pas entendre qu'Aurore et Jimmy croyaient être frère et sœur mais continuaient à dormir ensemble à moitié nus ?

— Arrête ! criai-je en me bouchant les oreilles.

— Tu ne veux pas entendre comment ta mère flirtait avec oncle Philippe, comment elle frétillait quand le plus beau garçon de son école l'embrassait dans le cou ?

— ARRÊTE !

Je courus m'enfermer dans la salle de bains. Là, les bras serrés autour de moi, je me laissai tomber au sol, secouée de sanglots. Je l'entendis rire, puis s'approcher de la porte.

— D'accord, princesse, je te laisse à ton pays des Merveilles. Je te plains. Ils t'ont toujours chouchoutée et favorisée. Christie par-ci, Christie par-là. Tu étais la plus magnifique et la plus douée des petites filles et moi j'étais une source de problèmes. Eh bien, maintenant tu es toute seule, exactement comme je l'ai toujours été. Tu m'en diras des nouvelles, jeta-t-elle.

J'entendis ses pas chancelants s'éloigner. Je restai un long moment prostrée, à pleurer toutes les larmes de mon corps. Comme elle pouvait être détestable ! Papa souhaitait seulement son bonheur et maman s'était efforcée de l'aimer et de la traiter justement. J'étais contente qu'elle parte et j'espérais qu'elle ne reviendrait jamais.

Je me levai lentement et me passai de l'eau sur le visage. Je croyais qu'il me faudrait des heures pour trouver le sommeil, mais une fois la tête sur l'oreiller, l'épuisement émotionnel eut raison de moi. Et ce ne fut qu'aux premières et grises lueurs du matin, sous un ciel parcouru de caravanes de nuages, que je rouvris les yeux. Je regardai droit devant moi. La vue de ma robe noire sur le dos d'une chaise me rappela douloureusement ce qui s'était passé. Non, je n'avais pas vécu un cauchemar... Ces horribles événements étaient bien réels.

Mais avant que mes yeux ne s'emplissent à nouveau de larmes, le léger bruit d'un soupir me fit me retourner, et je fus surprise de découvrir oncle Philippe. Il avait installé une chaise de l'autre côté de mon lit et était assis là, me contemplant avec mélancolie. Ses cheveux étaient en bataille et sa chemise ouverte. Il ne portait ni veste ni cravate. Je le trouvai très pâle et fatigué.

— Oncle Philippe ! m'écriai-je en rabattant le drap sur moi.

Certaines détestables paroles de tante Fern remontèrent comme de la moisissure à la surface de ma mémoire.

— Que fais-tu ici ?

Depuis combien de temps m'observait-il en train de dormir ? me demandai-je.

Il soupira de nouveau, plus fort et plus longtemps.

— Je n'arrivais pas à trouver le sommeil et je m'inquiétais pour toi, alors je suis venu voir comment tu allais et je suppose que je me suis endormi sur cette chaise. Je viens juste de me réveiller moi aussi, conclut-il, mais il avait plutôt la mine de quelqu'un qui a passé une nuit blanche.

— Je vais bien, oncle Philippe, dis-je, encore déroutée par son comportement et l'expression de son visage.

— Non, non, je te connais bien. Je sais combien tu es fragile et sensible et ce que tu endures, déclara-t-il en se penchant vers moi. (Ses yeux s'adoucirent et se rivèrent aux miens.) Tu as besoin d'un surcroît d'amour et d'attention et je compte bien te le procurer de mon mieux. (Il sourit doucement, les yeux pleins de tendresse, et m'embrassa sur le front.) Pauvre, pauvre Christie ! murmura-t-il en me caressant les cheveux.

Je me détendis.

— Ne t'inquiète pas, oncle Philippe, je vais bien. Retourne te coucher.

Il continua de sourire en caressant affectueusement mes cheveux.

— Chère, chère Christie. Ravissante Christie, Christie d'Aurore. Je me souviens du jour où elle t'a ramenée à l'hôtel. Je lui ai dit de ne pas s'inquiéter parce que ton vrai père t'avait abandonnée. Je lui ai promis que je serais toujours un père pour toi. Et je le serai. Je le serai.

— Merci, oncle Philippe. (Je m'assis et m'écartai de lui.) Je me sens bien maintenant. Je vais me préparer et aller voir Jefferson. D'habitude il est déjà là à cette heure.

Il hocha la tête. Puis il se radossa à sa chaise et inspira profondément, les yeux fermés. Prenant appui sur ses genoux, il se leva et, les épaules affaissées, avança péniblement. Il s'arrêta à la porte.

— Je vais aussi me doucher et m'habiller, déclara-t-il. Nous pourrons prendre le petit déjeuner ensemble... en famille.

Dès qu'il fut parti, je sortis du lit et gagnai la salle de bains. Je restai sous l'eau chaude aussi longtemps que je pus, avec l'impression qu'elle me délivrait de la douleur autant que de la fatigue. Je m'habillai rapidement et j'allai voir si Jefferson était réveillé. Mme Boston était déjà montée l'aider à s'habiller. En train de se coiffer dans la salle de bains, il s'interrompit pour se tourner vers moi quand il m'entendit entrer.

— Bonjour, madame Boston.

— Bonjour, Christie. Je suis passée voir ton petit frère, mais il était déjà réveillé et prêt à s'habiller. C'est vraiment un grand garçon maintenant, ajouta-t-elle, plus à son intention qu'à la mienne.

— C'est vrai, acquiesçai-je. Vous n'auriez pas dû vous donner cette surcharge de travail. Préparer le petit déjeuner pour tout le monde est déjà bien suffisant, madame Boston.

Elle ne faisait pas partie de la famille, mais prenait la

mort de mes parents encore plus à cœur que si cela avait été le cas.

— Ce n'est rien, ma petite Christie. Ta tante Betty s'est levée très tôt ce matin pour donner ses ordres. J'ai tout préparé et, au lieu d'attendre, je suis passée voir si Jefferson n'avait besoin de rien.

— Qu'a-t-elle commandé pour le petit déjeuner ? demandai-je.

— Elle prend ses œufs pochés et M. Richard les aime à la coque, pas plus d'une minute de cuisson précisément, de même que Mlle Mélanie. M. Cutler prend seulement un café et des toasts. Elle est très exigeante pour les toasts. Elle les veut à peine grillés, et avec de la confiture de fraises pour les enfants. Heureusement, nous en avions en réserve. Sinon, j'aurais dû me lever encore plus tôt pour aller en chercher.

— Maman n'était pas si difficile, commentai-je.

Mme Boston hocha la tête.

— Je ferais mieux de descendre maintenant. Elle m'a dit qu'ils seraient tous à table à huit heures tapantes, expliqua-t-elle en s'en allant.

Jefferson sortit de la salle de bains et me regarda. Aucun de nous n'avait envie de descendre et d'affronter cet autre matin sans nos parents, mais nous n'avions pas le choix. Je lui tendis la main et il la prit lentement, tête basse. Puis nous descendîmes.

Tout le monde était installé à table. Oncle Philippe à la place habituelle de papa et tatie Bett à celle de maman. Cela dérangea immédiatement Jefferson, mais aussi le fait que Richard était assis à sa place et Mélanie à la mienne.

— Bonjour, les enfants, dit tatie Bett avec un sourire sirupeux. Comme vous êtes propres et beaux à voir !

Jefferson lui renvoya un regard morne, puis se tourna vers Richard.

— C'est ma place.

— Oh, la question de place n'a pas d'importance, intervint rapidement tatie Bett, toujours souriante. L'essentiel est de se tenir correctement et de manger convenablement. Nous devrions toujours nous rappeler, professa-t-elle avant même que nous nous soyons assis, qu'il y a d'autres personnes à table et qu'elles pourraient être choquées si nous ne respections pas l'étiquette.

Je regardai oncle Philippe. Malgré le petit sourire sur ses lèvres, ses yeux semblaient ailleurs. Il avait l'air d'être encore plongé en pleine confusion. Il ne disait rien, attendant simplement, les mains calées sous le menton, les coudes sur la table. Richard se renversa en arrière avec un sourire satisfait. Mélanie paraissait s'ennuyer.

— Nous ne pouvons pas commencer tant que vous n'êtes pas assis, les enfants, dit tatie Bett.

— Christie peut s'asseoir ici, à côté de moi, déclara oncle Philippe en indiquant la place de Richard. Après tout, elle est l'aînée.

— Je m'assiérai avec mon frère, décrétai-je aussitôt.

Je m'installai à côté de Mélanie et désignai le siège en face de moi à Jefferson. Il le prit à contrecœur.

— Maintenant que nous sommes tous réunis, vous pouvez commencer à servir, madame Boston, ordonna tatie Bett.

— Bien, madame, répondit Mme Boston depuis la cuisine, et elle apporta le pichet de jus de fruits.

D'ordinaire, elle le posait au centre de la table et nous nous servions nous-mêmes. Mme Boston aidait maman à préparer les repas et à entretenir la maison, mais elle ne nous servait jamais. Cependant, ni tatie Bett ni oncle Philippe ne tendirent la main vers le pichet. Campés dans leur position, ils attendaient que Mme Boston le fasse. Elle m'adressa un clin d'œil discret et commença à remplir les verres.

— Je crois, dit tatie Bett, les mains jointes sur la table, qu'il est dans l'intérêt de tous de mettre dès à présent certaines choses au point. (Son sourire devint plus froid, plus dur.) Philippe va se consacrer à la reconstruction de l'hôtel, ce qui me laisse la charge de m'occuper de vous cet été, mes enfants. Je souhaite évidemment que tout le monde vive en harmonie. Un changement aussi dramatique qu'important vient de toucher nos existences. Tout le monde... tout le monde, répéta-t-elle en me fixant, doit faire quelques compromis, mais je ne vois pas pourquoi nous ne deviendrions pas une famille heureuse, conclut-elle, son sourire virant brusquement au pétillement de joie.

Elle se tourna vers oncle Philippe qui, remarquai-je, guettait attentivement mes réactions.

— Philippe a toujours voulu une plus grande famille. Maintenant, il l'a. Mais, dit-elle en soupirant, toutes ces responsabilités lui sont tombées sur les épaules comme une avalanche. Richard et Mélanie comprennent qu'il est essentiel qu'ils soient coopératifs. (À la mention de leurs noms, les jumeaux ouvrirent simultanément de grands yeux et se tournèrent vers nous.) Nous devons nous entraider, conclut-elle.

Mme Boston commença à servir les œufs. Richard plongea sa cuillère dans son œuf à la coque et eut un petit sourire méprisant.

— Il est trop cuit, se plaignit-il.

— Je ne l'ai pas laissé plus d'une minute, dit Mme Boston.

— Fais-moi voir ça, demanda tatie Bett.

Richard lui tendit son assiette. Elle testa l'œuf avec sa cuillère et secoua la tête.

— Il est un peu trop cuit pour Richard. Le feu était peut-être mal réglé.

— J'estime avoir suffisamment cuisiné dans ma vie pour savoir régler un feu, s'énerva Mme Boston.

— Pas cette fois, en tout cas, insista tatie Bett. Ou alors vous avez mal regardé l'heure.

— Je croyais que nous devions tous faire des compromis, intervins-je rapidement. Quelques secondes de plus ou de moins dans la cuisson d'un œuf me semblent être une excellente occasion d'appliquer ce principe.

Les yeux de tatie Bett devinrent vitreux, mais juste au moment où j'estimai qu'ils allaient éclater en tessons meurtriers dans ma direction, elle sourit.

— Christie a tout à fait raison, Richard. Cet incident n'est pas si grave et je suis sûre que Mme Boston apprendra vite à préparer les œufs comme tu les aimes, dit-elle en rendant l'assiette à son fils, qui grimaça.

— Je mangerai ce que je pourrai, consentit-il.

— C'est très bien, Richard, le félicita-t-elle.

Je faillis éclater de rire devant le haussement de sourcils de Mme Boston. Elle m'adressa un regard entendu et termina de servir les œufs. Jefferson toucha à peine à son petit déjeuner.

— Jefferson, tu vas manger, n'est-ce pas ? dit tatie Bett. Il ne faut pas gaspiller la nourriture.

Jefferson prit une bouchée à contrecœur.

— Christie chérie, n'a-t-on jamais appris à Jefferson à mettre sa serviette sur ses genoux ? demanda tatie Bett.

— Si. Mais je crois qu'il n'a pas la tête à ça, pour l'instant.

— Bienséance et propreté sont l'assurance d'une vie saine et heureuse, récita-t-elle. Nous ne devrions jamais l'oublier. Je sais que vos parents étaient très pris par l'hôtel. Voilà pourquoi cette maison...

Elle secoua la tête.

— Quoi, cette maison ? demandai-je aussitôt.

— Ils n'avaient probablement pas le temps de s'occuper à la fois d'elle et de l'hôtel. Mais ce ne sera pas un problème pour moi, affirma-t-elle en se penchant vers moi, souriante.

— Je ne comprends pas. Qu'est-ce qui ne va pas avec notre maison ?

— Elle pourrait être beaucoup plus ordonnée et propre, chérie, répondit-elle en hochant la tête.

— Cette maison est toujours très propre. Mme Boston travaille très dur et maman ne s'est jamais plainte.

— C'est exactement ce que je dis, chérie. Ta mère n'avait pas le temps de se plaindre ou de se charger des affaires domestiques. Elle avait beaucoup trop de responsabilités à l'hôtel. Mais il ne faut pas t'inquiéter. J'ai décidé de remettre cette maison dans un état convenable, ce qui est pour moi une autre raison de vouloir rapidement régler la question du couchage. Après le petit déjeuner, Richard et Jefferson installeront leur chambre, décréta-t-elle fermement.

— C'est ma chambre ! lança Jefferson. Et je ne veux pas la partager avec lui !

Tatie Bett pâlit dans un premier temps, puis ses joues s'enflammèrent et ses yeux se plissèrent. Elle lança un regard à oncle Philippe, qui sirotait son café en fixant un point imaginaire devant lui, comme un homme sous hypnose. Il ne la contredisait pas, pas plus qu'il ne semblait intéressé le moins du monde.

— Ce n'est pas bien d'élever le ton à table, Jefferson, sermonna lentement tatie Bett. Si tu as quelque chose à dire, dis-le calmement. Je sais qu'il s'agit de ta chambre mais, momentanément, jusqu'à ce que nous trouvions une autre solution, tu devras la partager avec ton cousin. Vous êtes presque du même âge, poursuivit-elle en souriant. Tu devrais te réjouir d'avoir un compagnon comme Richard. En somme, c'est comme si tu avais soudain un grand frère. N'est-ce pas formidable ?

— Non, répliqua Jefferson en jetant sa fourchette et en croisant les bras sur sa poitrine.

— Ce n'est pas une façon de se conduire à table, déclara tatie Bett avec sévérité. Désormais, si tu ne te comportes pas correctement, tu n'auras pas le droit de prendre tes repas avec nous.

— Ça m'est égal, dit Jefferson d'un ton provocateur.

— Il est comme ça aussi à l'école, nota Mélanie d'une voix geignarde. Il répond toujours à ses professeurs.

— Je parie que tu as jeté ton carnet de notes, pas vrai ? ajouta Richard.

— Arrêtez ! criai-je en me levant. Tous autant que vous êtes, arrêtez de vous acharner sur lui. N'avez-vous donc aucun sentiment pour lui ? les accusai-je en contournant la table pour me mettre à ses côtés.

— Christie, il n'y a pas de quoi s'emporter ainsi et gâcher notre premier petit déjeuner ensemble.

— Si, il y a de quoi. Il y a de quoi hurler devant tant de méchanceté, surtout de la part de parents qui sont censés vous aimer et se préoccuper de vous. Viens, Jefferson.

Je lui pris la main et nous commençâmes à partir.

— Où allez-vous ? cria tatie Bett. Vous n'avez pas fini votre petit déjeuner. Et il faut toujours demander l'autorisation de quitter la table.

— Christie ! appela oncle Philippe, comme s'il venait juste de comprendre qu'il s'était passé quelque chose.

Je ne répondis pas et ne me retournai pas non plus. Je conduisis Jefferson hors de la salle à manger et de la maison. Sans savoir où j'allais. J'avançais simplement. Des larmes coulaient sur mes joues, mais je ne sanglotais pas. Jefferson courait pratiquement pour rester à ma hauteur tandis que je dévalais les marches du perron. Personne ne vint nous chercher.

Devant nous s'étendaient les restes calcinés de l'hôtel. La vue du toit noirci, des fenêtres brisées, des pans de murs branlants, des fils électriques arrachés et du mobilier brûlé et détruit me serra encore plus le cœur.

J'entraînai Jefferson vers l'arrière de l'hôtel et nous nous assîmes sous le belvédère pour regarder les bulldozers extirper les derniers restes des murs. Aucun de nous ne parla. Jefferson posa sa tête sur mon épaule et nous essayâmes de nous tenir chaud sous le ciel gris qui rendait la brise marine encore plus fraîche. Serions-nous un jour plus malheureux que nous ne l'étions en ce moment ? Je me le demandais.

6
Table rase

Avec la mort de nos parents et le bouleversement subséquent de notre vie, des cauchemars commencèrent à obscurcir nos jours et à jeter un voile gris sur toute chose, même sur le ciel et la mer les plus bleus. Je pouvais voir et sentir la douleur dans les yeux de mon petit frère Jefferson, qui regardait désormais le monde avec colère. Et je comprenais sa rage. Quelqu'un aurait dû l'avertir que la jeunesse, la beauté et ce qui nous est le plus cher peuvent mourir et disparaître à jamais.

À part moi, qui l'écouterait maintenant, qui comprendrait ses peines et le consolerait ? Personne ne pourrait jamais remplacer l'amour que maman et papa lui donnaient. Lentement, comme une fleur privée de soleil, il commença à se fermer sur lui-même. Il dormait plus longtemps et plus tard, et quand il était réveillé, il restait souvent allongé, indifférent à tout, même à ses jouets. Il parlait rarement, se contentant de répondre aux questions.

Deux jours après notre affreux petit déjeuner avec la famille d'oncle Philippe, tante Bet fut fidèle à sa parole. Elle déménagea un des lits de l'ex-chambre de tante Fern dans celle de Jefferson. Richard voulait être près de la fenêtre, alors le lit de Jefferson fut poussé sur la droite et les placards furent réorganisés. Quand Jefferson refusa de coopérer et de déplacer ses affaires, tatie Bett aida Richard à arranger la chambre.

Richard eut le culot d'inscrire son nom sur des étiquettes autocollantes et de les disposer sur les tiroirs qui devaient lui revenir. Comme ils avaient presque tout perdu dans l'incendie, tante Bet emmena les jumeaux faire du shopping et ils revinrent avec des sacs pleins de vêtements neufs. Richard fit ensuite l'inventaire de ses affaires et les rangea soigneusement dans le placard. Lorsqu'il se plaignit de ne pas avoir assez de place, tante Bet comprima encore plus les vêtements de Jefferson pour fournir à Richard ce qu'il souhaitait. Puis elle ordonna à Mme Boston de nettoyer la moquette à fond, insistant sur le fait qu'elle était si crasseuse qu'elle ne permettrait pas à Richard d'y marcher pieds nus.

— Je fais cette chambre tous les jours, madame Betty, protesta Mme Boston. La moquette n'a pas le temps de se salir à ce point.

— Votre conception de la propreté est à mille lieues de la mienne, remarqua tatie Bett. Je vous prie de nettoyer à nouveau cette chambre.

Elle fit ensuite le tour de la maison, inspectant les étagères, les recoins, passant le doigt sur les appareils ménagers et sous les tables, trouvant de la saleté et de la poussière partout. Mélanie la suivait, un stylo et un carnet à la main, et prenait des notes. À la fin de l'inspection, tatie Bett remit les feuilles remplies de réclamations à Mme Boston et lui demanda de régler immédiatement ces problèmes.

N'ayant pas passé beaucoup de temps dans leurs appartements à l'hôtel, je ne m'étais jamais rendu compte à quel point tatie Bett était obsédée par la propreté. La vue d'une toile d'araignée la fit se lancer dans une longue diatribe et quand Mélanie plongea la main sous un canapé et en ressortit de la poussière, tatie Bett faillit presque s'évanouir.

— Nous sommes enfermés ici la majeure partie de notre temps, et nous respirons cette poussière, expliqua-t-elle à Mme Boston. Nos poumons s'en imprègnent, même pendant que nous dormons !

— On ne s'est jamais plaint de mon travail avant, madame Betty, s'indigna Mme Boston. Et j'ai travaillé pour la femme la plus dure de toute cette partie du Mississippi : grand-mère Cutler.

— Elle était aussi absorbée que ma pauvre belle-sœur, répliqua tatie Bett. Je suis la première maîtresse de Cutler's Cove qui ne soit pas occupée au point de ne pas voir la poussière dans l'air de sa propre maison.

Tatie Bett supervisa tout particulièrement le nettoyage et le réaménagement de la chambre de mes parents. Elle fit enlever les meubles et laver la moquette comme si mes parents avaient été contagieux. Jefferson et moi, à l'écart, la regardions faire. Toutes les affaires de maman et de papa furent empilées dans le couloir. L'intérieur des placards et des tiroirs fut retapissé, les miroirs et les meubles nettoyés et cirés.

— Ce sera soigneusement empaqueté et rangé dans le grenier, m'informa-t-elle en désignant les vêtements et les chaussures de mes parents. Excepté ce que toi ou moi pouvons utiliser. Choisis ce que tu veux.

Ce tri me brisait le cœur, mais il y avait certaines affaires de maman que je ne voulais pas voir partir aux oubliettes. Je gardai la robe qu'elle avait portée pour mes seize ans. Certains chemisiers et sweat-shirts m'étaient très chers parce qu'il me semblait voir maman en les voyant. Je les portai à mon visage. Ils étaient imprégnés de l'odeur de son eau de toilette et, pendant un instant, j'eus l'impression qu'elle était là, à côté de moi, souriant et caressant tendrement mes cheveux.

Tatie Bett s'appropria sans tarder les bijoux de maman, et devant mes protestations, elle déclara qu'elle les garderait jusqu'à ce que je sois en âge de les apprécier vraiment.

— J'établirai la liste exacte de ce qui était à elle et de ce qui m'appartient, promit-elle en m'adressant l'un de ses petits sourires fugaces.

Elle fit changer le couvre-lit et les draps et, littéralement du jour au lendemain, fit remplacer les rideaux et les stores. Puis elle s'attaqua à leur salle de bains, décidant de la faire repeindre.

— En fait, déclara-t-elle au dîner du lendemain, nous changerons toutes les tapisseries de la maison. Je n'ai jamais beaucoup aimé cette décoration.

— Tu n'as pas le droit de faire tous ces changements, rétorquai-je. Cette maison appartient encore à nos parents et à nous.

— Bien sûr, ma chérie, dit-elle, les lèvres quelque peu crispées. Mais tant que tu es mineure, ton oncle Philippe et moi sommes tes tuteurs et avons la difficile responsabilité de prendre les décisions importantes, des décisions qui affecteront ta vie.

— Changer des tapisseries et repeindre la maison ne vont pas affecter ma vie !

— Évidemment que si, répondit-elle avec un léger rire. Le cadre et l'ambiance dans lesquels tu évolues ont un énorme impact sur ton bien-être psychologique.

— Nous aimons cette maison telle qu'elle est ! m'écriai-je.

Elle secoua la tête.

— Tu ne sais pas encore ce que tu aimes, Christie chérie. Tu es bien trop jeune pour comprendre ces choses, et Jefferson...

Elle le regarda et il leva les yeux pour affronter son regard.

— ... le pauvre Jefferson est à peine capable de s'occuper de lui-même. Crois-moi, ma chérie. J'ai été élevée dans le plus grand raffinement. Mes parents avaient engagé des décorateurs renommés et j'ai appris ce qu'est le bon goût. Tes parents, bien qu'ils fussent charmants, ont grandi dans la pauvreté. Ils ont subitement eu accès à la richesse et à la position sociale, mais il leur manquait l'éducation pour savoir comment se comporter et dépenser leur argent.

— Ce n'est pas vrai ! me révoltai-je. Maman était belle et aimait les belles choses. Tout le monde la complimentait sur ce qu'elle faisait à l'hôtel. Elle...

— Comme tu le dis, ma chérie, à l'hôtel, mais pas dans sa propre maison. Cet endroit (elle regarda autour d'elle comme si nous avions vécu dans un taudis) était simplement un refuge où ils pouvaient s'échapper pour quelques heures. Leurs principales activités se passaient à l'hôtel. Ils invitaient rarement des gens importants à dîner ici, n'est-ce pas ? (Elle se pencha vers moi.) C'est pourquoi Mme Boston, si gentille soit-elle, n'est pas vraiment habilitée à servir convenablement. Elle n'a pas dû le faire souvent, si ce n'est pas du tout. Mais tout cela va changer maintenant, d'autant plus que l'hôtel a été détruit et doit être reconstruit. Philippe et moi devrons recevoir nos invités ici en attendant, et il est impensable d'accueillir des personnalités importantes dans cette maison telle qu'elle est. Mais je ne voudrais pas que cela t'inquiète. Je suis là pour gérer tout cela. J'ai volontairement accepté ma responsabilité et mes charges. Tout ce que je demande, c'est que toi et les autres enfants coopériez. D'accord ?

Je ravalai mes larmes et regardai oncle Philippe, mais comme d'habitude il resta sans réaction, l'air ailleurs. Comme les moments passés à table étaient différents de ce qu'ils avaient été ! Finis l'humour, la musique et les rires. Pas étonnant que Richard et Mélanie fussent ainsi... Toutes les discussions étaient menées par tatie Bett, et oncle Philippe intervenait rarement.

— Coopérer, cela veut dire, par exemple, enlever vos chaussures quand vous entrez dans la maison, poursuivit tatie Bett. Il suffit de vous déchausser à la porte et de les monter.

Elle s'interrompit, ses lèvres se durcissant subitement et ses yeux se plissant tandis que son regard se fixait sur Jefferson, de l'autre côté de la table.

— Jefferson, mon chéri, ne t'a-t-on jamais montré comment tenir correctement une fourchette ?

— Il la tient comme un tournevis, commenta Richard d'un ton narquois.

— Regarde faire tes cousins, Jefferson, et essaie de les imiter, conseilla tatie Bett.

Jefferson me regarda, puis il se retourna vers elle, ouvrit grande la bouche et laissa tomber dans son assiette toute la nourriture qu'il était en train de mâcher.

— Beurk ! cria Mélanie.
— Dégoûtant ! s'indigna Richard.
— Jefferson ! (Tatie Bett se leva.) Philippe, as-tu vu ça ?

Oncle Philippe hocha la tête et eut un fin sourire.

— Tu vas te lever, jeune homme, et monter immédiatement dans ta chambre, ordonna tatie Bett. Tu ne dîneras pas tant que tu n'auras pas présenté tes excuses. (Elle désigna la porte.) Allez.

Jefferson chercha mon regard. Même si je comprenais la raison de son geste, la vue des boulettes d'aliments mâchés était écœurante. Mon estomac se souleva, à cause de cela, mais aussi de toute la tension et de la colère qui me rongeaient de l'intérieur.

— Je ne monte pas dans ma chambre, lança-t-il d'un ton provocateur.

Il se leva et fila hors de la salle à manger, en direction de la porte d'entrée.

— Jefferson Longchamp, tu n'as pas la permission de sortir ! cria tatie Bett, mais Jefferson ouvrit la porte et s'en alla quand même.

Tatie Bett se rassit, le visage et le cou rouges de colère.

— Ô mon Dieu, cet enfant est impossible ! Il a encore gâché un repas. Christie...

— Je vais le chercher, dis-je. Mais tu dois arrêter de le critiquer, ajoutai-je.

— J'essaie seulement de lui apprendre les bonnes manières, se défendit-elle. Nous devons nous accoutumer les uns aux autres désormais. Nous adapter.

— Quand comptes-tu t'adapter, toi aussi, tatie Bett ? demandai-je en me dressant. Quand vas-tu faire des compromis ?

Elle se renversa sur sa chaise, bouche bée. Je crus détecter un léger sourire sur les lèvres d'oncle Philippe.

— Va chercher ton frère et ramène-le, dit-il. Nous parlerons de tout ça plus tard.

— Philippe...

— Le sujet est clos pour le moment, Betty Ann, ajouta-t-il avec vigueur.

Elle me lança un regard rageur puis se redressa. Je les laissai plongés dans le silence, ce qui leur était coutumier, eus-je l'impression.

Je trouvai Jefferson sur la balançoire de la cour. Il se balançait très lentement, la tête basse, les pieds traînant par terre. Je m'assis à côté de lui. Au-dessus de nous, de longues bandes de nuages se brisaient çà et là pour laisser entrevoir les étoiles. Depuis la mort de maman et de papa, les choses n'étaient plus aussi belles, y compris les constellations. Je me souvins d'une nuit d'été où maman et moi avions contemplé le ciel en parlant des merveilles et des mystères de la nature. Nous avions laissé courir notre imagination, évoquant la possibilité d'autres mondes, d'autres êtres vivants. Nous rêvions d'un monde sans souffrances, un monde où les mots *malheureux* ou *triste* n'existaient pas. Les gens y vivaient en parfaite harmonie et se souciaient les uns des autres comme d'eux-mêmes.

« Choisis une étoile, et elle sera ce monde, avait dit maman. Et chaque fois que nous viendrons ici la nuit, nous la chercherons. »

Cette nuit-là, je ne pus trouver l'étoile.

— Tu n'aurais pas dû faire ça à table, Jefferson, le sermonnai-je doucement. (Il ne répondit pas.) Tu aurais dû te contenter de l'ignorer.

— Je la hais ! s'exclama-t-il. Elle est... elle est un affreux ver, conclut-il, prêt à tout pour trouver une comparaison satisfaisante.

— N'insulte pas les vers, dis-je, mais il ne comprit pas.

— Je veux maman, gémit-il. Et papa.

— Je sais, Jefferson. Moi aussi.

— Je veux qu'ils m'emmènent d'ici, et je ne veux pas que Richard dorme dans ma chambre.

Je hochai la tête.

— Je ne les veux pas non plus ici, Jefferson, mais pour l'instant nous n'avons pas le choix. Si nous ne vivions pas avec eux, nous serions envoyés ailleurs.

— Où ?

L'idée semblait autant l'intriguer que l'effrayer.

— Un endroit pour les enfants sans parents, et nous ne serions peut-être pas ensemble.

Ces derniers mots mirent fin à ses espoirs.

— Je ne m'excuserai pas, dit-il d'un air de défi. Ça m'est égal.

— Si tu ne le fais pas, elle ne t'autorisera pas à manger avec nous, et tu ne veux pas manger seul, n'est-ce pas ?

— Je mangerai dans la cuisine avec Mme Boston, décida-t-il.

Je ne pus m'empêcher de sourire. Jefferson avait le tempérament et l'obstination de papa. Si tatie Bett s'imaginait qu'elle allait le mater, surtout de cette manière, elle aurait de déplaisantes surprises.

— D'accord, Jefferson. Nous verrons. As-tu encore faim ?

— Je voudrais de la tarte aux pommes, admit-il.

— Rentrons par la porte de service. Mme Boston te donnera de la tarte, dis-je en le câlinant.

Il me prit la main et me suivit. Mme Boston nous accueillit avec un grand sourire. J'installai Jefferson à la table de la cuisine et elle lui coupa une part de la tarte qu'elle venait juste de servir à la salle à manger. Je n'avais pas faim ; je me contentai de le regarder manger. Tatie Bett vint quand elle entendit nos voix. Elle nous fixa du seuil avec colère.

— Ce jeune homme devrait revenir présenter ses excuses à tout le monde, insista-t-elle.

— Laisse-le tranquille, tatie Bett, déclarai-je fermement.

Quand nos regards se croisèrent, elle mesura ma détermination.

— Eh bien, tant qu'il s'obstinera, c'est ici qu'il prendra ses repas, menaça-t-elle.

— Alors, nous les prendrons ici tous les deux, la défiai-je.

Elle recula la tête, comme si je lui avais craché à la figure.

— Ce n'est pas digne d'une grande sœur d'encourager et d'excuser sa mauvaise conduite, Christie. Tu me déçois beaucoup.

— Tatie Bett, tu ne peux t'imaginer à quel point je suis déçue de toi, répliquai-je.

Elle serra ses lèvres jusqu'à ce qu'elles ne soient qu'une fine ligne blanche, redressa les épaules et pivota sèchement pour aller rapporter mes paroles à oncle Philippe. Mes parents m'avaient appris à ne pas manquer de respect aux adultes, et je me sentais mal d'avoir tenu tête à tatie Bett. Mais maman et papa m'avaient aussi transmis le sens de l'honnêteté et de la justice. Je savais au plus profond de moi que tatie Bett méritait les choses que je lui avais dites. Elle n'avait aucune tendresse pour Jefferson et moi. Pire, elle nous traitait injustement. Mon cœur déjà bien éprouvé le ressentait d'autant plus fortement. Chaque jour, par une accumulation de détails insignifiants, tatie Bett effaçait d'un coup de torchon les traces de l'existence de notre famille. En recouvrant le décor familier de tapisseries et de peintures et en établissant de nouvelles règles de vie, elle voilait mes souvenirs. Et c'était tout ce qui me restait de maman et de papa.

Richard allait probablement taquiner et critiquer Jefferson pour sa conduite à table. Il se plaignait des habitudes de Jefferson depuis qu'il s'était installé dans sa chambre. En conséquence, Jefferson m'avait plusieurs fois suppliée de le laisser dormir avec moi. Je ne pouvais pas m'empêcher de penser à maman et à papa forcés de dormir sur un canapé-lit quand ils étaient enfants. Pourquoi Jefferson et moi devrions-nous vivre semblable expérience, avec toute la place dont nous disposions ? Mais je ne voulais pas faire de peine à mon petit frère, et je lui avais donc permis de partager mon lit la première nuit. Maintenant il voulait le faire chaque nuit, et particulièrement ce soir-là, après ce qui venait de se passer au dîner.

— Tu dois rester dans ta chambre, Jefferson, lui répondis-je quand il me le demanda. Ne laisse pas Richard te terroriser et te mettre à la porte. C'est ta chambre, pas la sienne.

Il y retourna à contrecœur et essaya de suivre mon conseil : ignorer Richard. Mais au matin, il vint dans ma chambre en hurlant. Je crus d'abord que Richard l'avait frappé, mais ce n'était pas son style. J'étais sûre que l'idée de frapper ou de se faire frapper l'effrayait.

— Que se passe-t-il, Jefferson ? demandai-je en me frottant les yeux et en m'asseyant.

— Il a caché mes habits, gémit-il. Et il ne veut pas me dire où sont mes chaussures.

— Quoi ? (Je sortis du lit et j'enfilai ma robe de chambre.) Allons voir, dis-je en lui prenant la main.

Je le ramenai à sa chambre, mais Richard n'y était pas.

— Tu vois, mes chaussures ont disparu.

— As-tu regardé dans ton placard ?

Il hocha la tête. J'eus beau regarder partout, ses chaussures favorites n'étaient nulle part. Je jetai aussi un coup d'œil sous le lit.

— C'est ridicule, marmonnai-je. Où est-il ?

— Il va toujours dans la chambre de Mélanie le matin, me révéla Jefferson.

— Ah bon ? Pourquoi ?

Jefferson haussa les épaules. Je me dirigeai vers la chambre de Mélanie et frappai à sa porte. « Entrez », entendis-je. J'ouvris pour voir Mélanie installée devant sa coiffeuse. Elle était encore en pyjama. Richard se tenait derrière elle, lui aussi en pyjama. Il lui brossait les cheveux. Ils se retournèrent et me regardèrent avec des expressions si similaires que cela me donna le frisson. Ils paraissaient tous deux furieux d'être dérangés — les yeux largement ouverts, les lèvres affichant une moue méprisante.

— Que faites-vous ? demandai-je, plus surprise et curieuse qu'autre chose.

— Je brosse les cheveux de Mélanie. Je le fais tous les matins.

— Pourquoi ?

Je ne pus retenir un sourire déconcerté.

— Comme ça. Que veux-tu ? demanda-t-il sans cacher son impatience.

— Où sont les affaires de Jefferson — ses vêtements, ses chaussures ?

— Je lui avais dit que s'il les laissait traîner n'importe où, je les cacherais pour toujours, et je l'ai fait, répliqua-t-il en se remettant à coiffer sa sœur.

La colère me cloua tout d'abord sur place, puis me poussa violemment vers lui. Il leva des yeux surpris quand je lui arrachai la brosse des mains et la brandis d'un air menaçant. Il se recroquevilla et Mélanie hurla.

— *Pour qui te prends-tu ? Quel droit as-tu d'agir ainsi chez nous ?* criai-je.

— Que se passe-t-il ici ? Qu'y a-t-il ? demanda tatie Bett depuis la porte.

Elle avait accouru de ce qui était à présent sa chambre et celle d'oncle Philippe. Encore en chemise de nuit, les cheveux pris dans un filet, elle avait le visage tartiné d'une épaisse couche de crème. Cela rendait ses lèvres cadavéreuses et ses yeux ternes.

— Richard a caché les chaussures et les vêtements de Jefferson, l'informai-je. Et il refuse de dire où.

— Il avait encore tout laissé traîner par terre et ses chaussures étaient au milieu de la pièce. Quelqu'un pouvait trébucher dessus en pleine nuit, se défendit Richard.
Tatie Bett hocha la tête.
— Tu as fait ce qu'il fallait, Richard. Jefferson doit apprendre à être ordonné. Richard ne va pas lui servir de domestique. Jefferson est en âge d'être propre et soigneux, conclut-elle à mon intention.
— S'il ne me dit pas tout de suite où sont les affaires de Jefferson, je me glisserai dans sa chambre pendant son sommeil et je mettrai le feu sous son lit, menaçai-je.
Je ne sais pas où je trouvai l'idée et la force de dire une chose pareille, mais cela remplit tatie Bett d'ébahissement et de terreur. Poussant un petit cri horrifié, elle porta les mains à sa gorge.
— C'est... affreux... Comment peux-tu dire une telle horreur ? Christie, que t'est-il arrivé ?
— Je ne permettrai pas que mon frère soit harcelé, affirmai-je avec fermeté. (Puis je me tournai vers Richard.) Où sont ses affaires ?
— Dis-lui, Richard, intervint tatie Bett. Je veux que ce déplorable incident prenne fin immédiatement. Ton oncle est parti superviser les travaux à l'hôtel, autrement je l'aurais fait venir ici pour qu'il voie ce qui se passe.
— Je me moque que tu lui dises ou non, rétorquai-je. Alors ? demandai-je à Richard.
— Je les ai jetées par la fenêtre, avoua-t-il.
— Quoi ? Quand ?
Il avait commencé à pleuvoir après le dîner et cela avait duré toute la nuit.
— Hier soir, avant de me coucher.
— Tout est probablement abîmé. Es-tu satisfaite ? demandai-je à tatie Bett.
— Richard, tu n'aurais pas dû faire cela, le grondat-elle gentiment. Tu aurais dû venir m'en parler d'abord.
— Je suis fatigué de vivre dans une porcherie, déclarat-il froidement.

— Cela, je peux le comprendre... Jefferson prendra peut-être davantage soin de ses affaires désormais, ajouta-t-elle en se tournant vers moi.

— S'il touche encore une fois aux affaires de mon frère, il le regrettera beaucoup, menaçai-je.

Je lui plaquai la brosse dans la main. Il sursauta et recula. Puis j'entraînai Jefferson hors de la chambre. Quand je fus habillée, nous sortîmes pour récupérer ses chaussures, son pantalon, sa chemise et ses sous-vêtements. Les chaussures étaient trempées et ne seraient plus utilisables. Mme Boston dit qu'une fois séchées elles seraient probablement déformées et difficiles à porter.

Encore folle de rage, je les mis dans un sac en papier et me dirigeai vers l'hôtel pour chercher oncle Philippe. Une grande partie de la structure principale du bâtiment avait été démolie. Maintenant les ouvriers étaient en train de dégager les gravats.

Oncle Philippe discutait avec l'architecte et les entrepreneurs sur la reconstruction et les modifications à apporter. Il leva les yeux des plans quand j'arrivai. Il était impossible de ne pas voir la colère sur mon visage. Mes joues étaient écarlates, mes yeux brillaient de fièvre et mes lèvres tremblaient de fureur.

— Un instant, dit oncle Philippe à ses interlocuteurs en venant à ma rencontre. Qu'est-ce qui ne va pas, Christie ?

— Regarde.

Je lui tendis le sac contenant les chaussures trempées. Il le prit et regarda dedans.

— Qu'est-il arrivé ? demanda-t-il, l'air intéressé.

— Richard a jeté les vêtements et les chaussures de Jefferson par la fenêtre la nuit dernière parce qu'il n'aime pas la façon dont Jefferson s'occupe de ses affaires. Ça lui était égal de tout abîmer.

Oncle Philippe hocha la tête.

— Je lui parlerai.

— Tatie Bett estime qu'il a bien agi, l'informai-je.

Il hocha de nouveau la tête.

— Je sais que c'est une période particulièrement difficile pour toi. Elle l'est pour tout le monde. Tant de personnalités différentes subitement forcées de cohabiter... c'est parfois intenable, conclut-il en secouant la tête d'un air compatissant.

— Pas pour tatie Bett ni pour Richard ni pour Mélanie, répliquai-je.

— Quoi qu'il en soit, cela n'excuse pas un tel comportement. Je réglerai ça ce soir, promit-il en souriant. Je veux que tu sois aussi heureuse que possible, Christie, ajouta-t-il en me caressant la joue. Tu es trop ravissante pour être contrariée et bien trop fragile, je le sais.

— Je ne suis pas fragile, oncle Philippe. Et c'est mon frère qui est martyrisé pour l'instant, pas moi. Je peux me défendre, mais lui n'a que neuf ans et...

— Bien sûr. Calme-toi. Je te promets de tout régler comme tu le souhaites. En attendant, demande à Julius de vous emmener acheter de nouvelles chaussures pour Jefferson, d'accord ?

— Il n'y a pas que les chaussures, insistai-je.

— Je sais, mais on ne va pas tourner ça en troisième guerre mondiale, n'est-ce pas ? Nous sommes tous encore sous le coup de cette horrible tragédie. Essaie de calmer les choses, Christie. Tu es plus intelligente et plus âgée que Richard et Mélanie. (Je crus un instant qu'il allait aussi citer tatie Bett.) Je sais que je peux compter sur toi.

Ma colère s'apaisa. Il devait retourner au travail et de toute façon je ne voyais pas ce que j'aurais pu lui demander d'autre. L'essentiel était qu'il comprenne et promette d'agir.

— D'accord.

— Tu es un amour, dit-il en m'attirant contre lui et en m'embrassant sur la joue, ses lèvres frôlant les miennes quand il s'écarta.

Je le regardai un moment, puis me détournai, courant

jusqu'à la maison pour chercher Jefferson et aller acheter ses nouvelles chaussures.

En dépit des promesses d'oncle Philippe, les conflits se succédaient sans cesse. Jefferson et Richard se disputaient pour l'utilisation de la salle de bains, des jouets et de la télévision. On aurait dit deux chats ennemis enfermés dans la même cage. La guerre menaçait d'éclater à chaque instant.

Heureusement, la plupart du temps, Richard voulait être avec Mélanie. J'en fus d'abord satisfaite, puis cet étrange lien qui les unissait me rendit curieuse et enfin je fus révoltée par ce que je vis. Ils étaient pratiquement toute la journée ensemble. À part se coiffer mutuellement, ils se coupaient les ongles et se concertaient avant de s'habiller. Ils ne se disputaient jamais, comme cela se passe souvent entre frère et sœur de leur âge, et je remarquai que Richard ne taquinait jamais Mélanie. En fait, ils ne s'adressaient jamais une parole négative ni une critique.

Quand Jefferson et moi nous trouvions dans la même pièce qu'eux, ils se mettaient inévitablement à chuchoter dans leur coin.

— Avec une mère tellement attachée aux bonnes manières et à la politesse, vous devriez savoir qu'il n'est pas poli de faire des messes basses, leur lançai-je.

Ils eurent la même moue méprisante. On ne pouvait pas gronder ou critiquer l'un sans que l'autre se sente immédiatement concerné.

— Toi et Jefferson avez vos secrets, dit Mélanie d'un ton geignard. Pourquoi pas nous ?

— Nous n'avons aucun secret.

— Bien sûr que si, intervint Richard. Toutes les familles en ont. Tu as un autre père, ton vrai père, mais tu ne veux pas en parler, pas vrai ?

— Ce n'est pas ça. Je ne sais pas grand-chose sur lui, voilà tout, expliquai-je.

— Maman dit qu'il a violé Aurore et que c'est comme ça que tu es née, déclara Mélanie.
— C'est faux ! Quel horrible mensonge !
— Ma mère ne ment pas, dit froidement Richard. Elle n'a pas à le faire.
— Elle n'a rien à cacher, renchérit Mélanie.

Mon cœur battait à tout rompre. J'avais envie de foncer sur eux et de les gifler pour effacer de leurs visages cette expression d'autosuffisance.

— Mon père, mon vrai père, était un célèbre chanteur d'opéra. Il a même été à Broadway et a enseigné au conservatoire Sarah-Bernhardt à New York, dis-je en pesant mes mots. C'est là que ma mère l'a rencontré et est tombée amoureuse de lui. Il ne l'a pas violée.
— Alors pourquoi s'est-il enfui ? demanda Richard.
— Il ne voulait pas se marier et avoir la charge d'une famille, mais il ne l'a pas violée.
— C'est quand même affreux, remarqua Mélanie.

Richard hocha la tête, puis reporta son attention sur le jeu de dames chinois, me laissant écumante de rage.

N'ayant jamais passé autant de temps avec eux auparavant, je ne m'étais pas rendu compte à quel point les jumeaux étaient horripilants et égoïstes. Pas étonnant qu'ils n'aient d'amis ni l'un ni l'autre. Qui voudrait être leur ami ? Ils étaient si proches qu'ils ne permettaient à personne de s'immiscer entre eux de quelque façon que ce fût.

Un matin, alors qu'ils avaient laissé la porte de la salle de bains ouverte et qu'ils s'y trouvaient tous deux, je fus témoin d'un spectacle dégoûtant. Je vis Richard utiliser la brosse à dents de Mélanie juste après elle, sans prendre soin de la rincer.

— Beurk ! criai-je en me détournant. Tu as ta propre brosse à dents, Richard. Pourquoi fais-tu ça ?
— Arrête de nous espionner ! lança-t-il en fermant la porte.

Mais ce fut Jefferson qui, un soir, vint me raconter le plus étonnant de tout. J'étais en train d'écrire une longue lettre à Gavin, décrivant toutes les choses déplaisantes qui se déroulaient désormais dans cette maison, quand Jefferson apparut sur le seuil de ma chambre, l'air troublé et embarrassé.

— Qu'y a-t-il, Jefferson ?

— Mélanie est assez grande pour prendre son bain seule, pas vrai ?

— Bien sûr. Elle a presque treize ans, Jefferson. Tu prends ton bain tout seul. Parfois, moi ou Mme Boston venons t'aider et tu aimes bien que je te frotte le dos comme maman le faisait toujours, mais... Pourquoi me demandes-tu ça ? m'enquis-je subitement.

— Richard aide Mélanie, annonça-t-il.

— À prendre son bain ? (Il hocha la tête.) Je ne peux pas croire ça, Jefferson. Comment le sais-tu ?

— Elle lui a demandé de le faire. Elle est venue et a dit : « Je vais prendre un bain », et il a dit : « J'arrive tout de suite. » Il s'est déshabillé, a mis son peignoir et est parti dans la salle de bains.

— Ils ne prennent pas leur bain ensemble, pas à leur âge ?

Jefferson se mordit la lèvre et haussa les épaules. Je me levai lentement et passai la tête dans le couloir pour regarder la porte de la salle de bains. Elle était fermée.

— Tu les as vus y entrer tous les deux ? demandai-je à Jefferson.

Il me regarda et acquiesça.

Intriguée, je me dirigeai à pas de loup vers la salle de bains et tendis l'oreille. Je perçus leurs voix étouffées et le bruit distinct de l'eau qui coulait dans la baignoire. C'était dégoûtant. Tatie Bett et oncle Philippe n'étaient probablement pas au courant de ça. Je tournai la poignée. La porte n'était pas verrouillée. Les yeux de Jefferson s'agrandirent de surprise et d'excitation quand je l'entrebâillai de quelques centimètres. Je posai un doigt sur mes lèvres pour lui intimer le silence. Puis j'ouvris la porte jusqu'à pouvoir passer la tête.

Ils étaient ensemble dans la baignoire, face à face. Richard frottait les cheveux de Mélanie, dont les seins naissants étaient complètement exposés. Richard sentit ma présence et se tourna vers moi. Il cessa de frotter. Mélanie leva la tête.

— Ferme cette porte et sors d'ici ! hurla-t-il.
— Dehors ! ajouta Mélanie.
— Que faites-vous ? C'est dégoûtant ! Vous êtes trop grands pour vous laver ensemble.
— Ce que nous faisons ne te regarde pas. Ferme cette porte ! ordonna-t-il de nouveau.

Je la claquai violemment.

— Retourne dans ta chambre, Jefferson.
— Où tu vas ?
— Le dire à tatie Bett. Elle n'est sûrement pas au courant. C'est obscène.
— Qu'est-ce que c'est, obscène ?
— Retourne dans ta chambre et attends-moi.

Je me précipitai en bas et trouvai tatie Bett au téléphone. Oncle Philippe était en réunion avec les entrepreneurs chargés de la reconstruction de l'hôtel. En me voyant, elle couvrit le récepteur de sa main.

— Qu'y a-t-il, Christie ? Je suis au téléphone.
— Je dois te parler immédiatement. Il faut que tu ailles là-haut.
— Oh, ma chérie, que se passe-t-il encore ? Un instant, Louise, j'ai un petit problème ici. Oui, encore un. Je te rappelle tout de suite. Merci. (Elle raccrocha et serra les lèvres pour montrer sa contrariété.) Oui ?
— C'est Mélanie et Richard. Ils prennent un bain.
— Et alors ?
— Ensemble. Ils sont ensemble dans la baignoire. En ce moment, ajoutai-je pour marquer mon effet.
— Où est le problème ? Ils ont toujours tout fait ensemble ; ils sont spéciaux ; ce sont des jumeaux.

— Mais ils ont douze ans, presque treize, et...
— Oh, je vois. Tu penses qu'il y a quelque chose de pervers et de grossier là-dedans. (Elle hocha la tête comme pour confirmer un soupçon.) Eh bien, les jumeaux sont particuliers. Ils sont très attachés l'un à l'autre, ils ne font jamais rien de blessant ni de gênant l'un pour l'autre. C'est naturel ; ils ont grandi ensemble dans mon ventre et ont vécu côte à côte pendant neuf mois. Je pense qu'il y a quelque chose de spirituel dans ce qui les unit.

— Mais tu disais que tu voulais mettre Richard dans la chambre de Jefferson pour que Mélanie ait son intimité, lui rappelai-je.

Elle parut furieuse que je relève la contradiction.

— Je voulais dire pour qu'elle ait la chambre dont elle a besoin, en même temps qu'un peu d'intimité, rectifia-t-elle d'un ton sec.

— Mais...

— Il n'y a pas de mais. Ils ne continueront pas éternellement à tout faire ensemble. En grandissant, ils prendront la distance nécessaire, mais en attendant il n'y a rien de répréhensible à l'amour et à la dévotion qu'ils se portent. En fait, ils sont une source d'inspiration l'un pour l'autre. Oui, dit-elle, appréciant la formule qu'elle avait trouvée pour les défendre, une source d'inspiration.

Son sourire s'estompa rapidement et elle se métamorphosa : les yeux plissés et fouineurs, les lèvres serrées et les joues rentrées, ce qui faisait paraître son nez encore plus long et pointu, elle avait l'air d'une sorcière.

— Cela ne me surprend pas que tu trouves leur comportement pervers, avec tes malheureux antécédents et avec Fern qui a grandi dans votre maison.

— Qu'entends-tu par malheureux antécédents ?

— Je t'en prie, Christie, n'entrons pas dans de déplaisantes polémiques. Merci d'être venue m'avertir au sujet des jumeaux. Ne t'inquiète pas pour cela. Au fait, Richard s'est plusieurs fois plaint que tu les espionnais.

— Les espionner ? C'est faux !

— Tout le monde a droit à son intimité. Tu apprécies la tienne, n'est-ce pas ? Contente-toi de surveiller ton petit frère, ma chérie. Il semble que cette tâche soit déjà bien suffisante pour toi. Pour n'importe qui, ajouta-t-elle en aparté. Bon, maintenant je dois rappeler mon amie Louise. Nous étions au beau milieu d'une importante conversation.

Elle retourna au téléphone, me laissant complètement scandalisée.

— Alors ? me demanda Jefferson quand j'apparus au seuil de sa chambre.

— Rien, Jefferson. N'y pense plus. Oublie-les. Ce sont des monstres, dis-je, assez fort pour qu'ils entendent.

Je regagnai ma chambre et me remis à écrire ce qui allait bientôt être un roman plutôt qu'une lettre à Gavin. Il était l'unique personne au monde à qui je voulusse me confier.

Gavin, vivre avec tatie Bett et oncle Philippe rend l'absence de mes parents encore plus insupportable. La famille d'oncle Philippe est une famille sans amour. Oncle Philippe ne se montre qu'au petit déjeuner et au dîner. Tatie Bett agit comme si ses enfants avaient été créés en laboratoire et, de ce fait, étaient de parfaites petites créatures qui ne peuvent jamais avoir tort. Mais je ne l'ai pas encore vue les embrasser le matin et le soir, ni oncle Philippe, d'ailleurs, quand il part travailler, comme maman et papa le faisaient avec nous. En fait, je n'ai jamais vu quatre personnes se comporter aussi formellement les unes envers les autres.

Mais malgré ce que dit tatie Bett des jumeaux, pour moi ils ne sont rien d'autre qu'un monstre à deux têtes. Ils sont si bizarres. S'il n'y avait qu'eux au monde, même pas leurs parents, ils seraient contents. Ils ne rient ou ne sourient qu'à leurs propres messes basses. Je sais qu'ils parlent de moi et de Jefferson. Franchement, je crois qu'oncle Philippe les trouve lui-même répugnants et cela explique pourquoi il déteste tant passer des moments avec eux ou les avoir dans les pattes quand il est à l'hôtel.

Je me demande pourquoi oncle Philippe a épousé tatie Bett. Il est bel homme, bien trop beau pour une femme aussi insignifiante. Tante Fern m'a dit des choses terribles avant de partir, cette fois. Elle veut me faire croire qu'oncle Philippe et maman sont sortis ensemble avant que maman découvre qu'il était son demi-frère. Mais le soir de mon anniversaire, maman m'avait dit que rien d'important ne s'était jamais passé entre eux. J'ai tout de même une drôle d'impression quand je regarde oncle Philippe ou quand je surprends son regard sur moi.

Je ne pourrais pas dire ces choses à quelqu'un d'autre que toi, Gavin. Une amie telle que Pauline est digne de confiance, mais je n'ose pas lui parler de ces problèmes de famille. Il me tarde de te revoir, et je compte les jours qui me séparent de ton retour.

Embrasse grand-père Longchamp et Edwina de ma part.

J'hésitai sur la manière de conclure et écrivis finalement : *Avec tout mon amour, Christie.*

Il était très tard quand je terminai enfin ma lettre. Je la pliai dans une enveloppe et la posai sur ma table de nuit pour ne pas oublier de la poster le plus tôt possible le lendemain. Mais je ne me préparai pas à me coucher. À la place, j'enfilai ma veste, et après m'être assurée qu'il n'y avait personne dans le couloir, je descendis sans bruit au rez-de-chaussée.

Comme d'habitude, on avait laissé une lampe allumée dans le hall et dans le salon. Je n'entendis pas Mme Boston. Elle avait déjà dû monter se coucher. J'allai furtivement à la porte et je l'ouvris aussi doucement que possible. La lune presque pleine éclairait la façade de la maison comme un véritable spot. Le porche grinça tandis que je le passais.

En fait, Richard et Mélanie avaient raison de m'accuser de garder des secrets. J'en avais un, dont même Jefferson n'avait pas connaissance. Depuis que mes parents étaient enterrés, je me glissais la nuit jusqu'à leurs tombes, pour libérer mes larmes et leur confier mes peines. Cette nuit-là, tout particulièrement, j'avais besoin de me sentir près d'eux, mais je ne m'attendais pas à la surprise qui me guettait.

7

Secrets

Sous l'éclairage de la lune, les tombes et les mausolées étaient aussi blancs que des squelettes, et l'air était si immobile que les feuilles paraissaient peintes sur les branches des arbres. J'entendais le grondement rythmé de l'océan sur lequel la lune avait étendu un doux voile jaune. L'odeur de la terre fraîchement retournée m'accueillit tandis que je franchissais le porche de granit du cimetière.

D'ordinaire, j'aurais été effrayée d'errer parmi les tombes en pleine nuit, particulièrement près de celle de grand-mère Cutler. Enfant, on ne m'avait emmenée ici que de rares fois, mais à chaque occasion j'avais été très impressionnée par la pierre tombale qui déclinait son nom et les dates de sa naissance et de sa mort. J'avais même fait un cauchemar la concernant : perdue dans le cimetière, je me retrouvais au bout d'un moment devant sa tombe, mais à la place de son nom et de la croix gravée, ses yeux d'un gris glacé me regardaient, lumineux et terrifiants.

Mais savoir que maman et papa étaient enterrés là transformait ce lieu angoissant en havre de paix et d'amour. Ils me protégeraient comme ils l'avaient toujours fait, et même le fantôme de grand-mère Cutler ou son esprit diabolique ne pourraient rien contre leur bonté. Somme toute, sa tombe, bien que très imposante, n'était rien de plus qu'un morceau de pierre. Néanmoins, je préférai ne pas m'y attarder ; je la dépassai rapidement et m'approchai des tombes de mes parents. Là, je m'agenouillai et laissai libre cours à mes larmes tout en leur parlant.

— Maman, vous me manquez tant, toi et papa ! Et Jefferson est si malheureux et perdu. Nous détestons vivre avec oncle Philippe et tatie Bett. Il n'y a pas d'amour dans leur famille.

Je leur décrivis le comportement bizarre de Richard et de Mélanie et leur méchanceté envers nous.

— Mais je promets de toujours prendre soin de Jefferson et de faire mon possible pour qu'il surmonte sa douleur et retrouve son équilibre.

Les larmes inondaient mon visage. Je n'essayai pas de les arrêter, les laissant couler sur la pierre froide.

— Ô maman, c'est si dur de vivre sans toi ! sanglotai-je. Rien n'est plus pareil : les matins ne sont plus clairs et chauds, les nuits ne sont plus sûres, ce qui me paraissait beau ne l'est plus à mes yeux. Je me sens vide. Je ne suis sûrement plus capable de jouer du piano. La musique n'existe plus. Je sais que tu détestes m'entendre parler comme ça. Tout le monde me dit que je dois me ressaisir et essayer encore plus fort d'être digne de toi, mais le chemin à parcourir me semble tellement plus long et difficile sans toi à mes côtés. Et, contre l'avis de tous, je ne peux pas m'empêcher de croire qu'une malédiction pèse sur nous.

Je soupirai profondément et hochai la tête, comme si j'avais effectivement entendu maman me répondre.

— Je sais que je dois faire des efforts, que je dois réussir et être plus responsable. Je dois vivre et travailler en imaginant à quel point tu aurais été fière de moi. J'essaierai, maman. Je te le promets.

Je me levai lentement. Je me sentais si déprimée, si épuisée. Il était grand temps d'aller au lit.

Mais juste au moment où je m'apprêtais à partir, j'entendis des pas. Quelqu'un arrivait derrière moi. Je me retournai et discernai la silhouette d'oncle Philippe dans l'allée. Il s'arrêta devant la tombe de grand-mère Cutler. J'en profitai pour me dissimuler derrière un grand mausolée. Je ne voulais pas qu'il découvre mon secret. J'attendis, espérant qu'il partirait après s'être recueilli sur la tombe de sa grand-mère, mais il me surprit en se dirigeant, au bout de quelques secondes, vers les tombes de mes parents. Il s'agenouilla devant celle de maman, les mains posées sur le sol. Il leva la tête et parla à voix assez haute pour que je l'entende.

— Je suis désolé, Aurore. Désolé. Je ne te l'ai jamais assez dit, je le sais. Des milliers d'excuses ne suffiraient pas à effacer ce que je t'ai fait. Le destin n'avait pas le droit de t'enlever à moi si tôt, avant que tu m'aies vraiment tout pardonné.

Qu'avait-il fait ? Quel acte pouvait être assez terrible pour ne pas être effacé par des milliers d'excuses ?

— La moitié de moi-même est morte avec toi. Tu sais ce que je ressentais pour toi et combien c'était plus fort que moi. Rien n'arrêtait mon amour pour toi. J'ai épousé Betty Ann, mais elle était un piètre substitut. Je rêvais du jour où toi et moi nous déclarerions nos sentiments. J'attendais ce jour... Oh, je sais que tu refusais de le reconnaître, mais nous avons vécu par le passé un amour pur et passionné, et j'espérais que le même miracle se reproduirait un jour entre nous. Peut-être était-ce un espoir insensé, mais je ne pouvais pas m'empêcher d'y croire. Maintenant, poursuivit-il en baissant la tête, chaque fois que je vois Christie, je pense à toi. Je la considère comme mon enfant, ou du moins comme l'enfant que nous aurions pu avoir ensemble.

Ses paroles me firent l'effet d'une douche glacée. Je comprenais soudain pourquoi il me regardait si intensément parfois... Mais au lieu de me réjouir de l'amour qu'il me portait, je frissonnai, prise d'une angoisse aussi diffuse qu'inexplicable.

— Je n'avais jamais envisagé, reprit-il d'un ton plein de dévotion en relevant la tête, que tu mourrais avant moi. Même les anges devaient être jaloux de mon amour pour toi et se sont employés à le détruire. Mais s'ils t'ont enlevée à moi et à ce monde, ils ne pourront jamais t'arracher de mon cœur. Je te jure de prendre tendrement soin de

Christie et de veiller sur son bonheur et à sa sécurité. Je reconstruirai cet hôtel comme un monument à ta mémoire, plus grandiose qu'il n'a jamais été, et quand il sera terminé, je ferai installer un gigantesque portrait de toi dans le hall. Tu continues de chanter dans mon cœur, mon amour. (Il baissa de nouveau la tête.) Mais pardonne-moi pardonne-moi ! supplia-t-il.

Puis il se leva lentement et s'en alla, tête basse.

Je le suivis des yeux jusqu'à ce qu'il disparaisse, le cœur battant. Quel obscur secret cachait-il au plus profond de lui-même ? Quelle sorte de secret pouvait pousser à implorer pardon devant une tombe ? Était-ce juste d'avoir aimé maman, sa demi-sœur, plus intimement et plus passionnément qu'il n'aurait dû, ou s'agissait-il d'un péché encore plus grave ? Les horribles paroles de Fern résonnèrent dans ma tête : « Qu'est-ce que tu crois qu'ils faisaient pendant leurs rendez-vous, des mots croisés ? » Le simple fait d'y penser me donna la nausée. Je m'efforçai de me ressaisir et quittai ma cachette pour me dépêcher de rentrer.

La lumière au-dessus du porche était encore allumée. J'avançai à pas de loup jusqu'à la porte, je l'ouvris rapidement et me glissai à l'intérieur. Là, je me figeai, à l'écoute. Le silence était total. Oncle Philippe était peut-être déjà couché, pensai-je en m'engageant dans le couloir en direction de l'escalier. Mais en passant devant le salon, je vis que la lampe y était toujours allumée et qu'oncle Philippe était assis dans un fauteuil, la tête renversée en arrière, les yeux clos. Il tenait un verre de whisky à la main.

La première marche de l'escalier me trahit en craquant sous mon pied.

— Qui est là ? appela oncle Philippe. (Je demeurai parfaitement immobile.) Il y a quelqu'un ?

Je décidai de ne pas répondre, mais mon cœur battait si fort que j'étais persuadée qu'il devait l'entendre. Il n'appela plus et ne bougea pas. Je montai rapidement et gagnai directement ma chambre. Après m'être déshabillée, j'enfilai ma chemise de nuit, puis je me glissai dans mon lit. Comme d'habitude, j'éteignis toutes les lumières sauf ma petite veilleuse. Quelques minutes plus tard, j'entendis le grincement de ma porte qui s'ouvrait.

Mon cœur fit un bond dans ma poitrine quand je compris qu'il ne s'agissait pas de Jefferson. Je ne me retournai pas pour voir qui venait d'entrer : ce n'était pas la peine. L'odeur de whisky m'avait renseignée. Je retins mon souffle. Oncle Philippe... Voulait-il juste s'assurer que j'étais couchée ? Pourquoi s'attardait-il si longtemps ? Finalement, j'entendis la porte se refermer et je relâchai mon souffle, mais avant que je ne me retourne, je perçus le bruit de ses pas et me rendis compte qu'il était tout près de moi.

Je gardai les yeux fermés, totalement immobile, comme si je dormais. Il resta là à me regarder pendant une éternité, mais j'étais trop effrayée pour bouger ou ouvrir les yeux. Puis, après avoir poussé un profond soupir, il s'en alla enfin. Quand j'entendis la porte s'ouvrir et se fermer de nouveau, je tournai la tête. Il n'était plus là. Je laissai à mon tour échapper un soupir... de soulagement.

Quelle étrange nuit, pensai-je. Les mystères flottaient autour de moi comme des poches de brouillard épais. Je demeurai un long moment pensive, puis finalement le sommeil m'enveloppa comme un cocon et referma lentement sur moi ses parois chaudes et protectrices.

Les bruits d'une grande agitation me réveillèrent et, un instant plus tard, Jefferson entra en trombe dans ma chambre. Je pouvais entendre tatie Bett dans le couloir crier à oncle Philippe d'appeler le docteur. Bien qu'il fît assez clair dehors, le réveil marquait seulement cinq heures et demie. Jefferson avait l'air très effrayé.

— Qu'y a-t-il ?

— C'est Richard, dit-il, les yeux écarquillés. Il a mal au ventre, si mal qu'il pleure.

— Vraiment ? dis-je sans compassion. Il a peut-être mangé sa propre aigreur.

— Mélanie en a mangé aussi, m'informa Jefferson avec animation.
— Mélanie ? Que veux-tu dire ?
— Elle aussi a mal au ventre et tatie Bett est très en colère. Je peux dormir avec toi ? Ils font trop de bruit.
— Viens dans mon lit, proposai-je en me levant et en enfilant ma robe de chambre. Je vais voir ce qui se passe.

Oncle Philippe, en pyjama, se trouvait dans le couloir, tout échevelé. Il avait l'air désorienté et engourdi de sommeil et bâillait à s'en décrocher la mâchoire. Après s'être frotté le visage, il alla à la porte de Mélanie.

— Qu'y a-t-il ? demanda-t-il.
— Elle est blanche comme un linge, et Richard aussi, lui répondit tatie Bett de l'intérieur d'un ton affolé. Viens voir. Ils ont été empoisonnés !
— Quoi ? C'est ridicule. (Il se tourna et m'aperçut.) Oh, Christie. (Il sourit.) Je suis désolé qu'ils t'aient réveillée.
— Que se passe-t-il, oncle Philippe ?
— Je l'ignore. C'est toujours pareil. Quand l'un des jumeaux est malade, l'autre l'est aussi, inévitablement. On dirait que chaque microbe a son jumeau en réserve, ajouta-t-il sans cesser de sourire.

Puis il se rendit dans la chambre de Jefferson et de Richard. Je m'avançai jusqu'à la porte de Mélanie et jetai un coup d'œil à l'intérieur.

Tatie Bett était assise sur le lit, maintenant un gant frais sur le front de Mélanie. Cette dernière gémissait en se tenant le ventre à deux mains.

— Il faut que j'y aille encore, s'écria-t-elle.
— Ô mon Dieu ! dit tatie Bett en s'écartant pour lui laisser le passage.

Mélanie bondit du lit et, pliée en deux, se précipita dans la salle de bains. Je reculai hors de son chemin.

— Qu'est-ce qu'elle a ? demandai-je quand elle eut disparu dans la salle de bains et claqué la porte derrière elle.

— Ce qu'elle a ? Ils ont été intoxiqués par quelque chose de pourri, j'en suis sûre. Cette... cette cuisinière est incompétente et...

— Mme Boston ? Tu ne soupçonnes tout de même pas Mme Boston d'être fautive ? C'est une merveilleuse cuisinière.

— Pfff ! fit-elle en redressant ses étroites et maigres épaules.

Elle passa devant moi pour se rendre chez Richard. Je pouvais entendre d'ici ses gémissements. Oncle Philippe sortit de la chambre, l'air dégoûté et las.

— Nous avons tous pris les mêmes repas, oncle Philippe, remarquai-je. Personne d'autre n'est malade. Les jumeaux ont dû manger quelque chose de leur côté.

— Je ne sais pas, dit-il d'un ton dégagé en partant appeler le docteur.

Je retournai dans ma chambre et me glissai à côté de Jefferson, qui dormait déjà à poings fermés. Moins d'une heure plus tard, le docteur arriva. Après avoir examiné les jumeaux, il sortit dans le couloir avec tatie Bett, prescrivit un traitement et du repos au lit, et s'en alla. Peu après, tatie Bett vint à ma porte.

— Christie, peux-tu faire dormir Jefferson dans la chambre de Mélanie pendant quelques jours ? Je ne veux pas qu'il soit contaminé et ce sera plus facile pour moi si les jumeaux sont dans la même chambre.

— Qu'est-ce qu'ils ont ?

— Une intoxication alimentaire ou bien un virus gastrique, expliqua-t-elle en tordant sa bouche de dégoût.

— C'est sûrement un virus. Ni moi ni Jefferson ne sommes malades.

— Même si c'est le cas, ils l'ont attrapé à cause du manque d'hygiène évident de cette maison, particulièrement de la cuisine. Vous deux avez juste eu de la chance, conclut-elle. Allez savoir pourquoi, ajouta-t-elle en partant.

Plus tard ce matin-là, quand Jefferson et moi descendîmes prendre notre petit déjeuner, nous trouvâmes seulement oncle Philippe à table, en train de lire le journal. Il sourit et nous dit bonjour comme si de rien n'était.

— Où est tatie Bett ? demandai-je.

— Elle a monté du thé et des toasts aux jumeaux. Elle va les couver jusqu'à leur guérison. C'est toujours comme ça. Enfin, je suis content que vous deux alliez bien.

— Nous n'avons aucune raison d'aller mal, remarquai-je d'un ton incisif.

Il hocha la tête et retourna à son journal.

Mme Boston arriva de la cuisine avec un plateau. Elle paraissait très contrariée et très en colère. Je n'avais jamais vu ses lèvres aussi serrées.

— Comment vont vos ventres ce matin ? nous demanda-t-elle, à moi et à Jefferson.

— Bien, madame Boston, répondis-je.

— J'en étais sûre, dit-elle avec satisfaction en redressant les épaules.

Mais oncle Philippe continua de lire comme s'il n'avait rien entendu. Mme Boston retourna dans la cuisine et ne reparut pas. J'avais promis à Jefferson de l'emmener faire une promenade sur la plage pour ramasser des coquillages, alors, sitôt le petit déjeuner fini, nous montâmes lui chercher une veste légère. Je frappai à la porte de sa chambre, puis glissai la tête dans l'entrebâillement pour m'assurer que je pouvais entrer.

Tatie Bett avait installé une chaise entre les deux lits et y montait la garde, la main de Richard dans sa main droite et celle de Mélanie dans la gauche. Les jumeaux, leur couverture relevée jusqu'au menton, avaient les yeux fermés.

— Chhhut ! souffla tatie Bett. Ils se sont enfin endormis.

— Je veux juste prendre une veste pour Jefferson, murmurai-je en me dirigeant à pas de loup vers le placard.

Bien que je ne fisse pas le moindre bruit, les yeux de Richard s'ouvrirent brusquement.

— Qu'est-ce... que c'est ? gémit-il.
Les yeux de Mélanie s'ouvrirent à leur tour.
— Qui est là ?
— Tu t'es débrouillée pour les réveiller, lança tatie Bett d'un ton mauvais. Et ils avaient tellement besoin de repos.
— Je n'ai pas fait plus de bruit qu'une mouche, tatie Bett. Ils n'étaient de toute évidence pas vraiment endormis.

Je sortis le veston de Jefferson de la penderie.
— Où allez-vous ?
— Marcher sur la plage. Il fait très beau. Dommage que les jumeaux ne puissent pas sortir, ajoutai-je avant de m'éclipser rapidement.

Je postai la lettre destinée à Gavin, puis me dirigeai vers l'océan avec Jefferson.

Jefferson adora notre pêche aux coquillages, mais de temps en temps il s'arrêtait, regardait l'horizon et me posait des questions sur maman et papa. Étaient-ils ensemble au paradis ? Auraient-ils d'autres enfants là-haut ? Pourraient-ils revenir un jour, ne serait-ce qu'un instant ? Aucune de mes réponses ne le satisfit. Ses grands yeux saphir s'obscurcissaient déjà des larmes à venir. Il n'attendait qu'une seule réponse — qu'un jour nous serions à nouveau réunis.

En rentrant, nous fûmes surpris de voir la limousine de l'hôtel devant l'entrée. Julius apparut sur le seuil de la maison, une valise dans chaque main. Il les plaça dans le coffre de la voiture.
— Qui s'en va ? me demanda Jefferson. J'espère que c'est tatie Bett, marmonna-t-il.

Mais ce n'était pas elle. C'était Mme Boston, tout endimanchée et portant un petit sac de voyage. Dès que nous l'aperçûmes, nous nous mîmes à courir.
— Madame Boston ! appelai-je. Où allez-vous ?
Elle leva la tête et sourit.
— Oh, je suis si contente que vous soyez revenus avant que je ne parte. Je voulais vous dire au revoir.

— Mais où allez-vous, madame Boston ? Je ne savais pas que vous partiez quelque part.
— Moi non plus, dit-elle avec colère. Votre tante m'a accusée ce matin de servir de la nourriture avariée. Après le petit déjeuner, elle est revenue pour me dire que je ne savais pas tenir une cuisine propre ni servir correctement des gens de qualité et qu'elle n'avait pas le temps de m'apprendre. Elle a dit que ce serait mieux pour tout le monde si je m'en allais. Et puis elle m'a payée et m'a demandé de partir immédiatement. Je lui ai répondu bon débarras, ajouta-t-elle.
— Oh non, madame Boston ! Elle n'a pas le droit de vous renvoyer. Vous ne travaillez pas pour elle, mais pour nous, déclarai-je, au désespoir.
Que serait notre vie ici sans Mme Boston ? me lamentai-je intérieurement.
— Mes pauvres enfants ! dit-elle en posant sa main gantée sur ma joue. (Puis elle sourit à Jefferson qui levait vers elle des yeux tristes.) Je travaille pour vous, mais vous ne tenez pas les cordons de la bourse, mes chéris. Pas encore. Votre tante me l'a clairement fait comprendre. C'est mieux comme ça, je suppose. Au bout d'un moment, elle et moi aurions été à couteaux tirés. Cette femme... (Elle secoua la tête.) Je suis désolée, mes petits. Je me suis occupée de vous, j'ai aidé à vous élever et ça me brise le cœur de devoir partir, mais je ne peux plus rester maintenant.
— Où irez-vous, madame Boston ? dis-je, mes yeux commençant à s'emplir de larmes.
— D'abord en Géorgie, chez ma sœur Lou Ann. De toute façon, il est temps que je lui rende visite. Nous ne sommes plus de prime jeunesse toutes les deux, vous savez, ajouta-t-elle en souriant.
— Nous ne vous reverrons plus ?
— Oh, je reviendrai en temps voulu. Prends soin de ton petit frère. Et toi, Jefferson, obéis à ta sœur, tu entends ?
Je regardai Jefferson. Sa tristesse s'était rapidement

transformée en fureur. Il se mordit la lèvre inférieure et partit subitement en courant, vers l'autre côté de la maison.
— Jefferson !
— Va t'occuper de lui, dit Mme Boston. (Elle m'embrassa sur la joue et nous nous enlaçâmes très fort.) Tu vas me manquer, ma petite.
— Vous me manquerez aussi, madame Boston. Terriblement.
Elle essuya une larme sur sa joue.
— Vite, dit-elle à Julius, avant que je ne me transforme en guimauve.
Elle monta dans la limousine et Julius ferma la portière avant d'aller s'installer au volant. La dernière chose que je vis d'elle fut le ruban de son chapeau flottant à l'arrière avant que le soleil inonde la vitre et la transforme en miroir de lumière. Bouleversée, la gorge nouée, je restai figée sur place un long moment après que la voiture eut disparu. Mes jambes me paraissaient aussi lourdes que mon cœur.
Lentement, par petites touches, tout ce qui avait fait partie de notre merveilleux univers s'en allait. Je ne m'étais jamais sentie si seule ni si terrorisée par l'avenir.

Jefferson s'était sûrement glissé sous la véranda. C'était l'une de ses cachettes préférées. Je le trouvai pelotonné dans un coin, traçant machinalement dans la terre des figures avec un bout de bois.
— Sors de là, Jefferson. Tu vas te salir et en plus tu n'as aucune raison de te cacher, lui dis-je avec douceur.
— Je ne veux pas. Je ne veux pas que Mme Boston s'en aille.
— Moi non plus, mais c'est fait. Je vais en parler immédiatement à tatie Bett.
Il leva les yeux avec espoir.
— Mme Boston reviendra ?
— Peut-être. Viens, Jefferson.
Je tendis la main pour l'aider à sortir, mais ses genoux,

le fond de son pantalon et ses coudes étaient déjà noirs de saleté. Je brossai ses vêtements du mieux que je pus, puis nous rentrâmes. Tatie Bett était dans la cuisine, vidant les placards à grands bruits de casseroles et de poêles. Je l'observai un moment du seuil. Elle portait des gants en plastique et un tablier par-dessus sa robe. Un large bandeau couvrait ses cheveux.

— Tatie Bett.

Elle s'interrompit pour se retourner.

— Qu'y a-t-il ?

— Comment as-tu pu renvoyer Mme Boston ? Quel droit avais-tu de faire ça ? demandai-je, d'un ton aussi acéré que la lame d'un rasoir.

— Comment j'ai pu... De quel droit ? bégaya-t-elle (Son regard se fit dur et glacé.) Es-tu aveugle ? Regarde autour de toi. Tu ne croirais jamais la saleté, la graisse et la poussière que je suis en train de découvrir dans ces placards. Tout doit être lavé et désinfecté. Je ne crois pas qu'on l'ait jamais fait. Je m'en charge moi-même avant d'engager une nouvelle domestique. Et j'en profiterai pour réorganiser chaque placard, chaque étagère et stériliser toute la vaisselle et tous les couverts.

— Tu racontes n'importe quoi ! Mme Boston était très propre. Nous l'aimions. Elle était avec nous depuis toujours. Il faut que tu la fasses revenir, insistai-je.

— La faire revenir ?

Elle éclata de son rire aigu, comme si je venais de dire la chose la plus ridicule du monde. Puis son regard tomba soudain sur Jefferson et son visage se tordit de dégoût. Elle traversa la pièce au pas de charge.

— Qu'a-t-il fait ? Comment s'est-il mis dans cet état ? Regarde ses pieds. Je vous ai demandé à tous les deux d'enlever vos chaussures avant d'entrer dans la maison. Ne savez-vous pas que les microbes s'accrochent aux semelles ? Ne comprenez-vous pas que les jumeaux sont malades et que leur résistance en est diminuée ? Vite, dit-elle en prenant Jefferson par la manche, enlève ces saletés et empile-les dans ce coin.

Jefferson poussa un gémissement et se débattit pour lui échapper, mais dans sa rage et son obstination elle avait une force étonnante pour une femme de petite corpulence. Ses doigts osseux s'étaient refermés sur son bras comme un étau d'acier. Jefferson tomba par terre, pleurant et battant des pieds.

— Laisse-le ! hurlai-je.

— Alors emmène-le se laver dans la salle de bains du bas, éructa-t-elle, le regard incendiaire. Ne t'avise pas de le conduire dans sa chambre dans cet état. C'est quand même incroyable ! Maintenant je vais devoir refaire l'entrée et le sol de la cuisine. (Elle se pencha et arracha rapidement les chaussures de Jefferson.) Filez ! ordonna-t-elle.

— Viens, Jefferson. Elle est devenue folle.

Je le pris dans mes bras et m'empressai de quitter la cuisine.

— Emmène-le directement à la salle de bains ! criat-elle derrière nous, mais je ne l'écoutais plus.

Je montai à toute allure l'escalier, regagnai ma chambre et claquai violemment la porte. Jefferson haletait encore d'avoir tant pleuré.

— Ça va aller, Jefferson. Elle ne te fera pas de mal. Je te fais couler un bain chaud et j'irai ensuite parler à oncle Philippe.

Il plaqua ses petits poings sur ses yeux et sécha ses dernières larmes. Son visage était barbouillé de poussière. Il ne m'opposa aucune résistance. La douleur et la tristesse l'avaient submergé au point de faire de lui un bébé plaintif. Comme il était différent du petit garçon qui déboulait en fanfare chaque matin dans ma chambre et qui ne connaissait ni la déprime ni le malheur ! Le voir ainsi décuplait ma colère. Je ne pouvais plus me permettre de me lamenter sur mon sort. Ma décision était prise : je ferais en sorte qu'il ne soit plus martyrisé.

Je lui conseillai de dormir un peu et je partis chercher

oncle Philippe. Fidèle à sa promesse, tatie Bett avait à nouveau ciré l'entrée et des journaux y étaient maintenant étalés. Je passai par-dessus et m'empressai de sortir. Mais oncle Philippe arrivait au même instant.

— Tatie Bett a renvoyé Mme Boston ! m'écriai-je quand il fut sorti de voiture. Et elle a été horriblement méchante avec Jefferson et moi.

— Que dis-tu ? Méchante avec toi ? (Il contourna la voiture.) Oh non, Christie, elle ne l'a sûrement pas fait exprès. (Il m'enlaça par les épaules.) Elle est juste nerveuse parce que les jumeaux sont malades. C'est toujours comme ça.

— Elle a renvoyé Mme Boston, me lamentai-je. Et Mme Boston est partie.

— Eh bien, c'est peut-être mieux ainsi. Betty Ann est la maîtresse de maison et les domestiques doivent s'adapter à elle. Mme Boston avait ses habitudes après toutes ces années. De toute façon, elle aurait dû prendre sa retraite depuis longtemps.

— Mme Boston n'est pas vieille et ses habitudes étaient les nôtres. Elle faisait partie de la famille.

— Je suis désolé. Mais si Betty Ann n'était pas satisfaite et Mme Boston non plus, quel intérêt de continuer ainsi ? C'est mieux ainsi, crois-moi, répéta-t-il en souriant.

— Je ne crois pas, dis-je en m'écartant de lui. Elle rend les choses encore plus difficiles ! Jefferson et moi ne sortirons pas de notre chambre tant qu'elle ne se sera pas excusée de l'avoir maltraité.

Je rentrai en trombe et retournai dans ma chambre. Jefferson dormait, sûrement vaincu par l'épuisement émotionnel. Je m'assis à côté de lui et contemplai son petit visage endormi. Il gémissait de temps en temps. Probablement un cauchemar avec tatie Bett en vedette, pensai-je rageusement.

Au bout d'environ une heure, on frappa doucement à la porte.

— Entrez.
Oncle Philippe apparut, un plateau à la main. Il nous apportait de la soupe, des sandwiches et du lait.
— Betty Ann vous envoie ceci, dit-il, puis il désigna Jefferson de la tête : Comment va-t-il ?
— Il est épuisé par tout ce qui s'est passé, répondis-je froidement.
— Betty Ann est désolée, déclara-t-il en posant le plateau sur mon bureau. Elle ne voulait pas que ça en arrive là. C'était juste de la nervosité à cause de la maladie des jumeaux, comme je te l'avais dit. Mais tout va rentrer dans l'ordre, tu verras.
— Ça m'étonnerait, dis-je sèchement. Elle n'avait pas le droit de renvoyer Mme Boston.
— Laisse faire le temps, plaida-t-il. Quand tout sera plus calme, nous en reparlerons tous ensemble, en adultes, d'accord ? (Il riva ses yeux aux miens.) Je suis sûr que nous résoudrons tous les problèmes dès que les jumeaux seront rétablis. Rien de tout ceci n'est facile, Christie. Nous devons tous apprendre à cohabiter en harmonie. Je sais que c'est plus dur pour vous deux, ajouta-t-il d'un ton compatissant.
Son regard bleu débordait de douceur. Il venait enfin de s'adresser à moi comme un oncle bienveillant se doit de le faire. J'avais envie de lui dire qu'effectivement c'était plus dur pour nous. Nous avions perdu nos parents et tatie Bett était un piètre substitut de maman. Elle ne pourrait jamais être une mère pour nous, pas dans nos esprits.
— Ce travail préliminaire à la reconstruction de l'hôtel m'a accaparé jusqu'à présent, mais je promets de vous consacrer bientôt davantage de mon temps et de ne pas laisser toutes les responsabilités à Betty Ann. Entre nous, ajouta-t-il à voix basse, je crois qu'elle est un peu dépassée par les événements. Et avec les jumeaux malades, en plus... Tu sais, elle n'est pas aussi forte qu'Aurore ne l'était. Tu es assez grande maintenant pour que je te parle franchement. Je sais que tu me comprends.

Puisqu'il en était à parler de franchise et de confiance, j'aurais voulu lui demander pourquoi il avait imploré pardon devant la tombe de maman. Mais c'eût été révéler que je l'avais surpris dans ses pensées les plus intimes.

Il s'approcha de moi et s'agenouilla pour me prendre la main. Puis il m'offrit son plus charmant sourire, les yeux pétillants de joie.

— Si nous faisions un pacte tous les deux ?
— Quelle sorte de pacte ? demandai-je avec méfiance.
— Promettre d'avoir confiance et de compter l'un sur l'autre à partir de ce jour ; de se confier ce qu'on ne dirait à personne d'autre ; de s'employer à rendre notre entourage heureux et à le protéger. À partir de ce jour, tes peines et tes joies seront les miennes, je t'en fais le serment. Ferons-nous ce pacte ?

Comme il s'exprimait bizarrement ! On aurait dit qu'il me demandait en mariage. Je haussai les épaules, ne sachant ni comment réagir ni quoi dire. Il avait l'air si déterminé et ses yeux me fixaient si intensément...

— Pourquoi pas ?
— Bien. Scellons-le par un baiser, dit-il en se penchant pour m'embrasser sur la joue.

Seulement sa bouche effleura en même temps le coin de mes lèvres. Il garda un moment les yeux fermés, puis sourit à nouveau.

— Tout ira bien, murmura-t-il. Très bien.

Très bien ? Comment serait-ce possible alors que le monde de chaleur et de bonheur que j'avais connu avait à jamais disparu ? Rien ne pourrait me ramener cet amour, ni le plus bleu des ciels, ni le plus beau des jours.

Oncle Philippe se leva.

— Je te laisse réveiller Jefferson pour qu'il mange un peu. Je vous aurais bien invités à descendre, mais Betty Ann vient juste de frotter le sol de la cuisine. Elle devient toujours obsessionnelle quand les jumeaux sont malades. (Son sourire s'élargit.) C'est son seul moyen de gérer son angoisse. Tant qu'elle s'occupe, tout va bien. Je dois retourner à l'hôtel, mais je rentrerai tôt et nous dînerons ensemble. Oh, j'oubliais, ajouta-t-il sur le pas de la porte, mieux vaut faire semblant d'apprécier sa cuisine. Elle n'est pas très bonne cuisinière, mais en attendant que la remplaçante de Mme Boston arrive... Je suis sûr que tu es assez grande pour comprendre, conclut-il avec un sourire complice.

Non, je ne comprenais pas. Pourquoi l'avait-il laissée renvoyer Mme Boston ? Pourquoi ne maîtrisait-il rien ? Pourquoi tolérait-il que de telles abominations se produisent ? Papa aurait réagi, pensai-je, le cœur serré. Maman m'avait un jour raconté combien le père d'oncle Philippe, Randolph, avait été faible, particulièrement face au tempérament fougueux et capricieux de grand-mère Laura. Apparemment, oncle Philippe n'était pas bien différent quand il s'agissait de sa femme.

Comme j'aurais voulu que le temps passe vite et que je sois enfin en âge de prendre en main ma propre vie et celle de Jefferson. Toutes les promesses, tous les pactes et toute la bonne volonté du monde n'y pourraient rien : il serait toujours difficile de vivre avec oncle Philippe et tatie Bett.

Jefferson se réveilla et nous prîmes notre déjeuner dans la chambre. Il ne pleurait plus, mais la colère enflammait toujours son regard. Alors, pour le distraire, je proposai de jouer avec lui.

Richard et Mélanie gardèrent le lit toute la journée et ne furent pas en mesure de descendre dîner. À mon avis, ils n'y perdaient rien. Au contraire. Tatie Bett avait essayé de rôtir un poulet, mais elle l'avait trop cuit et la chair était dure et sèche. Par contre, les pommes de terre manquaient de cuisson et ressemblaient davantage à des pommes.

Oncle Philippe s'efforça d'animer le dîner en parlant de la reconstruction de l'hôtel. Il promit à Jefferson de l'emmener le lendemain matin voir les bulldozers et les démolisseuses qui terminaient de dégager la structure calcinée. Pour la première fois depuis la mort de nos parents, Jefferson se montra intéressé et même enthousiaste.

Pendant presque tout le repas, tatie Bett fit la navette entre la chambre des jumeaux et la salle à manger. Ils prenaient leur premier repas solide et elle tenait à s'assurer que tout se passait bien. Elle ne cessa de jacasser sur eux, nous décrivant leur mine, leur façon de mâcher les aliments, la ration qu'ils avaient avalée — exactement la même, évidemment. Oncle Philippe m'adressa un regard complice qui signifiait : « Tu vois, je te l'avais dit. »

Au bout du compte, tatie Bett ne s'excusa pas d'avoir malmené Jefferson, mais elle déclara espérer que de telles frictions ne se produiraient plus entre nous. Pour appuyer ses propos, elle nous servit un gâteau au chocolat qu'oncle Philippe avait acheté en ville. Elle donna un morceau si gros à Jefferson qu'il en eut les yeux exorbités. Ce qui ne l'empêcha pas de le manger presque en entier.

Ensuite, lui et moi regardâmes la télé jusqu'à ce qu'il ait sommeil. Je le montai dans la chambre de Mélanie. Puis je regagnai la mienne pour écrire une lettre à Gavin. Je lui racontai tout ce qui s'était passé au cimetière la veille et aussi les événements de la journée. Il était inutile qu'il en parle à grand-père Longchamp, précisai-je. Cela le mettrait en colère et il ne pouvait pas faire grand-chose. Je terminai en lui répétant une nouvelle fois combien il me manquait. Sous mon nom, j'inscrivis quatre X correspondant à quatre baisers. Puis, visualisant son visage sous mes paupières closes, j'embrassai la lettre avant de la plier.

Épuisée par toutes les émotions de la journée, je remplis la baignoire d'eau chaude et j'y ajoutai le bain moussant parfumé de maman. Étendue sous la mousse, la tête calée en arrière, les yeux fermés, je me détendis et plongeai dans de doux souvenirs. Je revoyais maman me brosser tendrement les cheveux tout en me racontant les merveilleuses choses que nous ferions le lendemain. J'étais si prise par ma rêverie que je n'entendis pas la porte de la chambre s'ouvrir et se refermer, ni les pas d'oncle Philippe. Je ne me rendis compte de sa présence que lorsque je rouvris les yeux. Il était là, sur le seuil de la salle de bains, en train de m'observer. Depuis combien de temps ? Je n'en avais aucune idée.

Dans un sursaut, je cachai ma nudité et m'enfonçai sous la mousse du mieux que je pus.

Cela le fit rire. Il tenait un paquet à la main.

— Je suis désolé de te déranger, mais je voulais te donner ceci avant que tu te couches. Je n'ai pas pu résister au plaisir de te l'acheter quand je l'ai vu en vitrine en ville, tout à l'heure.

— Qu'est-ce que c'est ?

— Un cadeau surprise pour te consoler de ce que tu as enduré aujourd'hui. Je l'ouvre pour toi ?

Je hochai la tête. Plus vite il le ferait, plus vite il partirait.

Il posa le paquet sur le lavabo, le défit et plongea la main dans la boîte pour en ressortir la plus ravissante chemise de nuit en dentelle que j'avais jamais vue.

— N'est-elle pas jolie ? demanda-t-il en la déployant devant mes yeux. (Il posa sa joue contre le tissu.) C'est si doux et féminin... Je n'ai pas pu m'empêcher de penser à toi en la touchant. Porte-la cette nuit, particulièrement après le bain. Tu verras comme c'est agréable.

— Merci, oncle Philippe.

— Tu la porteras cette nuit ?

Je ne comprenais pas pourquoi c'était si important pour lui. Peut-être voulait-il s'assurer que son cadeau rachèterait les méchancetés de tatie Bett...

— Oui.

— Parfait. Veux-tu que je te frotte le dos ? C'est ma spécialité.

Il proposa cela de but en blanc, juste après avoir rangé la chemise de nuit. Comment pouvait-il suggérer une chose pareille ? Je n'étais plus une enfant. L'expression de son regard m'effraya. Pendant un instant, je ne parvins pas à dire un seul mot.

— Non, merci, répondis-je finalement, craignant qu'il ne s'approche. J'allais sortir.
— Tu es sûre ?
Il fit un pas en avant.
— Oui, rétorquai-je rapidement, le cœur battant.
— Bon, dit-il, manifestement déçu, mais tu rates vraiment quelque chose.

Son regard s'attarda encore un moment sur moi, puis il s'en alla.

Je guettai le bruit de la porte. Quand elle se referma, je sortis de la baignoire et me séchai. Mes yeux tombèrent sur la chemise de nuit. Elle était magnifique et soyeuse au toucher. Je l'enfilai et me contemplai dans la glace. Le tissu léger et transparent ne cachait rien de ma nudité. Était-ce un cadeau à offrir à une nièce ? Perplexe, je la gardai tout de même pour dormir.

Au milieu de la nuit, je me réveillai brutalement d'un cauchemar où oncle Philippe s'introduisait encore dans ma chambre. Discrètement assis à côté de moi, il me découvrait doucement, me regardait longuement, puis me recouvrait et disparaissait aussi vite qu'il était apparu. Le rêve avait été si frappant que je crus un instant l'avoir vraiment vécu. Affolée, je regardai autour de moi, mais il n'y avait personne. Ensuite, je restai longtemps éveillée, comme aux aguets, jusqu'à ce que le sommeil ait à nouveau raison de moi.

Le lendemain matin, les jumeaux étaient miraculeusement rétablis. Ils se montrèrent débordants d'énergie et d'appétit au petit déjeuner. Tatie Bett était aux anges.

— Nous garderons la même organisation encore une nuit, et ensuite tout pourra revenir à la normale. Notre nouvelle cuisinière arrivera en fin de journée, annonça-t-elle. Elle m'a été fortement recommandée par des amis de mes parents. Nous pouvons être sûrs que les repas seront correctement préparés et servis et que tout sera tenu proprement. Oh, je suis certaine que tout ira bien maintenant que les jumeaux sont rétablis, s'écria-t-elle en joignant les mains.

Richard et Mélanie affichèrent une expression satisfaite mais dépourvue de sourire. Oncle Philippe hocha la tête, puis annonça qu'il partait pour l'hôtel.

— Jefferson m'accompagne. Veux-tu venir aussi, Christie ?

— Non, merci, oncle Philippe. Je vais rendre visite à grand-mère Laura.

— J'aimerais aller avec toi, papa, dit Richard.

— Moi aussi, fit en écho Mélanie.

— Pas question, intervint tatie Bett. Vous avez encore besoin d'un jour complet de repos. Vous ne vous rendez pas compte de votre état.

Ils boudèrent simultanément.

— Bon, tu es prêt, Jefferson ? demanda oncle Philippe.

Jefferson chercha mon regard. Il aurait voulu que j'aille avec lui et mon refus le rendait hésitant. Mais la tentation de voir toutes ces grosses machines était trop forte. Il se leva et suivit oncle Philippe.

— Christie, veux-tu m'aider à débarrasser ? demanda tatie Bett.

Je commençai à rassembler les couverts. J'avais l'habitude d'aider Mme Boston et ces simples gestes ramenèrent une foule de souvenirs à ma mémoire. Notamment les chaleureuses et joyeuses discussions que nous avions à la cuisine.

— Je peux aider aussi, proposa Mélanie.

— Surtout pas, Mélanie. Va lire dans le salon.

— Pourquoi Christie peut-elle le faire ? gémit-elle.

— Parce qu'elle n'a pas été malade. Merci, Christie. Prends les verres, s'il te plaît, me demanda-t-elle en se dirigeant vers la cuisine avec une partie de la vaisselle.

— Tiens, dit Mélanie en me tendant son verre alors que j'en tenais déjà quatre.

Elle le lâcha avant que je puisse l'attraper et il alla se briser contre une coupe, qui se cassa par la même occasion.

— Que s'est-il passé ? cria tatie Bett depuis le seuil de la cuisine.
— Christie a cassé un verre, accusa Mélanie.
— Ce n'est pas vrai, me défendis-je. Tu ne m'as pas laissé une chance de l'attraper.
— Elle a voulu en prendre trop à la fois, renchérit Richard. Mélanie n'y est pour rien.
— Tu mens !
— Du calme, les enfants. Du calme. (Tatie Bett me lança un regard furieux.) Laisse-moi faire, cela vaudra mieux, déclara-t-elle sèchement.

Mélanie et Richard arborèrent la même expression satisfaite. Je regardai une dernière fois tatie Bett avant de me précipiter hors de la pièce et de la maison. Avoir envie de quitter sa propre maison le plus vite possible... Quelle terrible ironie ! pensai-je, le cœur broyé de désespoir.

8

Personne ne comprend

Tous les employés de l'hôtel étaient partis, bien sûr. Après l'incendie, ils n'avaient plus rien à faire. Mais on avait gardé des jardiniers et des membres de l'équipe de maintenance pour aider aux travaux de déblayage et de reconstruction. La famille ayant toujours besoin d'un chauffeur, Julius était resté et continuait à vivre dans les dépendances derrière l'hôtel. Je le trouvai dehors en train de laver la limousine.

— Quand vous aurez fini, Julius, vous voudrez bien m'emmener chez ma grand-mère, s'il vous plaît ? lui demandai-je.

— Bien sûr, Christie. J'ai presque fini, d'ailleurs. Monte. Je fignolerai les détails pendant ta visite.

Je grimpai à bord de la voiture et contemplai par la vitre les ouvriers qui s'activaient parmi les décombres et les bulldozers. Jefferson se tenait aux côtés de Buster Morris, les mains sur les hanches, dans une attitude familière à papa. J'eus envie de sourire et de pleurer en même temps. Il lui manquait cruellement, ce père qui lui avait été enlevé avant qu'ils aient eu le temps de vraiment se connaître.

Du coup, je repensai à maman. Cela avait dû être horrible pour elle de découvrir que l'homme et la femme qu'elle prenait pour ses parents ne l'étaient pas. Retourner dans sa vraie famille après tant d'années avait sûrement été difficile et effrayant. Tandis que la limousine s'engageait dans l'allée menant à Bel Ombrage, la demeure de Bronson Alcott, je ne pus m'empêcher de me demander ce qu'elle avait ressenti lors de sa première rencontre avec sa vraie mère. Si seulement ma grand-mère avait les idées assez claires pour m'en parler. À l'époque elle avait beaucoup souffert mais à présent, elle était mariée à un homme qui l'aimait tendrement. Elle devait se sentir heureuse et en sécurité.

Bel Ombrage se trouvait sur une colline dominant Cutler's Cove. La maison, immense, ressemblait à un château avec ses murs de pierres grises et ses poutres apparentes. Au centre de la façade, s'élevait une haute tour ronde au toit conique. L'entrée principale était une porte de pin sombre en forme d'arche. Les fenêtres de l'étage s'ornaient de balcons de fer forgé qui faisaient le bonheur de Jefferson. Il voulait toujours s'y suspendre comme un singe, ne comprenant pas qu'on les ait mis là uniquement pour faire joli.

Julius m'ouvrit la portière et je gravis les marches pour actionner la sonnette. En fait de sonnette, il s'agissait d'un jeu de cloches qui résonna comme dans une cathédrale. J'eus la surprise de voir Mme Berme, l'infirmière particulière de grand-mère, m'ouvrir. En général, c'était le maître d'hôtel de Bronson, un homme replet nommé Humbick, qui s'en chargeait.

— Oh, Christie, dit-elle. Votre grand-mère vient juste de s'endormir dans le petit salon mais je pense qu'elle ne va pas tarder à se réveiller. Entrez, M. Alcott est dans son bureau.

— Merci, madame Berme.

Je traversai le corridor pour jeter un œil dans le petit salon. Grand-mère dormait dans son fauteuil préféré, sous une couverture qui lui montait jusqu'au cou. Son extrême pâleur contrastait avec ses joues trop fardées. Je me dirigeai vers le bureau de Bronson. La porte était ouverte mais je frappai quand même. Il était derrière sa table, consultant des papiers.

En m'apercevant, il se leva aussitôt.

— Christie ! Je suis content de te voir.

— Grand-mère dort.
— Pas pour longtemps, je pense. Ses siestes sont fréquentes mais brèves, ces jours-ci. Entre. Assieds-toi. Dis-moi comment vous allez, Jefferson et toi.

Je pris place dans le fauteuil de cuir lie-de-vin qu'il me désignait.

— Très mal, dis-je.

Il haussa un sourcil et pinça les lèvres.

— Comment cela ? Qu'est-ce qui ne va pas ?
— Tout, Bronson. Tatie Bett est méchante avec nous. Et elle a renvoyé Mme Boston !
— Quoi ? Renvoyé Mme Boston ? C'est impossible, voyons, fit-il en se rasseyant.
— Elle l'a fait. Les jumeaux ont eu des maux d'estomac et elle a dit que c'était à cause de la cuisine de Mme Boston. Qu'elle n'était pas propre.
— Vraiment ? C'est incroyable.
— Elle l'a renvoyée et oncle Philippe a refusé d'intervenir. Il dit que c'est elle la maîtresse de maison à présent et que les employés lui doivent obéissance, m'écriai-je.
— Eh bien, sur ce point, il a raison, j'en ai peur. Mais je n'arrive pas à comprendre qu'on puisse reprocher quoi que ce soit à Mme Boston. C'était même l'une des rares personnes que grand-mère Cutler respectait. (Il secoua la tête en me contemplant.) J'interrogerai Philippe à ce sujet mais s'il y avait incompatibilité d'humeur entre Mme Boston et Betty Ann, je crains qu'il n'y ait pas grand-chose à faire. Pourquoi disais-tu que tatie Bett est horrible avec Jefferson et toi ?
— Parce qu'elle l'est. Elle crie toujours après Jefferson. D'après elle, il n'est pas assez ordonné. Elle veut qu'on enlève nos chaussures avant d'entrer dans la maison.

Au moment où je prononçai ces mots je me rendis compte à quel point j'avais l'air ridicule. Et je voyais bien que Bronson n'était pas loin de penser la même chose.

— Eh bien, tu sais que, parfois, Jefferson est très turbulent, Christie, dit-il, souriant. Je me souviens du jour où il a grimpé sur le tas de bois. Je suis certain que Betty Ann essaie simplement de le rendre un peu plus responsable. D'autant plus maintenant que Mme Boston est partie...
— C'est elle qui l'a renvoyée !
— Peut-être, mais ce qui est fait est fait. Il faut l'accepter.

Je tentai une nouvelle approche.
— Elle a installé Richard dans la chambre de Jefferson et ils ne s'entendent pas du tout.

Bronson devait comprendre que j'avais de bonnes raisons d'être aussi bouleversée. Il se gratta lentement le menton d'un air dubitatif.
— Il est normal que de jeunes garçons partagent la même chambre. Je suis certain que, d'ici peu, ils s'entendront très bien. De toute manière, Betty Ann n'avait pas le choix, n'est-ce pas ? À moins de mettre Richard et Mélanie ensemble ?
— Oui, reconnus-je avec un petit soupir de frustration.
— Tout cela ne me semble pas si terrible, Christie.
— Elle a rangé presque toutes les affaires de maman au grenier, gémis-je, et aussi celles de papa.
— Eh bien, que voulais-tu qu'elle en fasse ? Ils ont besoin de place.
— Peut-être, mais elle a gardé certains bijoux de maman.

Bronson souriait avec indulgence.
— Je doute que les bijoux fassent problème, Christie. Betty Ann est issue d'une famille suffisamment riche. Elle n'a pas besoin des bijoux d'une autre.

Croisant les bras, je me renfonçai dans mon fauteuil. Tous mes efforts pour le convaincre restaient aussi vains que si j'essayais de gonfler un ballon crevé.
— Je sais que c'est pénible pour toi, reprit-il. En plus d'avoir perdu des parents merveilleux, tu dois apprendre à

vivre avec une nouvelle famille et c'est difficile... même s'il s'agit de ton oncle et de ta tante, ajouta-t-il avec gentillesse.

Je gardai le silence quelques instants tout en l'examinant.

— Bronson, demandai-je finalement, vous m'avez promis de tout me dire sur ma famille.

— Tout ce que je sais, corrigea-t-il, soudain plus grave.

— Quand maman a fréquenté cette école chic avec papa, elle a rencontré oncle Philippe et ils sont sortis ensemble, n'est-ce pas ?

— Elle ne savait pas que Philippe était en réalité son demi-frère, répliqua-t-il précipitamment.

— Étaient-ils... étaient-ils amoureux ? demandai-je timidement.

Il sourit à nouveau.

— Oh, ils étaient jeunes, à peine des adolescents. Ils se sont entichés l'un de l'autre. Ce n'était pas grand-chose, une passade de jeunesse, conclut-il en secouant la tête.

— Ce n'est pas ce que pense oncle Philippe ! m'exclamai-je sans réfléchir.

Je ne voulais pas mentionner ma visite nocturne sur la tombe de mes parents, ni le monologue de Philippe. Bronson risquait de penser que j'espionnais mon oncle.

Il plissa les paupières et se pencha en avant.

— Qu'est-ce qui te fait dire une chose pareille ?

— Simplement la façon dont il parle d'elle et quelque chose que maman m'a dit peu de temps avant... avant l'incendie.

— Que t'a-t-elle dit ?

— Qu'oncle Philippe ne s'était jamais remis de leur romance de jeunesse, ni d'avoir appris si tard qu'ils étaient frère et sœur.

Pensif, Bronson hocha la tête.

— Oui, cela a dû lui faire un grand choc. Je ne sais pas grand-chose à ce sujet, Christie, en dehors de ce que m'ont dit ta mère et Philippe. Et, bien sûr, de ce que m'a confié ta grand-mère. D'après ce que j'ai pu en déduire, ç'a été un flirt très court. Ils se connaissaient à peine quand la police est venue la chercher pour la ramener à Cutler's Cove. Qu'en dit Philippe ?

J'hésitai mais je fus incapable de me retenir.

— Il parle sans arrêt de sa beauté et de l'amour qu'il lui portait.

— C'est vrai, elle était très belle, approuva Bronson. Et très facile à vivre. Il n'y a rien de mal à ce qu'il le dise, Christie.

— Il dit aussi que je lui ressemble de plus en plus.

— C'est la vérité. Tu ne vas quand même pas t'inquiéter pour cela, n'est-ce pas ?

— Non, mais...

— Mais quoi, Christie ?

Nous nous dévisagions.

— Eh bien ? insista-t-il.

— Il est bizarre. Il me prend toujours dans ses bras pour m'embrasser et...

— Il essaie simplement de te donner l'amour dont il pense que tu as besoin. Philippe tient beaucoup à Jefferson et à toi. Vous avez de la chance de l'avoir.

— Hier soir, il m'a fait cadeau d'une chemise de nuit, révélai-je alors.

— Oh ! T'a-t-il dit pourquoi ?

— D'après lui, c'était une surprise pour me remonter le moral.

— Vraiment ? Dans ce cas, c'est très gentil de sa part, n'est-ce pas ? s'enquit Bronson.

— Une chemise de nuit ?

Il haussa les épaules.

— Il pensait probablement que c'est le genre de chose dont rêve une jeune fille. On ne peut pas le lui reprocher. Moi aussi, je me sens parfaitement stupide quand je cherche un cadeau pour ta grand-mère. (Il s'interrompit pour m'étudier un moment.) Pourquoi cela te dérange-t-il ? À quoi penses-tu ?

Tout ce que je disais semblait ridicule. Je ne savais pas comment expliquer mes véritables impressions. Il aurait fallu que Bronson ait été là, ait été présent, mais même ainsi, raisonnai-je, il n'était pas certain qu'il aurait vu les choses sous le même angle que moi.

— Tante Fern m'a dit que l'histoire entre maman et oncle Philippe était très sérieuse, dis-je. C'était très troublant.

Bronson se renfonça dans son siège.

— Oh, je vois. Si tu veux mon avis, il vaut mieux ne pas attacher d'importance à ce que raconte tante Fern. (Il prit un air sévère.) Elle crée des problèmes à tout son entourage.

Je piquai du nez vers le sol. J'aurais voulu lui en dire plus, lui dire comment Philippe avait imploré le pardon de ma mère sur sa tombe, comment il était venu me surprendre dans la salle de bains pour me proposer de me laver le dos, mais j'étais trop embarrassée et j'avais peur de paraître encore plus ridicule. Je poussai un long soupir.

— Christie, ton oncle essaie simplement de remplacer ton père du mieux qu'il le peut. Je suis certain qu'il n'y a rien de plus. Il se sent investi d'une énorme responsabilité. Tu ne devrais pas avoir peur de lui ou lui attribuer de quelconques arrière-pensées. En fait, j'ai parlé avec lui pas plus tard qu'avant-hier.

Je relevai vivement les yeux.

— Ah ?

— Et il m'a confié à quel point ta profonde tristesse le peinait. Il a pris l'engagement de faire tout ce qui était en son pouvoir pour te rendre la vie aussi plaisante que possible et t'aider à accomplir tout ce que tu désires. C'est devenu un objectif majeur pour lui. Tu verras, poursuivit Bronson en contournant le bureau avec un large sourire, tout finira par s'arranger...

Il avait peut-être raison, pensai-je. Toutes ces idées noires pouvaient n'être qu'un produit de mon imagination, de mon cerveau saturé par toutes les épreuves que je venais de traverser. Bronson me passa le bras autour des épaules tandis que je me levais.

— Je suis navré, Christie, vraiment navré que cette tragédie se soit abattue sur ton petit frère et toi, mais ton oncle, ta tante et moi, nous serons toujours là pour vous aider par tous les moyens.

— Merci, Bronson, dis-je.

Soudain, une nouvelle idée me traversa l'esprit.

— Bronson, est-ce que quelqu'un a mis mon vrai père au courant ?

— Ton vrai père ? Pour autant que je sache, non. Malheureusement, ce n'est pas quelqu'un de très recommandable. La seule fois où il a témoigné de l'intérêt à ton égard, c'était pour essayer de soutirer de l'argent à ta mère.

— Je sais. Elle me l'a dit. Je me souviens vaguement de l'avoir rencontré cette fois-là.

— S'il découvrait ce qui s'est passé, il essaierait sans nul doute de tirer profit de la situation, j'en suis certain, marmonna Bronson. Non, ma chérie, les gens qui t'entourent sont ceux qui t'aiment le plus. Laisse une chance à Philippe et à Betty Ann. Pour toi, bien sûr, ils ne vaudront jamais Aurore et Jimmy, mais ils veulent essayer de les remplacer du mieux qu'ils peuvent. Du mieux qu'ils peuvent, répéta-t-il.

J'acquiesçai. Après tout, son raisonnement n'avait rien d'illogique.

Nous allâmes ensemble voir si grand-mère Laura était réveillée. Elle l'était, mais son esprit était en proie à la confusion la plus totale. Dans le même souffle, elle m'appela Aurore, puis Clara. Elle bafouilla quelque chose à propos d'une nouvelle crème de beauté avant de planter subitement son regard dans le mien.

— Mais tu as encore largement le temps avant de te

faire du souci pour tes rides. Les rides ! s'écria-t-elle avec une ferveur nouvelle en levant les yeux vers le ciel. C'est la mort lente d'une belle femme !

Cet éclat l'avait épuisée. Elle referma les paupières et son menton tomba si brutalement sur sa poitrine que je craignis un instant qu'elle ne se soit brisé le cou. J'adressai un regard anxieux à Mme Berme qui se contenta de secouer la tête. Il n'y avait rien d'autre à faire. Grand-mère avait replongé dans un de ses fréquents et profonds sommeils. Et moi qui cherchais une confidente, quelqu'un à qui demander conseil ! Mes parents étaient partis ; Mme Boston était partie ; tatie Bett était trop insensible ; tante Trisha trop prise par sa carrière ; quant à Bronson, malgré toute sa tendresse et son affection, il restait trop éloigné de moi et avait largement assez de soucis avec grand-mère Laura.

En remontant dans la limousine, je me sentais aussi seule et impuissante que le petit nuage cotonneux perdu là-haut dans le ciel immaculé.

Les premiers beaux jours de l'été me parurent effroyablement lents, gris et lugubres. Petit à petit, une routine quotidienne s'installa à la maison. Tatie Bett passait le plus clair de son temps à donner des consignes à la nouvelle cuisinière et gouvernante, Mme Stoddard, une petite femme corpulente d'une soixantaine d'années, qui nouait ses cheveux ternes en un vague chignon d'où s'échappaient toujours quelques mèches entortillées comme des bouts de ficelle. Des taches de vieillesse ornaient son front, et ses joues étaient toutes rondes. Elle souriait souvent et se montrait très affable avec nous, mais pour Jefferson et moi, personne ne pourrait jamais remplacer Mme Boston. Durant ses premiers jours chez nous, Mme Stoddard ne quittait pas tatie Bett d'une semelle, comme si elle était un petit chien tenu perpétuellement en laisse par sa nouvelle maîtresse.

En général, les jumeaux ne se souciaient que d'eux-mêmes. Ils organisaient leurs journées avec une rigidité étonnante, s'accordant quelques périodes de récréation — en général passées à jouer à des jeux de société tels que le Scrabble ou les échecs — ou bien lisant ou écoutant leurs bandes éducatives enregistrées. Ils étudiaient essentiellement la grammaire, la géographie et le français. Malgré la mélancolie qui continuait à m'étreindre, je ne pouvais m'empêcher d'avoir envie de rire quand il m'arrivait d'entrer dans le salon et que je les voyais, assis face à face dans la position du lotus, se singeant mutuellement pour répéter leurs exercices de prononciation.

C'était l'été et la plupart des enfants de leur âge jouaient au soleil sur la plage, faisaient du sport, ou sortaient avec leurs amis. Les jumeaux, eux, ne se quittaient jamais et ne sortaient pratiquement pas. Même moi qui étais trop déprimée pour faire autre chose que de courtes promenades parmi les décombres qui défiguraient notre jardin, j'avais le teint moins blême qu'eux. Mais cela ne semblait pas les déranger. À leurs yeux, tout ce que faisaient les autres était soit stupide soit inutile. Je ne m'étais jamais rendu compte à quel point ils étaient arrogants et snobs.

Grâce au ciel, Jefferson s'était trouvé une occupation : participer à la reconstruction de l'hôtel. Buster Morris était devenu son meilleur ami. Parfois, il partait avec oncle Philippe juste après le petit déjeuner, mais il passait le plus clair de son temps avec Buster, grimpant à ses côtés sur un bulldozer ou dans sa camionnette. Tatie Bett l'attendait souvent à la porte de la maison à la fin de sa journée de travail. Elle l'obligeait à enlever ses chaussures et même, une fois, insista pour qu'il se débarrasse de son pantalon et de sa chemise parce qu'ils étaient trop sales. Ce nouvel affront blessa Jefferson et il lui en voulut encore davantage, mais il obéit car il avait trop peur qu'elle lui interdise de retourner avec Buster.

Quant à moi, je lisais beaucoup et j'écrivais tous les jours à Gavin. Nous nous parlions parfois au téléphone. Il avait pris un emploi dans une épicerie pour gagner l'argent de son voyage en Virginie. Il avait l'intention de venir fin août. J'aurais voulu lui envoyer ce dont il avait besoin mais je savais que sa fierté ne le supporterait pas. Pourtant, j'étais impatiente de le voir. Il était la seule personne à qui je pouvais me confier.

Tante Trisha m'appelait chaque fois qu'elle le pouvait, mais dès son deuxième coup de fil, elle me fit part de la mauvaise nouvelle. Son show à Broadway avait été arrêté et elle avait dû accepter un rôle dans une compagnie partant en tournée. Dans moins d'une semaine, ils s'envolaient pour l'étranger. Elle promit de me téléphoner aussi souvent que possible mais j'étais terriblement déçue. J'avais espéré lui rendre visite à New York d'ici peu.

Finalement, plus pour passer le temps que par réel désir, je me remis au piano. M. Wittleman avait appelé pour prendre de mes nouvelles et savoir quand je désirais reprendre mes leçons. Je ne voulus pas m'engager si tôt. Je préférais travailler un peu toute seule pour essayer au moins de retrouver le niveau qui était le mien avant la tragédie.

Au début, j'éprouvai d'énormes difficultés à m'asseoir sur mon tabouret et à poser les doigts sur le clavier. Je revoyais sans cesse maman sourire fièrement à chaque page de partition que je tournais. Je me rendais compte seulement maintenant du rôle essentiel qu'elle avait joué dans mon évolution musicale et de l'importance que j'attachais à lui faire plaisir. À présent qu'elle avait disparu, le vide qui m'entourait était comme un écho au vide que je ressentais en moi. Mon jeu me semblait creux, mécanique et sans vie. Apparemment, il n'en allait pas de même pour oncle Philippe.

Un après-midi, alors que j'essayais de réapprendre une sonate de Beethoven, je laissai finalement les notes m'envahir et me faire oublier ce monde sinistre. Prise par la musique, je n'entendis pas oncle Philippe entrer mais quand je terminai le morceau, il applaudit. Pivotant sur mon tabouret, je le trouvai assis derrière moi, souriant de toutes ses dents.

— Je suis vraiment heureux que tu aies repris le piano, Christie, dit-il. Et ta mère serait ravie elle aussi.

— Ce n'est plus pareil, répondis-je. Rien ne sera plus jamais pareil.

— Cela le redeviendra, promit-il. Accorde-toi un peu de temps et continue à travailler.

Il était si content de mon jeu qu'il en fit le principal sujet de conversation ce soir-là au dîner. Tatie Bett sourit et prononça quelques encouragements elle aussi. Seuls les jumeaux faisaient grise mine. Jefferson, comme à son habitude, ne pipa mot et quitta la table dès qu'on le lui permit. Les repas ne seraient plus jamais les mêmes pour lui. Il ne retrouverait plus jamais la magie et la chaleur qui régnaient quand maman et papa plaisantaient avec nous. Mme Boston ne surgirait plus de la cuisine pour réprimander papa parce qu'il taquinait gentiment Jefferson. Elle se montrait aussi protectrice que maman avec nous.

Quoi qu'il en soit, je continuai à m'entraîner et, deux jours plus tard, je repris mes leçons avec M. Wittleman. Il déclara que j'avais su remarquablement maintenir mon niveau et même améliorer certains aspects de mon jeu. Ce soir-là, au dîner, oncle Philippe insista pour que je joue quelque chose pour toute la famille. Je commençai par refuser mais il me supplia tellement que cela en devenait embarrassant. Finalement, j'acceptai. Après le dessert, nous passâmes tous, y compris Jefferson, au grand salon. Ils s'installèrent derrière moi et j'entamai un nocturne de Chopin que je venais de travailler avec M. Wittleman.

Quand j'eus terminé, j'eus droit à une ovation frénétique de la part d'oncle Philippe qui m'applaudissait debout. Tatie Bett m'applaudit elle aussi. Richard et Mélanie tapèrent une ou deux fois dans leurs mains mais semblaient agacés.

— C'était extraordinaire, absolument fantastique ! s'exclama oncle Philippe en se tournant vers les jumeaux.

Un jour, votre cousine sera une pianiste très célèbre et vous serez fiers d'appartenir à sa famille.

Cela ne parut guère les impressionner.

— J'ai hâte que l'hôtel soit reconstruit et que la nouvelle saison reprenne, poursuivit oncle Philippe. Christie jouera pour nos clients. Nous ferons l'envie de toute la côte Est, du Maine jusqu'en Floride.

Il se rua sur moi pour m'embrasser. Du coin de l'œil, j'aperçus Mélanie qui détournait le regard. Les accolades exubérantes d'oncle Philippe m'embarrassaient mais rien de ce que je pouvais dire ou faire ne l'arrêtait. Finalement, Jefferson demanda à regarder la télévision et nous pûmes nous échapper. Les jumeaux regardaient rarement la télévision avec nous, préférant lire, écouter de la musique ou bien jouer à un de leurs jeux de société.

Mais, le lendemain après-midi, quand je retournai au salon pour préparer ma nouvelle leçon avec M. Wittleman, je posai les doigts sur le clavier et un hurlement m'échappa. Mme Stoddard et tatie Bett jaillirent ensemble de la cuisine. Les jumeaux dévalèrent l'escalier.

— Que se passe-t-il ? s'enquit tatie Bett en grimaçant.

J'avais les mains en l'air, les doigts pendants.

— Quelqu'un...

Pendant un instant, je fus incapable de poursuivre.

— Quelqu'un a versé du miel sur les touches du piano ! criai-je. On a saboté mon piano !

Richard et Mélanie s'approchèrent pour examiner le clavier. Du bout du doigt, elle effleura une touche et renifla son index.

— Beurk, fit-elle en se retournant vers tatie Bett et Mme Stoddard.

— Oh, mon pauvre trésor, dit cette dernière en secouant la tête. Quel horrible gâchis !

Tatie Bett était congestionnée de rage.

— C'est un terrible méfait, déclara-t-elle. Je vais immédiatement prévenir Philippe.

Elle se précipita hors de la maison tandis que Mme Stoddard allait chercher des chiffons humides dans la cuisine. Mais c'était inutile : le miel avait glissé entre les touches, les collant ensemble et au cadre.

— Cela ne sert à rien, madame Stoddard, dis-je. Il faut faire venir quelqu'un pour démonter entièrement le piano.

— Je suis vraiment désolée, ma pauvre. C'est vraiment un acte vicieux et cruel.

Je hochai la tête et rassemblai mes partitions avant d'aller téléphoner à M. Wittleman. Quand il sut ce qui était arrivé, il ne voulut pas le croire. Pour lui, endommager un piano était la pire des abominations.

— C'est un crime inexcusable, déclara-t-il. Le responsable est un barbare.

Peu de temps après, tatie Bett fit son retour accompagnée d'oncle Philippe. En découvrant la scène, il grimaça de dégoût.

— Je suis navré, Christie, dit-il. Je te promets que nous découvrirons le fin mot de cette affaire.

— Je viens de parler à M. Wittleman. Il va envoyer un facteur nettoyer le clavier.

— Bien.

Nous nous retournâmes tous en entendant Richard et Mélanie descendre à nouveau l'escalier à toute vitesse. Ils semblaient tous les deux prodigieusement excités.

— Père, dit Richard, regarde ce que j'ai trouvé.

Il tenait une petite serviette. Tatie Bett la lui prit avec précaution.

— Elle est pleine de miel, dit-elle. Quelqu'un s'est essuyé les mains avec. Où l'as-tu trouvée, Richard ?

— Dans le placard de Jefferson, dit-il d'un air suffisant et en hochant la tête comme s'il s'en était toujours douté.

— C'est impossible, répondis-je. Jefferson ne ferait jamais une chose pareille.

— Elle était dans son placard, insista Richard.

— Tu mens. Mon frère est incapable de ça.

Tatie Bett se tourna vers oncle Philippe.
— Où est-il ?
— Avec Buster.
— Va le chercher immédiatement, commanda-t-elle.
Oncle Philippe me lança un regard avant d'acquiescer.
— Non ! m'écriai-je. C'est moi qui vais le chercher.
Je jetai un regard noir à Richard qui semblait toujours aussi arrogant et sûr de lui.
Je me ruai hors de la maison pour aller chercher mon petit frère. C'était vrai que Jefferson pouvait se montrer très espiègle parfois mais ses farces n'étaient jamais vicieuses ni méchantes. Il détestait faire pleurer qui que ce soit et je savais qu'il m'aimait encore plus qu'avant. Jamais il ne ferait quoi que ce soit contre moi. Je le trouvai près de la remise à outils. Buster lui avait donné une porte à vernir. Visiblement, il accomplissait sa tâche avec fierté.
— Jefferson, il faut que tu rentres avec moi tout de suite.
Il parut surpris et déçu.
— Pourquoi ?
— Quelqu'un a renversé du miel sur le piano et il est complètement fichu.
Il ouvrit de grands yeux.
— Richard prétend avoir trouvé une serviette pleine de miel dans ton placard et il essaie de faire croire à tatie Bett et à oncle Philippe que c'est toi le coupable.
— C'est pas moi !
— Je sais que ce n'est pas toi. Je suis certaine que c'est lui. Il faut retourner là-bas dévoiler la vérité.
— Je veux pas. Je dois finir cette porte.
Il avait peur, c'était évident.
— Tout ira bien, Jefferson. Elle ne te fera aucun mal, promis-je. Je ne la laisserai pas faire.
— Si elle me touche, je m'enfuirai d'ici pour toujours.
— Elle ne te touchera pas. Je t'en donne ma parole.
À regret, il reposa son pinceau et s'essuya les mains sur un vieux chiffon.

— Buster ne va pas être content, marmonna-t-il.
— Oncle Philippe lui expliquera ce qui s'est passé. Ne te fais pas de souci pour ça.
Je pris sa main et nous retournâmes à la maison.
Tatie Bett tint son simulacre de procès dans le salon. Elle nous ordonna à tous de nous asseoir, et même oncle Philippe et Mme Stoddard durent s'exécuter. Elle nous plaça face aux jumeaux qui adressaient avec un bel ensemble des regards indignés et accusateurs à Jefferson. Si la tension n'avait pas été si forte, j'aurais éclaté de rire car tatie Bett se prenait visiblement pour Perry Mason menant son interrogatoire devant la cour. Même oncle Philippe ne bronchait pas et la contemplait, fasciné.
— Ce terrible forfait a été perpétré entre hier soir et cet après-midi, commença-t-elle. Mme Stoddard et moi avons vérifié à la cuisine et nous y avons trouvé une pièce à conviction accablante.
Elle hocha le menton vers la cuisinière qui révéla alors un pot de miel quasiment vide qu'elle avait caché jusque-là.
— Mme Stoddard et moi nous rappelons parfaitement que ce pot était plein. Vous confirmez, n'est-ce pas, madame Stoddard ?
— Oh oui, madame.
Tatie Bett sourit comme si elle venait de résoudre l'énigme.
— Dans la mesure où Mme Stoddard était à la cuisine dès six heures et quart ce matin, cela signifie que le coupable a accompli son méfait avant.
— À moins qu'on n'ait pris le pot dans la soirée pour le ranger plus tard, intervins-je.
Le sourire satisfait de tatie Bett se figea.
— Elle n'a pas tort sur ce point, Betty Ann, renchérit oncle Philippe en me souriant.
— Cet acte a été commis hier soir après que nous nous sommes tous retirés dans nos chambres, insista tatie Bett. Bien, poursuivons...

Elle traversa la pièce pour ramasser la serviette qui se trouvait sur le piano avant de venir la brandir sous notre nez, à Jefferson et à moi.

— Comment cette serviette est-elle arrivée dans ton placard, Jefferson ?

— Je n'en sais rien, répondit-il en haussant les épaules.

— Ne t'es-tu pas levé hier soir pour venir ici abîmer ce piano ? demanda-t-elle de but en blanc.

Jefferson secoua la tête.

— N'es-tu pas allé à la cuisine prendre ce pot de miel que tu as renversé sur le piano, avant de t'essuyer les mains sur cette serviette que tu as jetée dans ton placard en croyant que personne ne l'y trouverait ? poursuivit-elle comme si elle voulait le poignarder avec ses questions.

Jefferson secoua la tête et commença à pleurer.

— Tu pleures parce que tu es coupable, n'est-ce pas ? demanda-t-elle.

Les larmes ruisselèrent sur les joues de Jefferson.

— N'est-ce pas ! ? *C'est toi qui as fait ça !* hurla-t-elle en le saisissant par l'épaule pour le secouer sans ménagement.

— Laisse-le tranquille ! m'écriai-je en arrachant sa main.

Jefferson se jeta aussitôt dans mes bras. Je l'enlaçai en fixant tatie Bett droit dans les yeux.

— Il n'a rien fait. Il en est incapable. Ce n'est pas son genre.

Elle se redressa en ricanant, croisant les bras sous sa maigre poitrine. Je me tournai vers oncle Philippe.

— Il ne se promène jamais tout seul la nuit dans la maison, oncle Philippe. Il a trop peur. C'est un tout petit garçon.

— Pas trop petit pour essayer de détruire un piano de valeur, rétorqua tatie Bett.

— Ce n'est pas lui. Madame Stoddard, dis-je, laissez-moi voir ce pot de miel, s'il vous plaît.

Elle consulta tatie Bett du regard qui lui accorda sa permission. Je m'emparai du pot en lançant un regard en coin à Richard. Il ne broncha pas, son visage ne trahit aucune émotion.

— Ce pot était-il propre ou bien l'avez-vous nettoyé, madame Stoddard ? demandai-je.

— Il est exactement comme je l'ai trouvé, répondit-elle.

— Même si Jefferson avait commis cet acte, ce qu'il n'a pas fait, dis-je fermement, il n'aurait pas été aussi propre. Il n'y a pas une goutte de miel sur le pot.

— Elle marque un point, Betty Ann, intervint oncle Philippe.

— Il l'a nettoyé, répondit-elle vivement, avec la serviette qu'on a trouvée dans son placard.

— C'est impossible. La serviette est sèche. Et même si le pot avait été nettoyé avec, il serait collant, insistai-je. Non, celui qui a mis cette serviette dans le placard de Jefferson, poursuivis-je en fixant Richard, a simplement renversé du miel dessus pour faire croire qu'on s'en était servi.

— C'est... c'est... ridicule, fit tatie Bett, mais ce n'était pas l'avis d'oncle Philippe.

Il dévisageait Richard avec attention à présent.

— C'est toi qui as fait ça, Richard ? demanda-t-il.

— Bien sûr que non, père. Je ne suis pas un vandale.

— J'espère bien que non. Mélanie, Richard s'est-il levé cette nuit ? s'enquit oncle Philippe.

Elle jeta un regard à son frère avant de secouer la tête.

— Tu es sûre ?

Elle hocha la tête d'un air pas très convaincu.

Oncle Philippe dévisagea les jumeaux pendant un long moment avant de se tourner vers tatie Bett.

— Pour le moment, il vaut mieux en rester là, dit-il.

— Mais, Philippe, le piano...

— Va être réparé. Dorénavant, poursuivit-il, je ne veux

voir personne ici, en dehors de Christie. C'est bien compris ? Personne ne doit toucher à ce piano.

Il fixa les jumeaux avant de se tourner vers Jefferson qui avait cessé de sangloter.

— Je dois retourner aider Buster, dit-il.
— Vas-y, répondit oncle Philippe.
— On devrait le punir, insista tatie Bett. On devrait le...
— Il n'a rien fait, tatie Bett, m'écriai-je en jetant un regard de haine à Richard.
— Mais il...
— *Betty Ann !* cria oncle Philippe. Ça suffit, ajouta-t-il doucement mais fermement.

Elle se mordit les lèvres.

— Très bien, fit-elle au bout de quelques secondes, mais si jamais quelque chose de ce genre se reproduit...

La menace plana sur la pièce. Jefferson gagna lentement la porte en s'essuyant les yeux. Je rendis le pot de miel à Mme Stoddard et les jumeaux s'enfuirent dans l'escalier comme deux souris qui venaient d'échapper par miracle aux griffes du chat.

Son échec à prouver la culpabilité de Jefferson avait terriblement frustré tatie Bett, et cette frustration la conduisit à se montrer de plus en plus exécrable envers mon petit frère. Elle ne s'adressait jamais à lui d'une voix douce et calme, comme avec les jumeaux, mais avec colère et rancœur. Elle le critiquait sans cesse, lui reprochant sa façon de manger, de s'habiller ou bien de se laver les mains et le visage. Elle critiquait même sa démarche. Si elle trouvait une tache sur un mur ou sur le sol, c'était toujours la faute de Jefferson. Jefferson traînait dans la boue. Jefferson était sale. La paix de la maison était sans arrêt brisée par la voix de tatie Bett hurlant : « *Jefferson Longchamp !* » Cri qui était aussitôt suivi d'une accusation quelconque.

Chaque fois que je me plaignais auprès d'elle de la façon dont elle s'acharnait sur lui, elle me répondait avec son petit sourire glacial :

— Il est naturel que tu cherches à défendre ton petit frère, Christie, mais ne sois pas aveugle : si on n'essaie pas de le corriger, il ne s'améliorera jamais.

— Ce n'est pas en l'accusant à tout bout de champ que tu l'amélioreras, répliquai-je.

— Je ne l'accuse pas à tout bout de champ. Je me contente de lui faire remarquer ses défauts et d'essayer de les éliminer. Comme avec mes propres enfants.

— Cela m'étonnerait. À te croire, tes enfants sont parfaits.

— Christie ! fit-elle en raidissant les épaules comme si je l'avais giflée. Quelle impudence !

— Ça m'est égal, dis-je. Je n'aime pas être irrespectueuse mais il n'est pas question que je reste là à rien faire tandis que tu essaies de culpabiliser mon petit frère.

— Oh, quelle... !

— Je te préviens, tu ferais bien d'arrêter.

Même si les larmes me montaient aux yeux, je ne voulais pas céder. C'était une question de fierté. Et tatie Bett pouvait bien dire ce qu'elle voulait.

— Tiens donc... dit-elle.

Il n'était pas difficile de prévoir que nos ennuis avec elle n'étaient pas terminés. Son ego était touché, et plus oncle Philippe prenait notre défense, plus elle devenait méchante et irascible. Souvent je la surprenais à me fixer alors qu'elle croyait que je ne la regardais pas. Ses lèvres minces n'étaient plus qu'une cicatrice sur son visage et ses narines frémissaient. Je sentais qu'elle cherchait un moyen de me faire du mal.

J'écrivis tout cela dans mes lettres à Gavin, lui demandant de me répondre ou de m'appeler. Au bout de quelques jours, n'ayant reçu aucune réponse, je me décidai à l'appeler pour savoir ce qui n'allait pas.

— Rien du tout, me répondit-il. Je t'ai écrit deux fois.

— Je n'ai pas reçu tes lettres.

— Il y a peut-être un problème avec la poste. De toute

manière, j'ai une bonne nouvelle à t'annoncer : je viens te voir dans trois semaines.

— Trois semaines ! Oh, Gavin, c'est comme si tu me disais trois ans.

Il éclata de rire.

— Mais non, ça passera très vite.

— Pour toi peut-être. Mais la vie ici est devenue si infernale que chaque jour semble durer une semaine.

— Je suis désolé. Je vais faire tout mon possible pour venir plus tôt, promit-il.

Deux jours plus tard, je découvris par un pur hasard la raison pour laquelle je n'avais plus rien reçu de Gavin depuis une semaine. Mme Stoddard avait commis l'erreur de sortir nos poubelles le soir au lieu d'attendre le matin le passage de la benne. Un écureuil ou un chien errant avait déchiré un des sacs et renversé son contenu sur le sol autour de la poubelle. Je pris un balai derrière la maison et commençais à nettoyer quand je remarquai une enveloppe à mon nom. Je la ramassai.

C'était une lettre de Gavin qui datait de la semaine précédente. Quelqu'un l'avait subtilisée de la boîte aux lettres avant moi, l'avait lue puis jetée aux ordures.

Au comble de la rage, je m'engouffrai dans la maison.

Les jumeaux étaient au salon, jouant au Scrabble. Tatie Bett lisait un de ses journaux mondains préférés et Mme Stoddard se trouvait à la cuisine. Oncle Philippe et Jefferson étaient absents.

— Qui m'a volé mon courrier et l'a jeté à la poubelle ? demandai-je en brandissant l'enveloppe.

Tatie Bett leva prudemment les yeux de sa lecture. Les jumeaux s'arrêtèrent de jouer, interloqués.

— De quoi parles-tu, Christie ? demanda tatie Bett.

— De mon courrier ! éclatai-je, furieuse. Quelqu'un m'a volé mes lettres, les a lues et les a jetées aux ordures.

— Je ne pense pas que quiconque soit intéressé par ton courrier, ma chère. Cette lettre a dû être jetée par accident. Tu l'as peut-être jetée toi-même.

— Ah ça, non alors !

— Christie, je te prie d'arrêter immédiatement cette comédie. Chez nous, nous ne conduisons pas ainsi, fit-elle.

— Vous n'êtes pas *chez vous* ! Cette maison est la mienne. Lequel d'entre vous a fait ça ? demandai-je en me tournant vers les jumeaux.

Ils se rapprochèrent comme pour se protéger mutuellement tandis que j'esquissais un pas vers eux.

— Christie, laisse-les. Ils jouaient bien tranquillement, fit tatie Bett.

— C'est toi, hein ?

J'accusais Richard.

— C'est pas moi. Je me fiche pas mal de tes stupides lettres.

Je contemplai alors Mélanie qui baissa aussitôt les yeux.

— C'est toi, alors.

Elle secoua la tête.

— S'ils disent que ce n'est pas eux, ce n'est pas eux. Est-ce que tu vas t'arrêter ou bien dois-je aller chercher ton oncle ? menaça tatie Bett.

— Va chercher le président des États-Unis, si cela te chante, lui répondis-je avant de me retourner vers Mélanie. Si tu touches à nouveau une seule de mes lettres ou de mes affaires, je t'arrache les cheveux un par un.

— Christie ! s'exclama tatie Bett, offusquée.

Là-dessus, je quittai le salon et montai dans ma chambre. Ce soir-là, notre dîner, d'ordinaire si déprimant, fut carrément lugubre. Oncle Philippe ne cessait de me dévisager. Chaque fois que je le regardais, il me gratifiait d'un petit sourire. Plus tard, au moment où je me retirai dans ma chambre, il vint me rejoindre.

— Puis-je te parler un moment ? demanda-t-il après avoir frappé à ma porte.

— Oui.

— Betty Ann m'a raconté ce qui s'est passé aujourd'hui. Je suis désolé qu'on t'ait pris ton courrier, mais tu ne devrais pas accuser les gens sans preuve. C'est aussi moche que ce qui est arrivé à Jefferson.

— Mélanie avait vraiment l'air coupable, me défendis-je.

— Peut-être, mais Jefferson aussi et on sait qu'il est capable des tours les plus pendables. Oh, bien sûr, rien de comparable au sabotage d'un piano, mais quand même...

— Quelqu'un a pris ma lettre. Elle n'est pas allée toute seule dans la poubelle.

— Non, bien sûr. Mais il se peut qu'elle y soit arrivée par accident.

— Elle était ouverte. Ça ne pouvait pas être un accident. Et il en manque d'autres.

Ses traits se durcirent. Il réfléchit quelques instants avant de convenir :

— D'accord. Je vais voir ce que je peux faire, mais, s'il te plaît, essayons de vivre en paix un moment. La reconstruction de l'hôtel se déroule à merveille. Les assurances nous couvrent bien mieux que je ne l'espérais. Nous allons nous sortir de cette mauvaise passe et nous redeviendrons une famille importante de Cutler's Cove.

J'eus envie de lui dire que rien de tout cela ne comptait à mes yeux. Cela m'était égal de remettre les pieds à l'hôtel, cet hôtel qui avait trahi mes parents, les avait tués. Je ne l'avais jamais beaucoup aimé mais, à présent, je le détestais. Mais je gardai le silence. Il ne comprendrait pas ou bien il tâcherait de me convaincre du contraire.

Au lieu de cela, j'agis exactement comme il me l'avait demandé : évitant les controverses, étudiant le piano et effectuant de longues promenades sur la plage. Le soir, je lisais, j'écrivais mes lettres, je bavardais avec quelques amis ou bien regardais la télévision. Sur le calendrier suspendu au mur de ma chambre, je barrais les jours en attendant la venue de Gavin. Avec la musique, il était devenu ma seule raison de vivre.

Les choses se calmèrent quelque peu et je me liai d'amitié avec Mme Stoddard. Après tout, ce n'était pas sa faute si tatie Bett avait renvoyé Mme Boston et lui avait fait prendre sa place. Jefferson s'entendait bien avec elle et je voyais qu'elle voulait le favoriser. Les jumeaux s'en rendirent compte eux aussi et les plaintes à propos de Mme Stoddard commencèrent. Tatie Bett avait toujours un reproche à lui adresser sur sa façon de faire le ménage ou la cuisine.

Décidément, personne ne pouvait s'entendre avec ces gens. Ils étaient méprisables.

Je continuais à rendre mes visites nocturnes sur la tombe de mes parents, pleurant et soulageant ma peine auprès d'eux. En général, ces visites m'aidaient à me sentir mieux. Plus jamais je n'y surpris oncle Philippe. Mais, un soir, alors que je revenais du cimetière et que je grimpais, comme d'habitude, l'escalier sur la pointe des pieds, le cessez-le-feu précaire qui s'était établi fut brutalement brisé.

Tatie Bett surgit de ma chambre au moment où j'arrivais sur le palier.

— Où étais-tu ? s'enquit-elle.

Elle gardait les mains derrière le dos comme si elle tenait quelque chose qu'elle voulait me cacher.

— Je me promenais, dis-je. Que faisais-tu dans ma chambre ?

— Te promener ? Où ça ? Avec qui ? Tu étais avec quelqu'un, n'est-ce pas ? s'exclama-t-elle.

— Quoi ?

— Je te l'avais bien dit, fit-elle à l'intention d'oncle Philippe qui venait d'apparaître sur le seuil de leur chambre.

Il me contemplait, sans réelle colère, mais plutôt avec surprise.

— Tu as un petit ami caché quelque part, hein ? Tu le rencontres tous les soirs, fit-elle en secouant la tête avec dégoût. Tu es comme Fern.

— Tatie Bett, je ne sais pas de quoi tu parles mais

j'aimerais bien savoir ce que tu faisais dans ma chambre. Et qu'est-ce que tu caches derrière ton dos ?

Elle eut un sourire écœurant et montra l'objet d'un air triomphant.

— Une lecture dégoûtante, dit-elle en brandissant mon exemplaire *L'Amant de lady Chatterley*, le marque-page que j'utilisais bien visible au chapitre dix.

9

Une trahison de trop

— Comment oses-tu fouiller dans mes placards et mes tiroirs ! m'écriai-je. De quel droit pénètres-tu dans ma chambre pour mettre ton nez dans mes affaires ? Tu n'es pas ma mère ! Tu ne le seras jamais !
J'étais folle de rage. Tatie Bett redressa le menton d'un air hautain. Les jumeaux apparurent simultanément à la porte de leurs chambres, l'air endormi mais curieux. Heureusement, Jefferson continuait à dormir. Il avait assez subi de vexations de la part de tatie Bett.
— Je n'ai pas l'intention d'être ta mère, Christie, mais désormais ton oncle Philippe et moi sommes tes tuteurs et de lourdes responsabilités nous incombent. Nous devons, en particulier, nous assurer que ce genre de chose ne se reproduise plus, ajouta-t-elle en agitant le livre.
— Quelle sorte de chose ?
Je me tournai vers oncle Philippe mais il continuait à me dévisager avec stupeur.
— Que tu te conduises aussi mal que ta tante Fern, répliqua-t-elle froidement. Je sais pertinemment que les jeunes filles de maintenant se croient tout permis. Qu'elles se montrent bien plus vulgaires que les jeunes filles de mon époque.
— Ce n'est pas vrai... En tout cas, ce n'est pas vrai pour moi, répondis-je.
— Vraiment ? fit-elle avec un sourire glacial. Alors pourquoi as-tu marqué les passages particulièrement obscènes de ce livre dégoûtant ? s'enquit-elle en l'ouvrant.

Je devins écarlate.

— Tu veux que je lise cela à haute voix ? insista-t-elle.

— Non ! C'est tante Fern qui a marqué ces pages. Elle m'a offert ce livre pour mon anniversaire en voulant me faire une mauvaise plaisanterie. Je ne l'ai même pas ouvert depuis.

— Ce n'est pas ton livre de chevet, peut-être ? C'est dans ce livre que tu trouves les idées que tu vas ensuite mettre en pratique la nuit avec un garçon des environs ? m'accusa-t-elle.

— Je n'ai rencontré personne !

Mais elle ne m'écoutait plus. Elle poursuivait son idée fixe, sans se soucier de ce que moi ou quiconque pouvions lui dire.

— J'ai souvent dit à Philippe qu'Aurore et Jimmy se montraient trop tolérants avec Fern. À tel point qu'ils étaient incapables de la maîtriser. Si elle continue ainsi, elle va s'attirer de sérieux problèmes à la fac. C'est étonnant qu'elle ne soit pas déjà enceinte, conclut tatie Bett. Et voilà que tu te mets à agir d'une façon aussi écœurante qu'elle.

— Ce n'est pas vrai !

— Seulement, je ne le permettrai pas, dit-elle, ignorant ma dénégation. Je ne serai pas aussi faible qu'Aurore. Après tout, notre réputation, à ton oncle et à moi, est désormais liée à la tienne. Tes actes ne te concernent pas uniquement. Ils ont aussi une influence sur notre vie.

— Je n'ai rien fait de mal ! criai-je, les larmes roulant à présent sur mes joues.

— En tout cas, cela ne se reproduira pas. Je t'interdis de lire ce genre de livre décadent dans ma maison, fit-elle.

— *Ta* maison ? murmurai-je.

Dans son esprit, elle s'était totalement emparée de nos vies, à Jefferson et à moi, elle s'était approprié notre maison, nos biens et mêmes nos pensées.

Et tandis qu'elle délirait et tempêtait en m'agitant le

livre de tante Fern sous le nez, oncle Philippe restait figé, telle une statue. Seules ses paupières battaient sans arrêt et ses lèvres tremblaient légèrement.

— Je garderai ce livre, dit-elle.

— Comme ça, tu pourras le lire ! marmonnai-je avec haine.

— Quoi ? Qu'as-tu dit ? demanda-t-elle.

Je m'enfermai dans le silence et contemplai le sol, incapable de m'arrêter de sangloter.

— Tu n'avais pas le droit de fouiller ma chambre, me plaignis-je amèrement.

— Je n'ai pas fouillé ta chambre. Mme Stoddard a vu ce livre en faisant le ménage et m'en a parlé. Je suis venue te voir à ce sujet et c'est ainsi que j'ai découvert que tu t'étais esquivée pour aller à ton rendez-vous. Alors, j'ai regardé par moi-même en espérant que Mme Stoddard se trompait. Malheureusement, elle ne se trompait pas.

Je ne la croyais pas, mais j'étais trop fatiguée pour tenter de discuter.

— Dorénavant, je ne veux pas que tu quittes la maison après huit heures du soir sans une permission spéciale de ton oncle ou de moi. Et nous devrons savoir où tu te rends, et avec qui. C'est clair ?

Je ne répondis pas.

— Est-ce clair ? répéta-t-elle comme si elle voulait m'enfoncer ces mots dans la peau comme des dagues.

— Oui, oui, dis-je avant de m'engouffrer dans ma chambre et de claquer la porte derrière moi.

Je me jetai sur le lit et, le visage dans mon oreiller, je pleurai toutes les larmes de mon corps, et plus encore, avant de me redresser lentement. Du bout des doigts, je caressai la montre en or que m'avaient offerte papa et maman. Ils me manquaient tellement que j'en avais le cœur gros.

Vaincue et épuisée, je me déshabillai pour me coucher. De plus en plus, le sommeil constituait une issue, une échappatoire. C'était effrayant de constater avec quelle impatience j'attendais le moment de fermer les yeux, ce moment où je pouvais enfin me retirer d'un monde devenu laid et accablant... J'aurais voulu dormir à jamais.

Je me lavai le visage et j'enfilai un pyjama en flanelle que maman m'avait acheté. Je n'arrivais pas à me débarrasser de l'étau glacé qui s'était refermé sur moi et, même sous les couvertures, je frissonnais encore. J'essayais de garder les paupières fermées dans l'espoir de plonger bien vite dans le sommeil mais, quelques instants plus tard, j'entendis un coup léger frappé à la porte. Je crus tout d'abord qu'il s'agissait d'un produit de mon imagination, mais on frappa à nouveau.

— Qui est là ? demandai-je faiblement.

La porte s'ouvrit et oncle Philippe entra, refermant soigneusement derrière lui. Il était en pyjama. À la faible lueur de ma veilleuse, je vis son petit sourire.

— Qu'y a-t-il, maintenant, oncle Philippe ? demandai-je.

— Je ne voulais pas que tu t'endormes en étant malheureuse, dit-il.

Il m'effleura la joue avant de me prendre la main.

— Betty Ann est un peu trop dure parfois. Elle ne le fait pas exprès. Nerveusement, c'est une situation difficile pour elle, expliqua-t-il.

J'en avais assez d'entendre des excuses pour sa conduite.

— Cela n'a rien de difficile, rétorquai-je en lui arrachant ma main. Elle est méchante, c'est tout.

— Non, non, insista-t-il, elle est juste effrayée.

— Effrayée ? Par quoi ? Par moi ? (J'avais envie d'éclater de rire.) Elle n'en fait qu'à sa tête ici, sans se soucier de ce que je peux dire... Elle s'acharne sur Jefferson, renvoie Mme Boston, établit ses propres règles et nous oblige à lui obéir au doigt et à l'œil.

— Elle a peur de devoir s'occuper d'une jeune fille qui arrive à la maturité, dit-il.

— Pourquoi ? Elle a Mélanie, non ?

— Oui, mais Mélanie est encore une enfant. Tu deviens une femme épanouie qui, à l'évidence, ressent les besoins et les désirs d'une femme, ajouta-t-il doucement, les paupières plissées.

Sa langue glissa très rapidement entre ses lèvres.

— Tu peux me dire la vérité, reprit-il. As-tu été retrouver quelqu'un ce soir ?

— Non, j'ai simplement marché un peu. Cela m'aide à réfléchir.

Je n'osais pas lui avouer mes visites au cimetière. Il devinerait que je l'avais vu agenouillé sur la tombe de ma mère.

Son sourire s'élargit.

— Je te crois, dit-il avant de reprendre un air très sérieux. Mais ces sentiments, ces nouveaux désirs peuvent vraiment perturber un jeune homme ou une jeune femme.

Il ferma le poing sur sa poitrine avant de poursuivre :

— Ces sentiments vous déchirent et vous tourmentent à l'intérieur, ils vous donnent l'impression que vous allez exploser si rien ne vient les apaiser. On veut toucher, sentir, étreindre. Ai-je raison ? C'est bien cela que tu éprouves ?

— Non, oncle Philippe, dis-je.

Jamais je n'avais vu une telle intensité dans son regard. Cela avait quelque chose de malsain et d'effrayant.

— Je sais, fit-il en souriant à nouveau, c'est un peu embarrassant pour toi de me faire de telles confidences. Tu préférerais les faire à ta mère. Mais hélas, continua-t-il en secouant la tête, ta mère est partie et Betty Ann... eh bien, Betty Ann n'est pas très réceptive sur ce sujet. Je comprends ton besoin de te confier à quelqu'un en qui tu aurais une totale confiance. Je suis venu ici ce soir t'offrir cette confiance. Je veux t'aider... Tu peux m'ouvrir ton cœur, Christie. Je garderai tes secrets scellés au plus profond de moi.

— Je n'ai pas de secrets, oncle Philippe.

— Ce n'est pas vraiment de secrets que je parlais, mais plutôt de sentiments. C'est à cause d'eux que tu as accepté le cadeau de tante Fern si volontiers, n'est-ce pas ? Tu voulais en apprendre un peu plus sur l'amour, et c'est parfaitement naturel à ton âge. Tu es en train de découvrir la vie et tu dois savoir ce qui se passe entre un homme et une femme, même si ta mère n'est plus là pour te l'expliquer. Eh bien, conclut-il, triomphant, je suis là. Puis-je t'aider ? Veux-tu me poser des questions ?

Je secouai la tête. Je ne savais que dire. Quelle sorte de questions attendait-il de moi ? Mon hésitation ne le découragea pas.

— C'est évident ! reprit-il comme s'il comprenait subitement. Tu as du mal à évoquer tes sentiments avec des mots. C'était pareil pour moi, comme ça l'était pour ta mère.

» Lors de notre première rencontre, elle n'était guère plus âgée que toi à présent, et j'avais ton âge, tu sais. Nous nous sommes confiés l'un à l'autre, ajouta-t-il dans un souffle. Nous nous sommes révélé nos sentiments les plus intimes. Nous avions confiance l'un dans l'autre. Et si ta mère se fiait à moi, tu peux en faire autant sans crainte.

Il posa sa main sur mon ventre et la fit glisser vers ma poitrine. J'eus un sursaut mais il ne la retira pas. Il ne remarqua pas, ou ne se soucia pas, de ma répulsion.

— Tu sais, j'ai été le premier à la toucher ici, dit-il en déplaçant sa main jusqu'à mon sein.

Mon cœur se mit à battre fort et je retins mon souffle, incapable de croire ce qui se passait.

— Je l'ai aidée à comprendre, à découvrir. Je peux recommencer avec toi. Tu n'as pas besoin de consulter des livres, de les lire en secret dans ta chambre pour te documenter. Demande-moi tout ce que tu veux savoir... Tout, répéta-t-il calmement.

Je ne pouvais ni bouger ni parler. Je n'arrivais même pas à déglutir. Il ferma les yeux. Sa main se déplaça sur mon

pyjama jusqu'à mon autre sein, dont son pouce caressa le mamelon. Je me cabrai violemment. Il ouvrit les yeux.
— Oncle Philippe !
— Tout va bien, ne t'inquiète pas. Tu veux apprendre, n'est-ce pas ? s'enquit-il. Trop de jeunes filles de ton âge tombent entre de mauvaises mains. Elles ignorent jusqu'où elles peuvent aller et elles se retrouvent dans des situations désespérées. Tu ne voudrais pas que cela t'arrive, n'est-ce pas ?
— Cela ne m'arrivera pas, oncle Philippe, parvins-je à dire en me redressant suffisamment dans le lit pour éloigner sa main de mes seins.
Et je croisai les bras sur ma poitrine pour me protéger.
— Ne sois pas aveugle ni arrogante, me prévint-il. Tu ne sais rien des hommes ni de leurs émotions. Ne veux-tu pas que je t'aide à les connaître ?
Je secouai la tête.
— Si Betty Ann a raison et que tu voies quelqu'un...
— Je ne vois personne.
Il me regarda fixement un moment avant de retrouver son sourire et il me caressa les cheveux.
— Tu es très jolie et au plus bel âge de la vie. Je ne voudrais pas que quelqu'un t'abîme, te salisse et surtout pas un adolescent obsédé, ajouta-t-il en adoptant une expression indignée et coléreuse. Je ne m'en remettrais pas. Je me sentirais responsable. Je n'aurais pas accompli mon devoir.
— Cela n'arrivera pas, oncle Philippe.
— Promets-moi de venir me trouver si jamais tu te poses des questions, si tu es troublée. Promets-moi de me faire confiance et de me laisser t'aider.
— Oui, oui.
J'aurais promis n'importe quoi pour qu'il quitte ma chambre.
Il sourit à nouveau avant de respirer profondément.
— Je vais calmer Betty Ann et lui demander de lever ce couvre-feu qu'elle t'a imposé. Pouvons-nous... puis-je

avoir une conversation personnelle comme celle-ci avec toi de temps en temps ? Nous ne dirons rien à Betty Ann, ajouta-t-il précipitamment. Elle ne comprendrait pas. D'accord ? insista-t-il.

Sa main était sur mon genou.

— Oui, fis-je dans un souffle.

— Bien, bien. (Il me tapota la cuisse.) Souviens-toi que je suis là si tu as besoin de quoi que ce soit. Si tu le désires, ne m'appelle plus oncle Philippe. Pour toi, désormais, je suis simplement Philippe. D'accord ?

J'acquiesçai.

— Bien. Bonne nuit, ma toute douce.

Il s'agenouilla pour m'embrasser sur la joue. Ses lèvres me brûlèrent comme un fer rouge. Je m'écartai vivement, mais il ne le remarqua pas : il avait les yeux fermés, l'air extasié. Il resta encore quelques secondes à mes côtés avant de se redresser.

— Bonne nuit, princesse.

Il partit enfin.

Même après que la porte se fut refermée derrière lui, je ne pus esquisser le moindre mouvement. Mon corps était pris dans un bloc de glace. Était-ce arrivé ou bien avais-je fait un cauchemar ? Le souvenir de ses doigts sur mes seins était bien trop vivace pour que je nourrisse la moindre illusion.

Tatie Bett nous tourmentait, Jefferson et moi, avec ses interdits et son obsession maladive de la propreté ; les jumeaux étaient méprisables et jaloux, ne cherchant qu'à rendre notre vie plus misérable encore. Quant à oncle Philippe, ses avances et son comportement malsain me terrifiaient.

Nos vies étaient devenues un enfer, et pour quelle raison ? Qu'avions-nous fait pour mériter un destin aussi funeste ? À coup sûr, une malédiction planait sur notre famille. Nul autre que moi ne pouvait s'en rendre compte. Cette fatalité désastreuse était notre héritage et je savais que même si nous tentions de lui échapper, même si nous fuyions à l'autre bout du monde, même si nous priions à nous brûler la gorge, l'angoisse et la peine continueraient à se déverser sur nous comme une pluie noire et torrentielle.

Cette malédiction avait commencé parce qu'un de nos ancêtres avait commis un abominable péché. Il ou elle, quel qu'il soit, avait passé un pacte avec le diable et nous devions payer encore et toujours pour cette faute atroce. D'une façon ou d'une autre, j'espérais bien découvrir de quoi il s'agissait et implorer le pardon du Seigneur. Peut-être qu'alors, et alors seulement, nous retrouverions enfin la liberté et la sécurité sur cette terre.

Je récitai une courte prière pour Jefferson et moi et m'endormis enfin.

Le lendemain, tatie Bett souffla alternativement le chaud et le froid. Au petit déjeuner, on aurait pu jurer que rien ne s'était passé entre nous durant la nuit. Je me dis qu'oncle Philippe était sans doute parvenu à la calmer. Elle ne parla pas de *L'Amant de lady Chatterley* ni de notre confrontation. Au lieu de cela, elle rabâcha les changements qu'elle comptait effectuer dans la maison : remplacer les rideaux et les tapis, faire repeindre quelques pièces. Puis elle déclara que Julius devait tous nous emmener faire des achats au nouveau centre commercial qui venait d'ouvrir à Virginia Beach.

— Nous irons samedi, dit-elle. Christie a besoin d'une nouvelle tenue pour son premier récital depuis... depuis l'incendie.

Tous les élèves de M. Wittleman devaient participer à un concert la première semaine d'août. Sans enthousiasme, j'avais donné mon accord. Tatie Bett savait pertinemment que les citoyens les plus éminents et les plus riches de Cutler's Cove assisteraient à ce récital. Elle n'attendait qu'une chose : s'asseoir parmi eux au premier rang.

— Je n'ai besoin de rien, dis-je.

— Bien sûr que si, ma chérie. Tu dois faire bonne figure et remettre ta garde-robe au goût du jour. Elle en a besoin, n'est-ce pas ? s'enquit-elle d'un ton doucereux.

— Elle est parfaitement au goût du jour. Maman m'avait acheté des modèles très à la mode juste avant de mourir, répliquai-je.

— Ta mère n'a jamais vraiment su ce qui était à la mode et ce qui ne l'était pas, Christie, dit-elle avec ce sourire fielleux qu'elle adoptait parfois. Elle était bien trop occupée avec l'hôtel et ne lisait même pas les magazines de mode. Moi, je suis abonnée aux meilleurs.

— Ma mère a toujours été très élégante, protestai-je avec véhémence.

— C'est vrai qu'Aurore a toujours été très séduisante, approuva oncle Philippe. Même épuisée, à la fin de la journée, elle restait remarquablement attirante.

Tatie Bett s'agita nerveusement sur sa chaise.

— Je n'ai pas dit qu'elle n'était pas séduisante. C'est une chose d'être séduisante, c'en est une autre d'être à la mode, assena-t-elle. Tu seras toujours séduisante, Christie. Le ciel t'a donné des traits fins, mais cela ne signifie pas que tu doives te négliger.

— Cela m'est égal, répondis-je, fatiguée par cette discussion.

Elle prit cette réponse pour une approbation de ma part, sourit et se remit à gazouiller comme un pinson. Jefferson gardait la tête baissée et ne s'occupait que de son assiette. Chaque fois qu'il levait les yeux, je voyais aux ombres qui creusaient le saphir de ses prunelles qu'il était perdu dans ses propres pensées. Dieu merci, il avait trouvé le moyen de ne pas toujours écouter tatie Bett. Quant aux jumeaux, droits comme des *i*, ils buvaient religieusement ses paroles.

Peu après, je me retirai au salon derrière mon piano. Chaque période de ma journée était comme un terrain vague que je traversais en somnambule, à peine consciente de mes actes. Quand je mangeais, je mâchais mécaniquement et j'avalais sans sentir le goût des aliments. Quand je lisais en début d'après-midi, mon regard quittait la page et flottait dans la chambre comme un ballon poussé par le vent. Le seul moment où je revenais à la vie, c'était lors de la distribution du courrier. Je me précipitais pour voir si une lettre de Gavin était arrivée. Désormais, j'allais les chercher moi-même.

Ce jour-là, il y en avait une, très brève mais merveilleuse : Gavin m'annonçait qu'il avait vendu sa belle collection de cartes de base-ball [1] et qu'il avait reçu en échange l'équivalent d'une semaine de salaire. Cela signifiait qu'il viendrait donc me voir une semaine plus tôt que prévu. J'avais de la peine qu'il se soit séparé de sa précieuse collection à laquelle il tenait tant, mais il m'écrivait que rien n'était plus important pour lui que d'être enfin à mes côtés. Il en avait déjà parlé avec grand-père Longchamp qui lui avait donné son accord.

Cette nouvelle dissipa immédiatement ma tristesse. Quand je retournai au piano, je jouai avec légèreté et bonheur, mes doigts dansaient sur les touches. Enfin, le soleil et le ciel bleu touchaient mon cœur. Mme Stoddard interrompit même son travail pour venir m'écouter.

Après cela, je me ruai à l'étage pour répondre à Gavin, mais je venais à peine de sortir mon papier à lettres qu'un hurlement ébranla la maison. J'allai à la porte. C'était tatie Bett. Elle était complètement hystérique. Elle avait la voix si haut perchée que je crus qu'elle allait se claquer les cordes vocales.

— C'EST VRAIMENT UN PETIT ANIMAL ! criait-elle. COMMENT A-T-IL PU FAIRE UNE CHOSE PAREILLE ? COMMENT A-T-IL PU FAIRE ENTRER CETTE SALETÉ CHEZ NOUS ?

---

1. Il s'agit de cartes avec la photo des joueurs de base-ball les plus célèbres. Certaines sont très recherchées et donc très coûteuses. *(N.d.T.)*

Elle apparut à la porte de la chambre de Jefferson, Richard sur ses talons affichant un mine ravie. Elle tenait aussi loin d'elle que possible une paire de chaussures tout en détournant la tête et en fronçant le nez.

— Qu'y a-t-il encore, tatie Bett ? demandai-je, fatiguée et dégoûtée.

— Ton frère, ton abominable et écœurant petit frère... Regarde ! s'exclama-t-elle en brandissant les chaussures devant moi de façon que j'en voie clairement les semelles.

Visiblement, elles avaient écrasé des crottes de chien.

— Richard se plaignait de la puanteur qui régnait dans la chambre. J'ai envoyé Mme Stoddard nettoyer le tapis mais rien n'y faisait. Finalement, j'ai dû monter moi-même regarder dans le placard de Jefferson et j'ai trouvé ces chaussures. Comment a-t-il pu ne pas remarquer l'odeur ? Il l'a fait exprès, il n'y a pas d'autre explication. C'est encore un de ses tours pendables, dit-elle en plissant sa petite bouche comme une vieille prune ridée.

Pendant un instant, je me demandai si c'était vrai. Jefferson aurait été ravi de trouver un moyen d'asticoter Richard. Cette éventualité me fit sourire.

— Est-ce que tu trouverais ça drôle, par hasard ? marmonna tatie Bett d'un ton menaçant.

— Non, tatie Bett.

— À la seconde où il revient du travail, je l'envoie se coucher sans manger, déclara-t-elle. À la seconde même.

Elle tendit à nouveau les bras dans un effort comique pour éloigner les chaussures de son visage.

— Je devrais les jeter, dit-elle, les mettre à la poubelle au lieu de les donner à nettoyer à Mme Stoddard.

Elle s'engagea dans l'escalier, Richard à sa suite.

C'était horrible, mais j'en étais au point où j'espérais que Jefferson l'avait *vraiment* fait exprès. Je retournai dans ma chambre et décrivis l'incident à Gavin dans ma lettre, certaine qu'il le trouverait drôle. Quand j'eus terminé, je descendis et trouvai Mme Stoddard qui nettoyait les chaussures dans l'arrière-cour avec une brosse et de l'eau savonneuse.

— Il est terrible, ce gamin, fit-elle en secouant la tête, mais je vis une étincelle amusée briller dans ses yeux.

— J'ignore s'il l'a fait délibérément, madame Stoddard, mais je le découvrirai dès son retour.

Elle hocha la tête et commença à sécher les chaussures avec un vieux chiffon. Soudain, j'examinai les chaussures plus attentivement.

— Laissez-moi les regarder, madame Stoddard, demandai-je.

Elle m'en tendit une que je tournai et retournai, réfléchissant à toute allure.

— Jefferson ne porte plus ces chaussures, madame Stoddard. Elles sont devenues trop petites pour lui. Ma mère allait les donner à l'Armée du Salut.

— C'est vrai ?

— Oui, dis-je, les sourcils froncés, comprenant ce que cela signifiait. C'est Richard. Il essaie encore de faire accuser mon frère à tort.

Mme Stoddard hocha la tête avec sympathie. Je lui pris l'autre soulier et rentrai. Je trouvai tatie Bett au salon, absorbée par un de ses magazines adorés et souriant fièrement tandis que Richard et Mélanie se complimentaient mutuellement sur leurs progrès en français.

— Espèce de misérable avorton ! m'écriai-je depuis le seuil.

Tatie Bett en resta bouche bée. Mélanie et Richard se retournèrent avec un bel ensemble, la mâchoire pendante, eux aussi. Je traversai le salon d'un pas décidé, brandissant les chaussures vers Richard. Il se réfugia derrière sa sœur.

— Comment oses-tu proférer de telles horreurs ? demanda tatie Bett.

— Je vais lui frotter le visage avec, dis-je. C'est lui qui les a souillées avant de les cacher dans le placard de Jefferson pour qu'on l'accuse, exactement comme avec cette serviette imbibée de miel.

— C'est pas moi !

— Oh si, c'est toi ! dis-je en esquissant un nouveau pas vers lui.

Il plongea derrière le dos de Mélanie.

— Christie ! s'écria tatie Bett. Ça suffit, à présent !

— Il a commis une grossière erreur cette fois-ci, tatie Bett, expliquai-je. Pour une fois, ton cher petit ange s'est fait prendre à son propre jeu. Tu as choisi les mauvaises chaussures, Richard, fis-je en me retournant vers lui. Tu aurais dû être plus attentif.

Richard lança un regard égaré à tatie Bett.

— De quoi parles-tu, Christie ? s'enquit-elle.

— De ces chaussures, tatie Bett. Cela fait longtemps qu'elles sont trop petites pour Jefferson. Il ne peut plus les porter, elles lui font mal aux pieds. Maman allait les donner à l'Armée du Salut avec d'autres vêtements trop petits pour nous à présent. Et Richard l'ignorait. N'est-ce pas, Richard ? Tu as volé ces chaussures, tu les as salies et puis tu t'es plaint pour que Jefferson soit puni.

— Je n'arrive pas à croire... (Tatie Bett le contemplait.) Richard ?

Il tenta de sourire et de paraître dégagé mais la peur était nettement visible dans son regard.

— Ce n'est pas moi, mère.

Elle secoua la tête à mon intention.

— Richard ne pourrait pas... Jamais il ne serait assez vulgaire pour chercher des excréments de chien et... Oh non, fit-elle, refusant de le croire. Il en est incapable.

— Il l'a fait, affirmai-je. Et cette fois-ci, il a été pris.

— Tu es une menteuse ! hurla Richard en se dressant d'un bon tout en reculant prudemment.

— Elle est en train de tout inventer, mère ! s'exclama Mélanie en se levant à son tour pour venir en aide à son frère. C'est elle qui dit que ces chaussures ne vont plus à Jefferson. On n'en sait rien, après tout.

— Oui, fit tatie Bett se raccrochant à cette possibilité. Nous n'en savons rien, après tout.

— Mais moi, je vous le dis, rétorquai-je, et je ne suis pas une menteuse.
— Il faudra vérifier. Je ne dis pas que tu mentes, Christie, mais il est possible que tu te trompes. Nous vérifierons quand Jefferson rentrera. Oui, c'est la meilleure chose à faire.
— D'accord, et quand tu auras vérifié, tu lui devras des excuses et tu puniras Richard. C'est la moindre des choses, si tu es juste. Tu ne peux pas toujours punir les mêmes.
Pris de panique, Richard se mit à rouler de gros yeux.
— Je n'ai rien fait, brailla-t-il.
— C'est toi le coupable, dis-je, et je pense que ta punition devrait être de t'écraser le visage dans une crotte de chien.
— Christie ! s'étrangla tatie Bett. Souviens-toi que tu es plus âgée et que tu es censée te conduire comme une dame...
Avant qu'elle ne puisse continuer, nous entendîmes la porte d'entrée claquer violemment. Personne ne dit mot, tout le monde fixait le seuil en se demandant qui allait apparaître.
C'était oncle Philippe, le regard brillant, la bouche tordue dans une affreuse grimace d'horreur et de tristesse. Échevelé, il donnait l'impression d'avoir couru depuis l'hôtel.
— Philippe ! dit tatie Bett. Que...
— C'est ma mère. Notre mère...
— Oh, mon pauvre !
Les mains de tatie Bett volèrent jusqu'à son cou tels deux oiseaux effrayés.
— Qu'est-il arrivé à grand-mère Laura, oncle Philippe ? demandai-je doucement en retenant mon souffle.
— Mme Berme... l'a trouvée par terre dans la salle de bains... Une attaque. Ma mère... la mère d'Aurore... la mère de Clara Sue... elle est partie, conclut-il. Partie à jamais.

Il se tourna sur le côté avant de se figer. Puis il nous examina à nouveau comme s'il ne nous connaissait pas. En proie à la plus totale confusion, il ressortit, courbé sous le fardeau de cette nouvelle peine. Bouleversée, tatie Bett retomba dans son fauteuil. Les jumeaux se portèrent aussitôt à ses côtés, lui prenant chacun une main. Je secouai la tête avec accablement. J'avais l'impression de replonger dans le cauchemar. Mon cœur était vide et froid. Pauvre grand-mère Laura qui avait perdu le contact avec la réalité ! Elle avait passé ses derniers jours sur cette terre en se raccrochant à ses souvenirs défaillants, essayant désespérément de redonner un sens à sa vie mais irrémédiablement prise dans une toile d'araignée dont elle n'avait pu se libérer. Et maintenant, elle était morte.

Je me dirigeai vers la fenêtre pour observer oncle Philippe dehors. Il marchait de long en large devant la pelouse, gesticulant comme un fou et parlant tout seul à haute voix comme s'il était entré en contact avec des spectres. La famille de fantômes s'était réunie autour de lui pour entendre ce qui était arrivé à la dernière victime de la grande malédiction.

Il y eut donc de nouvelles funérailles, si proches de celles que nous venions de vivre. Une fois encore, nous nous habillâmes de noir ; une fois encore, les gens chuchotèrent en notre présence ; une fois encore la mer fut grise et froide, et le ciel s'assombrit bien qu'il n'y eût aucun nuage.

Pas plus Jefferson que moi n'avions bien connu grand-mère Laura. Dans tous mes souvenirs, elle m'apparaissait comme distraite et un peu perdue, nous reconnaissant parfois mais nous contemplant à d'autres moments comme des étrangers égarés dans sa vie.

Après avoir appris la vérité à propos de l'enlèvement de ma mère et de la complicité de grand-mère Laura, j'avais demandé à maman si elle la haïssait pour ce qu'elle avait permis. Maman avait souri lentement, son beau regard bleu s'adoucissant, avant de secouer la tête.

— Autrefois, oui, je lui en ai beaucoup voulu, mais à mesure que le temps a passé, je me suis rendu compte combien elle en avait souffert et qu'il était inutile d'ajouter un autre châtiment à celui que sa conscience lui imposait.

» Et puis, je me languissais d'avoir une mère et, avec le temps, nous avons partagé des instants précieux, ce genre d'instants qu'une mère et une fille devraient toujours connaître. Elle a changé quand elle est venue vivre avec Bronson. Elle s'est adoucie, dirais-je. Il a eu une grande influence sur elle, lui faisant prendre conscience des conséquences de ses actes et de ses paroles. Il n'avait qu'à la regarder de ses beaux yeux sombres pour qu'elle devienne aussitôt moins égoïste. Elle est devenue... une mère.

Voilà ce que m'avait dit maman en riant avec bonheur. À présent, assise dans l'église aux côtés de mon petit frère, j'écoutais le sermon du prêtre. De grand-mère Laura, je ne gardais qu'une image : assise et endormie dans son fauteuil roulant. Je n'arrivais pas à l'imaginer quand elle était encore jolie et active. Mais quand je regardais Bronson, je voyais un doux sourire sur son visage, qui révélait les merveilleux souvenirs partagés avec celle qui avait été sa femme. Lui sûrement se rappelait une belle jeune femme virevoltant dans une salle de bal, son rire résonnant comme une magnifique musique. L'amour profond qu'il lui portait était visible, tout aussi visible que la perte immense qui le frappait. Je pleurais pour lui plus que pour moi ou pour Jefferson ou pour grand-mère Laura elle-même.

Oncle Philippe était étonnamment atteint. Pourtant, il se plaignait toujours quand nous devions aller dîner à Bel Ombrage et il se montrait très reconnaissant envers maman quand elle acceptait de le remplacer auprès de grand-mère Laura. Un jour, elle avait dû s'absenter au beau milieu de son travail pour lui rendre visite et je l'avais accompagnée. Je me faisais du souci pour elle car je savais qu'elle avait dû abandonner une affaire qui lui tenait vraiment à cœur.

— Pourquoi oncle Philippe n'a-t-il pas pu venir ? avais-je demandé.

Je ne devais pas avoir plus de dix ou onze ans à l'époque mais j'étais capable de grandes indignations quand quelque chose affectait maman.

— Philippe ne peut regarder la réalité en face, avait-elle répondu. Il a toujours été ainsi. Il refuse de voir ce qu'est devenue maman ; il veut se souvenir d'elle telle qu'elle était dans le passé, même s'il la critiquait en permanence. En fait, il était profondément attaché à elle et il l'adorait. Il était fier de sa beauté et de la façon dont elle attirait l'attention de tous bien qu'il en souffrît parfois. À présent, ils sont étrangers l'un à l'autre.

Elle avait soupiré et ajouté d'un air sombre :

— J'ai bien peur que Philippe ne tienne beaucoup plus de Randolph qu'il ne veut bien l'admettre, peut-être même encore plus de grand-père Cutler.

Je me souviens que cette dernière remarque m'avait effrayée.

Mais, aujourd'hui, à l'église, oncle Philippe ressemblait à un petit garçon terrifié. Ses yeux fouillaient avec espoir tous ceux qui l'approchaient, comme s'il espérait que quelqu'un finirait par lui dire :

« Rien de tout cela n'est vraiment arrivé, Philippe. C'est simplement un mauvais rêve. Dans une minute, ce sera terminé et tu te réveilleras dans ton lit. »

Il serrait chaque main avec vigueur et acceptait toutes les accolades. Quand ce fut l'heure de partir, il regarda autour de lui d'un air éperdu jusqu'à ce que tatie Bett le prenne par le bras et l'entraîne avec elle.

Nous prîmes tous place dans la limousine pour suivre le corbillard jusqu'au cimetière. Dès que l'enterrement fut terminé, je tombai dans les bras de Bronson. Ses yeux brillaient des larmes qu'il n'avait pas versées pendant la cérémonie.

— Elle repose en paix maintenant, murmura-t-il. Son calvaire est terminé.

— Vous venez chez nous ? lui demandai-je.
Tatie Bett avait organisé une nouvelle réception funéraire. Elle devenait experte en la matière.
— Non, non. Je préfère rester seul un moment. Je te parlerai bientôt, promit-il avant de s'éloigner à pied, les épaules voûtées par le fardeau de son chagrin.
La réception fut bien moins fréquentée que lors des obsèques de papa et de maman, et fut absolument déprimante. Oncle Philippe ne bougea pas de sa chaise, se contentant de contempler d'un air désemparé ceux qui passaient devant lui ou bien de sourire vaguement quand on venait le saluer.
Jefferson et moi étions fatigués et accablés. Ce nouveau coup du sort ravivait des blessures qui n'avaient pas eu le temps de se refermer. Tôt dans la soirée, je l'emmenai se coucher. Puis, au lieu de retourner à la veillée, je me retirai, impatiente de me réfugier dans le sommeil. J'éteignis même la petite veilleuse que je laissais allumée d'ordinaire. Je voulais m'enfouir sous une couverture d'obscurité et ce besoin était plus fort que mes terreurs d'enfance. Je m'endormis effectivement très vite et n'entendis pas les invités partir.
Mais soudain, au beau milieu de la nuit, je me réveillai en entendant ma porte se refermer. Mes yeux s'ouvrirent d'un coup. Pendant un instant, je ne bougeai pas, n'entendant rien et me demandant si je n'avais pas rêvé. Puis je perçus distinctement une respiration lourde et le frottement de pieds sur le parquet. Un instant après, mon lit s'affaissa sous le poids de quelqu'un. Je reconnus alors vaguement la silhouette d'oncle Philippe. Mon cœur se mit à battre très fort. On aurait dit qu'il ne portait rien, même pas de pyjama.
— Chut, fit-il sans me laisser le temps de prononcer le moindre mot. N'aie pas peur.
Soudain je sentis ses doigts sur mes lèvres.
— Oncle Philippe, que veux-tu ? demandai-je.
— Je me sens si seul... si perdu, ce soir. Je pensais... que

nous pourrions juste rester étendus l'un à côté de l'autre et parler.

Et sans attendre, il se glissa dans le lit à mes côtés. Je sursautai et m'écartai vivement, choquée et terrifiée.

— Tu es très mûre pour ton âge, chuchota-t-il. C'est fou ! Tu es bien plus mûre que ta mère ne l'était. Tu as lu davantage ; tu en as fait davantage ; tu en sais davantage. Tu n'as pas peur de moi, n'est-ce pas ?

— Si, dis-je, j'ai peur. S'il te plaît, oncle Philippe, pars. Laisse-moi.

— Mais je ne peux pas. Betty Ann... Betty Ann est comme un glaçon à mes côtés. Je ne supporte plus de la sentir contre moi. Mais toi, ô Christie, tu es aussi belle qu'Aurore, et même plus encore. Chaque fois que je pose les yeux sur toi, je repense à la façon dont elle me regardait autrefois.

» Tu peux me donner ce qu'elle aurait dû me donner, poursuivit-il en mettant la main sur ma taille. Rien que cette nuit. D'accord ? Rien que cette nuit !

— Non, oncle Philippe. Arrête, dis-je en le repoussant.

— Mais tu as déjà été avec des garçons, je le sais. Où irais-tu la nuit sinon retrouver un petit ami ? Où vous retrouvez-vous... à l'arrière d'une voiture ? Aurore et moi, nous avons été une fois dans une voiture.

— Non. Arrête, dis-je en me bouchant les oreilles. Je ne veux pas entendre parler de ça.

— Pourquoi ? Nous n'avons rien fait de mal. Je vais te montrer.

Brusquement, sa main glissa le long de ma poitrine et vint caresser mon sein. J'essayai de me libérer mais il m'attrapa le bras et m'attira contre lui.

— Christie ! Oh, Christie... ma Christie, gémit-il avant de me couvrir le visage de baisers humides.

Je grimaçai de dégoût et me débattis férocement. Mais il était beaucoup plus fort et m'emprisonna de ses jambes. Puis il parvint à insérer une main sous mon pyjama et à m'empoigner un sein. Je me mis à hurler mais il me plaqua rudement l'autre main sur la bouche.

— Tais-toi. Ne réveille pas les autres. Ils ne comprendraient pas.

Je gémis et secouai la tête. Il me libéra mais, avant que je puisse proférer le moindre son, sa bouche s'écrasa sur la mienne. Nos dents s'entrechoquèrent, sa langue trouva la mienne. J'eus envie de vomir.

Il s'écarta et je me mis à suffoquer. Tandis que je cherchais à reprendre ma respiration, il m'arracha mon pantalon de pyjama. Les boutons sautèrent, le pantalon se déchira jusqu'aux genoux. Alors, il se vautra sur moi, et je sentis son membre durci qui se frayait un chemin entre mes cuisses serrées. Soudain, comprenant ce qui était en train de se passer, je devins hystérique. Je luttai avec la rage du désespoir. Libérant ma main droite, je lui martelai le crâne, mais j'étais comme une mouche s'attaquant à un éléphant. Il ne semblait rien sentir. Il grogna et accentua sa pression.

— Christie, Christie... Aurore... Christie, dit-il, mélangeant mon nom et celui de ma mère comme s'il pouvait l'atteindre à travers moi.

— ONCLE PHILIPPE ! ARRÊTE ! ARRÊTE !

Il était si fort et si lourd que je ne pus lui résister bien longtemps. Avec une lenteur de cauchemar, mes jambes cédaient. Petit à petit, il parvenait à ses fins.

— Tu n'as pas besoin de sortir la nuit, marmonna-t-il. Je peux t'aider, comme je te l'ai promis. Nous avons besoin l'un de l'autre. Nous devons compter l'un sur l'autre, maintenant plus que jamais. Je n'ai plus que toi, Christie. Plus personne...

— Oncle Philippe, hoquetai-je.

Sa bouche me bâillonna. J'essayai de hurler, mais le cri resta prisonnier en moi. Je sentis son membre au bord de ma chair, et il continua sa poussée tandis que j'étais clouée sous lui.

Puis ce fut le choc, la compréhension soudaine qu'il

bougeait en moi, à l'intérieur de moi. J'essayai de le refuser, de hurler NON ! Mais la réalité déferlait comme une avalanche, ensevelissant toutes mes protestations. Il grogna et amplifia son mouvement, prononçant le nom de ma mère ou le mien, comme si cela lui donnait des forces. Un fouet bouillant me fouaillait les entrailles et je ne pouvais rien faire. Je gisais sans force, attendant la fin de mon calvaire, et alors il glissa hors de moi comme un savon glacé. Je ne bougeai pas, je ne prononçai pas le moindre mot, de peur qu'il ne recommence. Lentement, sa respiration se calma.

— Christie, dit-il en me caressant le cou.

Je poussai un cri et m'écartai.

— Tout va bien, dit-il. Tout va bien. Nous n'avons rien fait de mal. Nous nous sommes mutuellement apporté aide et réconfort. Après un aussi grand malheur, c'est nécessaire. Tu es assez âgée pour comprendre. C'est bon, c'est juste. Tu vas bien ?

Je ne bougeai pas.

— Réponds-moi, fit-il en se tournant vers moi.

— Oui, dis-je vivement.

— Bien, bien. Je dois rentrer avant que Betty Ann ne se réveille et se demande où je suis passé. Dors, ma petite princesse, dors. Je serai toujours là pour toi, toujours et à jamais, comme je l'étais pour elle.

Retenant mon souffle, je le surveillai tandis qu'il se levait et quittait mon lit. Il se déplaçait très silencieusement dans l'obscurité de la chambre. Et soudain, il disparut, tel un cauchemar. Un cauchemar qui continuait à me hanter.

Pendant quelques instants, je n'esquissai pas le moindre geste, essayant de nier ce qui venait de se passer. Puis je me mis à sangloter si fort que je crus que j'allais me déchirer les entrailles. Une main de fer m'arrachait le cœur. Pour une raison étrange, je ne pensais plus qu'à Jefferson. Jefferson... Jefferson. Je me redressai, terrifiée.

Je me levai. Mon pantalon de pyjama me tomba sur les chevilles. Je m'en débarrassai d'un coup de pied avant de courir dans la salle de bains en arrachant ma veste. Je pris une douche aussi brûlante que je pouvais le supporter. Ma peau rougit violemment mais je m'en moquais. Je frottai mon corps de toutes mes forces, mes larmes se mêlant à l'eau qui ruisselait sur mon visage. Je me séchai vigoureusement, mais je me sentais encore souillée. Je repassai dans la chambre et sortis ma plus petite valise du placard. Au hasard, j'y fourrai quelques vêtements pris à la volée. Je m'habillai aussi vite que je le pus. Je ramassai tout l'argent — une centaine de dollars — que je gardais dans le tiroir de ma table de nuit.

J'ouvris la porte et jetai un coup d'œil dans le corridor à peine éclairé. Sur la pointe des pieds, je me faufilai jusqu'à la chambre de Richard et de Jefferson. Je m'agenouillai aux côtés de mon petit frère et le secouai doucement. Il ouvrit les paupières.

— Chhhut, fis-je.

Il roula de gros yeux. Je fis un signe vers Richard qui, tout en dormant, se tournait de l'autre côté, pour lui indiquer qu'il ne fallait pas le réveiller. Puis j'allai au placard de Jefferson, pris quelques sous-vêtements, des chaussettes, deux jeans et des chemises que je glissai dans son sac de voyage. Je lui fis signe de s'habiller puis je lui tendis sa veste. Nous sortîmes en silence.

J'avais laissé ma valise dans le couloir. Je la ramassai et m'engageai dans l'escalier avec Jefferson. Nous descendîmes à pas de loup. Une fois arrivée en bas certaine que nous n'avions réveillé personne, je m'autorisai enfin à regarder derrière moi. Tout était calme. Nous arrivâmes à la porte.

— Où on va ? murmura Jefferson.

— Loin, répondis-je. Très loin d'ici.

Je jetai un dernier regard à cette maison où nous avions connu tant de bonheur et tant de joies. Je fermai les yeux pour entendre les rires de papa et de maman. J'entendais la musique qui s'échappait de mon piano et la belle voix de maman. J'entendis Mme Boston nous appeler pour le dîner. J'entendis papa rentrer du travail en criant : « Où est mon garçon ? Où est ce fichu gamin ? »

Je vis Jefferson traverser le hall en courant pour lui sauter au cou. Puis je vis papa le soulever à bout de bras et venir nous rejoindre maman et moi.

C'était un monde de sourires et d'amour, de musique et de rires. J'ouvris les yeux sur l'obscurité qui nous attendait. Je pris la main de Jefferson et refermai la porte derrière nous.

La musique et les rires moururent.

Je n'entendais plus que les battements affolés de mon cœur.

Nous étions vraiment des orphelins, des fugitifs essayant d'échapper à la grande malédiction. Y parviendrions-nous ou bien nous attendait-elle déjà, tapie derrière chaque ombre qui se présenterait devant nous ?

10

Un vrai père

Nous allâmes jusqu'à Cutler's Cove à pied. Jefferson n'était jamais sorti si tard. Le calme autour de nous, le reflet des étoiles sur l'océan d'encre et la profondeur des ténèbres qui nous enveloppaient l'impressionnaient. Il se serrait contre moi, sa petite main agrippant la mienne de toutes ses forces. Les seuls bruits qui nous parvenaient étaient le fracas des vagues sur les quais et les coques des bateaux, et l'écho de nos pas sur le trottoir. Quand, enfin, les lampadaires du petit village de bord de mer brillèrent au-dessus de nos têtes, Jefferson se détendit. La surprise et l'excitation prirent le pas sur la peur et la fatigue, et il commença à m'abreuver de questions.

— Où allons-nous, Christie ? Pourquoi marchons-nous autant ? Pourquoi Julius ne nous a-t-il pas accompagnés ?

— Parce que personne ne doit savoir que nous partons, Jefferson. Je te l'ai dit... nous nous enfuyons, répondis-je à voix basse.

Il me semblait naturel de chuchoter.

— Pourquoi ? murmura-t-il à son tour. Christie ? (Il me serra la main.) Pourquoi ?

Je me retournai pour lui faire face.

— Tu veux rester vivre chez tatie Bett et oncle Philippe avec Richard et Mélanie toute ta vie ? C'est vraiment ce que tu veux ?

Effrayé par ma colère, il secoua la tête en écarquillant les yeux.

— Eh bien, moi non plus. Voilà pourquoi nous nous enfuyons.

— Mais où irons-nous ? demanda-t-il. Avec qui vivrons-nous ?

J'accélérai le pas, le traînant pratiquement derrière moi. Où allions-nous ? Jusqu'à cet instant, je n'y avais même pas songé. Nous ne pouvions pas aller chez tante Trisha. Elle était partie en tournée. Soudain, une idée me frappa.

— Nous allons à New York, dis-je finalement. Nous allons retrouver mon vrai père et vivre avec lui. Ce ne sera sûrement pas pire que de vivre avec eux, maugréai-je.

Je ne me retournai pas pour voir comment Jefferson réagissait à cette déclaration. Je continuais d'avancer, rasant les murs, cherchant la protection de leur ombre. Je ne voulais pas qu'on nous voie et qu'on nous dénonce.

Le dépôt de bus était l'un des seuls endroits ouverts à cette heure de la nuit. C'était une petite station avec une salle d'attente ne comprenant qu'un vieux banc en bois, un robinet d'eau potable et une machine distribuant des cigarettes. Derrière le comptoir était assis un homme aux cheveux poivre et sel dont les mèches tombaient en spirales sur le front. Il avait au moins cinquante ans. Il lisait un livre de poche et ne s'aperçut pas immédiatement de notre entrée. Enfin il se redressa et nous fixa avec des yeux d'écureuil pleins de curiosité et de surprise.

— Tiens, tiens, que fabriquez-vous dehors si tard, tous les deux ? demanda-t-il tandis que ses sourcils gris s'arrondissaient comme deux points d'interrogation.

— Nous voulons prendre le prochain bus pour New York, dis-je en essayant de paraître plus âgée que je ne l'étais. Mon cousin nous a déposés au mauvais endroit et nous avons dû venir ici à pied.

Il nous examinait d'un air soupçonneux.

— Combien est-ce pour New York ? demandai-je avec fermeté. Et quand part le prochain bus ?

— New York, hein ? Eh bien, l'aller-retour est à...

— Non, un aller simple, intervins-je rapidement. (Il me lança un drôle de regard.) De New York, on nous raccompagnera.

— Humm... Pour lui, ce sera demi-tarif, dit-il en désignant Jefferson. Pour vous, ce sera le tarif adulte.

Je ne voulais pas gaspiller le peu d'argent que nous avions, mais j'étais soulagée qu'il me juge en âge de voyager avec mon frère.

— Il n'y a pas de bus direct pour New York, vous savez, ajouta-t-il en tamponnant deux billets. Ils s'arrêtent à Virginia Beach puis à Delaware.

— C'est parfait, dis-je en posant ma valise et en m'approchant du comptoir.

— En fait, vous avez de la chance car le prochain passe dans vingt minutes. Mais c'est simplement une navette qui s'arrête à Virginia Beach. Là, vous devrez changer et prendre le... (il vérifia sur son horaire) le huit heures quarante pour Port Authority [1], à New York.

— Très bien, acquiesçai-je en comptant soigneusement la somme nécessaire.

Il fronça de nouveau les sourcils.

— Vous êtes déjà allés à New York ? demanda-t-il, sceptique.

— Souvent. Mon père y habite.

— Oh, je vois. Encore une de ces familles où le père est d'un côté et la mère de l'autre, hein ?

— Oui, répondis-je.

Son regard s'adoucit et se fit plus sympathique.

— Et j'imagine que votre mère ne veut pas vous conduire chez votre père ?

— Oui, monsieur.

Il hocha la tête, compatissant.

— Bon, je crois bien que je peux vous accorder le tarif réduit à vous aussi. Après tout, c'est pas ça qui va mettre la boîte en faillite.

---

1. La gare routière centrale de New York, dans Manhattan. *(N.d.T.)*

Après avoir pris nos billets, je poussai Jefferson vers le banc. Il fixa l'employé jusqu'à ce que celui-ci retourne à sa lecture. Puis il planta son regard dans le mien, l'air inquisiteur.

— Pourquoi as-tu raconté tous ces mensonges ?

— Chut, dis-je en l'attirant tout contre moi. Si je ne l'avais pas fait, il ne nous aurait pas vendu les billets. Et il aurait appelé la police pour leur dire qu'il tenait deux enfants fugueurs.

— La police nous aurait arrêtés et passé les menottes ? s'étonna Jefferson, incrédule.

— Ils ne nous auraient pas arrêtés mais ils nous auraient ramenés à l'hôtel.

— Maman affirmait que c'est très mal de dire des mensonges, me rappela-t-il.

— Elle ne pensait pas à ces mensonges-là. Elle parlait des mensonges qui blessent les autres personnes, surtout celles que tu aimes et qui t'aiment, expliquai-je.

Jefferson plissa les paupières et étudia cette réponse. Je le vis digérer l'idée avant de hocher vigoureusement le menton d'un air approbateur. Peu après, le bus arriva. Il y avait à peine une demi-douzaine de passagers à l'intérieur, assises pour la plupart à l'arrière et au milieu.

— Vous êtes debout drôlement tôt, fit le chauffeur.

— Oui, monsieur.

— Bah, vous avez raison, c'est la meilleure heure pour voyager.

Il rangea nos bagages dans la soute du car avant d'aller bavarder un moment avec l'employé du dépôt. Je fis monter Jefferson et nous nous installâmes au deuxième rang à droite. Par la fenêtre du bus, je voyais que les deux hommes ne cessaient de jeter des regards dans notre direction. Mon cœur battait la chamade. Parlaient-ils de nous ? Allaient-ils nous dénoncer à la police ? Finalement, ils se mirent à rire et le chauffeur revint. Il ferma la porte et mit le moteur en route. Je retenais mon souffle et j'agrippais la main de Jefferson. Quelques secondes plus tard, nous quittions le dépôt. Le car tourna dans la rue principale de Cutler's Cove et le chauffeur accéléra. Nous passâmes devant les magasins que j'avais connus toute ma vie, devant la mairie, l'école... Bientôt, nous fûmes sur la route de Virginia Beach et Cutler's Cove s'éloignait de plus en plus derrière nous. C'était la première fois que je voyageais seule. Je fermai les yeux et refoulai ma peur.

Jefferson dormit pendant tout le trajet jusqu'à Virginia Beach et je crois bien qu'il dormait encore quand je le conduisis à travers la gare routière qui était bien plus grande et animée que celle de Cutler's Cove. Mais l'activité et le bruit ne suffirent pas à lui faire garder les yeux ouverts. Il se rendormit contre mon épaule tandis que nous attendions le prochain bus.

Cette fois-ci, dès que nous eûmes embarqué, je m'endormis aussi. Des heures et des heures plus tard, quand nous nous arrêtâmes à nouveau pour prendre des passagers à Delaware, je me réveillai pour découvrir qu'il pleuvait. Jefferson ouvrit les yeux quelques instants plus tard et demanda aussitôt à aller aux toilettes. L'arrêt devait durer plus de dix minutes. Il avait le temps.

— J'espère que tu n'as pas peur d'y aller seul, Jefferson, dis-je. Je ne peux y aller avec toi.

— Je n'ai pas peur, déclara-t-il bravement, mais il ne paraissait pas très rassuré en entrant dans la pièce réservée aux hommes.

Je profitai de son absence pour l'imiter puis j'achetai quelque chose à manger. Nous remontâmes dans le car.

— Je voulais des œufs brouillés, se plaignit Jefferson quand je lui tendis un petit carton de lait et une barre aux céréales. Et des toasts avec du jus d'orange.

— Nous mangerons mieux quand nous serons à New York.

— Est-ce que ton vrai père vit lui aussi dans une grande maison ? demanda-t-il. Avec une gouvernante et un maître d'hôtel ?

— Je ne sais pas, Jefferson.
— Est-ce qu'il a une femme qui sera notre nouvelle mère ? s'enquit-il.
— J'ignore même s'il s'est remarié. En fait, j'en sais très peu sur lui, dis-je tristement. Alors, s'il te plaît, ne me pose plus de questions, Jefferson. Sois gentil et regarde le paysage, d'accord ?
— C'est toujours pareil, bouda-t-il en croisant les bras. Et puis, on s'ennuie, ici. J'aurais dû prendre un de mes jeux. Pourquoi on n'a pas pris mes jouets ?
— Jefferson, on n'avait pas le temps d'emporter grand-chose. Je t'en prie, sois gentil, le suppliai-je, au bord des larmes.

Qu'étais-je en train de faire ?

Jefferson haussa les épaules, but son lait, mangea son gâteau et somnola durant tout le reste du voyage.

La pluie se transforma en une fine bruine persistante. Finalement, New York apparut à l'horizon. À mesure que nous approchions, la vue devenait de plus en plus impressionnante. C'était comme un gigantesque jeu de construction : le sommet des gratte-ciel déchirait le ciel gris. Quand je vis un panneau annonçant le Lincoln Tunnel, je sus que nous étions sur le point de pénétrer dans New York. Mon cœur accéléra ses battements. Je commençais à me souvenir de ce que m'avait dit maman sur cette ville... à quel point elle était immense et surpeuplée et comme il était dur pour les étrangers de venir s'y installer. Je me rappelai aussi que tante Trisha adorait New York. Si elle était à ce point emballé par la *Grosse Pomme* [1], ce ne devait pas être si terrible, espérais-je.

Jefferson ne tenait plus en place quand nous pénétrâmes dans le tunnel. Celui-ci semblait sans fin et puis, tout à coup, nous émergeâmes dans la lumière et la confusion des rues de New York. La circulation et le bruit étaient tels que maman les avait décrits. Personne ne semblait se soucier

---

1. « The Big Apple », surnom donné à New York. *(N.d.T.)*

de la pluie. Jefferson, collé à la vitre, ne perdait pas une miette du spectacle : les vendeurs ambulants avec leurs chariots de hot dogs, les taxis jaunes, les policiers à cheval, les mendiants dormant devant les entrées des immeubles et tous ces gens habillés de toutes les façons possibles et imaginables qui se hâtaient dans toutes les directions, la plupart sans parapluie. Quelques instants plus tard, nous arrivâmes dans un immense parking et le chauffeur annonça : « New York, Port Authority. Attention à la marche en descendant. »

Je pris Jefferson par la main et la serrai si fort qu'il grimaça. Nous attendîmes que le chauffeur nous donne nos bagages puis nous nous dirigeâmes vers le hall de la gare routière. Ici, c'était encore pire que dans la rue. J'eus l'impression de pénétrer dans une immense ruche. Des gens se précipitaient dans tous les sens, d'une façon complètement anarchique, chacun semblant pourtant parfaitement savoir où il allait.

— Où est ton vrai père ? s'enquit Jefferson en regardant de tous côtés.

— Il ne sait pas encore que nous sommes ici, dis-je. Je dois trouver son numéro de téléphone et l'appeler.

Je repérai un mur couvert de cabines téléphoniques. La taille des annuaires était proprement incroyable. Jefferson roula de gros yeux.

— Ça en fait, des gens ! s'exclama-t-il.

— Surveille nos valises et mon sac à main pendant que je cherche le numéro, Jefferson, dis-je.

Il hocha la tête et je commençai à tourner les pages. Quand j'arrivai au nom de Sutton, mon cœur rata un battement. Il y avait plus de deux pages de Sutton et plus d'une douzaine d'entre eux se prénommaient Michaël ou Mike.

— J'ai besoin de pièces, dis-je. D'un tas de pièces.

Je sortis mon argent et cherchai autour de nous un endroit où faire de la monnaie. Un kiosque à journaux se trouvait juste à côté.

— Excusez-moi, dis-je au vendeur. Pourriez-vous me faire de la monnaie pour téléphoner ?

— Vous trouvez que je ressemble à la Chase Manhattan Bank ? répliqua-t-il avec une moue sarcastique. Achetez quelque chose et je vous donnerai de la monnaie.

— Bon... d'accord. Donnez-nous une barre de chocolat, dis-je en lui tendant un billet de cinq dollars. Tout en pièces, s'il vous plaît.

— Vous voulez appeler tout Manhattan, ou quoi ?

Il secoua la tête mais me donna ma monnaie. Le chocolat fit très plaisir à Jefferson.

Je commençai à passer mes coups de fil, les doigts tremblant sur le cadran. Qu'allais-je dire ? Comment me présenter ? Comment l'appeler si finalement je le dénichais : Papa ? Michaël ? Monsieur Sutton ? Personne ne répondit au premier numéro. Une vieille dame décrocha au second.

— Je suis bien chez Michaël Sutton, le chanteur ? demandai-je.

— Le chanteur ? Non. Michaël est plombier.

— Excusez-moi.

Je continuai ma liste. Certaines personnes répondaient très poliment, d'autres beaucoup moins. Un homme crut à une blague téléphonique et m'insulta. Finalement, une femme me répondit avec la voix sèche et lente de quelqu'un qui vient de se réveiller.

— Je cherche Michaël Sutton, le chanteur... commençai-je.

— Moi aussi, me coupa-t-elle.

— Je suis bien chez lui ?

— Qui êtes-vous ? Une de ses élèves ?

— Oui, madame, dis-je. Et j'avais un cours avec lui aujourd'hui.

— Eh bien, j'espère que ce n'était pas avant cet après-midi, rétorqua-t-elle.

— C'est cet après-midi.

— Eh bien, que voulez-vous ?

— Est-il ici en ce moment ?
— Son corps, oui, pas son esprit.
Là-dessus, elle éclata de rire.
— Pourrais-je lui parler, s'il vous plaît ?
— Il est... comment dire... indisposé pour le moment. Rappelez dans... disons, une heure.
— Mais...

Elle raccrocha sans me laisser le temps de terminer. Au moins, j'étais parvenue à localiser le bon Michaël Sutton. Je recopiai son adresse. Jefferson, qui était assis bien tranquillement et observait la folle animation autour de nous, leva des yeux interrogateurs.

— Tout va bien, dis-je. Je l'ai trouvé. Allons prendre un taxi.

— Un taxi ? Génial ! répondit-il, tout excité.

Nous suivîmes les pancartes indiquant la sortie vers la 41e Rue. Une longue file de taxis attendait le long du trottoir. La pluie avait cessé mais le ciel restait menaçant. Adossé à sa portière, le chauffeur de la première voiture s'avança aussitôt vers nous. C'était un homme grand et maigre avec une épaisse moustache.

— Vous voulez une voiture, mademoiselle ? demanda-t-il.

— Oui, monsieur.

— Eh bien, vous l'avez trouvée, dit-il en empoignant nos bagages qu'il rangea dans la malle. Montez.

Jefferson lui obéit avec joie et glissa sur l'immense banquette arrière pour se coller à la vitre de l'autre côté.

— Où allons-nous ? s'enquit le chauffeur dès qu'il fut derrière son volant.

Je lui donnai l'adresse.

— Oh, Greenwich Village, hein ?

Il brancha le compteur et s'engagea dans l'ahurissante circulation comme si nous étions le seul véhicule sur terre. Des klaxons rugirent, des gens hurlèrent mais il accéléra avec indifférence dès que le feu passa au vert. Quelques secondes plus tard, nous dévalions les rues, Jefferson et moi accrochés de toutes nos forces aux poignées des portières.

— Premier voyage à New York ? demanda le chauffeur.

— Oui, monsieur.

Il éclata de rire.

— C'est bien ce que je pensais. Vous aviez l'air terrifiés en sortant de la gare. Ne vous inquiétez pas. Ne fourrez pas votre nez dans les affaires des autres et tout se passera très bien.

— Ugh, gloussa gaiement Jefferson.

Le chauffeur prit quelques virages puis nous fit descendre une longue avenue avant de tourner une nouvelle fois à un coin de rue où se trouvaient un restaurant et un fleuriste. Il ralentit et finalement s'arrêta. J'examinai la rangée de vieux bâtiments qui se dressaient devant nous. La plupart possédaient de petits porches d'entrée surélevés qui menaient à des portes délabrées. Les immeubles eux-mêmes étaient gris et sales. Les fenêtres des étages inférieurs étaient maculées de poussière et de saleté délavées par la pluie.

— C'est ici, annonça le chauffeur. Ça fera cinq quarante.

Je lui tendis six dollars en lui disant de garder la monnaie.

— Merci, dit-il avant de descendre sortir nos bagages.

— Lequel est le 818 ? demandai-je en contemplant les porches.

— Les chiffres sont un peu effacés mais si vous regardez bien, vous verrez que le 818 se trouve juste devant vous, mon cœur.

Il remonta dans sa voiture et démarra dans un hurlement de pneus. Jefferson et moi, debout sur le trottoir, nos bagages à la main, contemplions l'immeuble où vivait mon vrai père.

— Allons-y, Jefferson.
— Ça me plaît pas, se plaignit-il. C'est vraiment laid. Et où est le terrain de jeux ? s'enquit-il en regardant autour de lui.
— Allez, viens, Jefferson, ordonnai-je en lui prenant la main.
À regret, il me suivit dans la petite entrée sombre. Nous trouvâmes une rangée de boîtes aux lettres. Michaël Sutton habitait l'appartement 3B. Le simple fait de voir ce nom écrit me rendit si nerveuse que je fus incapable de bouger pendant quelques secondes. Finalement, je me secouai. Nous franchîmes une deuxième porte. Il y avait un escalier mais pas d'ascenseur.
— Je n'ai pas envie de monter à pied. Je suis fatigué, gémit Jefferson.
— Nous n'avons pas le choix. Allez, bientôt, tu dormiras dans un vrai lit.
Je le fis passer devant moi et nous gravîmes lentement les marches. Quand nous arrivâmes au troisième, je m'arrêtai pour examiner les lieux. C'était un corridor terne et crasseux avec juste une petite fenêtre à un bout. On avait l'impression que jamais personne ne lavait la vitre ou le carrelage.
— Il y a une drôle d'odeur, ici, fit Jefferson en grimaçant.
Effectivement, cela sentait l'humidité et le renfermé, mais je gardai mes commentaires pour moi. Au lieu de cela, je m'engageai dans le corridor à la recherche du 3B. Quand je le trouvai, je pris une profonde inspiration et j'appuyai sur la sonnette. Rien ne se produisit. Je pressai à nouveau le bouton. Rien. Aucun son.
— Elle ne doit pas marcher, marmonnai-je avant de frapper doucement à la porte.
Nous tendîmes l'oreille, espérant entendre des pas. En vain.
— Il n'est peut-être pas chez lui, suggéra Jefferson.

— Si, je viens d'avoir quelqu'un au téléphone.
Je frappai de nouveau, cette fois bien plus fort.
Quelques instants plus tard, la porte s'ouvrit brutalement et nous nous retrouvâmes face à une femme vêtue à la diable d'une robe de chambre d'homme élimée. Ses cheveux, dont la blondeur était démentie par de longues racines sombres, n'étaient pas peignés. Elle ne portait aucun maquillage et semblait mal réveillée. Une cigarette allumée lui pendait au coin de la bouche.
— Qu'est-ce qu'il y a ? demanda-t-elle.
— Je... Nous voudrions voir Michaël Sutton, expliquai-je.
— C'est vous qui avez appelé tout à l'heure ? demanda-t-elle en reculant, l'air ennuyé.
— Oui, madame.
— Je vous ai dit...
— Qui c'est, bon sang ? demanda une voix d'homme du fond de l'appartement.
— Un de tes petits prodiges, si pressé de devenir une star qu'il vient nous réveiller, répondit la femme. Entrez, fit-elle en paraissant remarquer Jefferson pour la première fois. En plus, tu as amené ton petit frère ?
Elle ne me vouvoyait plus.
— Oui, madame.
— Une petite baby-sitter, hein ? Et les valises, c'est pour quoi ?
— Pouvons-nous voir Michaël ? demandai-je.
Jefferson la contemplait avec effroi. Elle baissa les yeux vers lui, se tourna vers moi et secoua la tête avant de disparaître dans une autre pièce. J'examinai le salon autour de nous. Des vêtements traînaient un peu partout, sur le divan et sur les chaises. Des tasses à café sales étaient posées sur la table basse. Sur une autre table, des assiettes contenant des restes de repas attendaient visiblement depuis la veille. Le tapis, d'un brun fané, était maculé de taches et de trous dus sans doute à des brûlures de cigarettes. Sur la droite,

se trouvait un vieux piano avec un tabouret si usé qu'il avait perdu son vernis. Un verre empli d'un liquide brun était posé sur une partition ouverte sur le couvercle du piano. Les stores jaunâtres des fenêtres étaient baissés, ne laissant entrer dans la pièce qu'une morne lumière grise.

Vêtu d'un vieux jean et boutonnant sa chemise, mon vrai père apparut. Il était pieds nus et semblait lui aussi à peine sorti du lit. Ses cheveux grisonnants étaient longs et emmêlés. Mal rasé, le teint pâle, il était mince, presque maigre, et ses yeux bleus étaient encore ensommeillés. Légèrement voûtées, ses épaules étroites plongeaient en avant. Tout en nous examinant, il enfonçait sa chemise dans son pantalon.

Mon moral s'effondra. Il était loin de ressembler au mystérieux homme de mes rêves. Il n'avait rien d'une star de la musique. Il était impossible de l'imaginer comme une célébrité. Il n'y avait aucune force dans ce visage, aucune confiance, aucun espoir. Il semblait épuisé, perdu, vide. Je n'arrivais pas à croire que ces doigts pouvaient jouer du piano, que cette bouche molle aux lèvres affaissées pouvait produire des sons mélodieux.

Où étaient les cheveux noirs et soyeux et ces splendides yeux de saphir dont ma mère disait qu'ils brillaient d'un éclat particulier ? Où étaient les larges épaules ?

Il quitta Jefferson du regard pour m'examiner et mit les mains sur les hanches.

— Alors ? dit-il. Que veux-tu ?

— Voici Jefferson, annonçai-je en désignant mon jeune frère, et moi, je m'appelle Christie.

J'attendis vainement une réaction de sa part.

— Ouais, et alors ? On vous a envoyés ici pour prendre des cours ?

— Non, monsieur. Je suis Christie Longchamp.

— Longchamp ? (Ses yeux s'ouvrirent un peu plus et il se gratta la nuque.) Longchamp ?

— Oui, monsieur. Ma mère s'appelait Aurore.

La femme qui nous avait accueillis vint s'adosser au mur derrière mon père, la cigarette toujours fichée au bord des lèvres.

— Aurore. Tu es...

— Oui. Je suis votre fille, déclarai-je enfin.

Comme cela semblait étrange et comme c'était curieux d'annoncer cela à cet homme ! Il écarquillait les yeux.

— Elle a dit qu'elle était quoi ? ricana la femme derrière lui.

— Silence, fit-il sans même la regarder. Tu es la petite Christie ? Mais oui, bien sûr ! (Il hocha la tête et sourit enfin.) Il suffit de te regarder. Tu as son visage. Eh bien... Eh bien...

Il se redressa et rejeta d'un revers de main ses cheveux en arrière.

— Et voilà sans doute ton petit frère ? ajouta-t-il.

— Oui.

— J'arrive pas à y croire. Ouah ! (Il secoua la tête et sourit de plus belle). Ouah ! (Il se retourna vers la femme.) Ma fille, annonça-t-il. Pas mal, hein ?

— Super, dit-elle avant de faire ostensiblement tomber la cendre de sa cigarette sur le tapis.

— Eh bien, que faites-vous là tous les deux ? Je veux dire... comment êtes-vous venus jusqu'ici ?

— Nous avons pris le car, dis-je.

— Sans blague ? Tout seuls, comme des grands, hein ? Et ta mère vous a laissés ?

— Ma mère et... mon père ont été tués dans un incendie, répondis-je aussi vite que je pus.

— Un incendie ? (Il secoua la tête.) Quel incendie ?

— L'hôtel a brûlé et ils ont été pris au piège dans la cave, expliquai-je.

Même maintenant, en parler me faisait monter les larmes aux yeux.

— Ben ça, alors ! C'est terrible, dit-il. Alors, il n'y a plus d'hôtel, hein ?

— Mon oncle est en train de le reconstruire, dis-je.
Je ne voyais pas en quoi cela pouvait lui paraître si important. Pourquoi ne s'inquiétait-il pas davantage de ce qui était arrivé à maman ?
— Oui, bien sûr... les assurances... Donc... ta mère est... partie. (Il secoua la tête et lança un regard vers la femme.) Tu ne veux pas nous faire un peu de café ?
Elle grimaça comme s'il venait de lui demander d'accomplir un exploit hors du commun et se dirigea à regret vers la cuisine.
— C'est... euh... c'est Catherine. Elle est chanteuse dans un club de rencontre. Tenez, dit-il en débarrassant le sofa de quelques vêtements, asseyez-vous. Parle-moi un peu de toi. Quel âge as-tu à présent ?
— Seize ans, répondis-je en conduisant Jefferson jusqu'au divan.
Comment avait-il pu oublier mon âge ?
— Ah oui, bien sûr. Et quel âge a...
Il hocha la tête vers Jefferson.
— Neuf ans, dis-je.
— Presque dix, précisa-t-il.
— Ah, ça c'est drôlement vieux, plaisanta mon père, mais Jefferson ne sourit pas.
Il se contentait de le scruter avec ce regard fixe qui énervait tant de gens. Mon père éclata de rire. Puis il s'assit à son tour sur une chaise sans se soucier d'enlever la jupe qui traînait sur son dossier.
— Alors... ç'a dû être horrible pour vous... un incendie, et ils n'ont pas pu s'en tirer. (Il secoua la tête.) C'était quelqu'un, ta mère, une vraie beauté et un talent exceptionnel. J'aurais pu en faire une star mais... (Il haussa les épaules.) Bon, reprit-il, qui s'occupe de vous, les enfants ? Votre oncle ?
— Non, répondis-je vivement. Nous ne voulons plus vivre avec lui.
Il se pencha en avant.

— Ah bon ? Pourquoi ?
— Tatie Bett et lui ne sont pas très gentils avec nous.

Quelque chose dans mon ton ou dans mon expression lui fit plisser le front comme s'il pesait mes paroles. Il y avait de la ruse et du cynisme dans ses yeux : il devait connaître tous les mauvais coups de la vie.

— Je vois.
— Et Richard et Mélanie aussi, ajouta Jefferson.
— Qui ?
— Leurs enfants. Des jumeaux, expliquai-je.
— Hon-hon, fit-il tandis que son regard glissait sur nos valises. Voyons si j'ai bien compris : vous êtes partis et vous êtes venus en car jusqu'ici ? (J'acquiesçai.) Votre oncle le sait-il ?
— Non. Nous nous sommes enfuis.
— Oh, je comprends. Comment m'avez-vous trouvé ? s'enquit-il avec intérêt.
— J'ai simplement appelé tous les Michaël Sutton de l'annuaire jusqu'à ce que je tombe sur le bon.

Il éclata de rire.

— Eh bien, dit-il en claquant dans ses mains, il va falloir que vous retourniez d'où vous venez. Vous ne pouvez pas vous enfuir comme ça. Tout le monde là-bas doit être malade d'inquiétude à cause de vous.

— Nous n'y retournerons jamais, dis-je fermement.
— Écoute, petite, tu n'espérais tout de même pas venir t'installer chez moi ?

Je ne dis rien. Il comprit. Son sourire s'évanouit et il nous contempla.

— Combien d'argent as-tu sur toi ? demanda-t-il.
— Il me reste vingt-trois dollars.
— Vingt-trois... (Il secoua de nouveau la tête.) Et l'héritage ? Tu as dû quand même hériter de quelque chose ?
— Je ne sais pas, dis-je. Je m'en fiche.
— Tu ne devrais pas. C'est à toi. Tu ne devrais pas laisser ton oncle te prendre tout. Je suis sûr qu'il existe des

documents légaux. C'est certain. Tu devrais retourner là-bas attendre quelques années pour prendre ta part de l'hôtel et du reste et...

— Je me fiche de l'hôtel. Je ne peux pas y retourner, fis-je avec véhémence.

J'aurais tant voulu tout lui dire, mais c'était comme de parler à un étranger et j'étais incapable de lui révéler ce que m'avait fait subir oncle Philippe.

— Mais tu ne peux pas vivre ici, mon chou. Je n'ai pas assez de place et d'ailleurs je n'ai pas le droit de prendre en charge ton petit frère. Vous pourriez être séparés.

La main de Jefferson se referma aussitôt sur la mienne.

— Séparés ? fit-il. Non, on ne nous séparera jamais.

— Tu as absolument raison, petit. Voilà pourquoi vous devez rentrer. Dans deux ans, tu auras dix-huit ans, tu pourras toucher ton héritage. Alors, tu pourras m'appeler et je viendrai te chercher, fit-il en souriant. Voilà. Et nous aurons une vraie relation de père à fille, d'accord ?

Je ne dis rien. La déception me nouait douloureusement la gorge. De toutes mes forces, je retenais mes larmes.

— Le café est prêt, annonça la femme du seuil de la cuisine. Mais si vous en voulez, annonça-t-elle en me fixant, vous n'avez qu'à venir vous servir.

— Je ne veux pas de café, dis-je.

— Moi, j'ai bien besoin d'une tasse, annonça mon père. Il doit y avoir du lait et des gâteaux quelque part. Je vais voir. (Il se leva.) Tu chantes ?

— Non. Je joue du piano.

— Génial. Avant de partir, tu nous donneras un petit récital. Ce serait sympa, pas vrai, Catherine ?

Elle ricana.

— On doit aller voir M. Ruderman. Tu n'as pas oublié ?

— Ah ouais... Un petit problème avec mon percepteur. Je dois voir mon comptable aujourd'hui. Rien de bien grave, j'espère... Bon, il me faut ce café.

Il disparut dans la cuisine. Jefferson et moi les entendîmes murmurer, Catherine et lui.

— Ça ne me plaît pas, ici, dit Jefferson.

— À moi non plus, répondis-je.

J'avais le cœur lourd. Où avais-je la tête en décidant de venir ? Bien sûr, j'étais désespérée. Et maintenant, il ne me restait plus que quelques dollars.

— Viens, Jefferson, dis-je en me levant.

— Où allons-nous maintenant ?

— Quelque part où nous pourrons manger quelque chose de bon, d'accord ?

— D'accord, fit-il en saisissant immédiatement son sac.

— Hé ! fit mon père en surgissant de la cuisine. Où allez-vous, tous les deux ?

— Je crois que vous avez raison, dis-je. Nous rentrons.

— Bien sûr. C'est la seule chose sensée à faire. Prends ton temps, reçois ton héritage d'abord. Vous avez vos tickets de retour, n'est-ce pas ? demanda-t-il, plein d'espoir.

J'acquiesçai, même si ce n'était pas vrai.

— Attendez un peu, dit-il en fouillant dans sa poche. Tenez, prenez ça. Ça vous fera un peu d'argent de poche.

Il me tendit un billet de cinq dollars.

— Je croyais que c'était tout le liquide que tu avais, dit Catherine en apparaissant soudain. Comment allons-nous faire pour aller chez Ruderman ?

— Du calme. Nous prendrons le métro, répondit-il.

— Le métro ! grimaça-t-elle, écœurée.

— Au revoir, dis-je très vite en posant la main sur la poignée de la porte.

Jefferson se rua dehors dès qu'elle fut ouverte. Je lançai un dernier regard derrière moi. Mon père était debout, souriant. Ce ne fut qu'une fois redescendue dans la rue que je me rendis compte qu'il ne m'avait pas embrassée une seule fois.

C'était comme si nous ne nous étions jamais rencontrés.

Il pleuvait à nouveau très fort. De grosses gouttes molles s'écrasaient sur nos visages et rebondissaient sur le trottoir et la chaussée défoncée. Je serrai Jefferson contre moi en me dirigeant vers le coin de rue où j'avais aperçu le restaurant. Un vent sifflant nous accueillit à l'angle de l'avenue. Dégoulinants, nous entrâmes bien vite dans l'établissement. Nous étions déjà trempés. Nous nous installâmes dans un box et je pris des serviettes en papier pour nous sécher le visage et les mains. Je n'avais pas beaucoup d'appétit mais Jefferson était affamé et il dévora le contenu de son assiette et de la mienne jusqu'à la dernière miette. L'addition s'éleva à plus de dix dollars. Après l'avoir payée, je restai là à contempler la rue à travers la fenêtre en me demandant ce que nous pouvions faire.

— Où allons-nous maintenant ? demanda Jefferson. Tu veux pas aller au cinéma ? Ou trouver un terrain de jeux ?

— Jefferson, s'il te plaît. On a des choses plus importantes à faire.

— Je devrais me brosser les dents. Mme Boston dit toujours qu'il faut se brosser les dents après chaque repas, expliqua-t-il, sentencieux.

— Mme Boston, répétai-je en me souvenant d'elle et de sa gentillesse. J'aimerais bien vivre avec elle.

— Moi aussi, dit-il. Allons-y.

— C'est impossible, Jefferson. Elle n'est pas de notre famille. Elle nous renverrait chez eux, elle aussi. Je commence à croire que nous n'avons plus le choix, constatai-je avec tristesse. On va devoir rentrer. Allons-y, ajoutai-je en constatant que la pluie s'était arrêtée.

Nous sortîmes à la recherche d'un taxi. L'un d'entre eux était garé tout près mais son chauffeur semblait endormi. Il ouvrit les yeux en sentant notre présence à ses côtés.

— Pas en service, marmonna-t-il.

— Comment pouvons-nous trouver un taxi, alors ? lui demandai-je.

— Tu te mets au bord du trottoir et tu agites les bras dès que tu en vois un, ma p'tite, expliqua-t-il.

Cela plut beaucoup à Jefferson. Il se posta au bord du trottoir et se mit à secouer les bras comme un fou à chaque taxi qui passait à toute allure. Finalement, l'un d'entre eux s'arrêta.

— Port Authority, s'il vous plaît, dis-je.

Cette fois, nous prîmes nos valises à l'arrière avec nous. Le trajet de retour fut aussi épique que l'aller et nous coûta autant. Avec à peine plus de dix dollars en poche, nous pénétrâmes à nouveau dans l'immense gare routière. Nous n'avions plus assez pour payer le prix du voyage. J'espérais obtenir des billets que nous paierions à notre arrivée à Cutler's Cove mais quand j'expliquai notre situation au vendeur il me répondit que c'était impossible.

— Allez chercher un policier, dit-il. Suivant, s'il vous plaît.

Nous nous éloignâmes de la vitre et gagnâmes une rangée de bancs à l'autre bout de la grande salle.

— Qu'allons-nous faire, maintenant ? s'enquit Jefferson une fois assis.

— Je dois réfléchir.

— Moi aussi, dit-il, et il ferma les yeux.

Je ne voulais pas appeler tatie Bett ou oncle Philippe. Mieux valait sans doute contacter Bronson. J'avais honte de lui infliger un souci supplémentaire après la mort de grand-mère mais il était notre dernier recours.

— Attends-moi ici, Jefferson, je vais passer un autre coup de téléphone.

Il hocha la tête, referma les yeux et s'appuya contre son sac.

Tout en me dirigeant vers les cabines téléphoniques, le souvenir de ce que m'avait fait oncle Philippe me revint avec une épouvantable intensité. Soudain, j'entendis ses râles, je sentis ses doigts ramper sur mon corps et puis... tout mon corps se crispa. L'idée de retourner à Cutler's Cove et de vivre encore avec tatie Bett et oncle Philippe me révoltait. Je ne pouvais pas retourner là-bas. C'était impossible. Aussi, quand je soulevai le téléphone, je changeai d'avis et composai le numéro de Gavin.

— Je ne peux pas tout te dire comme ça au téléphone, Gavin, expliquai-je, mais j'ai dû fuir oncle Philippe.
— Où es-tu ? demanda-t-il au bout d'un moment.
— Jefferson et moi sommes à New York.
— New York !

Je lui narrai notre désastreuse visite à mon vrai père puis lui avouai que nous n'avions plus beaucoup d'argent.

— Si tu en parles à ton père, il préviendra sûrement oncle Philippe, ajoutai-je.
— Qu'a-t-il fait de si terrible que tu ne puisses même pas m'en parler au téléphone ? demanda-t-il.
— C'est arrivé la nuit, Gavin. Dans ma chambre, dis-je en essayant de réprimer un sanglot.

Il y eut un long silence.

— Ne bouge surtout pas, dit Gavin. Attends-moi là où tu es.
— Tu vas venir à New York ?
— Je pars sur-le-champ. Peux-tu m'attendre à la gare routière ?
— Oh oui, Gavin ! Oui !
— J'arrive, Christie... Aussi vite que je peux.

Je raccrochai et j'allai retrouver Jefferson pour lui annoncer la nouvelle.

— Tant mieux, fut son commentaire. Peut-être qu'avec lui on s'amusera un peu.
— J'ignore ce que nous ferons mais au moins... au moins, Gavin sera là, dis-je, à nouveau pleine d'espoir. Il va falloir passer le temps jusqu'à son arrivée. Ce ne sera pas avant des heures et des heures. Viens, dis-je, je vais t'acheter un livre de coloriages et des crayons.
— Et de la pâte à modeler. Je veux faire des soldats.
— Si on a assez d'argent. Il faut aussi en garder pour le dîner.
— Gavin ne sera pas là pour le dîner ? s'enquit-il.

— Non. Ça va être une longue attente, alors ne commence pas à te plaindre et à gémir comme un bébé.
— Je ne suis pas un bébé.
— Bravo ! Allez, viens. On va acheter ce livre.
Une des boutiques vendait des jouets de voyage et des jeux. Tout était beaucoup plus cher que je ne m'y attendais et je pus simplement acquérir un petit livre de coloriages et quelques crayons. Il me restait tout juste six dollars et j'espérais que cela serait suffisant pour nous payer un dîner décent. Nous nous installâmes sur un banc dans un coin de l'immense salle d'attente. Pendant un moment, son livre et ses crayons occupèrent Jefferson mais cette activité ne tarda pas à le fatiguer et il commença à se plaindre.
— Je peux aller faire un tour ? demanda-t-il.
— D'accord, mais ne t'éloigne pas. C'est très grand ici, tu pourrais te perdre, le prévins-je.
— Je n'irai pas loin, promit-il.
J'étais fatiguée et je n'avais plus la patience de discuter avec lui.
— Ne t'éloigne pas, surtout, répétai-je. Reste là où je peux te voir.
— D'accord.
Il se glissa à bas du banc et se dirigea vers les affiches qu'il examina une à une avant d'observer avec un grand sérieux les gens qui passaient. Je le surveillais et souris intérieurement quand une dame âgée s'arrêta pour bavarder avec lui. Elle lui tapota amicalement la tête avant de reprendre son voyage. Il me lança un coup d'œil et s'éloigna un peu plus.
— Jefferson ! appelai-je, mais il ne m'entendit pas.
Bah, tant que je le voyais, me dis-je, ce n'était pas grave. Mais j'étais si fatiguée, mes paupières étaient si lourdes... Le choc émotionnel de la nuit précédente, le voyage et la déception provoquée par mon père... tout cela se combinait pour m'épuiser. La fatigue m'envahissait. C'était comme si je venais de pénétrer dans une mare d'épuisement et que

je m'y enfonçais de plus en plus profondément jusqu'à ce qu'elle me recouvre entièrement. Je laissai mes yeux se fermer, me disant que c'était seulement pour quelques secondes. Mais, aussitôt, le sommeil me prit d'assaut et je me laissai glisser sur le côté, glisser, glisser jusqu'à ce que ma tête repose confortablement contre ma valise.

Un peu plus tard, je me réveillai en sursaut. Un homme portant une veste sale et déchirée, un pantalon souillé et des chaussures qui tenaient grâce à des bouts de chiffon, se tenait à quelques mètres de moi, m'observant. Il avait les mains dans les poches et je voyais ses doigts s'agiter à travers le tissu. On aurait dit qu'il avait deux souris dans son pantalon. Je me redressai vivement. Il sourit, révélant une bouche à moitié édentée. Il n'avait pas dû se raser depuis très longtemps et ses cheveux luisaient de crasse. Le tempo de ses mains dans ses poches s'accéléra. Sa langue jaillissait de ses lèvres pour disparaître aussitôt comme un petit animal essayant de se libérer.

J'eus un hoquet et je me levai. Où était Jefferson ? Il y avait beaucoup moins de monde dans le hall et je ne le vis nulle part. Mon cœur s'emballa.

— JEFFERSON !

Je regardai à nouveau l'homme qui esquissait un pas dans ma direction. Alors je m'aperçus que sa braguette était ouverte. La panique me cloua au sol pendant quelques secondes. Puis je me détournai et me mis à courir à la recherche de Jefferson.

J'allai d'abord vers l'entrée, espérant l'y trouver en train d'observer les gens qui partaient et arrivaient ; il n'y était pas. Je repartis à travers le hall, le cœur affolé, une peur immonde au ventre. Je commençai par le côté droit, m'arrêtant à chaque guichet, à chaque boutique, demandant aux vendeurs s'ils n'avaient pas vu un petit garçon correspondant à la description de Jefferson. Personne ne l'avait vu.

Ma panique se transforma en pure terreur. Mon cœur battait si fort que je craignais d'avoir une attaque et de

m'effondrer sur place. Finalement, je remarquai un policier et me précipitai vers lui.
— J'ai perdu mon petit frère ! criai-je. Je l'ai perdu !
— Holà ! Du calme ! dit-il.
C'était un homme grand, aux cheveux châtains et aux yeux verts et amicaux.
— Comment ça, vous avez perdu votre petit frère ?
— Nous étions assis sur les bancs là-bas. Il s'est levé pour se dégourdir les jambes et je me suis endormie. Quand je me suis réveillée, il avait disparu.
— Doucement, doucement. Quel âge a-t-il ?
— Neuf ans, presque dix.
— Et vous ?
— J'ai seize ans.
— Vous étiez déjà venus ici avant ?
— Non, monsieur.
— Alors, il ne sait sûrement pas se repérer, dit-il plus pour lui-même que pour moi. D'accord, montrez-moi où vous l'avez vu pour la dernière fois.
Je le conduisis jusqu'aux bancs. L'horrible bonhomme avait disparu.
— Il était juste là, dis-je, et...
Soudain, Jefferson apparut derrière un pilier.
— JEFFERSON ! hurlai-je en me ruant sur lui. Où étais-tu ? Pourquoi t'es-tu éloigné alors que je t'avais bien dit de rester tout près ?
— Je suis juste allé aux toilettes, dit-il, terrifié par mes cris.
Il leva les yeux vers le policier.
— Qu'est-ce que vous fabriquez ici tous les deux ? s'enquit celui-ci.
— Nous attendons quelqu'un, répondis-je.
— Mmouais... Très bien, jeune homme, dit le policier en secouant un doigt sous le nez de Jefferson. Dorénavant, ne t'éloigne plus de ta grande sœur, d'accord ?
Jefferson hocha vigoureusement la tête.

— Il y a des gens très méchants qui volent les enfants parfois.
Jefferson roula des yeux effarés.
— Tout ira bien, maintenant, je vous remercie, dis-je en prenant mon petit frère par l'épaule. (J'avais besoin de le sentir près de moi. Machinalement, nous revînmes vers nos places.) Nous allons retourner nous ass... Oh non ! m'exclamai-je. Oh non !
— Qu'est-ce qui se passe encore ? demanda le policier en mettant les mains sur ses hanches.
— Nos bagages et mon sac à main !
— Vous êtes partie en les laissant là ? s'exclama le policier, incrédule.
— J'avais peur, je ne voyais plus mon frère et...
— D'où êtes-vous ?
— De Virginie, dis-je, incapable de retenir plus longtemps mes larmes.
— Seigneur, ô Seigneur ! soupira le policier en repoussant sa casquette.
Il sortit un carnet de sa poche et l'ouvrit.
— D'accord, allons-y. Votre nom et votre adresse.
Je les lui donnai.
— Qui attendez-vous ?
Je regardai Jefferson avant de répondre très vite :
— Mon frère.
— Bien. Donnez-moi une brève description des biens qui vous ont été volés.
J'obtempérai puis ajoutai :
— Il y avait un homme horrible qui m'observait avant que je parte à la recherche de Jefferson.
— On en a beaucoup comme ça par ici, mais donnez-moi toujours son signalement.
Cela fait, il reprit :
— Bon, je vais faire un rapport. Si j'ai un conseil à vous donner, ma jeune dame, c'est de ne pas bouger d'ici jusqu'à l'arrivée de votre frère.

— C'est promis, dis-je.

Je ramenai Jefferson vers notre banc. Même son livre et ses crayons de couleur avaient disparu.

— Qui a pris nos affaires ? demanda Jefferson.

— Je ne sais pas, répondis-je d'une voix lasse.

Je me sentais déprimée, vaincue, incapable de supporter le fardeau qui m'accablait.

— J'ai faim, se plaignit Jefferson. Quand allons-nous manger ?

— Manger ? Nous n'avons plus un sou, Jefferson. On m'a volé mon portefeuille, tu ne t'en souviens pas ?

— Mais j'ai faim, ronchonna-t-il.

— Moi aussi, mais sans argent, personne ne nous donnera quoi que ce soit.

— On n'a qu'à leur dire qu'on les paiera demain, suggéra-t-il.

— Pas ici, Jefferson. Personne ne nous connaît. Nous sommes à New York. Maman avait raison, murmurai-je. Elle avait raison.

Je le pris dans mes bras et l'attirai contre moi.

— Dormons et essayons de ne pas penser à manger jusqu'à l'arrivée de Gavin.

Les larmes qui me brûlaient les yeux se mirent à ruisseler sur mes joues.

— Ne pleure pas, Christie, dit Jefferson. Gavin va être bientôt là.

Je souris à travers mes larmes.

— Oui. Gavin va venir.

J'embrassai mon petit frère et le serrai contre moi.

Et, grâce au ciel, nous nous endormîmes dans les bras l'un de l'autre.

11

Quelqu'un sur qui compter

— Ah, vous voilà !

J'ouvris difficilement les yeux. Gavin se tenait devant moi, souriant, les mains sur les hanches, sa valise à ses pieds. Il portait un pantalon de coton bleu marine et un T-shirt blanc sous une légère veste noire. Jamais je n'avais été aussi heureuse de le voir. Même si notre dernière rencontre n'était pas si ancienne, je trouvai qu'il avait l'air bien plus grand et bien plus mûr.

Jefferson dormait toujours, la tête sur mon ventre. Épuisée, je m'étais moi aussi couchée sur le banc avant de glisser dans un profond sommeil. Je n'avais aucune idée du temps qui s'était écoulé mais il devait être très tard : il n'y avait plus grand monde dans la gare. Je me frottai les yeux pour essayer de chasser le sommeil.

— Gavin, comme je suis contente que tu sois là !

— Ça fait déjà un bon moment que je suis arrivé. Je vous ai cherchés partout, j'ai bien failli abandonner. J'étais déjà passé ici une fois mais comme vous étiez couchés derrière le dossier du banc, je ne vous avais pas vus. Encore heureux que je sois revenu jeter un dernier coup d'œil, ajouta-t-il.

J'acquiesçai et, soudain, tout me revint : ce que m'avait fait oncle Philippe, notre fuite au milieu de la nuit, le voyage en car jusqu'à New York, la rencontre horriblement décevante avec mon père, la disparition de Jefferson et le vol de toutes nos affaires. Alors, sans crier gare, j'éclatai en sanglots. Toutes mes défenses venaient de céder. Mes hoquets et mes larmes réveillèrent Jefferson.

— Oh, Christie, dit Gavin en s'asseyant aussitôt à mes côtés. Pauvre Christie...

Il me prit par les épaules et j'enfouis mon visage dans son cou. Je ne parvenais pas à me calmer.

— Tout va bien, maintenant, dit Gavin d'une voix apaisante. Tout ira bien.

— Qu'est-ce qui se passe ? demanda Jefferson en se frottant les yeux. Gavin ! Chic, tu es là !

— Salut, petit neveu, comment vas-tu ?

Gavin ébouriffa un peu plus la chevelure de Jefferson.

— J'ai faim, déclara aussitôt celui-ci, et nous n'avons plus d'argent pour manger.

— Plus d'argent ? Que s'est-il passé ? demanda Gavin en me regardant.

À regret, je quittai le refuge de son épaule et j'entrepris de décrire notre désastreuse escapade à New York qui s'était lamentablement achevée par le vol de tous nos biens. Gavin hocha la tête avec sympathie avant d'afficher un air résolu, indiquant par là que désormais il prenait tout en charge.

— Bon, d'abord, il faut que vous preniez un repas chaud. Il y a un petit restaurant par là. Je suis passé devant tout à l'heure. Allons-y, dit-il en m'aidant gentiment mais fermement à me lever.

Du dos de la main, il essuya avec précaution les larmes qui coulaient encore sur mes joues. Il me souriait.

— Et ils ont aussi pris mon livre de coloriages tout neuf, se plaignit Jefferson. Je pourrai en avoir un autre ?

— On verra, Jefferson. Une chose à la fois, dit sagement Gavin.

Il me semblait si fort et si confiant. J'étais vraiment heureuse de le voir. La tension et la peur qui m'avaient clouée sur le banc pendant des heures commençaient à se dissiper.

Nous prenant tous les deux par la main, Gavin nous

conduisit au restaurant. Après avoir passé la commande, il décrivit comment il avait quitté sa maison immédiatement après mon coup de téléphone désespéré.

— J'ai laissé un mot sur le réfrigérateur et je suis parti. Papa va piquer une crise mais ma mère le calmera. J'ai promis d'appeler dès que possible. Je ne leur ai pas dit que vous vous étiez enfuis, ajouta-t-il promptement, mais Philippe risque de les appeler ou bien eux risquent de le faire. Veux-tu me raconter ce qui s'est passé maintenant ?

Je glissai un regard vers Jefferson avant de secouer la tête.

— Plus tard, dis-je à voix basse.

Gavin, compréhensif, acquiesça.

À présent que Jefferson mangeait, il retrouvait sa joie de vivre et sa bonne humeur. Tout excité, il entreprit de faire le récit de notre voyage, donnant une foule de détails sur les gens du car, les paysages que nous avions traversés, nos courses en taxi dans New York et le policier qui lui avait fait la morale.

À la fin du repas, Gavin posa la question évidente et essentielle :

— Que comptez-vous faire à présent ?

— Je ne retournerai pas à Cutler's Cove, Gavin, déclarai-je avec une détermination inébranlable.

Gavin m'étudia un moment avant de se renfoncer dans son siège.

— Eh bien, j'ai avec moi tout l'argent que j'ai gagné pour mon voyage mais il ne durera pas éternellement. Où veux-tu aller ?

Je réfléchis un moment. Tante Trisha était absente. Il n'était pas question de retourner chez mon vrai père mais nous avions un endroit, un dernier refuge. Je n'y avais pas pensé plus tôt car je n'y avais été qu'une seule fois avec mes parents et j'étais si jeune alors que je m'en souvenais à peine. Pourtant, papa et maman parlaient parfois de Grand Prairie et de la gentille tante Charlotte.

— Je veux aller à Lynchburg, en Virginie, et, de là, à Grand Prairie, annonçai-je.
— Grand Prairie ?
Intrigué, Gavin haussa les sourcils.
— C'est la vieille plantation de famille, tu t'en souviens ? Je t'en ai parlé dans mes lettres. C'est là qu'Emily, l'horrible sœur aînée de grand-mère Cutler, a tourmenté si cruellement maman. C'est là que je suis née. Tu te rappelles ?
Gavin hocha lentement la tête.
— Après la mort d'Emily, repris-je, mes parents ont rendu visite à tante Charlotte. Je les ai accompagnés une fois. J'en garde un souvenir très flou mais je me rappelle tante Charlotte et son mari, Luther. Elle m'a fait un cadeau que j'ai encore : une broderie représentant un canari dans une cage. C'est elle-même qui avait dessiné le modèle et effectué la broderie. Oh, c'est l'endroit idéal pour nous, Gavin, insistai-je, de plus en plus convaincue à mesure que j'y pensais. Personne ne songera à nous chercher là-bas.
— Lynchburg, hein ? murmura-t-il pensivement.
— Grand Prairie se trouve à quatre-vingts kilomètres d'un petit village nommé Upland Station, mais je me souviens qu'il n'y a pas de bus pour s'y rendre. C'est un très petit village. Tu crois que tu as assez d'argent pour les tickets de bus jusqu'à Lynchburg ? Et après, on pourra peut-être prendre un taxi pour la fin du trajet.
— Je n'en sais rien. On verra ce que coûtent les billets mais, Christie, tu n'as plus aucun vêtement ni rien, et c'est pareil pour Jefferson. Tu ne crois pas...
— Je ne retournerai pas à Cutler's Cove, répétai-je avec colère et résolution. Nous nous arrangerons. Nous trouverons bien un moyen. Je chercherai un travail pour gagner de l'argent. Je ferai n'importe quoi plutôt que de rentrer : je ferai la plonge, je nettoierai les sols, n'importe quoi.
Impressionné par ma détermination et ma ténacité, Gavin haussa les épaules.

— D'accord, allons voir si on peut s'offrir ces billets, dit-il.
— Et je pourrai avoir un nouveau jouet ? intervint Jefferson.
Il avait englouti tout son lait et jusqu'à la dernière miette de sa tarte aux pommes.
— On verra, répéta Gavin.
Il avait effectivement assez d'argent pour acheter les billets jusqu'à Lynchburg mais après cela, il ne lui restait plus que vingt-sept dollars. Jefferson se mit à geindre quand nous lui dîmes que nous avions besoin du moindre sou pour manger et payer la course en taxi jusqu'aux Meadows. Finalement, Gavin le combla en lui achetant un jeu de cartes bon marché et en lui promettant de lui apprendre des douzaines de tours de passe-passe.

Nous dûmes encore attendre une bonne heure avant le départ du car. Et tandis que Jefferson s'amusait dans son coin avec ses cartes et qu'il ne nous accordait aucune attention, je racontai à Gavin ce que m'avait fait oncle Philippe en évitant les détails les plus sordides. Il m'écouta en ouvrant des yeux de plus en plus effarés. Son visage exprima d'abord la stupéfaction puis la pitié et enfin la colère quand je pleurai à nouveau.

— Nous devrions retourner là-bas prévenir la police ! Voilà ce qu'on devrait faire, dit-il.

Ses yeux sombres brillaient avec une telle intensité qu'on aurait dit du marbre poli.

— Non, Gavin. Je ne veux plus rien avoir à faire avec lui, ni avec ma tante et ses horribles jumeaux, gémis-je. D'ailleurs, ils trouveraient sûrement un moyen de tout embrouiller et de nous faire accuser, Jefferson et moi, de ce qui est arrivé. Je veux simplement m'éloigner d'eux le plus possible. Tout ira bien... tant que je serai avec toi, conclus-je.

Ses joues prirent une teinte écarlate puis il afficha un air mature et confiant qui me fit penser à papa.

— Plus personne ne te fera du mal, Christie, plus jamais, pas tant que tu seras avec moi, promit-il.

Je souris et il me prit dans ses bras. Je posai la joue sur son épaule.

— Je suis si heureuse que tu sois venu nous aider, Gavin. Je n'ai plus peur.

Je fermai les yeux. Je sentis son souffle sur mes cheveux puis le doux contact de ses lèvres. Je souris et me détendis. Miraculeusement, j'étais à nouveau emplie d'espoir.

En raison de la présence de Gavin qui parvenait à distraire Jefferson, notre trajet en car jusqu'à Lynchburg passa très rapidement. Il occupait Jefferson en lui faisant compter les voitures. Nous choisissions chacun une marque ou une couleur et gagnions un point dès que nous en apercevions une. La pluie qui nous avait poursuivis à New York s'en alla se perdre au-dessus de la mer et, pendant toute la fin du trajet, le ciel resta d'un bleu candide, à peine troublé par quelques nuages cotonneux. Néanmoins, le voyage était long : notre arrivée à Lynchburg était prévue en début de soirée. Au déjeuner, nous nous contentâmes d'une bricole afin d'économiser au maximum le restant de notre argent. Gavin proclama qu'il n'avait pas faim et avala une simple barre de chocolat. En arrivant à Lynchburg, il ne nous restait pourtant que dix-huit dollars.

Devant la petite gare routière, nous trouvâmes deux chauffeurs de taxi bavardant, adossés à une voiture. L'un d'eux était un homme grand et maigre au visage étroit et dur. L'autre était plus petit, avec un air doux et affable.

— Upland Station ? fit le grand. C'est à quatre-vingts kilomètres. Ça vous fera cinquante dollars, déclara-t-il.

— Cinquante ? Nous n'en avons pas autant, dis-je à regret.

— Combien avez-vous ? s'enquit-il.

— À peine dix-huit dollars, répondit Gavin.

— Dix-huit ! Passez votre chemin. Pas un chauffeur de taxi ne vous emmènera à Upland Station pour ce prix-là.

J'eus envie de pleurer. Être venus si loin pour rien ! Qu'allions-nous faire ?

— Attendez un peu, dit l'autre chauffeur tandis que nous commencions à nous éloigner, tête basse. J'habite à mi-chemin dans cette direction et il est temps que je rentre chez moi. Je veux bien vous emmener à Upland Station pour dix-huit dollars.

— Joe le Désespéré ferait n'importe quoi pour un dollar, commenta l'autre chauffeur, sarcastique.

— Merci, monsieur, dis-je.

Nous montâmes tous à l'arrière de sa voiture. C'était une vieille voiture avec des sièges déchirés et des vitres sales... mais elle roulait.

— Qui connaissez-vous à Upland Station, les gosses ? s'enquit le chauffeur. C'est presque une ville fantôme maintenant.

— Charlotte Booth. C'est ma tante. Elle vit dans une vieille plantation qui s'appelle Grand Prairie.

— Grand Prairie ? Oui, je connais, mais c'est en piteux état à présent. Je ne pourrai pas remonter l'allée privée. J'y laisserais mes pneus et mes amortisseurs. Vous devrez marcher depuis la route, dit-il.

Il continua de nous expliquer l'agonie de la petite ville, comment l'économie du Sud s'était délabrée et pourquoi les choses n'étaient plus les mêmes que dans son temps.

Il n'y avait pas de lune mais grâce à la clarté des étoiles nous discernions assez bien la campagne avoisinante. Au bout d'une demi-heure de route, d'épais nuages commencèrent à s'amasser au-dessus de nos têtes comme un rideau qui se dressait entre le paradis et nous. Les fermes et les petits villages s'espaçaient de plus en plus. J'avais l'impression que nous étions en train de quitter la réalité pour entrer dans un monde de rêve tandis que les ténèbres se refermaient sur la route devant nous. Les maisons isolées et les granges disparurent dans l'obscurité. Seuls quelques bouquets d'arbres dressaient leurs hautes silhouettes ici et là dans la lumière des phares, telles de gigantesques sentinelles. Tout cela n'avait rien de rassurant.

Jefferson se blottit contre moi. Nous ne rencontrions plus une seule voiture venant en sens inverse. C'était comme si nous nous dirigions vers les bords d'un gouffre et que, d'un instant à l'autre, nous allions être engloutis. La radio de la voiture se mit à émettre des crachotements d'électricité statique. Le chauffeur lui donna quelques petits coups de son index recourbé en maugréant, mais cela n'eut aucun effet. Il ne tarda pas à abandonner et l'éteignit. Nous poursuivîmes notre route dans un silence relatif jusqu'à ce que finalement une minuscule pancarte annonce Upland Station.

— Nous y voilà, dit le chauffeur. Upland Station. Si tu clignes des yeux, tu la rates.

Il éclata de rire.

Je ne me souvenais pas que c'était si petit. À présent, après la fermeture du supermarché, de la poste et du petit restaurant, le village ressemblait vraiment à une ville fantôme. Notre chauffeur nous conduisit un peu plus loin, jusqu'à l'entrée d'une longue allée privée menant à Grand Prairie. Nous nous arrêtâmes devant deux grands piliers surmontés d'une boule de granit mais rongés par les mauvaises herbes. Personne n'avait dû passer par là depuis des années.

— Je ne peux pas aller plus loin, annonça le chauffeur. La vieille plantation est au bout de ce chemin. Ça fait à peu près un kilomètre.

— Merci, fit Gavin en lui donnant toute notre fortune.

Nous descendîmes et il s'en fut. Dès que les feux arrière de sa voiture eurent disparu, il régna la plus totale obscurité. La nuit nous enveloppa si rapidement que je ne distinguais même plus les yeux de Gavin. Jefferson me serra la main comme s'il s'accrochait à la vie.

— Je veux rentrer à la maison, gémit-il.

— J'espère que quelqu'un vit encore là-bas, chuchota

Gavin. On risque de faire une longue marche dans le noir pour rien.

Un frisson me courut dans le dos. Et s'il avait raison ? Et s'il s'était passé quelque chose et qu'ils aient déménagé ?

— Non, il y aura quelqu'un, affirmai-je.

— Heu... sans doute, fit Gavin, ayant perdu de la confiance qui m'avait tellement rassurée jusqu'à présent.

Il me prit la main et nous avançâmes dans l'allée sombre et défoncée. Sous nos pieds, le sol était inégal, bosselé. Je trébuchai dans un trou. Gavin me retint.

— Je comprends pourquoi le chauffeur ne voulait pas s'aventurer sur ce chemin, grommela-t-il.

Quelque part dans la forêt, un animal poussa un cri sinistre. Je sursautai et me retournai pour voir ce que c'était.

— C'est simplement une chouette, me rassura Gavin. Elle nous annonce que nous sommes sur son territoire. En tout cas, c'est ce que dirait mon père.

Mes yeux commençaient à s'accoutumer à l'obscurité. Je discernais à présent la cime des arbres et les fourrés de part et d'autre de l'allée. J'eus à nouveau l'impression qu'il s'agissait de sentinelles veillant pour empêcher l'intrusion de visiteurs indésirables.

— J'ai froid, se plaignit Jefferson.

Il voulait en fait se serrer un peu plus contre moi. À présent que la chouette s'était tue, nous n'entendions que le bruit de nos pas sur le gravier.

— Je ne vois toujours aucune lumière, murmura Gavin.

Nous franchîmes alors un petit virage et une énorme masse sombre apparut. De noires cheminées de brique se découpèrent sur le ciel encore plus noir. La plantation ! On aurait dit un gigantesque monstre endormi, tapi dans les ténèbres.

— Ça ne me plaît pas, ici, gémit Jefferson.

— Ça te paraîtra beaucoup plus joli demain matin, promis-je.

C'était autant moi que lui que j'essayais de rassurer.

— Il y a de la lumière, dit alors Gavin avec soulagement. On dirait qu'ils utilisent des lampes à pétrole ou des bougies.

À travers les fenêtres du premier étage, j'aperçus effectivement quelques lueurs tremblotantes.

— Il y a peut-être eu un orage et les plombs ont sauté, suggérai-je.

— Non, il n'a pas plu depuis un bon moment, répondit-il. Le sol est complètement sec.

Sans nous en rendre vraiment compte, nous chuchotions.

À mesure que nous approchions de la maison, nous distinguions un peu plus clairement le grand porche de la plantation. Autour des immenses colonnes rondes, s'enroulait un lierre épais comme les tentacules d'une créature terrifiante qui aurait enserré la demeure dans son étreinte. Nous nous engageâmes entre deux hautes et larges haies et nous nous arrêtâmes devant le porche plongé dans les ténèbres.

— Tu sais ce que tu vas leur dire ? s'enquit Gavin.

Mais avant que je ne puisse répondre, une silhouette surgit soudain sur notre droite. L'homme tenait un fusil.

— Bougez plus, commanda-t-il, ou je vous troue la carcasse.

Jefferson me bondit presque dans les bras. Je poussai une petite exclamation de surprise et de peur. Gavin m'attira contre lui.

— Qui êtes-vous ? demanda l'homme. Vous faites partie de cette bande de gosses qui vient toujours nous casser les pieds ?

— Non, monsieur, répondit vivement Gavin.

— Je suis venue voir ma tante Charlotte, ajoutai-je tout aussi précipitamment.

— Ta tante Charlotte ? Qui es-tu ?

Il sortit de l'ombre et s'avança dans la faible lueur provenant d'une fenêtre. Il était grand et mince.

— Je m'appelle Christie. Je suis la fille d'Aurore, expliquai-je. Et voici mon petit frère Jefferson et le frère de mon père, Gavin.

— La fille d'Aurore ? (Il abaissa son fusil.) Ça alors ! Vous avez fait tout ce chemin depuis la côte ? demanda-t-il, incrédule.

— Oui, monsieur. Vous êtes Luther ?

— Pour sûr. Eh bien, si je m'attendais à ça... si je m'attendais... Comment êtes-vous arrivés jusqu'ici ? Où sont ton papa et ta maman ?

— Ils sont morts, lui appris-je. Ils ont été tués dans un terrible incendie à l'hôtel.

— Tués ? Comment ça ?

— Est-ce que nous pourrions entrer, Luther ? demandai-je. Nous avons voyagé toute la nuit et toute la journée.

— Oh, pour sûr, pour sûr. Entrez. Faites attention aux marches... dit-il avant de marmonner : Tués, ben ça alors...

Nous gravîmes rapidement les marches défoncées de l'énorme entrée. Nos chaussures claquaient sur les lattes disjointes du plancher du porche et je crois bien que des chauves-souris s'envolèrent du plafond. Luther nous devança pour nous ouvrir la porte. Un rai de lumière le frappa et je vis que sa chevelure noire striée de gris encadrait un visage incroyablement ridé. Il avait un long nez tombant et des yeux profondément enfoncés dans leurs orbites. Une barbe grise lui mangeait les joues et, en passant devant lui, je sentis l'odeur du tabac à chiquer.

— Entrez, nous pressa-t-il.

Nous nous retrouvâmes dans une vaste entrée menant à un corridor éclairé par des bougies et des lampes à pétrole. Un monumental escalier circulaire s'enroulait devant nous. Bouche bée, nous contemplâmes les immenses portraits de famille disposés sur les murs et Jefferson éclata de rire. Tous les visages de ces très sérieux gentlemen du Sud et de ces dames au sourire pincé avaient été transformés, certains diraient même ridiculisés. On avait ajouté des moustaches et des barbes à ceux qui n'en avaient pas... même les femmes ! Et on avait utilisé pour cela de la peinture jaune, rose ou rouge qui tranchait sur les teintes originales beaucoup plus déprimantes. Certains avaient à présent le visage couvert de points rouges comme s'ils étaient victimes de la rougeole ; d'autres portaient des lunettes ridicules et une femme arborait même un anneau vert dans le nez.

— C'est l'œuvre de Charlotte, expliqua Luther. Elle trouvait qu'ils avaient tous l'air triste et en colère. Emily doit encore s'en retourner dans sa tombe, ajouta-t-il en souriant, révélant une denture clairsemée.

— J'étais déjà venue ici, dis-je, mais je ne m'en souvenais pas.

— C'est rigolo, approuva Jefferson. Je pourrai faire un tableau, moi aussi ?

— Demande à Charlotte. Elle a encore des douzaines de portraits au grenier qu'elle compte « améliorer », dit Luther en gloussant.

— Où est tante Charlotte ? demandai-je.

— Oh, sûrement pas loin. Elle doit être en train de faire un peu de broderie ou d'arranger des bricoles dans la maison. Entrez dans le salon, là-bas, à votre droite, et faites comme chez vous pendant que je vais la chercher. C'est tous les bagages que vous avez ? demanda-t-il en faisant un signe vers Gavin.

— Oui, monsieur.

— On nous a volé nos affaires à la gare routière de New York, expliquai-je rapidement.

— New York ? Mmouais... Il paraît que ça se passe comme ça là-bas. On te tue ou on te vole dès que t'y poses le pied, marmonna Luther.

— Oh, ça peut arriver n'importe où si on ne veille pas sur ses affaires, confessai-je tristement.

Nous traversâmes le corridor. La demeure me paraissait encore plus vaste que dans mon souvenir. Au-dessus de nous étaient suspendus des lustres dont les boules de cristal luisaient dans la faible lueur des lampes à pétrole. Nous entrâmes dans le salon indiqué par Luther. Deux lampes à pétrole y étaient allumées, l'une sur une petite table ronde, l'autre près d'un sofa.

— Reposez-vous un moment ici, dit Luther avant de disparaître.

Nous contemplâmes la pièce. Sur le long divan en arc de cercle était posé le plus étrange patchwork que j'eusse jamais vu. On aurait dit que des dizaines de bouts de tissu, de chiffon et même de serviettes de bain avaient été cousus ensemble sans qu'on se soit soucié des couleurs ou des matériaux. Il en allait de même pour la couverture jetée sur le fauteuil qui lui faisait face.

Sur certains murs, je reconnus les broderies de tante Charlotte. Des représentations d'arbres, d'enfants, d'animaux domestiques et sauvages étaient suspendues un peu n'importe comment. Comme si tante Charlotte les avait mis là où elle trouvait de la place. Au milieu des broderies on trouvait encore quelques tableaux, des portraits ou des paysages de campagne.

— Regardez ça ! s'écria Jefferson.

L'objet qui avait suscité son admiration était une vieille horloge que tante Charlotte avait « restaurée » : chacun des chiffres avait été remplacé par un dessin représentant un oiseau différent. Le douze était un hibou, le six une poule. Il y avait aussi des canaris, des rouges-gorges, un merle et même un perroquet. Tous étaient de couleurs très vives.

— Mais qu'est-ce qui se passe dans cette maison ? s'exclama Gavin.

Je ne sus quoi lui répondre.

— Bonjour, tout le monde ! Bonjour, bonjour, bonjour ! fit une voix pétulante derrière nous.

Nous fîmes volte-face pour accueillir tante Charlotte. Elle portait ce qui ressemblait à un sac à pommes de terre sur lequel étaient cousus des rubans de toutes les couleurs. Aussi petite et potelée que dans mon vague souvenir, elle se coiffait toujours de deux couettes, l'une serrée dans un nœud jaune, l'autre dans un nœud orange. Compte tenu de sa chevelure désormais grise, l'effet était saisissant. Malgré ses rides, il y avait quelque chose d'enfantin dans son sourire, et ses grands yeux bleus brillaient comme ceux d'une écolière. En guise de chaussures, elle arborait des pantoufles d'homme marron, chacune peinte d'une ligne blanche sur les côtés et d'un gros pois blanc à l'emplacement du pouce.

— Bonjour, tante Charlotte, dis-je. Tu te souviens de moi ?

— Bien sûr. Tu es le bébé qui est né ici. Et maintenant tu viens me rendre visite. J'en suis très heureuse. Cela fait si longtemps que nous n'avons pas eu de visite. Emily détestait les visiteurs. Si quelqu'un venait nous voir, elle disait toujours que nous étions trop occupés ou que nous n'avions pas de place.

— Pas de place ? s'étonna Gavin.

Tante Charlotte se pencha pour lui confier à l'oreille :

— Emily mentait, mais elle ne trouvait pas ça mal. Eh bien, maintenant, elle ment dans une tombe toute froide, n'est-ce pas, Luther ?

— Une tombe glacée, dit-il.

— À nous, maintenant ! poursuivit Charlotte. Nous allons d'abord vous installer dans les meilleures chambres de la maison, comme cela, après, nous pourrons bavarder et bavarder, jusqu'à en avoir la gorge toute sèche.

— Ils doivent avoir faim et soif après un si long voyage, fit Luther. Je vais leur préparer quelque chose pendant que tu les emmènes en haut, Charlotte.

— Oh oui, oui, dit-elle en tapant dans ses mains. Venez avec moi.

Elle sortait déjà. Luther s'approcha très vite de moi.

— Je ne lui ai pas encore dit pour tes parents. Il vaut

mieux lui expliquer plus tard quand vous reviendrez à la cuisine. J'aimais beaucoup ta maman, ajouta-t-il. Elle nous a toujours très bien traités.

— Merci, Luther, dis-je avant de me précipiter derrière Charlotte qui trottinait à toute vitesse et babillait comme si nous étions toujours à ses côtés.

— Luther dit que nous devons faire certaines choses que nous obligeait à faire Emily, comme de ne pas utiliser l'électricité parce que cela coûte trop cher. C'est vrai que la maison est très grande, ajouta-t-elle en riant. Mais ça m'est égal d'utiliser des bougies et des lampes à pétrole. C'est juste qu'il faut se souvenir de les remplir tout le temps. Je déteste ça. Et vous, cela vous plaît de remplir des lampes ? demanda-t-elle en s'arrêtant.

— Nous n'avons pas de lampes comme celles-ci à Cutler's Cove, répondis-je.

— Oh... (Elle baissa les yeux vers Jefferson.) Bonjour, j'ai oublié de te demander ton nom.

— C'est Jefferson.

— Jefferson... Jefferson, répéta-t-elle avant d'examiner les murs. Oh, il y a quelqu'un par là qui s'appelle aussi Jefferson.

— Quelqu'un ? demanda mon petit frère, perplexe.

— Tante Charlotte veut sans doute parler d'un portrait, lui expliquai-je.

— Oui, un portrait. C'était heu... un président.

— Jefferson Davis, proposa Gavin.

— Oui, dit-elle en applaudissant. C'est bien lui. Je vais vous le montrer. Oh, et toi, comment t'appelles-tu ?

— Gavin, madame, répondit-il en souriant. Vous n'auriez pas un Gavin quelque part ?

Elle réfléchit quelques secondes avant de secouer la tête d'un air déçu, mais elle retrouva bien vite sa gaieté.

— Je sais. Je vais faire ton portrait en broderie et le mettre dans un cadre en argent. Tu n'auras qu'à trouver ton coin.

— Mon coin ?
— Là où tu veux que je te mette, expliqua-t-elle.
— Oh...
Gavin hocha la tête et m'adressa un grand sourire. Tante Charlotte repartit et nous nous lançâmes aussitôt à sa poursuite.
— Je change la maison, reprit-elle. Emily en avait fait un endroit déprimant. Elle trouvait que c'était mal de vivre dans une maison gaie et claire. Mais Emily est partie... (Elle se tourna vers nous.) Elle est morte et s'est envolée sur un balai. C'est ce que dit Luther. Il l'a vue s'envoler.
— Il l'a vue ! s'exclama Jefferson.
Elle hocha sentencieusement la tête et se pencha vers lui.
— Parfois, quand il fait très froid et très noir dehors, Emily vole autour de la maison en gémissant et en criant, mais alors nous fermons hermétiquement toutes les fenêtres et elle ne peut pas entrer.
Elle se redressa tandis que Jefferson me contemplait avec stupéfaction. Mon sourire ne dissipa guère son anxiété.
Nous avions gravi l'escalier. Sur le palier, Charlotte s'arrêta et hocha le menton vers l'aile située à notre droite : elle était complètement plongée dans l'obscurité.
— C'est là que vivait ta mère et où tu es née. Demain matin, je te montrerai la chambre, si tu le désires.
— Oh oui, s'il vous plaît, tante Charlotte.
— Nous habitons de ce côté, expliqua-t-elle en s'engageant dans la partie du couloir éclairée par des lampes à pétrole.
Ici aussi, les murs étaient couverts des œuvres de Charlotte : peintures bariolées, broderies accrochées dans tous les sens et parfois les unes sur les autres. Nous passâmes devant une petite table recouverte par ce qui semblait être un drap de lit sur lequel on avait dessiné une tête de clown.

Malgré la façon anarchique dont tout cela était disposé, les interventions de Charlotte étaient souvent remarquables. Jefferson, c'était visible, appréciait toutes ces couleurs et ces constructions et je commençai à me demander si la décoration apparemment puérile de Charlotte n'avait pas quelque valeur. Elle avait en tout cas transformé cette maison sombre et caverneuse en une demeure gaie et vivante. Et tandis que d'autres exemples de son art s'offraient à nos yeux — des jarres et des vases repeints avec des teintes éclatantes et des motifs joyeux, des lanternes de papier pendant du plafond et des bandes de papier crépon de toutes les couleurs collées aux murs —, j'avais l'impression que nous nous étions égarés dans le monde bizarre et fou du pays des Merveilles d'Alice.

— Ici, c'était la chambre de mes parents, annonça Charlotte en s'arrêtant devant une porte, et... les voilà.

Elle nous montrait deux portraits cloués au mur d'en face. Elle ne les avait pas « détournés », même si ni M. ni Mme Booth n'étaient particulièrement souriants. En fait, ils paraissaient tous les deux furieux et agacés de devoir poser. Charlotte ouvrit la porte.

— Je garde toujours une lampe allumée ici, expliqua-t-elle. Pour le cas où leurs esprits reviendraient. Il ne faudrait pas qu'ils se cognent quelque part, conclut-elle en riant.

Jefferson roula à nouveau de gros yeux.

C'était une pièce immense, avec un grand lit en chêne à baldaquin. Ses quatre piliers montaient presque jusqu'au plafond et la tête de lit ressemblait à une énorme demi-lune. Les oreillers et les couvertures s'y trouvaient encore, ainsi que d'épaisses toiles d'araignée. À l'autre bout de la pièce, une imposante cheminée en pierre de taille était encadrée par deux grandes fenêtres. Les longs rideaux étaient soigneusement tirés et semblaient alourdis par la poussière et la saleté qui s'y étaient accumulées pendant des années et des années. Au-dessus de la cheminée se trouvait un portrait de M. Booth jeune homme. Il tenait son fusil dans une main et plusieurs canards dans l'autre.

    De nombreux meubles anciens et superbes occupaient l'espace et sur la table de nuit près du lit il y avait une vieille paire de lunettes posée sur une grosse bible. J'échangeai un regard avec Gavin en apercevant sur la table de la coiffeuse des brosses, des peignes, des flacons et des pots de crème de beauté dont certains étaient encore ouverts. C'était comme si on avait laissé cette chambre dans l'état exact où elle se trouvait à la mort du père de Charlotte. Je me souvenais que sa mère était décédée bien plus tôt. Charlotte referma la porte et nous continuâmes notre exploration.

    — Ici, c'était la chambre d'Emily, chuchota-t-elle. Je n'y laisse pas de lampe. Je ne veux pas que son esprit revienne rôder dans la maison.

    Nous passâmes donc cette porte, puis une deuxième et une troisième.

    — Luther et moi dormons ici. Bon, maintenant, dit-elle en s'arrêtant, voilà deux belles chambres pour les invités.

    Elle pénétra dans une pièce pour y allumer une lampe. La chambre possédait deux lits à une place, séparés par une table de nuit. Il y avait une grande fenêtre à côté de chaque lit.

    — Ici, c'est un placard, expliqua Charlotte, et cette autre porte mène à la chambre voisine. C'est bien, n'est-ce pas ?

    Nous acquiesçâmes en chœur tout en examinant la pièce contiguë. Elle était quasiment identique.

    — Jefferson va-t-il dormir avec toi ou bien avec Gavin ? s'enquit Charlotte.

    — Que préfères-tu, Jefferson ?

    — Je dormirai avec Gavin, annonça-t-il avec une mimique bravache et très masculine qui me fit sourire.

    Il n'allait pas admettre qu'il avait peur de ne pas dormir avec sa grande sœur.

— Tant qu'il ne ronfle pas... se moqua gentiment Gavin avant d'indiquer la deuxième pièce. Nous prendrons celle-ci.

— La salle de bains est juste de l'autre côté du couloir, dit Charlotte. Il y a des serviettes... Il y en a toujours. Et il y a du savon aussi, du bon savon, pas celui qu'Emily nous forçait à utiliser. Et nous avons à nouveau de l'eau chaude, même si ça casse de temps en temps et que Luther doit aller réparer. Vous voulez vous changer ? demanda-t-elle.

— Nous avons un petit problème, tante Charlotte, dis-je. En attendant Gavin à New York, nous nous sommes fait voler toutes nos affaires, Jefferson et moi.

— Oh, ma pauvre chérie, fit-elle, les mains sur la gorge, comme c'est triste ! Eh bien, reprit-elle en retrouvant très vite son sourire, demain nous vous chercherons de nouveaux vêtements. Nous irons au grenier. Il y a des malles et des malles d'habits là-haut, y compris des chaussures, des chapeaux, des gants et des manteaux. D'accord ?

— Euh... oui, fis-je, hésitante, en lançant un regard à Gavin qui haussa discrètement les épaules.

— Maintenant, retournons vite à la cuisine pour que vous mangiez quelque chose et que tu me racontes tout ce qui s'est passé depuis le jour de ta naissance jusqu'à aujourd'hui.

— Cela risque d'être un peu long, tante Charlotte, fis-je avec bonne humeur.

— Oh, fit-elle avec une tristesse soudaine, tu dois rentrer chez toi bientôt ?

— Non, tante Charlotte. Je ne veux plus jamais rentrer chez moi.

Elle ouvrit de grands yeux.

— Tu veux dire que tu veux rester ici pour toujours ?

— Pour aussi longtemps que possible.

— Alors, déduisit-elle tranquillement, ça veut dire pour toujours. (Elle applaudit joyeusement.) Oui, pour toujours.

Nous la suivîmes dans le couloir. Elle prit Jefferson par la main pour lui expliquer comment il allait s'amuser à explorer la maison et les alentours. Elle lui parla des lapins et des poulets, et même du renard qui rôdait autour du poulailler. À la cuisine, nous trouvâmes Luther qui nous préparait des sandwiches au fromage et du thé. Charlotte ouvrit une boîte et en sortit des beignets qu'elle avait faits elle-même.

— Juste après la mort d'Emily, expliqua-t-elle, nous sommes allés en ville pour acheter dix kilos de sucre, n'est-ce pas, Luther ? (Il hocha la tête.) Et nous en achetons tout le temps maintenant. Emily ne nous permettait jamais d'avoir du sucre, c'est vrai, hein, Luther ?

— Emily n'est plus ici. Bon débarras, déclara-t-il.

Nous prîmes place tous les trois à table pour avaler nos sandwiches tandis que Charlotte continuait à nous raconter tout ce qu'elle avait fait depuis la mort d'Emily. Elle s'était aventurée dans des parties de la maison qu'Emily lui avait toujours interdites ; elle avait ouvert des malles et des tiroirs ; elle mettait du parfum et du rouge à lèvres quand ça lui chantait. Et surtout, elle pouvait broder et peindre autant qu'elle le désirait.

— Est-ce que tu aimes peindre, Jefferson ? demanda-t-elle.

Il leva vivement les yeux.

— Je sais pas. Je ne l'ai jamais fait, dit-il.

— Eh bien, il faudra que tu essaies maintenant que tu es ici. Demain, je te montrerai mes pinceaux et mes couleurs. Luther m'a même arrangé un véritable atelier, n'est-ce pas, Luther ?

— C'était le bureau d'Emily, annonça-t-il gaiement. J'ai simplement mis toutes ses affaires à la cave et installé tout le matériel de Charlotte.

— Est-ce que tu as jamais fait des colliers de perles, Jefferson ? s'enquit Charlotte. (Il secoua la tête.) Oh, tu vas vraiment t'amuser ici. Et j'ai des tonnes de pâte à modeler aussi.

— C'est vrai ?
Une fois de plus, elle tapa dans ses mains.
— Oui. J'ai une idée. On va te donner une pièce pour toi tout seul, et tu pourras tout peindre dedans comme tu en auras envie.
— Ouah ! s'exclama Jefferson, les yeux brillants d'excitation.
Puis tante Charlotte se décida enfin à s'asseoir. Elle croisa les doigts sur la table et nous examina un bon moment sans rien dire.
— Bon, fit-elle enfin, quand ton papa et ta maman viendront-ils vous chercher ?
Je reposai mon sandwich dans mon assiette.
— Ils ne viendront pas, tante Charlotte. Il y a eu un terrible incendie à l'hôtel et ils sont morts. Nous ne pouvons plus vivre là-bas.
— Oh, ma chérie ! Morts, tu dis ? (Elle se tourna vers Luther qui hocha la tête.) Oh, comme c'est triste pour vous, pour tout le monde. (Elle regarda affectueusement Jefferson.) Eh bien, nous ne laisserons pas la tristesse envahir les Meadows. Nous lui fermerons la porte au nez. Nous nous amuserons beaucoup, nous ferons des gâteaux et des cookies, et nous trouverons plein de nouveaux jeux, et nous écouterons de la musique.
— Ma sœur joue du piano, se vanta Jefferson.
— Vraiment ? (Tante Charlotte tapa encore une fois dans ses mains.) Nous avons un piano au salon, n'est-ce pas, Luther ?
— Il doit être tout poussiéreux et désaccordé maintenant, mais c'est un bon piano, dit-il. La mère de Charlotte avait l'habitude d'en jouer après le dîner. (Il s'arrêta tout en me regardant.) Il y a bien quelqu'un qui s'occupe de vous, hein, les enfants ? Ils ne vont pas venir vous chercher ?
Gavin et moi échangeâmes un regard, puis je secouai la tête.

— Ils ne savent pas où nous trouver.
— Vous vous êtes enfuis, n'est-ce pas ?
Je n'eus pas à répondre. C'était écrit sur nos visages.
— S'il vous plaît, laissez-nous rester un peu, Luther. Nous ne vous donnerons aucun souci.
— Non, monsieur, je vous l'assure, renchérit Gavin. Et je serais heureux de vous aider à travailler à la plantation.
— Tu as déjà travaillé dans une ferme ? s'enquit Luther.
— Un peu, répondit Gavin.
— Eh bien, nous avons du foin à mettre en bottes, du maïs à moissonner, des porcs et des poulets à nourrir, du bois de chauffage à couper. Fais voir un peu tes mains.
Il prit les mains de Gavin et les tourna, paumes vers le haut, avant de lui montrer les siennes.
— Tu vois ces cals ? C'est ce qu'on attrape en travaillant à la ferme.
— Je n'ai pas peur d'avoir les mains calleuses, répliqua Gavin avec force.
Luther hocha la tête et parut sur le point de sourire.
— Ici, nous vivons de ce que nous récoltons, nous apprit-il.
— Je veux aider, moi aussi, affirma Jefferson.
Charlotte éclata de rire.
— Il peut apprendre à ramasser les œufs, dit-elle.
Le visage de mon petit frère s'illumina.
— Et je peux aider aux tâches ménagères, dis-je à mon tour.
Malgré la faible lumière dispensée par les lampes à pétrole, il était évident que la maison avait besoin d'un drôle de nettoyage.
— Nous ne serons pas un fardeau, ajoutai-je.
— Bien sûr que non, ma chérie, approuva Charlotte. Ils peuvent rester, n'est-ce pas, Luther ?
— Je suppose. Pour un moment, en tout cas.
Charlotte applaudit de joie.

— Oh, je sais, fit-elle, dès que vous aurez fini de manger, tu essaieras le piano.

— Ils sont fatigués, Charlotte. Ils devraient se reposer, intervint Luther.

— Juste un peu, gémit-elle d'une voix enfantine. Tu veux bien jouer un peu, ma chérie ?

— Oui, bien sûr.

Nous avalâmes notre thé et quelques beignets — qui étaient délicieux —, puis Charlotte, main dans la main avec Jefferson, nous conduisit au salon. J'étais heureuse : il l'avait très vite adoptée et ne semblait plus intimidé ni effrayé.

Un choc nous attendait au salon : c'était la pièce la plus incroyable de toutes. Charlotte en avait repeint les murs, l'un en jaune, l'autre en bleu, le troisième en vert et le quatrième en rose vif. À la place des tableaux, elle avait accroché aux murs de vieux vêtements avec des chaussures et des bottes qui pendaient sous les pantalons et les jupes. Dans un coin, elle avait fabriqué un étalage d'accessoires et de bijoux. Elle avait peint les pieds des chaises et des tables, chacun d'une couleur différente pour s'accorder à celles de murs. Ici et là, on avait éclaboussé de peinture le plancher et même l'encadrement des fenêtres.

Gavin et moi en restâmes bouche bée.

— Charlotte voulait que cette pièce devienne la pièce du Bonheur, expliqua Luther.

— Emily nous interdisait toujours de venir ici, dit-elle. Elle avait peur qu'on y mette du désordre, ajouta-t-elle avec un petit rire hoquetant.

Jefferson se tournait dans tous les sens, riant d'excitation.

— Je pourrai en faire autant ? demanda-t-il.

— Bien sûr, répondit Charlotte. Demain, nous te choisirons une pièce et tu décideras des couleurs.

— Je ne sais pas si c'est une bonne idée, tante Charlotte, intervins-je.

— Bien sûr que c'est une bonne idée, ma chérie. C'est un petit garçon et les petits garçons ont besoin d'avoir des occupations de petits garçons. N'est-ce pas, Luther ?

— Oh, moi, ça me dérange pas, dit-il. Si Emily était ici, elle en mourrait une deuxième fois.

Comme il avait dû la haïr, pensai-je.

— Maintenant, asseyons-nous et écoutons Christie jouer du piano, décida Charlotte en invitant Jefferson à s'installer auprès d'elle sur le divan.

Gavin me sourit.

— C'est le moment de mériter ton souper, me chuchota-t-il avant de les rejoindre.

Luther resta dans l'entrée.

J'allai jusqu'au grand piano. Charlotte l'avait épargné, laissant au bois sa couleur naturelle. Je fus étonnée de constater que malgré l'épaisse couche de poussière qui le recouvrait, il sonnait encore juste.

— Tu peux jouer « Joyeux Anniversaire » ? demanda Charlotte. On ne me l'a plus joué depuis si longtemps.

— Oui, dis-je avant de m'exécuter.

À ma grande surprise, Luther se mit à chanter de plus en plus fort avant de rugir au refrain :

— Joyeux anniversaire, Charlotte ! Joyeux anniversaire !

Elle riait et applaudissait et je surpris le regard énamouré que lui lança Luther.

J'entamai ensuite un morceau de Brahms. Les yeux de Jefferson commençaient à se fermer. Charlotte avait passé un bras autour de son cou et il se laissa aller contre son épaule. Quand j'eus terminé, il dormait profondément. Je hochai le menton vers lui et Charlotte roula de gros yeux avant de murmurer :

— Chut...

Gavin prit mon petit frère dans ses bras et le porta jusqu'à leur chambre. Charlotte nous suivait.

— Je vais chercher une des chemises de nuit de Luther pour lui, dit-elle.

Elle nous quitta en trottinant. Avec l'aide de Gavin, je déshabillai Jefferson. Épuisé, il ne se réveilla même pas. Charlotte revint avec une chemise de nuit en flanelle. Elle était bien trop grande pour Jefferson mais il y serait à l'aise et au chaud. Nous la lui enfilâmes avant de le mettre au lit.
— Je peux te donner une des miennes, me dit alors Charlotte.
Je lui répondis que je pouvais très bien dormir avec mes sous-vêtements.
— Bon, alors, je vais dormir, moi aussi. Demain, nous aurons une grosse journée. Tant à faire et si peu de temps pour le faire, comme disait Emily. Elle avait raison là-dessus. Parfois, Emily avait raison, même si Luther ne supporte pas que je le dise, chuchota-t-elle. Bonne nuit, mes chéris. Dormez bien et ne laissez pas le Grand Méchant Loup vous manger, ajouta-t-elle en éclatant de rire.
Elle disparut en trottinant. Elle ne semblait jamais se déplacer autrement.
Je passai la première dans la salle de bains puis je rampai dans mon lit et soufflai la lampe à pétrole. L'obscurité envahit la chambre mais le ciel s'était dégagé et la douce clarté des étoiles baignait la pièce. Je tendais l'oreille pour écouter Gavin. Je l'entendis retourner dans sa chambre. Quelques secondes plus tard, je perçus un petit grattement à la porte de communication.
— Oui ?
— Tu vas bien ?
— Humm...
— Je peux venir te dire bonne nuit ?
— Bien sûr.
Il entrouvrit la porte un peu plus largement. La lumière brûlait encore dans leur chambre et je le distinguai clairement. Il ne portait que ses sous-vêtements. Il s'agenouilla au bord du lit, si bien que son visage se retrouva tout près du mien.
— C'est drôle ici, n'est-ce pas ? Je veux dire... la gentillesse de Charlotte et tout ça... on dirait qu'on est dans un autre monde.

— Oui, mais je suis contente. Je hais le monde dans lequel nous étions avant.

Gavin hocha la tête, comprenant à quoi je faisais allusion.

— Nous ne pourrons pas toujours rester ici, tu sais.

— Je sais, mais j'aimerais rester aussi longtemps que possible. D'ailleurs, cela promet d'être amusant. Nous les aiderons. Ce sera drôle. On pourra faire semblant de croire que cette plantation est la nôtre.

— Tu veux dire comme le seigneur et la dame d'un manoir ? demanda-t-il.

— Oui.

Il rit.

— Jefferson semble heureux. D'accord, enchaîna-t-il, on peut essayer. Et je ferais mieux de te dire bonne nuit.

— Bonne nuit, Gavin. Je suis si heureuse que tu sois venu à notre aide et que tu restes ici avec nous.

— Moi aussi, je suis heureux d'être là, dit-il avant de m'embrasser sur la joue. Bonne nuit, Christie, répéta-t-il, mais il ne s'éloigna pas.

Je tournai la tête vers lui de façon à lui offrir doucement mes lèvres. Il les effleura puis il passa tendrement sa main sur mes cheveux avant de se redresser.

Au moment où il se retournait pour s'en aller, je surpris un mouvement, une ombre à la fenêtre. Je sursautai.

— Gavin ! m'écriai-je.

Il fit volte-face.

— Qu'y a-t-il ?

— Il y avait quelqu'un à la fenêtre, dis-je en me rasseyant dans le lit.

— Quoi ?

Il alla à la fenêtre, l'ouvrit et regarda de part et d'autre.

— Je ne vois personne.

— Gavin ?

— Chut, dit-il en tendant visiblement l'oreille, puis il referma la fenêtre. J'ai cru entendre des bruits de pas sur le toit mais je crois que c'est le vent. Oui, c'est le vent. Tu as dû voir une ombre, c'est tout.

— Il n'y a pas de lune, il ne peut pas y avoir d'ombre, Gavin.

— Alors, c'est ton imagination... Toutes ces histoires à propos d'Emily sur un balai. Tu as peur ? Ça va aller ?

Je regardai par la fenêtre. J'étais certaine d'avoir aperçu quelque chose mais je ne voulais pas gâcher notre première nuit ici.

— Oui, ça ira.
— Bonne nuit, alors.

Il repartit.

— Gavin ?
— Oui ?
— Laisse la porte entrouverte.
— Bien sûr.

Après son départ, je restai allongée dans le noir, les yeux ouverts, me tournant de temps en temps vers la fenêtre. Je ne vis plus rien, ni ombre ni tête, et mes paupières s'alourdirent. Finalement, je sombrai dans le sommeil.

Mais soudain, au beau milieu de la nuit, je me réveillai avec la certitude que quelqu'un m'avait observée, que ce quelqu'un avait même pénétré dans ma chambre !

12

À travers le miroir

— Debout, debout, tout le monde ! Allez, c'est l'heure, bande de marmottes !

C'était la voix de tante Charlotte qui chantait dans le couloir. Puis elle éclata de rire. Quelques secondes plus tard, je me risquai à ouvrir un œil. Le nez à la porte, Jefferson me surveillait. Dès qu'il me vit réveillée, il bondit dans ma chambre, s'empêtrant dans son immense chemise de nuit blanche.

— Lève-toi, Christie, lève-toi, dit-il en me secouant énergiquement. Gavin n'arrête pas de se plaindre. Il ne veut pas se lever.

J'avais bien envie de me plaindre, moi aussi. Je gémis intérieurement puis me frottai les yeux. Le soleil ruisselait dans la chambre, changeant en minuscules joyaux les particules de poussière qui dansaient au ralenti dans ses rayons.

— Nous avons eu une rude journée hier, Jefferson, me défendis-je. Et nous sommes encore fatigués.

— Je ne suis pas fatigué, moi, déclara-t-il. Je veux prendre mon petit déjeuner et aller faire des peintures avec tante Charlotte. Elle nous appelle. Allez, lève-toi.

Il faisait de son mieux pour m'arracher le bras.

— D'accord, d'accord, maugréai-je.

Je respirai un bon coup et jetai un regard vers la fenêtre. Soudain, je me souvins que je m'étais sentie observée.

— Va te laver et je t'aiderai à t'habiller.

Il souleva sa chemise de nuit pour pouvoir courir, pieds

nus, jusqu'à la salle de bains. Dès qu'il eut disparu, j'enfilai ma jupe et mon chemisier. J'entendis alors un coup léger frappé à la porte. Gavin était levé et habillé.

— Tu sais qu'il est à peine six heures et demie du matin ? se lamenta-t-il, les paupières en berne. Tu vas bien ? Plus de cauchemars ?

Il bâilla.

— Ce n'étaient pas des cauchemars, Gavin. Quelqu'un nous surveillait par la fenêtre hier soir. (Il sourit.) Il y avait quelqu'un. Je pense même qu'il est revenu plus tard quand nous dormions !

— D'accord, d'accord. (Il se frotta l'estomac.) Tu sais, j'ai une faim de loup. Je me demande ce qu'ils prennent au petit déjeuner.

Jefferson réapparut illico. Il semblait déjà en pleine forme et avait même essayé de se peigner correctement. Je l'aidai à s'habiller tandis que Gavin faisait sa toilette. Je fus la dernière à passer dans la salle de bains. Dans la cuisine, nous trouvâmes Luther aux prises avec une énorme portion d'œufs au bacon. Charlotte portait un autre de ses sacs à pommes de terre décorés suivant ses goûts très personnels, celui-ci de différentes couleurs et arborant des boutons de toutes tailles. Elle avait cousu un large ruban rose sur chaque épaule.

— Bonjour, tout le monde. Avez-vous bien dormi ? demanda-t-elle. Le marchand de sable était ici, hier soir. Je l'ai entendu marcher dans la maison, pas vous ?

— Oh, ainsi donc c'était lui, dit Gavin, une lueur taquine dans les yeux.

Il attendit de voir si j'allais leur parler du visage à la fenêtre.

— Je n'ai pas entendu le marchand de sable, fit Jefferson, déçu.

— C'est parce que tu dormais déjà et qu'il n'a pas eu besoin de te lancer un peu de sable d'or dans les yeux, expliqua Charlotte. À présent, asseyez-vous tous. Il faut prendre d'abord un bon petit déjeuner pour pouvoir bien travailler ensuite, n'est-ce pas, Luther ?

Celui-ci grommela une vague approbation avant d'avaler d'un coup son bol de café et de se lever.

— Je suis dehors, déclara-t-il en regardant Gavin, près de la grange.

— Je vous rejoins dès que j'ai terminé le petit déjeuner, promit Gavin.

Luther hocha la tête et s'en fut.

— Tout le monde veut des œufs et du bacon ? s'enquit Charlotte. Je les fais toujours cuire au plat, comme ça, on dirait des petits soleils.

— Ça sent très bon, tante Charlotte, déclarai-je. Je peux t'aider ?

— Tout est fait. Asseyez-vous et laissez-moi vous servir comme j'ai servi mon papa et Emily pendant des années.

Elle nous gratifia de très généreuses portions avant de s'asseoir à nos côtés et de nous décrire sa vie de jeune fille.

— Quand papa est mort et qu'Emily est devenue le chef ici, tout a changé, conclut-elle tristement. Nous n'avions même plus droit à des petits déjeuners comme celui-ci. Emily vendait tous nos œufs à l'épicerie d'Upland Station.

— Et grand-mère Cutler ? demandai-je.

— Grand-mère Cutler ?

— Ton autre sœur, Lillian ?

Une expression étrange, pensive, lui envahit les traits.

— Oh, elle était déjà mariée et partie, quand j'étais toute petite. Je l'ai à peine connue. Mais Emily se plaignait toujours d'elle. (Elle se pencha vers nous.) Emily se plaignait toujours de tout, chuchota-t-elle comme si Emily se trouvait dans la pièce et pouvait l'entendre.

Puis elle tapa dans ses mains et sourit.

— Bon, d'abord, je vais montrer les peintures et les pinceaux à Jefferson pour qu'il puisse jouer et, tout à l'heure, nous monterons au grenier vous chercher des habits. Vous êtes d'accord ? Ça va être drôle, n'est-ce pas ?

— Oui, tante Charlotte, dis-je.

Je détaillai la cuisine. Il y avait des assiettes sales dans l'évier et le sol donnait l'impression de ne pas avoir été nettoyé depuis des semaines, sinon des mois. Les fenêtres étaient maculées de poussière et de suie.

— J'essaierai aussi de t'aider à faire le ménage, ajoutai-je.

— Bien, bien, fit-elle en éclatant de rire. Nous allons bien nous amuser, comme quand j'étais jeune et que nous avions cette belle chienne qui s'appelait Lady et qui venait me lécher le nez tous les matins pour me réveiller.

Gavin me regarda en souriant. Malgré son âge, tante Charlotte était restée une petite fille, mais cela ne m'inquiétait pas. Je me sentais en sécurité ici, aussi en sécurité que dans une bulle magique. J'avais enfin échappé à la malédiction des Cutler.

Après le petit déjeuner, Gavin sortit aider Luther et Charlotte emmena Jefferson dans son « atelier ». Je fis la vaisselle et nettoyai la table. Après, je partis en exploration dans la maison. À mi-chemin dans le corridor, je m'arrêtai en croyant entendre quelqu'un derrière moi. Je me retournai. Personne... mais un rideau bougeait.

— Qui est là ? demandai-je.

Personne ne répondit. J'en eus la chair de poule et je me dépêchai de rejoindre Charlotte et Jefferson. En chemin, je m'aperçus que Charlotte avait même repeint de rose, de blanc, de rouge et de jaune des fleurs fanées, et avait disposé ces étranges bouquets dans des vases placés un peu partout. C'était comme si elle essayait de faire entrer un arc-en-ciel dans cette maison autrefois si grise et si morne.

Je les trouvai dans une petite pièce à côté de la bibliothèque. Quand je passai la tête par la porte, Charlotte leva les yeux de son ouvrage de broderie et sourit. Jefferson était en plein travail : il repeignait un mur. Bien sûr, il était déjà couvert de peinture.

— Nous nous amusons beaucoup, déclara Charlotte, le

visage rayonnant, avant d'ajouter très vite : C'est normal qu'un petit garçon ne soit pas toujours très propre.

— Tu as bien raison, tante Charlotte. Au fait, est-ce que tu voudrais bien me montrer la pièce où je suis née et où maman a vécu ?

— Oui. Mais c'est la Mauvaise Chambre, dit-elle en se levant. J'y suis allée une fois, moi aussi.

— La Mauvaise Chambre ?

— Tu vas voir, dit-elle en me précédant dans l'escalier.

Quand elle ouvrit la porte, je compris immédiatement la raison d'un tel nom. On aurait dit une cellule de prison. Il s'agissait d'une petite pièce avec un lit étroit coincé contre un mur, en fait un simple matelas en mauvais état posé sur un cadre métallique. Sur une table de nuit grossière, se trouvait une lampe à pétrole qui n'avait pas servi depuis des années. Dans cette pièce ne vivaient plus désormais que des araignées. Les murs étaient d'un gris sale presque noir. Il n'y avait ni fenêtre ni miroir. À droite, une porte donnait sur une petite salle de bains. Les robinets du lavabo et les tuyaux étaient mangés par la rouille. La vasque était noire de crasse.

Contemplant cette chambre sordide, je compris la tristesse et la terreur que ma mère avait dû éprouver à être enfermée ici. Elle avait accouché dans ce bouge ! Comme elle avait dû se sentir seule et abandonnée ! Il n'y avait pas de soleil, pas d'air frais, rien à regarder que ces murs lugubres. Elle avait dû se sentir comme une prisonnière expiant quelque terrible crime.

— Tu as raison de l'appeler la Mauvaise Chambre, tante Charlotte, dis-je avant de me souvenir de ce qu'elle avait ajouté : Pourquoi as-tu été enfermée ici ?

— J'ai été vilaine, moi aussi, dit-elle. J'ai eu un bébé dans mon ventre.

— Un bébé ? Que lui est-il arrivé ? Était-ce un garçon ou une fille ?

— Un garçon. Emily disait que le diable l'avait repris.

Il avait la marque du diable ici, sur la nuque, expliqua-t-elle en se tournant pour me montrer l'endroit exact sur son cou.

— La marque du diable ?

— Oui, oui, acquiesça-t-elle en hochant la tête avec emphase. On aurait dit un sabot. Et Emily disait que, bientôt, il lui pousserait une queue.

— C'est ridicule, tante Charlotte, dis-je en souriant. Il n'y a pas vraiment eu de bébé, n'est-ce pas ?

— Oh si !... Je vais te montrer où il vivait au début, ajouta-t-elle avec accablement.

Nous empruntâmes à nouveau le couloir et tandis que nous marchions, je ne pouvais me débarrasser de l'impression qu'on nous suivait mais, chaque fois que je me retournais, il n'y avait personne derrière nous. Je commençai à me demander si mon imagination n'était pas victime de cette maison immense et remplie d'ombres.

Charlotte ouvrit la porte de ce qui avait dû être autrefois une chambre d'enfant. Dans le petit lit au milieu de la pièce, était installée une poupée sur laquelle on avait tiré une vieille couverture bleue de façon à la couvrir jusqu'au menton. J'en eus des frissons. Tante Charlotte avait-elle vraiment eu un bébé ou bien était-ce une autre de ses inventions ?

— Quel âge avait ton bébé avant... avant que le diable l'emporte, tante Charlotte ? demandai-je.

Elle secoua la tête.

— Je ne me souviens pas. Un jour, il était là et le lendemain, il avait disparu. Emily ne m'a jamais dit quand on l'avait emmené. Un jour, je l'ai cherché et je ne l'ai plus trouvé, dit-elle en contemplant la poupée.

— Et Emily t'a dit que le diable l'avait emporté ?

— Oui. Une nuit, elle a vu le diable entrer dans cette chambre puis elle a entendu rire le bébé. Quand elle est arrivée à la porte, le diable avait pris mon bébé et s'était envolé par la fenêtre sous la forme d'un oiseau noir.

— Comment as-tu pu croire une histoire aussi ridicule, tante Charlotte ?

Elle me fixa un moment.

— Mon bébé avait disparu, dit-elle comme si cela expliquait tout.

Elle commença à pleurer. J'examinai le berceau.

— Qui a mis cette poupée ici ?

— C'est Emily parce que j'étais triste et que je pleurais tout le temps. Emily disait : « Tu n'as qu'à faire semblant que c'est lui, et ne te plains pas sinon le diable va revenir et c'est toi qu'il emportera cette fois-ci. »

— Et le père du bébé, tante Charlotte ? N'a-t-il pas été bouleversé ?

— Emily disait que le diable était son père. Elle disait que le diable était venu dans ma chambre une nuit pendant mon sommeil pour faire pousser ce bébé dans mon ventre.

Quelle horreur ! me dis-je. Comment cette femme avait-elle pu terrifier à ce point quelqu'un d'aussi doux et simple que tante Charlotte ? Comment avait-elle pu la convaincre de choses aussi terribles et incroyables ?

— C'était Emily le diable, dis-je avec conviction. Après tout ce qu'elle t'a fait et ce qu'elle a fait à ma mère ! Je suis bien contente de ne pas l'avoir connue.

— Eh bien, ne sois pas méchante et tu ne la rencontreras jamais, déclara Charlotte. Si tu es méchante, tu iras en enfer, et Emily fait partie de ceux qui accueillent les gens à la porte. C'est ce que dit Luther.

Je lançai un dernier regard à la poupée dans le berceau en songeant qu'une étrange et effroyable histoire se dissimulait derrière les vieux murs de cette plantation. Peut-être valait-il mieux ne pas creuser trop profond ni poser trop de questions, pensai-je en suivant tante Charlotte hors de la Mauvaise Chambre.

En redescendant l'escalier, je me retournai et je crus bien apercevoir une ombre bouger au-dessus de nous. Je ne dis rien à Charlotte. J'étais certaine que si je lui en parlais, elle me dirait que c'était le fantôme de sa méchante sœur Emily.

Quand la vieille horloge sonna midi, tante Charlotte reposa sa broderie et annonça qu'il était temps de préparer à manger pour les hommes. Je l'aidai à confectionner des sandwiches et, peu après, Luther et Gavin arrivèrent. Au premier regard, je me rendis compte que Gavin n'avait pas chômé. Ses habits étaient couverts de foin, ses mains maculées de saleté et de graisse, comme son cou et son visage. Il était échevelé, rouge et en nage.

— Je ferais bien de me laver un peu d'abord, me dit-il avant d'ajouter dans un murmure : il ne plaisantait pas quand il parlait de travailler dur.

— Luther, dit Charlotte après que nous eûmes tous pris place autour de la table, tu pourras libérer Gavin pour qu'il vienne avec nous se trouver des vêtements au grenier ?

Luther quitta une seconde son assiette des yeux.

— Soyez prudents, là-haut, conseilla-t-il à Gavin. Le plancher n'est pas en très bon état. C'est compris ?

— Oui, monsieur, répondit Gavin.

À l'évidence, tout lui semblait préférable que de retourner travailler avec Luther. L'idée d'explorer un grenier et de farfouiller parmi des tas de vieilles affaires excitait Jefferson et il était prêt à abandonner ses pinceaux pour nous accompagner.

Charlotte ouvrit la voie. En babillant comme à son habitude, elle nous décrivit comment elle jouait au grenier tout au long de son enfance.

— Toujours toute seule et sans avoir jamais peur, ajouta-t-elle avec fierté en s'arrêtant au bout du couloir devant une porte étroite.

Celle-ci donnait sur un escalier sombre uniquement éclairé par une ampoule de faible puissance qui pendait au bout d'un fil électrique. Les marches craquaient de façon sinistre tandis que nous suivions Charlotte.

— Personne ne se souciait du temps que je passais ici,

nous dit-elle. Même pas Emily. Hi, hi, c'était parce qu'ils ne m'avaient plus dans leurs pattes. (Elle s'arrêta en haut des marches pour nous toiser.) C'est ce que maman disait toujours : « Charlotte, ne te mets pas dans les pattes des autres. » C'était idiot de me dire ça. Je ne me suis jamais mise dans les pattes de quelqu'un. Comment aurais-je pu ?

Gavin me sourit et nous attendîmes tandis que Charlotte examinait le grenier.

— Il n'y a pas de lumière ici, dit-elle. Juste celle qui vient des fenêtres. Mais je garde toujours une lampe quelque part par là.

Elle trouva la lampe à pétrole qu'elle cherchait et l'alluma. Nous montâmes la rejoindre.

Il était visible que personne n'était venu au grenier depuis des lustres. D'épaisses toiles d'araignée pendaient de chaque poutre et bouchaient le passage. La poussière était si épaisse que nos chaussures y laissaient des traces. Gavin, Jefferson et moi nous figeâmes en haut des marches pour contempler l'immense grenier qui courait sur presque toute la longueur de la grande demeure. De chaque côté du toit, s'ouvraient quatre lucarnes qui laissaient filtrer une vague lueur à travers leurs carreaux crasseux. Le parquet et les poutres craquaient et grinçaient horriblement. J'avais l'impression de pénétrer dans un mausolée, tellement l'air était vicié et lourd. Tout semblait avoir été enfoui ici depuis une éternité.

— Faites attention, prévint Gavin au moment où nous avançâmes.

Le plancher à moitié pourri n'avait rien de rassurant.

— Regardez ! s'exclama Jefferson en nous montrant une famille d'écureuils qui s'étaient trouvé là une demeure confortable.

Ils nous dévisagèrent en plissant le nez avec arrogance, avant de disparaître derrière des malles et des meubles. C'était un indescriptible capharnaüm, un bric-à-brac inimaginable de vieux divans, de chaises, de tables, d'armoires aussi bien que de bahuts, de têtes de lit et même de lits entiers. Il y avait aussi d'autres tableaux. L'un d'entre eux, en particulier, m'attira l'œil car il représentait une jeune fille guère plus âgée que moi dont le visage était illuminé par un sourire angélique. Jusqu'à présent, je n'avais pas encore vu un portrait où le personnage esquissait l'ombre d'un sourire. Ils gardaient tous une expression sévère et sérieuse.

— Sais-tu qui c'était, tante Charlotte ? demandai-je en soulevant le cadre d'argent.

— La plus jeune sœur de ma mère, expliqua Charlotte. Emily dit qu'elle est morte en donnant naissance à son bébé parce qu'elle avait le cœur trop doux.

— Comme c'est triste. Elle semble si belle et si heureuse...

La fatalité frappait chaque famille, me dis-je. Certains y échappaient parfois, d'autres erraient dans leur vie de malheur comme des voyageurs perdus dans l'orage. La fille du portrait donnait l'impression de n'avoir jamais rien connu de pénible, ne fût-ce qu'un cauchemar. Il était difficile de l'imaginer agonisant de façon si tragique. Valait-il mieux vivre dans la peur ou bien prétendre que le monde n'était qu'un gigantesque arc-en-ciel, comme Charlotte ? Je n'avais pas de réponse à cette question. Je reposai le tableau.

— Je n'arrive pas à y croire, fit Gavin en regardant de tous côtés. Il y a tant de choses ici. On a dû les accumuler pendant des années, et des années, peut-être même des siècles.

— Mon papa et son papa et le papa de son papa gardaient toujours tout, révéla Charlotte. Dès que quelque chose était remplacé, ils le montaient ici et le stockaient au cas où. Emily appelait cela le cimetière de la maison. Parfois, elle essayait de me faire peur. Elle levait les yeux vers le plafond et chuchotait : « Les morts sont au-dessus de nous. Sois gentille ou sinon ils descendront pendant la nuit et ils viendront te surveiller par la fenêtre. »

— Surveiller par la fenêtre ? répétai-je.

Gavin haussa les sourcils, s'attendant à m'entendre raconter mon expérience de la nuit précédente.

— Oui, reprit Charlotte. Emily détestait monter ici. C'est pourquoi j'y venais tout le temps. Emily me laissait tranquille, dit-elle en s'esclaffant. Et ainsi, je n'avais pas à faire toutes les corvées qu'elle m'imposait.

Charlotte était peut-être une enfant, pensais-je, mais elle n'était sûrement pas une enfant idiote.

— Venez, nous intima-t-elle en se dirigeant vers un tas de malles. Plus on s'enfonce, plus c'est vieux.

Nous passâmes devant des rangées et des rangées de caisses, certaines remplies de vieux papiers et de vieux livres, d'autres de vieille vaisselle et d'instruments de cuisine d'un autre âge. Nous trouvâmes des cartons de chaussures et de bottes et d'autres simplement remplis de clous, de vis et d'outils rouillés. Gavin en trouva un rempli de vieux registres. Par curiosité, il en ouvrit un.

— C'est incroyable ! s'exclama-t-il. C'est une liste d'esclaves avec le prix qu'ils ont coûté ! Regarde !

Je me penchai sur la page ouverte et lus : « Darcy, 14 ans, poids 43 kilos. Douze dollars. »

Gavin continuait à fouiller parmi les livres.

— Et il y en a qui décrivent les moissons, à combien s'est montée la récolte, ce qu'ils ont dû acheter et combien ils ont payé... C'est de l'Histoire et cela aurait probablement une grande valeur pour un musée ou des chercheurs.

Jefferson trouva un vieux pistolet à un coup, tout rouillé par l'âge et visiblement hors d'usage.

— Bang, bang, bang ! fit-il en l'agitant.

— Jefferson, fais attention, le prévins-je. Ne va pas te couper avec quelque chose de rouillé.

— Christie, dit Gavin après avoir ouvert un coffret en merisier, regarde ça.

Je m'agenouillai à ses côtés. Dans le coffret se trouvaient toutes sortes d'accessoires de toilette féminins : des peignes au manche incrusté de perles, des brosses, des miroirs, certains avec des camées sur la poignée ou au dos. Il y avait des ceintures, des boucles d'oreilles avec de fausses perles, des broches, des bracelets et un collier d'argent avec de faux rubis et de fausses émeraudes. Tout semblait avoir été fabriqué à la main et demeurait dans un état remarquable, compte tenu de l'âge. Comme si le grenier était vraiment un lieu magique qui préservait son contenu à travers le temps.

— C'est très beau, dis-je.

— Ce serait encore plus beau sur toi, me murmura Gavin à l'oreille.

Je sentis son souffle chaud sur mon cou comme une invisible caresse. Je rougis et jetai très vite un œil vers tante Charlotte qui ouvrait une malle après l'autre en poussant une exclamation de joie à chaque découverte dont elle gardait le souvenir depuis son enfance. Pour elle, c'était comme de retrouver de vieux amis.

— Ah, voilà de beaux vêtements, ma chérie, dit-elle soudain en ouvrant une grande malle en fer.

Je la rejoignis et trouvai des robes aux corsages très courts et aux longues jupes bouffantes, d'autres avec des cols très hauts et des manches qui s'évasaient aux poignets comme des pétales de fleur. Il y en avait aussi avec des corsages de couleur sur des jupes blanches, certaines avec des ceintures. Une autre malle était remplie de jupons finement ouatés.

D'autres encore contenaient des effets plus récents, datant du début du siècle. Je découvris des manteaux et des tenues d'équitation, des bonnets et des châles de satin ainsi que des pèlerines de velours. Jefferson ouvrit une malle pleine d'ombrelles et une autre de hautes bottes dont le cuir était encore brillant et souple. Pendant ce temps-là, Gavin s'était aventuré un peu plus loin, où se trouvaient les malles remplies d'habits masculins. Il y avait de tout : des pantalons, de longs manteaux et même des uniformes de soldats. Il en choisit un qui devait dater de la Première Guerre mondiale et l'essaya. Il lui allait très bien.

Ce fut le signal du début de la séance d'essayage. Avec Jefferson, nous enfilâmes toutes sortes de déguisements en paradant l'un devant l'autre, riant de nous voir porter ces vêtements d'un autre temps. Même Charlotte nous imita, passant un châle ou une veste et allant se contempler, hilare, dans un des grands miroirs sur pied qui traînaient un peu partout. Soudain, nous entendîmes un rire qui n'appartenait à aucun d'entre nous. En tout cas, Gavin et moi le perçûmes très distinctement. Charlotte ne parut rien remarquer et Jefferson était bien trop occupé. J'attrapai Gavin par le bras et je murmurai :

— Qu'est-ce que c'était ?

Nous inspectâmes le grenier du regard mais sans voir personne.

— Sûrement un écho, fit Gavin d'un ton mal assuré.

Nous tendîmes l'oreille mais le rire ne se reproduisit plus.

Finalement, nous réunîmes les vêtements que nous jugeâmes les plus commodes pour Gavin, Jefferson et moi, et nous les empilâmes dans une malle.

— Nous allons les descendre et les laver, dis-je.

— Attends ! s'exclama Gavin. J'aimerais que tu portes ceci ce soir.

Il avait déniché une robe de bal d'un rose léger avec une ample crinoline. Le corsage orné de dentelle laissait les épaules nues.

— Et moi, je mettrai ça, déclara-t-il en brandissant une veste à queue-de-pie et le pantalon assorti.

Les pans de la veste étaient étroits et descendaient sous le genou. Les manches, très larges aux épaules, se resserraient aux poignets et étaient taillées ensuite de façon à recouvrir le dos de la main. Il fouilla de nouveau dans la malle et en sortit un chapeau haut de forme dans lequel il dénicha une cravate de satin noir qui se nouait comme un nœud de ruban.

Nous éclatâmes de rire. Tante Charlotte applaudit avec force et annonça qu'elle « s'habillerait » elle aussi.

— Nous allons faire la fête. Je vais préparer des gâteaux à la confiture et dire à Luther de nous sortir une de ses bouteilles de vin doux. Christie jouera du piano et nous chanterons. Oh, je suis si heureuse que vous soyez ici ! déclara-t-elle en nous contemplant avec ravissement. C'est comme... comme si j'avais une nouvelle famille !

Tandis que je me mettais au travail sur notre nouvelle garde-robe, Gavin emmena Jefferson avec lui pour donner un coup de main à Luther. Charlotte m'aida à la lessive tout en me racontant gaiement des événements de sa jeunesse. Mais, chaque fois que je l'interrogeais sur grand-mère Cutler, elle gardait le silence. J'eus l'impression qu'elle se souvenait d'elle beaucoup mieux qu'elle ne voulait me l'avouer et que ces souvenirs devaient être assez déplaisants. D'après tout ce qu'on m'avait dit sur grand-mère Cutler, cela ne me surprenait guère.

Charlotte décida que l'occasion était suffisamment importante pour sacrifier un poulet pour le dîner et elle partit en convaincre Luther. Après son départ, j'entendis nettement des bruits de pas à l'extérieur de la buanderie.

— Gavin ?

Pas de réponse.

— Jefferson ?

Toujours rien.

Lentement, je me dirigeai vers la porte. Je risquai un œil par l'ouverture et, à nouveau, j'aperçus une ombre bouger.

— Qui est là ?

Malgré le silence, j'avais la certitude d'une présence. Mon cœur se mit à battre la chamade.

— Gavin, si c'est une plaisanterie, elle n'est pas drôle.

J'attendis une réponse. En vain.

Doucement, prudemment, je me risquai dans le couloir. Le parquet craqua. Je me figeai, l'oreille tendue. Le bruit d'une respiration haletante attira mon attention vers la droite. Je fis quelques pas dans cette direction... et je le vis !

D'abord, je fus si choquée par cette apparition que je ne pus proférer le moindre son. Il était grand et robuste, avec des cheveux noirs bouclés et de grands yeux sombres. Il n'était pas rasé et sa barbe naissante était aussi noire que sa chevelure.

Finalement, je hurlai et mon cri le fit détaler à toute vitesse le long du couloir. Il disparut derrière une porte. Après son départ, et une fois que je me fus calmée, je me rendis compte que son visage rond était doux et plus empreint de curiosité que de menace.

Gavin avait entendu mon hurlement. Il arriva dans la maison à toute allure, Jefferson sur ses talons, puis Luther et Charlotte.

— Que se passe-t-il ? Qu'y a-t-il ?

Je tendis un doigt encore tremblant devant moi.

— Je l'ai vu. Il se tenait juste là. Ce n'était pas mon imagination, cette fois-ci. Il était grand, avec des cheveux noirs bouclés et une drôle de barbe. Il avait de grands yeux, un pantalon gris informe et des bretelles noires.

— Qui est-ce ? demanda Gavin en se tournant vers Luther.

— Il est inoffensif, marmonna celui-ci.

— Qui est inoffensif ? reprit vivement Gavin.

— C'est Homer, c'est tout, expliqua Luther. Il vit chez les Douglas, nos plus proches voisins. Ne vous inquiétez pas à cause de lui, conclut-il en s'éloignant.

— Mais, Luther, le retins-je, il s'est introduit dans la maison hier soir. Je suis certaine de l'avoir vu nous espionner à travers la fenêtre. Je pense même qu'il nous surveille tout le temps.

— Ne vous inquiétez pas, répéta-t-il, et il partit.

— Qui est-ce, Charlotte ? Pourquoi vient-il ici comme cela ? m'enquis-je en me tournant vers elle.

Elle haussa les épaules et sourit.

— Il nous aime bien et Luther lui fait sans arrêt des petits cadeaux. Et moi je lui confectionne des gâteaux, des cookies... Je n'ai qu'à les laisser sur la table de la cuisine et, à un moment quelconque de la journée, il vient les manger. Parfois, il donne un coup de main à Luther.

— Il n'a pas essayé de te faire du mal ? demanda Gavin.

— Non. En fait, je crois qu'il a été plus effrayé par moi que moi par lui.

— Oh, il veut simplement savoir qui vous êtes et pourquoi vous vivez ici, dit Charlotte. Il est très timide. Peut-être parce que son papa et sa maman l'ont trouvé dans un champ.

— Ils l'ont trouvé ?

— Juste devant leur maison. Comme Moïse dans son berceau. Un jour, il était là, pleurant de tout son petit cœur. Ils n'avaient pas d'enfants, alors ils l'ont considéré comme un don du ciel. Mais tout le monde sait que quelqu'un l'a abandonné ; quelqu'un qui ne voulait pas de lui.

Elle rit.

— Pauvre Homer ! reprit-elle. Il croit qu'il est tombé du ciel. Bon, fit-elle en tapant dans ses mains, Luther est d'accord pour le poulet et pour la petite fête. C'est merveilleux, non ?

— Est-ce que Homer viendra ? demanda Jefferson en roulant des yeux.

— Peut-être. Peut-être bien, déclara Charlotte en se dépêchant d'aller entamer ses préparatifs pour la fête.

— D'accord, fit Gavin, l'air contrit. Je te présente mes excuses pour ne pas t'avoir crue, hier soir. Homer... Je me demande quelles autres surprises nous attendent ici. Viens, Jefferson, allons reprendre notre travail d'esclave. Ce sont les hommes qui doivent faire tout le boulot, ici, ajouta-t-il en prenant mon petit frère par les épaules.

— Tiens donc ? Eh bien, sachez pour votre information, Gavin Steven Longchamp, que les tâches ménagères sont aussi dures, sinon plus, que les travaux de la ferme, surtout dans une maison qui a été négligée pendant si longtemps, répliquai-je, les mains sur les hanches.

— Oh, oh, mon cher neveu... Nous sommes dans la gueule de la louve. On ferait mieux de détaler tant qu'il en est encore temps.
— Ah bon ? fit Jefferson, complètement perdu.
Gavin en profita pour me murmurer à l'oreille :
— Quand tu es furieuse, vraiment furieuse, tu es encore plus belle.
Je me sentis rougir de la racine des cheveux aux ongles des pieds. Tandis que je restais sans voix, il éclata de rire avant de s'éloigner, Jefferson trottant sur ses talons.
Le dîner fut merveilleux. Luther, avec son caractère taciturne et pondéré, savait aller au cœur des choses. Il savait surtout faire plaisir à Charlotte. Il rapporta du jardin de la laitue fraîche, des tomates, des carottes et une énorme pomme de terre pour chacun d'entre nous. Charlotte avait décidé que le repas aurait lieu dans la grande salle à manger.
— Comme quand papa avait des invités importants, ajouta-t-elle tandis que Luther grommelait son approbation.
Je dépoussiérai et cirai l'énorme table d'acajou foncé tandis que Charlotte dénichait une superbe nappe en dentelle et sortait un service en argent et des assiettes en porcelaine. Elle m'expliqua qu'Emily gardait tous ces trésors sous clé et refusait qu'on les utilisât.
— Après sa mort et son départ pour l'enfer, Luther a brisé la serrure et nous avons tout sorti. Il nous arrive encore de trouver des choses qu'elle avait cachées dans la maison, ajouta-t-elle joyeusement. Même de l'argent sous un tapis !
C'était la fête et Luther alluma donc les énormes lustres pendant le dîner, si bien qu'avec cette table dressée avec la plus belle porcelaine, une argenterie rutilante, la salle à manger retrouvait son élégance disparue. Luther installa de plus deux énormes chandeliers d'argent sur la table. Puis nous montâmes tous nous habiller. Charlotte était parvenue à convaincre Luther de passer une chemise et un pantalon propres et même de se peigner !

Après que Gavin eut aidé Jefferson à s'habiller, il frappa à la porte de la salle de bains où je me préparais. J'avais utilisé les brosses et les peignes du petit coffre en merisier et j'avais fait de mon mieux pour ressembler à la jeune fille du portrait, relevant mes cheveux sur le côté puis les fixant derrière avec un petit peigne en fausses perles de façon qu'ils retombent librement sur ma nuque. J'avais mis un collier et des boucles d'oreilles, en fausses perles également.

— Madame est-elle prête pour le dîner ? demanda-t-il.

— Dans une seconde.

J'ajustai ma crinoline. Comment les femmes se débrouillaient-elles pour porter des machins pareils ? Puis j'ouvris la porte et ce fut comme si j'avais fait un saut dans le temps. Avec son chapeau haut de forme et sa queue-de-pie, Gavin était d'une rare élégance, et ce qui avait semblé un caprice puéril au grenier prenait à présent une tout autre allure. Je vis qu'il était aussi agréablement surpris que moi-même.

— Ce que vous êtes drôles, tous les deux ! On dirait du cinéma ! s'exclama Jefferson en souriant.

— Eh bien, c'est la réalité, mon cher neveu, répondit doucement Gavin. Je n'ai jamais vu de jeune femme aussi belle. Miss Christie, ajouta-t-il d'un ton formel en m'offrant son bras.

— Merci, monsieur Longchamp.

Sous le regard ébahi de Jefferson, nous effectuâmes une sortie très digne. Mon petit frère, un instant figé de stupeur, nous doubla à toute allure pour aller prévenir tante Charlotte de notre arrivée. Elle vint nous attendre en bas des marches.

— Oh, comme vous êtes beaux ! s'écria-t-elle, les mains serrées sur sa poitrine.

Luther sortit à son tour pour assister au spectacle. Il nous examina avec son sérieux habituel avant de sourire largement.

— Merci, tante Charlotte, dis-je.

Plus tard, après que Charlotte, Jefferson, Gavin et moi eûmes terminé de nettoyer la belle vaisselle et l'argenterie, nous exauçâmes le vœu de Charlotte en allant tous au salon. Charlotte apporta ses gâteaux à la confiture et Luther versa à tout le monde, y compris Jefferson, un verre de vin doux. Puis ils prirent place pour m'écouter jouer.

Luther avait allumé plusieurs bougies et lampes à pétrole, mais la pièce restait plongée dans une semi-obscurité qui lui donnait une atmosphère éthérée, magique. Dans la pénombre qui nous entourait, les lourds et vieux rideaux flottaient comme des fantômes.

Je commençai par du Mozart puis du Liszt et graduellement je me glissai hors de ce monde. J'étais emportée par la musique comme si les notes tissaient un tapis volant. Quand parfois je levais les yeux vers Gavin dans sa tenue d'une autre époque ou que j'apercevais mon reflet dans les glaces encastrées dans les portes de la bibliothèque, j'avais l'impression que nous étions parvenus à faire réapparaître les ancêtres des Booth. Je repensai à la jeune fille du portrait et je l'imaginai souriant à ma place, levant le même regard brillant et plein d'espoir vers un jeune homme aussi séduisant que Gavin. J'entendis le salon se remplir de rires, de tintements de verres, de musique, de bruits de pas et de conversations, et puis quelqu'un, cent ans auparavant, m'appelait par mon nom du haut de l'escalier.

Je fermai les yeux, laissant mes doigts courir sur le clavier. Même ma musique me paraissait inhabituelle. Je continuai à jouer et à jouer encore comme si je n'allais jamais m'arrêter. Puis, j'ouvris les yeux et je vis une ombre noire bouger au fond de la pièce. Je poussai un petit cri. Mes doigts abandonnèrent le piano.

— Que se passe-t-il ? demanda Charlotte.

Je fis un geste vers l'ombre. Tout le monde se retourna dans cette direction. Charlotte sourit.

— Bonjour, Homer.

— Viens par ici, mon garçon, ajouta Luther en lui montrant un siège. Arrête de te faufiler partout dans la maison. Assieds-toi et tiens-toi correctement.

Lentement, Homer émergea de la pénombre et traversa timidement la pièce. Il portait les mêmes vêtements que lors de notre première rencontre. Il semblait effarouché et guère à son aise.

— Homer doit être présenté, annonça Charlotte avec fermeté.

Luther grogna son approbation.

— Homer, voici la nièce de Charlotte, Christie, son frère Jefferson et Gavin Longchamp. Ils sont nos invités pour un moment, alors arrête de les espionner et de les effrayer, d'accord ?

Homer hocha la tête, les yeux écarquillés de curiosité.

— Prends un gâteau, Homer, dit Charlotte en lui tendant le plat.

Il en prit un qu'il goba presque d'un coup puis il vit comment nous le regardions et sa mastication prit un rythme moins effréné.

— Jouez encore la musique, me demanda-t-il.

— Dis : s'il te plaît, Homer, lui intima Charlotte, il faut toujours dire s'il te plaît quand tu demandes quelque chose à quelqu'un.

— S'il te plaît, fit-il obligeamment.

Je réfléchis une seconde avant d'entamer un air entraînant et connu. Un sourire éclatant apparut sur le visage de Homer. Luther parut l'apprécier lui aussi car il versa un deuxième verre de vin doux à tout le monde sauf à Jefferson. Je jouai encore quelques morceaux joyeux avant de m'arrêter. Charlotte sortit alors de vieux disques soixante-dix-huit tours qu'elle passa sur un électrophone à manivelle.

— Madame ? demanda Gavin en m'offrant son bras.

Je me levai et nous dansâmes, imitant du mieux que nous le pouvions les pas d'une valse. Grisés par le vin, il nous importait peu d'avoir l'air ridicules. Charlotte nous trouvait merveilleux et le répétait sans cesse en tapant dans ses mains. Quant à Homer, il souriait et riait, lui aussi. Charlotte mettait les disques et Gavin me fit virevolter encore un bon moment.

— Quelle étrange et merveilleuse soirée, déclara-t-il. Tu es heureuse ?

— Oui, oui, oui, chantai-je au rythme de la musique.

Et il me fit tournoyer de plus belle, jusqu'à ce que je demande grâce. D'ailleurs, Jefferson s'était endormi. Une grosse journée de travail et de jeux plus un verre de vin doux avaient eu raison de sa résistance.

— Je crois que l'heure est venue de dire bonne nuit, dis-je avant de pouffer de rire car le salon venait de tanguer brutalement. Oh, pauvre de moi !... Nous n'avons pas l'habitude de travailler dur, ajoutai-je, la main sur mon cœur battant.

— Bonne idée, acquiesça Gavin qui riait lui aussi.

Il se pencha pour prendre Jefferson dans ses bras, mais Homer fut plus prompt.

— Laissez-moi faire, dit-il en soulevant Jefferson comme s'il n'était pas plus lourd qu'un fétu de paille.

Gavin ouvrit de grands yeux.

— Doucement avec lui, Homer, fit Luther. Ce n'est pas une botte de foin.

— Bonne nuit, Charlotte, dis-je depuis la porte en prenant une posture digne de Scarlett O'Hara. Bonne nuit, Luther. Merci à tous les deux pour cette magnifique soirée.

— Nous ne nous étions pas autant amusés depuis des années et des années, n'est-ce pas, Luther ? s'exclama Charlotte.

— C'est vrai, dit-il sans quitter Homer du regard. Redescends dès que tu l'auras mis au lit, ordonna-t-il.

Homer hocha la tête et grimpa l'escalier d'une démarche gracieuse, surprenante pour un homme de sa taille. Il porta Jefferson dans sa chambre et le déposa sur son lit avec une extrême délicatesse.

— Merci, Homer, dis-je. Viens nous voir demain.

Il acquiesça vivement et repartit aussitôt. Gavin déshabilla Jefferson pendant que je me dirigeais vers la salle de bains. Chaque fois que je me regardais dans le miroir, je ne pouvais m'empêcher de m'esclaffer. Tant et si bien que je regagnai ma chambre en proie au fou rire. Je m'assis sur mon lit, les larmes aux yeux. Gavin glissa la tête par l'entrebâillement de la porte.

— Hé, que se passe-t-il ?

J'éclatai de rire de plus belle. Il sourit et vint vers moi.

— Qu'y a-t-il de si drôle ?

Le voir si sérieux dans sa queue-de-pie ne diminua en rien mon hilarité, bien au contraire. Je me tordais tant et si bien que je m'affalai sur le lit.

— Tu vas te faire du mal, si tu ne t'arrêtes pas, me prévint Gavin.

Je le dévisageai et tout à coup, sans que rien l'annonçât, je passai du rire aux larmes. Je me mis à sangloter bruyamment, tandis que les larmes ruisselaient sur mon visage. Des larmes chaudes, frénétiques, que je ne pouvais retenir et qui jaillissaient du puits de douleur et de peine qui s'était creusé au plus profond de moi. Ce brutal changement d'attitude effraya Gavin. Il s'agenouilla à mes côtés et me caressa la tête.

— Ne pleure pas, ne pleure pas. Tout ira bien, je te le promets. S'il te plaît, ne pleure pas, Christie. Je ne supporte pas de te voir pleurer, dit-il avant d'essuyer mes larmes du bout des lèvres.

Je jetai mes bras autour de son cou et pressai mon visage contre son épaule. Il continua de me caresser les cheveux et de murmurer des paroles apaisantes. Je me calmai progressivement, mes sanglots s'espacèrent puis s'arrêtèrent enfin. Je levai les yeux sur lui. Nos bouches se touchaient presque.

— Christie, chuchota-t-il.

Nous nous embrassâmes, tout doucement d'abord, puis

avec plus de force. Quand nos langues se rencontrèrent, une décharge électrique me secoua tout entière. Ses lèvres caressèrent mon cou et mes épaules nues. Je gémis et me renversai en arrière. Je voulais qu'il continue, qu'il descende plus bas, et plus bas encore, mais il hésita en arrivant au doux renflement de mes seins.

— Gavin...
— C'est le vin, murmura-t-il. Il te rend gaie et triste.
— Gavin, répétai-je en le fixant droit dans les yeux, as-tu jamais été près d'une fille ?
— Très près ?
— À côté d'elle, nu ?

Sans le vin, je n'aurais sans doute jamais posé une telle question. Il secoua la tête et m'embrassa encore.

Le souvenir horrible d'oncle Philippe s'agrippant à moi, me clouant sous lui pour prendre son plaisir, me revint, mais je le repoussai. Avec lui, cela avait été laid, maintenant c'était complètement différent. Je ne voulais pas avoir peur de toucher, d'embrasser, de sentir le corps de Gavin près du mien ; je ne voulais pas que ses lèvres me rappellent celles d'oncle Philippe.

— Gavin, murmurai-je, vite, s'il te plaît, touche-moi, fais-moi oublier...
— Christie... tu es... c'est le vin...
— Non, ce n'est pas le vin. Je t'en prie. Je ne veux penser à rien d'autre qu'à toi et à ce moment.

Je lui pris le poignet et posai sa main sur mon sein.

— Christie ! Non ! Pas comme ça, dit-il. J'aurais l'impression de me servir de toi, expliqua-t-il en enlevant sa main.

Je détournai la tête et l'enfonçai dans l'oreiller pour dissimuler ma honte.

— Je veux être avec toi, dit-il, mais pas dans un moment pareil.

J'avais envie de lui hurler qu'il n'y avait pas de moment ; que le vin ne comptait pas ; que c'était la jeune femme en moi qui avait besoin de naître à l'amour avec quelqu'un qu'elle aimait, et non d'être utilisée, violée par un homme d'âge mur à moitié fou. Je voulais faire semblant de croire que ce serait la première fois, que j'étais une fille normale dont personne n'avait jamais abusé. Mon corps souffrait le martyre de ne pas être traité tendrement, doucement. Je voulais que nos baisers s'enfoncent en moi pour atteindre les recoins les plus cachés de mon cœur ; je voulais que Gavin me touche et provoque en moi les feux de la passion, ces feux qui rendent l'amour entre un homme et une femme si merveilleux, et non avilissant au point de hanter celle-ci pour le restant de ses jours.

Il me toucha l'épaule. Je gémis.

— Christie ? Tu vas bien ?

— Non. Je ne peux empêcher ces souvenirs dégoûtants de revenir à la surface comme des bulles d'acide qui me rongent le cœur. Je ne peux pas échapper au cauchemar. (Je me redressai avec colère.) J'ai fui Cutler's Cove, Gavin, mais je ne peux pas fuir les horreurs qu'on m'y a faites. Je me sens sale, et j'ai beau me laver et me relaver encore avec de l'eau bouillante et tout le savon de la terre, je n'arrive pas à me sentir propre. C'est ce que tu ressens, toi aussi, n'est-ce pas ? C'est pour cela que tu ne veux pas me toucher.

— Non, Christie, protesta-t-il. Ce n'est pas vrai. J'ai envie de te toucher. Et, en ce moment, j'ai besoin de toute ma volonté pour ne pas le faire.

— Oh, Gavin, m'écriai-je dans un sanglot, arrête d'être aussi fort ! J'ai besoin de toi, de te sentir près de moi !

Les mots me venaient naturellement, de cette part de moi dont j'ignorais l'existence. Il me fixa longuement puis il commença à déboutonner sa veste et sa chemise. À la lueur de la lampe à pétrole, je ne le quittai pas des yeux. Puis je me débarrassai de ma vieille robe. Je me glissai sous les couvertures où Gavin me rejoignit après avoir été jeter un dernier coup d'œil sur Jefferson. Pendant un moment, nous ne bougeâmes pas. Nous restions simplement là, étendus l'un à côté de l'autre, nos corps se touchant.

— Christie, dit-il finalement, je ne suis pas sûr... Je veux dire, que veux-tu que je fasse ?

À présent qu'il se trouvait dans le lit avec moi, je me rendais compte que nous étions allés très vite, très loin. Soudain, j'étais effrayée. Peut-être Gavin avait-il raison. Peut-être ne fallait-il pas faire cela maintenant.

— Prends-moi dans tes bras, c'est tout, chuchotai-je. Laisse-moi m'endormir dans tes bras.

— Ce n'est pas aussi facile que tu sembles le croire, marmonna-t-il.

— Oh, Gavin, je suis si cruelle avec toi, je te mets à la torture en te demandant une chose et ensuite une autre. Tu dois me haïr.

— Jamais je ne te haïrai, Christie. Ce n'est pas possible.

Ses lèvres trouvèrent les miennes.

— Gavin, je ne suis pas ivre, dis-je. Je te le promets.
— Je sais.
— Gavin, fais-moi oublier ! le suppliai-je. J'ai besoin d'oublier.

Il détacha mon soutien-gorge et le fit glisser. Ses doigts se mirent à jouer avec mes mamelons durcis par le désir. Je me débarrassai complètement du soutien-gorge.

— Christie, Christie...

Ses mains descendirent jusqu'à l'élastique de ma petite culotte. Je soulevai les hanches pour lui permettre de la faire glisser le long de mes jambes. Nue à ses côtés, j'avais le cœur qui battait si fort que j'étais certaine qu'il le sentait lui aussi.

Il se tortilla pour enlever ses sous-vêtements avant de m'embrasser encore. Il vint doucement sur moi, ses jambes entre mes jambes, son membre viril contre mon ventre, et je fermai les paupières. Mais je les rouvris aussitôt afin de voir son visage et ses yeux.

— Christie ?
— Fais-moi oublier, Gavin, chuchotai-je en abandonnant toutes mes réticences.

Ce fut l'extase que j'espérais, que j'appelais de tous mes vœux. Bientôt, le souvenir de l'horreur que j'avais subie recula, repoussé par chacun de ses baisers, par chaque moment de passion que nous partagions. Et alors, je ne vis plus que Gavin et son visage plein de tendresse, ses yeux brillant d'un amour total et bouleversant.

Mon cœur aussi était plein d'amour... et d'espoir. Peut-être que l'amour que nous ressentions l'un pour l'autre pourrait enfin vaincre la malédiction qui s'acharnait sur notre famille.

Je m'endormis dans ses bras, rêvant d'un avenir resplendissant.

13

Un serpent dans le jardin

En me réveillant au matin, j'étais seule. Gavin avait regagné son lit durant la nuit. Il était tôt, le soleil n'était pas encore levé et, aussitôt, mes pensées allèrent vers maman. Dès mes toutes premières règles, elle avait toujours trouvé un prétexte quelconque pour venir me parler dans ma chambre de problèmes intimes. Parfois, elle s'asseyait devant ma coiffeuse et se brossait les cheveux ; à d'autres moments, elle me montrait une nouvelle robe qu'elle s'était achetée, mais, inévitablement, la conversation abordait les choses de l'amour.

Un jour, je lui avais demandé comment une femme savait si elle faisait l'amour ou bien si elle était simplement en train de coucher avec un homme. Elle avait reposé sa brosse pour regarder son reflet dans le miroir tandis qu'un petit sourire se formait sur ses lèvres.

— Il y a un sentiment d'accomplissement, avait-elle dit de cette voix douce et mélodieuse que j'aimais tant. Ton cœur et ton esprit se joignent d'une façon merveilleuse et magique, Christie, avait-elle ajouté en se tournant vers moi.

L'étincelle qui brillait dans ses yeux révélait ses propres souvenirs si précieux.

— Comment ça « magique », maman ?

Elle m'avait pris la main avec un air aussi sérieux qu'un curé au catéchisme.

— Magique parce que soudain tu prends conscience de

choses évidentes mais auxquelles tu étais sourde et aveugle, ou bien que tu ignorais, tout simplement. Les femmes qui jouent avec leur corps, qui poursuivent le plaisir sexuel comme une fin en soi sont seulement à moitié vivantes tout au long de leur vie.

Quand je suis tombée amoureuse, vraiment amoureuse, tout était plus intense. Soudain, je remarquais des choses pour la première fois alors qu'elles avaient toujours été devant mon nez. Je ne m'étais jamais rendu compte à quel point le spectacle des étoiles pouvait être splendide, comme était doux le chant d'un oiseau ou majestueuse l'immensité de l'océan. Comme un simple lever de soleil pouvait être fabuleux. Je ne connaissais plus l'ennui. Chaque instant était aussi précieux que le suivant.

Mais, plus que tout, Christie, avait-elle poursuivi avec force, plus que tout, j'avais du respect pour moi-même. Je n'avais pas honte de mes sentiments ni du plaisir que mon corps me donnait. Sais-tu ce que j'ai appris ? m'avait-elle demandé dans un souffle presque inaudible. (Et je crois que je n'oublierai jamais son expression à ce moment-là.) Les filles qui offrent leur corps aux hommes pour le plaisir de l'instant ne s'estiment pas ; et même le sexe qui, paraît-il, est si important à leurs yeux, oui, même le sexe, elles le méprisent. Elles ont étranglé, étouffé la meilleure part d'elles-mêmes ; elles ont fermé la porte à l'amour, elles ont emprisonné leur âme.

Pour elles, les étoiles n'ont rien d'extraordinaire ; elles en veulent aux oiseaux et à leurs chants car ils les réveillent de bon matin ; l'océan leur semble monotone et elles trouvent que se réveiller avant l'aube pour voir le soleil est stupide et fatigant. C'est comme si... comme si elles avaient manqué une promenade avec les anges et étaient condamnées à passer d'un moment sans saveur à un autre.

Est-ce que tu comprends ce que j'essaie de te dire ? m'avait-elle demandé.

— Je n'en suis pas sûre, mais je crois, maman.

En fait, ce n'était qu'à présent que je comprenais vraiment.

Petit à petit, à mesure que les rayons du soleil traversaient l'ombre des arbres et diluaient l'obscurité, je me sentis en accord avec tout ce qui m'entourait. Je me rendis compte que tous les matins, les fleurs, l'herbe, la forêt et les animaux renaissaient à la vie. J'ouvris toute grande la fenêtre et aspirai avec délices, l'air tiède du matin. Les bras serrés autour de moi, je fermai les yeux pour me remettre en mémoire ce moment où Gavin et moi nous étions touché l'âme et où nous nous étions promis de nous aimer toujours. Je n'avais pas manqué la promenade avec les anges.

— Bonjour, dit Gavin en surgissant derrière moi. Je suis retourné dans mon lit parce que j'avais peur que Jefferson ne me cherche, ajouta-t-il en m'effleurant la joue du bout des lèvres.

— Où est-il ?

— Tu vas avoir du mal à le croire, mais il s'est levé, habillé et lavé tout seul comme un grand et il est descendu rejoindre Luther et Charlotte. Il est impatient de s'asperger à nouveau de peinture. Je dirais même que Charlotte et lui s'entendent particulièrement bien là-dessus, tu ne trouves pas ?

— Oui. Cela rend tout tellement plus facile et agréable, soupirai-je.

Gavin sourit puis redevint sérieux.

— Mais tu dois sûrement comprendre que si heureux que nous soyons ici, il faudra bien partir un jour malgré ce que semble penser Charlotte. Jefferson a besoin d'amis de son âge, il doit aller à l'école et...

— Je sais.

Je fis mine de bouder.

— Tu ne pouvais pas ignorer qu'il ne s'agissait là que d'une solution temporaire, Christie, reprit Gavin. Bientôt, il faudra que nous pensions à l'avenir.

— Ah, Gavin, toujours aussi sérieux ! le taquinai-je. De

nous deux, c'est moi la rêveuse et toi qui gardes les pieds sur terre.

— Voilà pourquoi nous formons une combinaison si parfaite, fit-il, hilare. Dès que je garde trop les pieds sur terre, tu me donnes un grand coup de rêve sur le crâne.

— Et quand je rêve un peu trop longtemps, tu me ramènes à la réalité. Comme en ce moment.

— En ce moment ? Non, je crois que je préfère t'embrasser.

Et il joignit le geste à la parole. L'étincelle que je vis alors briller dans ses yeux me fit chaud au cœur.

— On ferait bien de descendre avant qu'ils ne viennent nous chercher, murmurai-je.

— Je sais, fit-il en se redressant, je suis un vrai fermier à présent. (Il bomba le torse et passa ses pouces dans des bretelles imaginaires.) Et j'ai du pain sur la planche. Et toi aussi. Il faut battre le beurre, pétrir le pain et laver le sol.

— Je vais t'en donner, moi, des sols à laver, espèce de... d'esclavagiste !

Je lui lançai mon oreiller, qu'il attrapa en riant.

— Tss-tss, quel mauvais caractère ! dit-il en agitant l'index.

Nous nous habillâmes rapidement et descendîmes. Homer était déjà arrivé et prenait le petit déjeuner avec Luther et Jefferson. Je fus surprise de le voir là si tôt. Ne déjeunait-il donc pas avec sa propre famille ? Luther lut mon interrogation dans mon regard.

— Homer est venu nous aider pour le foin du grand champ, expliqua-t-il.

— Et Jefferson a eu une bonne idée, déclara Charlotte. Même Luther est d'accord, n'est-ce pas, Luther ?

Il grogna et continua de manger.

— Ah ? Et quelle est cette idée ? m'enquis-je, curieuse.

— Repeindre la grange. On était en train de réfléchir à la couleur. Rouge comme celle de M. Douglas, ou alors verte ?

— Je n'ai jamais vu de grange verte, m'étonnai-je.
— Oh, je sais ! décida Charlotte. On va peindre la moitié en rouge et l'autre en vert. La façade en rouge et l'arrière en vert... ou alors le contraire ?
— Toutes ces couleurs risquent de troubler les vaches, intervint Gavin. Elles vont s'imaginer que c'est Noël en juillet.
— Tu crois ? fit Charlotte avec tristesse.
— Les vaches se fichent des couleurs, marmonna Luther. Et elles ignorent tout de Noël.

À l'évidence, il ne supportait pas de voir Charlotte troublée.

— Tout le monde pourra donner un coup de main, dit celle-ci.
— Homer et moi, on peindra la façade, annonça Jefferson. D'accord, Homer ?

Homer leva le nez de son assiette, nous étudia quelques secondes avant de hocher la tête.

— Mais Homer n'a-t-il pas déjà du travail dans sa propre ferme ? demandai-je.
— Les Douglas n'exploitent plus leur ferme, annonça Luther. Ils ont pris leur retraite.
— Oh... As-tu des frères et des sœurs, Homer ? lui demandai-je.

Il secoua la tête.

— Son papa et sa maman étaient depuis un bon moment ensemble à l'époque où il est arrivé, expliqua Luther rapidement. (Il repoussa son assiette.) Bon, on ferait bien d'y aller, ajouta-t-il en regardant Gavin.

Celui-ci avala précipitamment son verre de lait et hocha la tête.

— Je vais faire une tarte aux pommes, aujourd'hui, annonça Charlotte. Maintenant que j'ai autant de bouches à nourrir, je ferais bien de m'y mettre.
— Ne va pas te surmener, l'avertit Luther. Ce n'est pas parce qu'on a quelques visiteurs qu'il faut en faire trop.

— Si je veux en faire trop, je le ferai, rétorqua Charlotte.

Luther lui répondit par son grognement préféré.

— Quand commençons-nous à peindre la grange ? demanda Jefferson.

— Demain, répondit Luther. Si nous avons fini tout ce que nous devons faire aujourd'hui.

— Peut-être que je devrais vous aider, alors, proposa Jefferson.

Luther faillit en sourire.

— Je ne refuse jamais un coup de main, dit-il. Même si les mains ne sont pas bien grandes.

— Et voilà les hommes à nouveau au travail, marmonna Gavin en repoussant sa chaise, aussitôt imité par Jefferson.

— Que vas-tu faire aujourd'hui, Christie ? s'enquit mon petit frère.

— Continuer à nettoyer nos vêtements, faire un peu de ménage et puis faire un tour à la bibliothèque pour te trouver un livre. Ce soir, je t'en lirai un passage et tu travailleras un peu ta lecture.

— Ah...

— Et tes tables de multiplication. Jefferson n'a pas été très brillant à l'école, cette année, expliquai-je en le toisant avec fermeté. Il a besoin de travailler son calcul et sa lecture, et surtout son orthographe, n'est-ce pas, Jefferson ?

— Homer ne sait pas très bien lire, il ne connaît pas bien l'orthographe, et il se débrouille très bien, se défendit Jefferson.

— Vraiment ? m'étonnai-je en lançant un regard vers Homer qui baissa aussitôt les yeux. Eh bien, si Homer est d'accord, je l'aiderai à mieux lire.

Il roula de gros yeux.

— Ce serait très gentil ! s'exclama Charlotte. Nous aurons notre propre institutrice à la maison, comme quand j'étais petite. Même si cela ne m'a pas beaucoup aidée, n'est-ce pas, Luther ?

Il m'examinait d'un air sourcilleux.

— Non, dit-il finalement. Est-ce qu'on va continuer à papoter comme ça jusqu'au déjeuner alors qu'il y a du vrai travail qui attend ?

Je sentais qu'il n'aimait pas qu'on fasse allusion au passé.

— Tu as raison, admit Charlotte de bon cœur. Il faut que j'épluche les pommes.

— Bien, fit Luther en franchissant la porte d'un pas décidé.

Gavin, Homer et Jefferson lui emboîtèrent aussitôt le pas.

La matinée passa rapidement. Je montai dans nos chambres pour faire les lits et la poussière. Je lavai les sols et les vitres avant de lessiver quelques vêtements pour Jefferson et moi. Après le déjeuner, j'allai à la bibliothèque examiner les étagères. Les livres étaient vieux mais ne semblaient guère avoir été lus, chacun d'entre eux était enfermé dans une deuxième couverture de poussière. Mais j'y trouvai tous les classiques : Dickens, Maupassant, Tolstoï, Dostoïevski aussi bien que Mark Twain, certains même dans leur édition originale.

Je découvris l'une de mes histoires préférées, *Le Jardin secret*, et décidai que ce serait celle-là que je raconterais à Jefferson et sur laquelle il s'exercerait à lire. Plus tard, après une deuxième journée de dur labeur à la ferme et un nouveau souper conclu par la délicieuse tarte aux pommes de Charlotte, j'emmenai Jefferson à la bibliothèque. Gavin et Homer nous suivirent. Homer avait été présent toute la journée, aidant Luther et dînant avec nous. Même s'il ne parlait pas beaucoup, il écoutait et comprenait tout ce qui se passait autour de lui. Il appréciait énormément la présence de Jefferson et Jefferson s'était pris d'affection pour lui. C'était un gentil géant aux grands yeux sombres, et doux comme ceux d'un agneau.

Tandis que je lisais un extrait du *Jardin secret*, Gavin se choisit un autre livre et s'installa dans un coin, me laissant aux prises avec Jefferson et Homer. D'abord, je laissai Jefferson déchiffrer une page. Soucieux de bien faire devant Homer, il s'appliqua et se débrouilla bien mieux qu'à l'ordinaire. Quand il eut terminé, je tendis le livre à Homer. Il leva les yeux vers moi, surpris.

— Tu peux en lire un peu, Homer ? demandai-je.

Il hocha la tête et contempla la page mais ne prononça pas le moindre mot.

— Allez, lis-nous quelque chose, l'encourageai-je. Tu es bien allé à l'école, n'est-ce pas ?

— J'ai arrêté au cours moyen pour aider à la ferme.

— Et personne n'est venu te chercher ? (Il secoua la tête.) C'est dommage, Homer. Si tu apprenais à lire vraiment bien, tu connaîtrais beaucoup plus de choses. (Il approuva.) Bon, il faut commencer par savoir comment prononcer les lettres. Regarde : voici un *a* comme dans chat, et ça, c'est un *b* comme dans bébé...

Nous continuâmes ainsi un petit moment, moi penchée au-dessus de lui, et lui scrutant la page avec attention, jusqu'à ce qu'il parvienne à prononcer un mot entier. Il rayonnait. Je me tournai vers Jefferson :

— C'est très bien, n'est-ce pas, Jefferson ?

Celui-ci approuva aussitôt. Homer, qui guettait sa réponse avec angoisse, parut heureux et se replongea dans le livre. Je voulus l'imiter mais, à cet instant, mon regard effleura sa nuque. D'ordinaire, ses cheveux longs la recouvraient, mais à présent ils avaient glissé de part et d'autre, si bien que je vis la marque de naissance. Il n'y eut pas le moindre doute dans mon esprit : elle ressemblait bien à un sabot. Un frisson glacé me saisit tandis que je me remémorais l'histoire du bébé de Charlotte.

Qu'est-ce que cela signifiait ? Comment Homer pouvait-il avoir la même marque de naissance ? Charlotte avait-elle tout inventé ? Je fis travailler Jefferson et Homer pendant une demi-heure encore avant de les laisser partir. Jefferson voulait faire admirer ses peintures à son nouvel ami. Dès qu'ils eurent disparu, je fis part à Gavin de ma découverte.

— Et alors ?

— Tu ne te souviens pas de l'histoire que je t'ai racontée à propos de Charlotte et de son bébé... la poupée dans le berceau et tout le reste ?

— Si, mais je pensais que ce n'était qu'une histoire comme celle d'Emily volant sur un balai et ainsi de suite...

— Gavin, tout cela est si étrange... Les voisins trouvant un bébé abandonné, Homer vivant pratiquement ici en permanence, et maintenant la marque du sabot... Je vais interroger Luther.

— Je ne sais pas, commença Gavin, hésitant. Il risque de ne pas apprécier ta curiosité. Il peut se mettre très vite en colère, crois-moi, je l'ai vu dans les champs.

— Je ne vois pas pourquoi il se mettrait en colère, et j'aimerais connaître la vérité.

— Peut-être que cela ne te regarde pas, Christie. Peut-être que nous ne devrions pas réveiller les vieux souvenirs.

— Il est trop tard, j'en ai peur. J'ai d'étranges sensations chaque fois que je me promène dans cette maison. Les esprits ont déjà été réveillés.

— Ô Seigneur ! Très bien, quand vas-tu interroger Luther ?

— Tout de suite.

Il soupira et referma son livre.

— Papa dit toujours que la curiosité est un vilain défaut.

— Ce n'est pas de la curiosité mal placée, Gavin. Je fais partie des Meadows. Je suis née ici. Je n'ai peut-être aucun lien de sang avec eux mais ceci fait partie de mon héritage, de mon destin, affirmai-je.

Gavin hocha la tête en souriant.

— Rigole si tu veux, repris-je, mais je veux connaître le passé qui hante cette maison et cette famille.

— D'accord, d'accord, concéda-t-il en se levant. Allons voir si Luther est de ton avis.

Charlotte nous apprit qu'il était dans la grange en train de faire la vidange de sa vieille camionnette. La nuit était très chaude, le ciel plein d'étoiles. Si loin de la route, si loin des gens, nous nous rendions compte à quel point la nature était bruyante : le grésillement des criquets et des cigales, le hululement des oiseaux de nuit, le coassement des crapauds. Pour Gavin et moi, ces sons étaient inhabituels, et c'était comme si chaque animal nous donnait son impression sur la nuit. La lanterne de Luther illuminait la grange. Il était penché sur le moteur de son véhicule.

— Bonsoir, Luther, dis-je en approchant.

Je ne voulais pas le faire sursauter mais il se tourna vers nous, l'air surpris.

— Pouvons-nous vous parler ? demandai-je.

Il hocha la tête et s'essuya les mains sur un chiffon.

— Homer est rentré ? s'enquit-il en regardant derrière nous.

— Non. Il est à la maison avec Jefferson. Mais c'est justement de lui que nous voulions vous parler, Luther, dis-je très vite.

— Ah ? Et pourquoi donc ?

— Qui est-il vraiment, Luther ? m'exclamai-je.

Il fronça les sourcils.

— Comment ça, qui est-il ? C'est Homer Douglas, le fils de nos voisins. Je vous l'ai déjà dit.

— Charlotte m'a fait visiter la chambre d'enfant, commençai-je, et elle m'a raconté l'histoire de son bébé.

— Oh, ça... Charlotte invente beaucoup, dit-il en examinant à nouveau son moteur. Elle l'a toujours fait. C'était sa manière d'échapper à une vie dure et sans amour.

— Sa vie n'est plus dure et sans amour maintenant, dis-je. Pourquoi raconte-t-elle encore cette histoire ?

Il ne répondit pas.

— Alors, elle n'a pas vraiment eu ce bébé ? poursuivis-je. Et le bébé n'avait pas une marque sur le cou qui ressemblait à un sabot ? (Luther ouvrit un bidon et versa de l'huile dans le moteur, comme si nous n'étions pas là.) Nous ne voulons créer aucun problème. Je veux simplement connaître la vérité à propos de cette famille. C'est ma famille à moi aussi.

— Ta maman, c'était une Cutler et elle n'avait pas de sang Booth en elle, d'après ce que je sais, maugréa Luther.

— Mais nous avons un passé commun avec les Booth, rétorquai-je.

— Il vaudrait mieux que tu ne saches rien de cette famille, dit Luther. (Il observa une pause.) C'étaient des gens durs, cruels, qui utilisaient la religion et la superstition pour justifier leurs mauvaises actions. Charlotte, Dieu l'a bénie d'une douceur et d'une gentillesse qu'ils ne comprenaient pas. (À mesure qu'il parlait, il s'animait.) Toujours son visage rayonnait comme un soleil. Mais les Booth, surtout son père et cette Emily, ils ne pouvaient pas le supporter et ils l'ont pratiquement gardée prisonnière dans sa propre maison. Ils l'ont fait travailler comme une esclave, ils ne l'ont jamais traitée comme une fille ni comme une sœur.

Après la mort de Mme Booth, la gentillesse a été bannie de cette maison. Seigneur, ils la fouettaient même, parfois ! Emily, elle prétendait qu'elle devait la fouetter parce que c'était le diable qui mettait ce sourire sur son visage. Elle la fouettait pour lui arracher son sourire, mais Charlotte... (Il secoua la tête.) Elle ne comprenait pas une telle cruauté et elle n'a jamais cédé. C'était impossible de lui durcir le cœur. Elle pardonnait toujours tout, même à Emily.

Il cracha, le regard fixé devant lui comme si un souvenir était revenu le hanter. Mais il continua à parler :

— Elle venait me trouver après avoir été battue. J'essayais de la réconforter et elle ne cessait de me dire qu'Emily ne pouvait pas s'en empêcher, que c'était le diable en elle qui la faisait agir ainsi... Et ainsi de suite. Je commençais à avoir envie de l'envoyer moi-même retrouver le diable, seulement...

— Seulement quoi ?
— C'est comme ça que le diable vous attrape. Il vous fait commettre un péché. De toute manière... Charlotte et moi... on arrivait à se réconforter l'un l'autre. Et puis, après la mort de mes parents, on était aussi seuls l'un que l'autre. Surtout la nuit. Vous comprenez ?

Gavin et moi échangeâmes un regard complice.

— Oui, nous comprenons.

— Elle est tombée enceinte et dès qu'Emily s'en est aperçue, elle a déclaré que c'était l'œuvre du diable et que le bébé serait un démon. Personne en dehors du vieillard, d'Emily et de moi, bien sûr, ne savait que Charlotte attendait un enfant. Personne en ville ne la voyait jamais.

Je me souviens de la nuit où elle a mis son bébé au monde, dit-il en levant les yeux vers l'énorme masse noire de la plantation. Je me souviens de ses hurlements. Ça rendait Emily folle de joie. Elle a fait tout ce qu'elle a pu pour rendre les choses encore plus pénibles.

— Ils l'avaient enfermée dans la Mauvaise Chambre ?

Il hocha la tête puis baissa les yeux.

— Pire. Emily l'a enfermée dans un placard quand le moment est venu.

Je ne voyais pas ses yeux mais j'aurais juré qu'il pleurait.

— Quoi ? Vous voulez dire au moment où...

Il acquiesça.

— Ils l'ont laissée là pendant des heures et quand, finalement, elle a ouvert la porte... eh bien, l'instinct avait pris le dessus, j'imagine. Charlotte avait coupé le cordon ombilical avec ses dents et l'avait noué elle-même. Elle était couverte de sang.

Emily l'a laissée mettre le bébé dans la nursery mais, quelques jours plus tard, je l'ai vue se glisser hors de la maison avec un panier. Je l'ai suivie et je l'ai vue laisser le panier dans le champ des Douglas. Après son départ, je suis allé trouver Carlton Douglas pour lui dire que quelqu'un avait abandonné un bébé sur leur propriété.

Ils ont été heureux de le prendre. Ils l'ont appelé Homer et l'ont élevé du mieux qu'ils ont pu. Emily était vraiment méchante avec lui et elle le chassait dès qu'elle le voyait.

— Mais Charlotte a dû comprendre qu'il s'agissait de son fils, n'est-ce pas ? demandai-je.

— Si elle a compris, elle n'en a jamais rien dit.

— Vous ne le lui avez jamais dit ? s'étonna Gavin.

Luther nous fixa un moment puis secoua la tête.

— Ç'aurait été trop cruel, trop douloureux pour elle. Au lieu de ça, quand Emily est enfin partie en enfer, j'ai fait rentrer Homer de plus en plus dans notre vie jusqu'à ce que — vous vous en êtes rendu compte — il soit ici en permanence.

— Si j'ai vu la marque de naissance, Charlotte a bien dû la voir elle aussi, dis-je.

— Oh, je pense qu'elle sait qui est Homer en réalité. Elle ne le dit pas mais, c'est sûr, elle n'a pas besoin de le dire.

— Et Homer, est-ce qu'il sait ? demanda Gavin.

— Pas avec des mots. Il est comme elle... il sent les choses, il connaît les choses plus vite avec ses sentiments qu'avec les mots. Son monde, c'est la nature, il est chez lui dans ces champs et ces collines, parmi les arbres et les animaux. Il est ici chez lui.

Bon, fit-il en se repenchant sur son moteur, voilà toute l'histoire. Vous vouliez la connaître, eh bien, vous la connaissez, maintenant. Les Booth n'ont vraiment pas de quoi être fiers. Et d'aussi loin que je me souvienne, même leurs ancêtres étaient des gens durs et mauvais. Ici, c'était ce genre de plantation où les propriétaires maltraitaient leurs esclaves. Ils les violaient, les battaient, les accablaient jusqu'à la mort. Le champ là-bas, à l'ouest, est plein de cadavres. Il n'y a pas de tombes, mais je le sais. Mon père m'a montré. Si un esclave tombait sérieusement malade, me disait-il, ils l'enterraient vivant.

— Quelle horreur ! m'écriai-je.

— Vous voulez toujours vous réclamer des Booth ? me demanda-t-il.
— De Charlotte, oui.
— De Charlotte... répéta-t-il avec une infinie tristesse. (Il s'essuya les mains.) Fait plus chaud que sous le cul d'une poule, ce soir, hein ?

Gavin éclata de rire.

— On a un lac où on va nager, par là-bas derrière cette colline, dit Luther en nous montrant la direction. Vous suivez le chemin et vous prenez à gauche en arrivant devant le grand chêne. Il y a même un ponton avec une barque à rames. L'eau provient d'une source souterraine, c'est pour ça qu'elle reste fraîche. (Il sourit.) Charlotte et moi, on avait l'habitude de nous faufiler là-bas de temps en temps.

— Ç'a l'air sympa, fit Gavin.

— Ouais, la terre n'est pas responsable des gens qui la possèdent, j'imagine. Même si les gens arrivent aussi à la pourrir. Oui, répéta-t-il, les gens arrivent à pourrir la terre.

Il y eut un long silence tandis que cette dernière phrase flottait dans l'air.

— Gavin, nous ferions bien de voir ce que fabrique Jefferson, dis-je finalement.

— D'accord.

— Luther... (Il leva les yeux.) Merci de nous avoir fait confiance.

— Je me suis dit que, vu que tu as souffert toi-même, tu comprendrais.

— Merci, répétai-je d'une voix plus grave.

— Faut que je finisse c'te vidange, déclara-t-il. Dites-le à Charlotte si elle demande après moi.

— Promis.

Gavin me prit la main et nous retournâmes à la maison.

Charlotte nous accueillit dans le hall d'entrée et nous apprit que Jefferson, épuisé par sa journée de travail, s'était endormi sur le divan.

— Et Homer est monté le coucher, ajouta-t-elle.

Malgré la gentillesse et la douceur de Homer, je ne pus m'empêcher d'éprouver une légère inquiétude et je gravis l'escalier à toute allure, Gavin dans mon sillage.

Nous trouvâmes Jefferson profondément endormi. Il portait sa chemise de nuit et était soigneusement bordé, la couverture jusqu'au menton. Nous eûmes la surprise de découvrir Homer assis paisiblement dans un coin de la chambre.

— Je gardais un œil sur lui pour être sûr qu'il dormait bien, expliqua-t-il. Jusqu'à ce que vous arriviez.

— Merci, Homer. C'est très gentil à toi.

— Je f'rais bien de rentrer moi aussi si y faut qu'on se lève tôt pour peindre la grange.

Il était déjà à la porte.

— Bonne nuit, Homer, dis-je.

— 'Nuit, répondit-il avant de se glisser dehors aussi silencieusement qu'une ombre dans la nuit.

Je me penchai au-dessus de Jefferson.

— Il dort comme un ange, chuchota Gavin.

Je ne pus m'empêcher de sourire en repensant à la phrase préférée de papa : « Jefferson est un ange au moins huit heures par jour : quand il dort. » Gavin me rejoignit pour me glisser à l'oreille :

— Qu'est-ce que tu dirais d'essayer ce lac dont Luther nous a parlé ? Il fait chaud, ce soir, plus chaud que sous le cul d'une poule.

Mes joues s'enflammèrent.

— Il nous faut des serviettes et une lanterne pour nous éclairer, ajouta-t-il.

— Jefferson pourrait se réveiller et avoir peur.

— Il ne se réveille jamais la nuit et puis, maintenant, il sait où il est. Allez, insista Gavin, on a bien mérité de s'amuser un peu.

— D'accord, cédai-je. Je m'occupe des serviettes.

Même si nous ne faisions rien de mal, nous nous faufilâmes sans bruit hors de la maison. Gavin n'alluma pas la lanterne avant que nous nous en soyons un peu éloignés. Nous trouvâmes le chemin décrit par Luther, qui ondoyait le long d'une petite colline. Soudain, au détour d'un virage, le lac apparut en contrebas, noir et luisant comme une tache d'encre dans l'obscurité ponctuée ici et là de points blancs formés par les reflets des étoiles.

Nous descendîmes jusqu'à l'appontement et nous déchaussâmes pour goûter la température de l'eau.

— Bouh, elle est froide, me plaignis-je.

— Une fois dedans, je suis sûr qu'elle sera délicieuse, dit Gavin. Tu vas te déshabiller ? demanda-t-il. Je peux éteindre la lampe, si tu veux.

— Non, répondis-je vivement. Tu devrais la laisser allumée.

— Pas de problème, répondit-il en commençant à enlever sa chemise.

Les battements de mon cœur s'accélérèrent. Nous avions dormi côte à côte entièrement nus, la nuit précédente, mais nous étions dans le noir. À présent, nos corps luisaient à la lueur de la lanterne. Malgré ce qui s'était passé la veille, je ne pouvais m'empêcher de me sentir gênée et, en même temps, terriblement excitée. Si mon cœur continuait à s'emballer ainsi, j'allais sûrement m'évanouir. Gavin était déjà nu, me tournant le dos, et j'avais à peine retiré ma jupe.

Il me fit face pour me regarder.

— J'y vais le premier, annonça-t-il.

Aussitôt dit, aussitôt fait, il plongea tête la première.

— C'est génial ! s'exclama-t-il en émergeant.

Je distinguais à peine son visage.

— Allez, viens, poule mouillée.

— Ne te moque pas de moi, ou je m'en vais.

— Mes lèvres sont scellées, répondit-il vivement avant de faire jaillir une gerbe d'écume avec ses pieds et de s'éloigner en nageant sur le dos.

Je finis de me déshabiller, risquai à nouveau un orteil frileux dans l'eau tout en cherchant Gavin du coin de l'œil. Il avait disparu. Je ne l'entendais plus nager.

— Gavin ?

Des lucioles dansaient au-dessus de l'eau, clignotant dans la nuit comme des bouts d'étoile tombés sur terre. Dans les arbres, sur la rive, quelques oiseaux sifflaient paresseusement. Une douce brise jouait avec mes cheveux qui venaient me caresser le front et les joues. Plus loin, une chouette hulula.

— Gavin, où es-tu ? appelai-je à mi-voix. Gavin, arrête, j'ai peur.

Tout à coup, il jaillit de l'eau sous l'appontement et me saisit par les chevilles. Je criai en perdant l'équilibre. Le contact de l'eau fraîche me fit hurler de plus belle, et je suffoquai. Il éclata de rire et me saisit à bras-le-corps pour m'empêcher de couler.

— Tu vas bien ? s'enquit-il, hilare.

— Tu es d'une cruauté sans nom !

— Tu mettais tellement de temps que j'ai failli m'endormir à t'attendre, dit-il. D'ailleurs, maintenant que tu y es, ne la trouves-tu pas délicieuse ?

— Je ne te parle plus, déclarai-je.

— Très bien, fit-il en se dégageant. Je vais rester sous l'eau jusqu'à ce que tu changes d'avis.

Et là-dessus, il plongea. J'attendis. J'eus l'impression que cela durait des minutes.

— Gavin ?

La surface de l'eau était calme. On n'entendait que de légers clapotis contre les piliers du ponton.

— Gavin ?

— Ah, ça y est ? Tu t'es décidée à m'adresser de nouveau la parole ? fit-il derrière moi.

Je fis volte-face.

— Gavin, tu es horrible. J'étais terrifiée.

— Si tu décidais un jour de ne plus jamais me parler, Christie, annonça-t-il avec douceur, je *resterais* sous l'eau.

Il se pencha vers moi pour poser ses lèvres sur les miennes. Sous l'eau, je sentis ses mains me saisir par la taille et m'attirer lentement contre lui. Je sursautai en me rendant compte de son état. Je le repoussai, effrayée et choquée par la vitesse à laquelle sa virilité se manifestait.

— Hey ! s'exclama-t-il en riant.

— Nous sommes ici pour nager, déclarai-je en joignant le geste à la parole.

Il rit de nouveau et m'imita. Il aurait pu me rattraper en un rien de temps mais il se contenta de rester à mi-distance derrière moi ou bien à mes côtés. Nous nageâmes ainsi quelques minutes puis je revins jusqu'à un endroit où j'avais pied. Il me rejoignit et me prit les mains.

— C'est merveilleux, n'est-ce pas ? dit-il. Luther avait bien raison. C'est si rafraîchissant.

— Elle est assez froide pour te réveiller partout.

— Partout ? répéta-t-il d'un ton coquin.

Ses mains glissèrent sur mes seins puis il m'attira contre lui et nous nous embrassâmes de nouveau. Mais, cette fois-ci, en sentant son excitation, je ne m'écartai pas. Notre baiser se prolongea encore et encore. Nue sous les étoiles, j'avais l'impression de n'avoir jamais été aussi vivante. Tous mes sens étaient aiguisés. Nos baisers devenaient plus électriques ; mes seins frémissaient, mes genoux faiblissaient. Soudain, Gavin me souleva dans ses bras. Je me blottis contre lui et le laissai me porter hors du lac.

— Oh, Christie, chuchota-t-il en me déposant tout doucement sur nos serviettes étalées sur le ponton de bois, j'ai tellement envie de toi !

— On ne peut pas recommencer, Gavin. Nous devons faire attention. Je pourrais tomber enceinte.

— Je sais, dit-il, mais il ne s'écarta pas.

Il m'embrassait et m'embrassait encore, le visage, le cou, les épaules et les seins. Quand il lécha mes mamelons, je gémis et fermai les yeux.

Nous étions en train de perdre le contrôle de nos émotions, mais je ne le repoussai pas pour autant. J'espérais qu'il saurait s'arrêter. Encore un peu, me disais-je. Juste un petit peu.

— Je t'aime, Christie, murmura-t-il. J'aime tout chez toi : chaque tache de rousseur... (Il m'embrassa les joues.) Chaque mèche de cheveux... (Il pressa ses lèvres sur mon front puis porta mes mains à sa bouche.) Le bout de tes doigts... Tes seins... Ton ventre...

— Gavin ! m'écriai-je. Si on ne s'arrête pas maintenant, on ne pourra plus.

Je le saisis par l'épaule et l'empêchai de descendre plus bas. Il posa la joue sur ma poitrine.

— J'entends battre ton cœur, dit-il. Ta peau est si douce et si fraîche.

Il remonta jusqu'à ma bouche, puis nous restâmes étendus l'un à côté de l'autre, haletants. Il avait passé son bras sous mon cou et nous contemplions les étoiles.

— Tu n'as pas froid ? demanda-t-il.

— Non.

— Quand on regarde le ciel par une nuit pareille, on sent la terre qui bouge, dit-il. Tu sens ?

— Oui.

— Avec un peu d'imagination, on peut même se voir en train de tomber dans le ciel, parmi les étoiles.

— Gavin... murmurai-je en me tournant vers lui. Je veux que tu... je veux dire, je t'aime, vraiment, mais je n'arrête pas de penser à Luther et à Charlotte, à ce qui est arrivé et à ce qui pourrait nous arriver.

— Je sais. Et je te comprends, dit-il. Après tout, c'est moi qui dois garder les pieds sur terre. Je sais que nous ne pourrons passer le reste de notre vie dans un monde de rêve. Seulement, quand je suis avec toi, Christie, j'ai envie d'oublier la logique et la réalité et de continuer à vivre dans le rêve. Plus rien d'autre ne compte.

— Tu ferais bien de changer, Gavin. Jusqu'à présent, je comptais sur toi et sur ton esprit réaliste.

Il éclata de rire.

— D'accord, dit-il, je serai tout ce que tu veux que je sois. (Il se redressa.) On ferait mieux de rentrer.

Silencieusement, nous nous séchâmes et enfilâmes nos vêtements. Puis il me prit la main et nous nous engageâmes sur le chemin. Au sommet de la colline, nous nous retournâmes pour contempler le lac. Il semblait irréel : on aurait dit un grand miroir posé sur la terre. Les arbres, les étoiles, les nuages qui glissaient paresseusement dans le ciel y étaient capturés. Ce serait cette image que nous garderions, me dis-je, ce souvenir qui resterait gravé dans nos esprits. Comme le lac garderait le souvenir de nous deux dans ses eaux. Jusqu'à la fin des temps, le lac entendrait nos rires et sentirait notre désir enfermé dans ses flots. Et peut-être même les battements de nos cœurs.

Gavin leva la lanterne de façon à éclairer le chemin devant nous. Nous suivions ce doigt de lumière qui nous ramenait à la maison, tous deux muets et encore troublés par ce que nous venions de vivre. Une douce torpeur nous enveloppait, comme un chaud manteau que nous ne voulions quitter ni l'un ni l'autre. Nous étions tellement perdus dans nos pensées que nous ne remarquâmes l'étrange véhicule garé dans l'allée qu'au dernier moment.

— À qui est cette voiture ? se demanda Gavin à haute voix.

Il l'éclaira mais nous ne la connaissions pas.

— Je n'en sais rien.

— En tout cas, fit-il en montrant la plaque d'immatriculation, ce n'est pas quelqu'un d'ici. C'est une plaque du Maryland.

— Jefferson, dis-je, subitement effrayée, rentrons vite.

Nous courûmes jusqu'au porche. En pénétrant dans le hall, je perçus un rire familier puis celui, inconnu, d'un homme. Ils provenaient du salon à droite.

Gavin et moi franchîmes la porte et tante Fern se tourna vers nous, les mains sur les hanches, affichant son éternel sourire cynique. Un homme grand et blond — son ami, sans doute — était assis dans le divan, les jambes croisées et fumant d'un air nonchalant. Charlotte était assise sur un prie-Dieu, les mains crispées contre la poitrine, l'air alarmé. Luther se tenait derrière elle, blême et visiblement en colère.

— Tante Fern ! m'exclamai-je.

— Tiens, tiens ! Voilà la petite princesse et son Prince Charmant, dit-elle en esquissant un pas vers nous.

Elle nous examina de la tête aux pieds, puis son regard s'arrêta sur les serviettes de bain que j'avais encore à la main.

— Et d'où sortez-vous, tous les deux ? demanda-t-elle.

— Nous sommes allés nager un peu, répondit rapidement Gavin.

Elle lança un clin d'œil égrillard à son ami.

— Tu as entendu ça, Morty, ils sont allés nager. (L'homme arbora le même sourire écœurant.) J'ai plutôt l'impression que vous avez pris un petit bain de minuit, nus sous les étoiles.

— On a nagé, c'est tout, rétorqua Gavin.

Le sourire disparut, remplacé par un regard dur.

— Bien sûr... Je ne suis pas née de la dernière pluie, tu sais. Vous deux, avec vos airs de saintes-nitouches, vous pouvez tromper les autres, mais pas moi. J'en ai trop vu.

— Ça, c'est sûr, intervint son petit ami en ricanant.

Sa voix était très nasillarde. Je l'examinai rapidement : il avait des yeux rapprochés, des lèvres minces et étirées sous un nez busqué. De tous les hommes que tante Fern nous avait présentés, celui-ci était bien le moins séduisant, avec ses grandes oreilles qui encadraient des joues flasques comme celles d'un vieillard.

— La ferme, Morty, répliqua-t-elle sans nous quitter des yeux avant de sourire à nouveau. Morty et moi descendions en Floride dans sa maison de campagne, quand j'ai eu l'idée que vous vous étiez peut-être réfugiés ici. Alors, on a fait un petit détour. Et j'avais raison.

» À cause de vous, tout le monde est affolé à la maison, vous savez. Oncle Philippe m'a même honorée d'une visite car il s'imaginait que vous étiez peut-être venus chez moi. Il se mettait le doigt dans l'œil. Bon, reprit-elle en se balançant d'un pied sur l'autre, pourquoi t'es-tu enfuie ?

Il était hors de question de lui dire la vérité. Elle en aurait été trop heureuse. Je gardai le silence.

— Peu importe, fit-elle vivement. Vous n'avez pas besoin de me le dire. C'est écrit sur votre figure. Vous vouliez vous payer du bon temps.

— Ce n'est pas vrai ! s'exclama Gavin, écarlate.

— Ce n'est pas à toi de me dire ce qui est vrai ou pas, Gavin, répliqua-t-elle en le considérant froidement d'un air de défi. Nous sommes des Longchamp, tous les deux. Je sais de quoi nous sommes faits. De toute manière, vous n'avez pas à vous inquiéter. Je ne dirai rien à Philippe. À moins que vous ne m'y forciez.

— Alors, il ne sait pas que nous sommes ici ? demandai-je, soulagée malgré tout.

— Non. Et il n'est pas assez intelligent pour le deviner tout seul, ajouta-t-elle. Il est vrai que c'est une fameuse cachette ! Tatie Charlotte m'a parlé de ses travaux de décoration, ajouta-t-elle en éclatant de rire. (Son ami l'imita.) Qui sait, Morty ? Ça pourrait devenir la grande mode.

— Oui, l'art nouveau.

— Je veux vous présenter Morton Findly Atwood. Comment veux-tu qu'ils t'appellent, Morty ? Monsieur Atwood ? Ou alors, simplement monsieur ?

— Monsieur Atwood me plairait bien. Monsieur, c'est un peu trop, fit-il en souriant.

Il fit tomber la cendre de sa cigarette par terre.

— La famille de M. Atwood est très respectée. Ils sont ce qu'on appelle une ancienne famille... pas encore tout à fait ruinée, mais ancienne.

Elle ricana et Morton Atwood fit chorus. Quel respect avait-il donc pour sa propre famille s'il permettait à tante Fern de se moquer ainsi d'elle ?

— Bon, maintenant que nous sommes ici, poursuivit-elle en regardant autour d'elle, nous allons en profiter un

peu et prendre quelques jours de vacances, pas vrai, Morty ?
— Comme tu veux. J'ai tout mon temps.
— Que veux-tu dire, tante Fern ? demandai-je.
Le désespoir me plombait les jambes, j'étais subitement clouée au sol. J'avais peur d'entendre sa réponse.
— Que veux-tu dire, tante Fern ? me singea-t-elle. Qu'est-ce que je veux dire, à ton avis ? On va rester ici quelque temps. Ce n'est pas la place qui manque. Tatie Charlotte était sur le point de nous montrer les chambres, n'est-ce pas, tatie Charlotte ?
— Oh, bien sûr, répondit Charlotte qui ne comprenait pas vraiment ce qui se passait.
Luther était furieux.
— Après tout, nous sommes tous de la même famille, fit tante Fern. Enfin, tous sauf Luther, ajouta-t-elle en se tournant vers lui.
Il rougit de colère contenue.
— Quelle chambre avez-vous, tous les deux ? s'enquit-elle.
— Nous avons deux chambres, expliquai-je vivement. Une pour Jefferson et Gavin, et une pour moi. Elles sont voisines.
— Comme c'est pratique, fit-elle. Morton, si on faisait un petit tour d'inspection ?
— Comme tu veux, mon chou, répondit-il en se levant.
Il faisait un peu plus d'un mètre quatre-vingts mais ses épaules étaient trop étroites pour un homme.
— Il se trouve que Morty est un excellent joueur de tennis, ajouta tante Fern. Il pourrait même passer pro. Il n'y a pas de court de tennis dans la propriété, n'est-ce pas, Luther ?
Luther grommela quelques mots incompréhensibles.
— Je m'en doutais. Ça ne fait rien, on se débrouillera, je suis certaine qu'il y a de nombreuses distractions par ici. Je me trompe, princesse ? fit-elle en me considérant d'un

air goguenard. Tatie Charlotte, tu peux nous faire visiter maintenant ?

Charlotte se leva.

— Bien sûr.

— Alors, montre-nous le chemin, ordonna sèchement tante Fern.

Charlotte me lança un regard de détresse comme si elle quêtait de l'aide. J'avais de la peine pour elle mais je ne savais quoi faire. Je mourais d'envie de les jeter dehors mais c'était impossible.

— Oh, Luther, fit tante Fern d'un ton fielleux, vous pouvez sortir nos bagages de la malle et les monter à l'étage.

Luther lui lança un regard noir avant de tourner les talons et de sortir. Tante Fern ricana.

— Je t'avais bien dit que cela risquait d'être assez drôle, Morty. Tous mes parents ont quelque chose d'amusant.

Elle glissa son bras sous le sien, et nous suivîmes Charlotte.

Tante Fern se retourna soudain vers Gavin et moi.

— Nous ne voudrions pas vous déranger. Faites comme si nous n'étions pas là !

Elle rejeta la tête en arrière et rit de plus belle.

Gavin me regarda. Il n'avait pas besoin de parler. Nous venions de comprendre que la merveilleuse bulle de magie dans laquelle nous nous étions réfugiés venait d'exploser.

14

La marmite bout

Par pure méchanceté, tante Fern décida que la seule chambre qui leur convenait était la suite des parents Booth. Elle la choisit avec d'autant plus de jubilation qu'elle sentit à quel point cela terrifiait la pauvre Charlotte. Comme si son père pouvait encore la punir d'offrir son lit à des étrangers. Non pas qu'elle eût le choix : tante Fern se montra inflexible, même si la pièce n'était pas dans un état habitable.

— Personne n'a dormi ici depuis des années, fit remarquer Charlotte. Elle n'a pas été utilisée depuis... depuis que papa a disparu.

— Eh bien, il est temps que ça change, répliqua tante Fern, nullement gênée.

Elle trouva l'interrupteur. La lumière jaillit, révélant les toiles d'araignée, la poussière et la crasse.

— Princesse, fit tante Fern en se tournant vers moi, les mains sur les hanches, va chercher de l'eau, du savon et des balais, et nettoie-moi tout ça.

— Cela fait beaucoup de travail à une heure pareille, tante Fern, dis-je. Pourquoi ne prendrais-tu pas une chambre propre pour cette nuit ?

— C'est une bonne idée, ajouta Gavin.

Tante Fern lui adressa un regard glacial avant de me contempler avec dédain.

— Primo, je doute qu'il y ait dans cette maison une chambre plus propre que celle-ci, et, deuzio, elle me plaît. Pourquoi a-t-elle été laissée à l'abandon si longtemps ? Et pourquoi utilisent-ils des bougies et des lampes à pétrole si l'électricité marche ?

— Ça coûte très cher d'éclairer une si grande maison, expliquai-je.

Elle ricana.

— Ils n'ont même pas de loyer à payer. Aucune charge, rien.

Elle continua à parader à travers la pièce, allumant à dessein chaque lampe qu'elle trouvait. Elle s'arrêta devant la coiffeuse pour examiner les pots de crèmes séchées, les vieilles brosses et les peignes.

— Qu'est-ce que toutes ces saletés font ici ? On aurait dû les jeter depuis des siècles. Apporte une poubelle, ordonna-t-elle.

— Oh non, dit Charlotte, secouant la tête et souriant comme si l'idée était ridicule. Ce sont les affaires de ma mère.

— Et alors ? répliqua tante Fern avec indifférence. Ta mère est morte, non ? Elle n'a plus besoin de se maquiller ni de se coiffer. (Elle passa l'index sur le miroir, traçant une ligne dans l'épaisse couche de poussière.) N'oublie pas le miroir, princesse. Fais-le briller.

— Pour qui prends-tu Christie... pour ton esclave ? s'insurgea Gavin.

Les yeux de tante Fern se transformèrent en deux minces fentes.

— Oh, je sais que Christie sera ravie de faire plaisir à sa tante préférée, répondit-elle. Et je suis sa tante préférée parce que je garde toujours ses petits secrets. N'est-ce pas, princesse ?

J'échangeai un regard de frustration avec Gavin tandis qu'elle continuait à inspecter la pièce, passant à présent dans la salle de bains. Elle examina le lavabo et la baignoire.

— Apporte du désinfectant. J'espère bien que tu vas me faire briller cette plomberie, me dit-elle. Et puis, il faudra aussi te mettre à quatre pattes pour frotter le sol. Je ne voudrais pas poser mes pieds nus sur une saleté pareille.

— Ça va prendre des heures ! m'exclamai-je.

— Oh, chérie, chérie, gémit Charlotte.

— Je suis vraiment surprise qu'on n'ait pas nettoyé cette chambre plus tôt, regretta tante Fern en s'en prenant à Charlotte. Mais pourquoi ma belle-sœur et mon frère vous ont-ils laissés vous occuper de cette plantation et faire toutes vos idioties ? C'est vraiment incroyable ! Cette propriété a quand même une certaine valeur, n'est-ce pas, Morton ?

— Sûrement, répondit-il, nullement intéressé. En tout cas, le terrain vaut quelque chose. La maison, elle, est en ruine.

— Pourtant ce lit me plaît bien, fit tante Fern en revenant dans la chambre pour secouer un des piliers du grand lit à baldaquin. C'est un meuble très élégant. Et regarde le travail sur cette armoire et cette commode, fit-elle en montrant le bois finement sculpté.

— Oui, les meubles sont bien, approuva Morton.

— Christie, reprit tante Fern, tu aurais déjà dû aller chercher tes seaux et tes balais. On n'a pas toute la nuit, tu sais.

— Je ne crois pas que tu te rendes compte du travail que cela représente, fit Gavin avec plus de calme.

— Oh si, je m'en rends parfaitement compte, rétorqua Fern. Mais si ça te chagrine tellement de voir ta précieuse petite princesse souiller ses jolies mains, pourquoi ne l'aiderais-tu pas ?

Là-dessus, elle se retourna vers Charlotte. La malheureuse en tressaillit de crainte. Ses mains tremblantes vinrent se poser sur sa gorge.

— Tatie Charlotte, tu veux bien nous donner des draps propres et des serviettes aussi, des tas de serviettes ? Tu n'aurais pas un aspirateur, par hasard ?

Charlotte, dépassée, secoua la tête.

— Non, ils ne possèdent que des balais, expliquai-je.
Tante Fern ricana.
— Eh bien, j'imagine qu'il faudra vous en contenter. Allez, tout le monde au travail ! dit tante Fern, jouissant de son rôle de contremaître.
— Vous ne pouvez vraiment pas dormir ici, dit alors Charlotte, terrorisée. Les esprits continuent de visiter cette chambre la nuit. Et parfois même le jour.
— Les esprits ? Oh, tu veux dire des fantômes ? Bah, ne t'en fais pas. Morton et moi, on a l'habitude des esprits, même si ce sont des esprits d'un autre genre. Ce qui me fait penser : qu'y a-t-il à boire ici ?
— Nous avons de l'eau, du lait et des jus de fruits, annonça fièrement tante Charlotte.
— Je parle d'alcool, rétorqua tante Fern. De whisky.
— Du whisky ? (Charlotte réfléchit un moment.) Il y en a dans le placard du bureau de papa... mais il est très vieux.
La remarque fit rugir de rire tante Fern et Morton.
— Plus c'est vieux, meilleur c'est, fit tante Fern. Montre-nous le bureau et on va boire quelques verres en attendant que la chambre soit prête.
— Le bureau n'est plus un bureau, intervins-je. C'est devenu l'atelier de Charlotte.
— Alors, on boira ailleurs. Allez, tout le monde, dit-elle en tapant dans ses mains, on s'active !
Luther venait de s'immobiliser sur le seuil de la pièce, leurs bagages à la main.
— Vous n'allez pas vous installer ici, hein ? demanda-t-il.
— Tout est réglé, Luther. Posez les bagages près du lit.
Luther se tourna vers Charlotte, vit son expression peinée et secoua la tête.
— Cette chambre ne doit pas être utilisée, insista-t-il d'un ton ferme.
— Vraiment ? Pour qui vous prenez-vous, pour le propriétaire ? fit tante Fern en se tournant vers Morton.

Ils eurent un rire moqueur.

— Personne n'utilisera cette chambre, se contenta de répondre Luther.

Les yeux de Fern se remplirent de haine.

— Maintenant, écoutez-moi bien, dit-elle en se plantant devant lui. Il se trouve que j'en sais beaucoup plus sur vous que vous ne le croyez. Mon frère m'a raconté pas mal de choses sur cet endroit et sur vous. Vous n'êtes qu'un employé à qui on a donné la permission de rester... permission qu'on peut vous retirer n'importe quand.

Je crus que Luther allait exploser.

— Tante Fern, intervins-je, c'est moi qui donne les permissions désormais. Cette plantation m'appartient maintenant.

Elle sourit froidement.

— Philippe n'en possède-t-il pas une part, lui aussi ? Pourquoi ne pas l'appeler pour lui demander son avis ? fit-elle, le regard mauvais.

— Ne t'avise pas de la menacer, fit Gavin en se postant à mes côtés.

Ce fut au tour de Fern de rougir de colère. Elle darda sur lui des yeux furieux.

— Comment oses-tu me parler ainsi, Gavin ? Papa sait-il où se trouve son gentil fiston et ce qu'il fabrique ? Et comment ta mère va-t-elle prendre la nouvelle ?

Gavin baissa la tête. Elle accueillit visiblement cette petite victoire avec satisfaction.

— Vous deux, vous en profitez bien ici, hein ? reprit-elle. Je n'ai qu'un conseil à vous donner si vous voulez que ça continue : tenez-vous tranquilles. De plus, conclut-elle en adoptant sa posture préférée, les mains sur les hanches, tu devrais avoir un peu plus de respect envers ta sœur aînée, Gavin. Et toi, Christie, envers ta tante. Tu ne m'as jamais témoigné le moindre respect ; tu ne m'as jamais vraiment traitée comme ta tante.

Elle avait prononcé cette dernière phrase d'un ton geignard.

— Ce n'est pas tout à fait...

— NE ME CONTREDIS PAS ! hurla-t-elle, les yeux hagards.

Puis elle vint droit sur moi pour reprendre d'un ton plus sourd, plus contrôlé mais empli d'une haine folle, me crachant les mots au visage :

— Nous ne sommes plus à Cutler's Cove et tu n'es plus la princesse des lieux. On devait toujours s'abaisser devant toi. C'était toujours Christie ceci, Christie cela. Est-ce qu'on a jamais organisé une fête pour mon seizième anniversaire ? Est-ce qu'on m'a jamais acheté ce que je désirais ?

— Papa et maman t'aimaient et te traitaient bien, tante Fern, protestai-je, les larmes aux yeux.

— Silence. J'ai déjà entendu la même chanson des centaines de fois. Luther, fit-elle en s'en prenant à lui, je vous conseille de ranger nos affaires ici, et *pronto*. Vous comprenez ce que veut dire *pronto*, hein ?

Il hésita, touché dans sa fierté, toujours en proie à la colère.

— Quelle va être la réaction de Philippe Cutler, à votre avis, quand il saura que vous dissimulez ici deux mineurs en fugue ? poursuivit-elle. On fera une enquête sur tante Charlotte et vous. Des journalistes risquent même de venir par ici, de prendre des photos de ces graffitis ridicules qui ornent la maison et les tableaux. C'est ce que vous voulez ?

Elle était prête à mettre ses menaces à exécution, c'était évident. Vaincu, Luther baissa les épaules. Toute lueur de défi disparut de son regard. J'éprouvai une peine immense pour lui.

— Ce n'est pas vrai. Luther ne nous a pas cachés. Il n'avait aucune idée des raisons pour lesquelles je me suis enfuie, ni même que je m'étais enfuie. Il...

— Qui va croire un conte pareil ? se moqua tante Fern en retrouvant toute son arrogance. Bon, faut-il que je me répète ?

Elle fixait Luther. Celui-ci baissa les yeux et porta leurs bagages dans la pièce. Tante Fern se détendit.

— Voilà qui est mieux... beaucoup mieux. Christie, ma chère, les balais et les seaux ?

Que pouvais-je faire d'autre ? J'étais prise au piège. Je ne voulais pas être la cause de nouveaux ennuis pour Luther et Charlotte. Tante Fern nous tenait. Par ses accusations et ses menaces, elle m'obligeait à lui obéir plus sûrement que si elle m'avait fouettée.

— Je viens avec toi, proposa Gavin.

— Hélas, hélas, fit Charlotte en s'éloignant de son pas trottinant pour accomplir les désirs de tante Fern, nous n'allons pas vers des jours heureux.

— Sus au whisky ! fit tante Fern en s'esclaffant.

— Quelle impressionnante démonstration d'autorité, la complimenta Morton.

Le rire de tante Fern nous poursuivit dans l'escalier.

— J'ai trop souvent été du mauvais côté du fouet, lui dit-elle. À présent, c'est moi qui tiens le manche.

Ils obligèrent Charlotte à leur donner l'alcool avant de la renvoyer chercher les draps et, tandis que nous travaillions dans la suite, tante Fern et Morton se soûlèrent au salon. Ils passèrent des disques sur le vieil électrophone, se conduisant comme deux enfants, renversant tout sur leur passage, faisant sonner les cloches qui servaient à annoncer le dîner, allumant toutes les lumières et se pourchassant à travers la maison. De temps à autre, le rire strident de tante Fern résonnait dans l'antique demeure.

Je dis à Charlotte d'enlever les affaires qui se trouvaient sur la table de la coiffeuse et de les cacher.

— Tu pourras les remettre à leur place après le départ de Fern, si tu veux, dis-je.

Elle approuva cette solution, tout en restant très troublée par les événements. Gavin nous aida à faire le ménage, se chargeant de nettoyer les vitres. Luther avait apporté un balai mais il repartit aussitôt en maugréant avec colère. J'époussetai tous les meubles avant de m'occuper de la salle de bains. Il me fallut près d'une heure pour laver le lavabo, la baignoire et les toilettes. Gavin devint furieux quand je dus effectivement me mettre à quatre pattes pour gratter le sol. J'avais déjà jeté trois bassines d'eau sale, et mes mains et mon visage étaient couverts de crasse.

— C'est stupide, dit-il. Allons réveiller Jefferson et partons. Philippe ne nous trouvera pas.

— Cela n'empêchera pas tante Fern de créer des ennuis à Charlotte et à Luther. Tu sais comme elle peut être vindicative. Non, il vaut mieux lui obéir. Bientôt, son petit ami et elle en auront assez d'être ici et ils partiront. Il sera temps alors de changer nos plans.

— Je n'arrive pas à comprendre pourquoi la sœur de Jimmy, ma demi-sœur, est aussi méchante, fit-il en secouant la tête.

— N'oublie pas qu'elle a été élevée par une autre famille jusqu'à ce que papa et maman la retrouvent, lui rappelai-je. Elle n'a pas eu une vie très stable.

— Arrête de lui trouver des excuses, Christie. Elle est simplement cruelle et égoïste ; elle n'aime qu'elle-même. Elle n'a jamais fait quoi que ce soit pour autrui de toute sa vie et je doute qu'elle le fasse jamais.

— Et de qui es-tu en train de parler, au juste, Gavin Longchamp ? demanda tante Fern en pénétrant dans la pièce. Pas de moi, j'espère ?

— Si tu te sens visée...

Grâce au ciel, elle était trop ivre pour l'entendre ou pour relever. Morton et elle se jetèrent sur le lit et se mirent à se caresser comme si nous n'étions pas là. Ébahis, nous les regardâmes. Finalement, les paupières lourdes, tante Fern nous gratifia d'un regard.

— Vous n'avez pas encore fini ? se plaignit-elle.

— Il y avait beaucoup de travail, tante Fern. On t'avait prévenue...

— Arrête tes jérémiades. Nous voulons nous coucher. Pas dormir, hein, ajouta-t-elle avec un sourire égrillard. Mais nous coucher. Pas vrai, Morton ?

Il avait les yeux fermés mais il esquissa un sourire idiot.
— Alors, ramasse tes balais, princesse, et ferme la porte derrière toi, *comprende* ?
— Allons-nous-en, dit Gavin en m'aidant à me relever. Elle est soûle comme une bourrique.
— Hé, vous deux, vous devriez essayer ce vieux whisky, cria-t-elle — ce qui déclencha chez Morton et elle une nouvelle crise de rires hystériques. Et Charlotte qui pensait qu'il était trop vieux !
Ils s'esclaffèrent de plus belle.
Gavin m'entraîna jusqu'à la porte. En nous retournant une dernière fois, nous vîmes qu'elle se vautrait sur le corps prostré de Morton. Il était trop ivre ou trop fatigué pour réagir.
— Oh, fit alors tante Fern en se tournant vers nous. J'ai oublié... À quelle heure les esprits arrivent-ils ?
Son rire résonna encore après que nous eûmes fermé la porte.
— J'espère bien que les esprits vont venir, dit Gavin, les yeux brillants de colère, et qu'ils l'emporteront en enfer.
J'étais trop épuisée pour lui répondre et même pour m'en soucier. Nous longeâmes le couloir jusqu'à notre propre salle de bains pour nous laver. Nous nous couchâmes aussitôt. À peine eus-je posé la tête sur mon oreiller que je sombrai dans le sommeil.
Mais peut-être bien que les esprits vinrent cette nuit-là. Soudain, je me réveillai, l'oreille aux aguets. Je fus certaine de distinguer des pas dans le couloir, puis une porte claqua et il y eut des bruits étranges, comme des sanglots. Mais j'étais trop épuisée pour me lever et aller vérifier. Les esprits ne s'attaqueraient pas à nous, pensai-je, et si demain tante Fern et son ami avaient mystérieusement disparu, je ne m'en plaindrais pas. Je me rendormis.
Le cri perçant de tante Fern me réveilla au matin. Elle n'était donc pas partie. Pas encore.

— Qu'est-ce qui se passe ? demanda Jefferson en se frottant les yeux à l'entrée de ma chambre. Qui est-ce qui crie ?

— C'est Fern, expliqua Gavin qui arrivait du couloir. Elle nous demande.

— Fern ? Tante Fern est ici ? s'étonna Jefferson.

— Malheureusement, oui, lui dis-je.

— Pourquoi crie-t-elle ?

— Je n'en sais rien, Jefferson. Peut-être qu'en se réveillant elle s'est vue dans un miroir.

Gavin éclata de rire.

J'enfilai rapidement ma robe pour suivre Gavin dans le couloir, Jefferson sur mes talons. Les portes de la chambre principale étaient grandes ouvertes. Nous approchâmes lentement afin de risquer un coup d'œil prudent à l'intérieur.

Morton était apparemment encore endormi ou, plus exactement, encore assommé par son ivresse, mais tante Fern était assise toute droite dans le lit, drapée dans une couverture. Elle roulait des yeux. Elle avait peut-être vu un esprit, après tout ? Elle leva le bras et pointa un doigt tremblant vers nous, ou plutôt vers la porte.

— Qui était ce... cette créature qui nous surveillait depuis Dieu sait quand ? demanda-t-elle. J'ai senti une présence et j'ai ouvert les yeux et... il était là, nous espionnant.

— C'était probablement Homer, dis-je. C'est un ami de tante Charlotte et de Luther. Il vit tout près d'ici.

— Quoi ? Comment ose-t-il traîner dans ma chambre ? Comment ose-t-il ? ! C'est un pervers ?

— Oh non, tante Fern. Homer est complètement inoffensif. Il est...

— Je sais reconnaître un pervers quand j'en vois un, m'interrompit-elle, glaciale. Je ne veux plus le voir dans les parages, c'est compris ? Descends dire à ce mongolien de ficher le camp en vitesse et de ne plus remettre les pieds ici en ma présence, compris ?

— Mais Homer ne...

— Arrête de me contredire chaque fois que j'ouvre la bouche, gémit-elle. J'ai le crâne qui va exploser.

Oubliant qu'elle était nue, elle lâcha la couverture qui glissa et se pressa les paumes contre les tempes. Choqué, Gavin recula.

— Tante Fern... tu n'es pas encore habillée, remarquai-je.

— Et alors ? Morton, bon sang ! Comment peux-tu dormir avec tout ce raffut ? Morton !

Elle le secoua. Il grogna mais ne bougea pas d'un pouce. Elle se laissa retomber contre son oreiller.

— Apportez-moi du café... du café bien fort. Et après, je veux que tu me fasses couler un bain chaud. Il y a des huiles de bain dans cette maison ?

— Non, tante Fern.

— Bon, apporte-moi le café... et vite, ordonna-t-elle. Et chasse cette créature de la maison.

Elle referma les yeux et gémit à nouveau.

— Comment tante Fern est-elle arrivée jusqu'ici ? chuchota Jefferson.

— Elle est venue sur le balai d'Emily, plaisanta Gavin.

— Quoi ?

— Elle est arrivée en voiture hier soir, Jefferson. Retourne te préparer, s'il te plaît.

— Qu'est-ce qu'elle a ?

— Elle a trop bu de vieux whisky, expliquai-je en échangeant un sourire complice avec Gavin.

— Allez, viens, bonhomme, fit celui-ci en le prenant par les épaules.

— Je ferais mieux de m'occuper de leur café, dis-je.

Luther travaillait déjà dehors. Charlotte était assise à la table de la cuisine avec Homer qui semblait terrifié.

— Elle lui a fait une peur de tous les diables, marmonna Charlotte.

— Parce qu'elle était effrayée, tante Charlotte. Elle s'est mise en colère parce qu'il la regardait depuis la porte.

— Il ne lui voulait aucun mal. Il n'avait jamais vu personne dans cette chambre avant. Il fallait bien qu'il regarde.

Je souris. Elle prenait sa défense comme une mère.

— Je sais, mais jusqu'à ce qu'ils partent, Homer ferait bien de les éviter. Tu comprends, Homer ? Cette femme, là-haut, n'est pas très gentille. Si elle te voit encore, elle va se remettre à hurler.

Le malheureux hocha la tête.

— Elle ne me plaît pas, dit-il.

— Je ne te le reproche pas.

Je versai deux tasses de café, trouvai un plateau et les portai à tante Fern et à Morton. Celui-ci était enfin réveillé : adossé au montant du lit, il se massait la mâchoire en clignant des yeux, gêné sans doute par le rayon de soleil qui tombait dans la chambre. Tante Fern était toujours couchée sur le ventre, les paupières closes.

— Voilà votre café...

Elle ouvrit aussitôt les yeux.

— Apporte-le-moi ici, ordonna-t-elle.

Elle s'empara de sa tasse dès qu'elle fut à sa portée. Je fis le tour du lit pour donner la sienne à Morton.

— Merci, dit-il.

— Il n'est pas assez fort, se lamenta aussitôt Fern en recrachant dans sa tasse. On dirait de l'eau sale. Peut-être que c'en est, ajouta-t-elle en ouvrant de grands yeux. C'est Charlotte qui a fait ça ?

— Oui, tante Fern.

— Ne le bois pas, Morton. Charlotte est assez folle pour avoir utilisé de l'eau de vaisselle.

Elle lui arracha sa tasse des mains et la posa sur mon plateau avec une telle violence que le café gicla, m'éclaboussant les avant-bras. Il était brûlant mais elle ne s'en soucia guère.

— Tu vas le refaire toi-même. Tu sais faire du café, n'est-ce pas, princesse ? À moins que tu ne saches rien

faire du tout ? Elle s'est toujours fait servir dans son lit, expliqua-t-elle à Morton.
— Ce n'est pas vrai, tante Fern. J'aidais souvent Mme Boston à la cuisine, me défendis-je.
— Elle aidait souvent Mme Boston, ironisa-t-elle. Eh bien, va nous faire un café potable, et dépêche-toi. Je veux prendre mon bain et ensuite un bon petit déjeuner. La créature est partie ?
— Il était plus effrayé que toi, tante Fern. Il ne veut plus te voir, ne t'inquiète pas.
— Bien.
— Quelle créature ? demanda Morton.
— Tu dormirais même s'il y avait un tremblement de terre, lui dit-elle. À condition d'avoir bu du vieux whisky toute la nuit, ajouta-t-elle, déclenchant leur hilarité.
Ils commencèrent à se chatouiller, se conduisant à nouveau comme deux enfants. Puis tante Fern se rappela ma présence.
— Qu'est-ce que tu fiches encore ici ? s'écria-t-elle. Va me chercher ce café !
Je redescendis lui préparer son satané café. Mais je le fis si fort que Gavin me dit qu'il réveillerait un mort. À présent qu'il était complètement réveillé, Jefferson insista pour m'accompagner, mais en arrivant devant la suite, je trouvai la porte fermée. Il valait mieux frapper avant d'entrer.
— Une minute, fit tante Fern d'une voix haletante.
Puis je perçus quelques gémissements et des petits cris de plaisir. La situation devenait fort embarrassante.
— Le café va refroidir, tante Fern, criai-je à travers la porte. Dois-je revenir un peu plus tard ?
En guise de réponse, je l'entendis crier plus fort et plus vite, puis il y eut un long râle.
— Qu'est-ce qu'il arrive à tante Fern ? s'enquit Jefferson.
— Elle ne se sent pas très bien, Jefferson. Si tu redescendais finir ton petit déjeuner ? Tu viendras lui dire bonjour plus tard, d'accord ?

Il haussa les épaules et obéit. Quelques instants plus tard, tante Fern ordonna :

— Entre !

J'ouvris la porte. La couverture lui montait jusqu'au menton mais elle avait le visage congestionné, les cheveux en bataille. Morton gisait, les yeux clos, une grimace satisfaite aux lèvres.

— Voilà ton café, dis-je.

Elle se redressa en souriant.

— Bien.

Elle prit sa tasse et tendit la sienne à Morton avant de se retourner vers moi.

— Alors, tu faisais ton éducation ? (N'avait-elle donc aucune dignité ? Aucun respect d'elle-même ?) Je parie que tu avais l'oreille collée à la porte. Et peut-être regardais-tu par le trou de la serrure ?

— Pas du tout, tante Fern. J'étais très mal à l'aise.

— À qui veux-tu faire croire ça ? Il est évident que tu as sauté le pas ici, dit-elle.

Du coin de l'œil, je me rendis compte que Morton m'observait avec intérêt.

— Tante Fern !

Elle éclata de rire.

— Arrête de jouer à la petite princesse innocente et pure. Tu ne vaux pas mieux que moi.

— Je n'ai jamais prétendu le contraire, tante Fern, mais...

— En fait, je suis assez contente que tu aies enfin grandi. Si j'en ai envie... et si tu es très gentille avec moi, je te donnerai peut-être quelques bons conseils.

Ce fut au tour de Morton de ricaner.

— J'aimerais bien être là pour entendre ça, fit-il.

— Pas question. C'est une histoire entre femmes.

— Tante Fern, je préférerais...

— D'accord, fit-elle. Je vois : tu es encore trop délicate. Bon, fais-moi couler mon bain. Je le veux chaud mais pas bouillant. Allez, remue-toi un peu. Arrête de faire cette tête d'ahurie.

Je passai dans la salle de bains pour ouvrir les robinets. Quand tout fut prêt, je l'appelai et m'apprêtai à partir.

— Attends un peu, où vas-tu ? s'enquit-elle.
— En bas, prendre mon petit déjeuner.
— D'abord, j'aimerais que tu m'aides à prendre mon bain. Il faut me laver le dos et les cheveux. Viens, ordonna-t-elle.

Totalement nue, elle sortit du lit et gagna la salle de bains. Je regardai Morton qui m'adressa un sourire coquin.

— La température de l'eau est parfaite, annonça tante Fern.

Craignant que Morton ne sorte du lit, nu comme un ver lui aussi, je repassai dans la salle de bains. Tante Fern me tendit le gant de toilette.

— Frotte-moi le dos en petits cercles. Et les épaules aussi.

Je lui obéis avant de lui shampouiner les cheveux.

— Très bien, soupira-t-elle en se carrant contre la paroi de la baignoire. Tu fais une très bonne servante, princesse.

— Tante Fern, tu pourrais arrêter de m'appeler princesse. Je n'en suis pas une et je ne l'ai jamais été.

— Peut-être, mais tu étais terriblement gâtée.

— Ce n'est pas vrai, insistai-je. J'ai travaillé à l'hôtel dès que j'ai été en âge de le faire. Je me suis toujours occupée de Jefferson quand mes parents me le demandaient.

— Oui, tu étais parfaite, marmonna-t-elle.

Soudain, elle me saisit brutalement le poignet et m'attira contre elle.

— Et si tu me parlais de ton histoire d'amour avec mon petit frère ? Il est... A-t-il de l'expérience ? J'ai du mal à imaginer qu'il sache s'y prendre.

— Ça suffit, tante Fern, dis-je en me libérant. Gavin est très gentil, c'est vrai, mais ce n'est pour cela qu'il manque de force ou de virilité.

— Virilité ? répéta-t-elle en ouvrant de grands yeux. Alors, tu as couché avec lui ?

Je baissai les yeux, incapable de répondre.

— Ne t'en fais pas, fit-elle. Je ne vais pas le crier sur les toits. Tu crois que c'est si important ? (Une pause.) J'étais curieuse, voilà tout. Comment ça s'est passé ?

— Tante Fern, je préfère ne pas en parler.

— Allez, je suis sûre que c'était votre principal sujet de conversation avec tes amies ! Ta mère a-t-elle eu le temps de te raconter autre chose que des histoires de roses et de choux ?

— Maman et moi étions très proches, répliquai-je. Je n'ai pas eu à me cacher pour apprendre ce que je voulais savoir.

— Vraiment ? Je me demande ce qu'elle a bien pu te dire.

Elle ricana.

— Nous avons parlé de l'amour et du sexe.

— L'amour, fit-elle, ironique.

— N'es-tu pas amoureuse de Morton ? demandai-je.

— Tu plaisantes ? Morton ? Avec lui, c'est juste un bon moment. (Elle se pencha vers moi.) Et il est facile à manipuler, si tu vois ce que je veux dire. (Je ne voyais pas.) Il fait tout ce que je lui dis. Il ne discute jamais.

— Mais... vous vous conduisez comme un couple marié, dis-je.

— Oh, princesse, tu me tues ! On est ensemble pour quelque temps, c'est tout. Ça m'est souvent arrivé, confessa-t-elle.

— Souvent ?

— Curieuse, hein ?

C'est vrai. Je voulais la comprendre, comprendre pourquoi elle disposait aussi légèrement de son corps, et si cela lui plaisait vraiment. Elle semblait heureuse de son indépendance et de sa témérité, mais l'était-elle vraiment ?

— Tu veux que je te raconte la première fois ? demanda-t-elle.

Je ne répondis pas mais, déjà, elle s'était assise et enchaînait :
— J'avais quatorze ans. Le garçon qui me plaisait en avait dix-sept.
— Dix-sept ans !
— Il ne m'accordait même pas un regard. Je n'avais jamais rien fait avant, je te le promets, mais j'avais beaucoup lu... Alors, un jour, je suis allée lui murmurer quelques mots à l'oreille. Il a rougi comme une tomate, mais tout à coup, je l'intéressais énormément.
— Que lui as-tu dit ?
— Je lui ai demandé s'il avait envie de faire un tour de manège avec moi.
— Qu'est-ce que cela signifiait ? demandai-je à mi-voix.
— À la vérité, princesse, je n'en savais rien mais ça lui a fait un drôle d'effet. Quelques jours plus tard, j'ai enfin eu l'occasion d'être seule avec lui. Il s'est mis en colère lorsqu'il s'est aperçu que pour moi c'était la première fois.
— Qu'a-t-il fait ?
— Rien. Il ne m'a plus jamais adressé la parole après, dit-elle.
— Oh, ç'a dû être terrible pour toi.
Elle haussa les épaules.
— Il ne m'intéressait plus, de toute manière.
— Mais vous aviez... !
— Il fallait bien que ça arrive un jour ou l'autre, répliqua-t-elle, nonchalante.
— Mais si on ne tient pas vraiment à la personne avec qui...
— Ne t'amourache jamais de personne, fit-elle. Ça vaut beaucoup mieux.
— Oh non, tante Fern. On est seul et misérable quand on ne se soucie que de soi, répliquai-je.
Elle me lança un regard noir.
— J'avais oublié que tu étais la fille de Madame Parfaite. Ta mère n'était pas si parfaite, tu sais, ajouta-t-elle. C'est pour ça que tu es venue au monde.

— Je suis tout à fait au courant, intervins-je très vite pour l'empêcher de proférer de nouvelles méchancetés. J'ai même rendu visite à mon vrai père.

— Vraiment ? Et alors ?

— Autrefois, il était peut-être charmant et séduisant, mais aujourd'hui, à mes yeux, il... ne vaut pas grand-chose. Il est laid et faible.

— Hum. N'empêche... j'aimerais bien voir la tête de celui qui a culbuté Madame Parfaite.

— Pourquoi hais-tu autant ma mère ? Elle ne te voulait que du bien.

— Ne crois pas ça. Elle était jalouse de chaque seconde que nous avions passée ensemble, Jimmy et moi, me cracha-t-elle au visage.

— Ce n'est pas vrai. C'est horrible de penser et de dire une chose pareille.

— C'est la stricte vérité, insista-t-elle.

Elle sortit ses pieds de l'eau et les posa sur le rebord de la baignoire.

— Va chercher mon vernis à ongles dans ma trousse de toilette. Je veux que tu me fasses les orteils.

Je la toisai d'un air de défi. Vautrée dans cette baignoire, elle semblait un monstre d'égoïsme et de cruauté — une créature sans cœur qui ne vivait que pour une chose : son propre plaisir. Soudain, je fus en proie à une haine et à une colère dont je ne me croyais pas capable. Elle dut le lire dans mes yeux car son air satisfait se dissipa rapidement et ses yeux devinrent deux minuscules pierres noires.

— Ne me regarde pas comme ça, Christie Longchamp. Tu te crois peut-être meilleure que moi, mais la vérité c'est que nous sommes taillées dans le même bois. Tu as appelé mon frère pour venir faire les cent coups dans ce trou perdu. Tu as même été assez veule pour amener ton petit frère avec toi.

— Ce n'est pas vrai ! Ce n'est pas pour cette raison que je me suis enfuie ! criai-je, au bord des larmes.

— Tu t'es enfuie parce que tu es une sale petite gosse gâtée qui a toujours eu ce qu'elle désirait, qui était le centre du monde et qui n'a pas supporté d'être devenue une enfant parmi d'autres. Tatie Bett ne te chouchoutait pas comme ta mère...

— Oncle Philippe m'a violée ! m'écriai-je alors, incapable de me retenir plus longtemps.

Pendant un instant, le silence fut si lourd que j'entendais battre mon cœur et qu'elle devait l'entendre elle aussi. Elle se redressa lentement dans la baignoire, sans me quitter des yeux une seule seconde. Je sanglotais convulsivement.

— Violée ? Tu veux dire...

— Il est venu dans ma chambre, et il s'est glissé dans mon lit.

— Sans blague ! fit-elle avec un sourire immonde.

Elle n'était pas outrée ; elle ne me témoignait pas la moindre sympathie. Toute cette histoire l'excitait et l'amusait.

— Raconte, reprit-elle.

— Il n'y a rien à raconter. Il est venu et il m'a violée. C'était horrible.

— Pourquoi, horrible ? Philippe est un homme séduisant.

— Quoi ?

Je m'essuyai les yeux.

— En fait, il m'a toujours attirée, dit-elle. Et j'ai tout fait pour qu'il s'en rende compte. En vain. Tu avais dû l'encourager, m'accusa-t-elle.

— Non !

— Allons, dis-moi la vérité ! Ç'a bien dû te plaire un peu ?

— Non, tante Fern. J'ai vécu des instants abominables et après, je me suis lavée et frottée jusqu'au sang.

— Ridicule.

— Ce n'était pas ridicule. Je ne m'étais jamais sentie aussi souillée. Et je suis choquée que tu puisses envisager de... avec un homme marié... un homme de ta famille...

— Oh, arrête. Un bel homme est un bel homme, dit-elle. De plus, nous ne sommes même pas parents.

— C'est un malade, dis-je. Il est encore amoureux de ma mère et...

— Je sais, me coupa-t-elle sèchement. Tout le monde était amoureux de ta mère. (Son visage n'était plus qu'un masque de haine et de dégoût.) Et maintenant, c'est de toi qu'ils vont être amoureux. Si seulement je comprenais pourquoi... Fais-moi les ongles, ordonna-t-elle subitement en s'allongeant dans la baignoire et en tendant les pieds vers moi.

Comme je ne bronchais pas, elle eut un sourire sardonique.

— Je crois que je vais appeler Philippe pour qu'il vienne te chercher. Peut-être que c'est exactement ce dont tu as besoin... une bonne éducation. Il t'enchaînera probablement à ton lit et viendra, nuit après nuit...

— Arrête ! Tu m'écœures.

— Mes ongles, répéta-t-elle froidement.

En rouvrant la porte de la chambre, je vis que son ami s'était renfoncé sous les couvertures. Il ouvrit un œil en m'entendant.

— J'ai faim, Fern, cria-t-il.

— Patiente un peu, lui répondit-elle, je n'ai pas terminé mes ablutions matinales.

Je fouillai dans sa trousse de toilette et trouvai son vernis à ongles.

— Sèche-moi les pieds d'abord, idiote, dit-elle quand je m'agenouillai devant ses orteils.

Je lui obéis une fois de plus.

— C'est très agréable d'être traitée royalement. Je t'ai toujours enviée, princesse.

— On ne m'a jamais traitée royalement.

— Tais-toi et applique-toi.

Les yeux brouillés de larmes, la gorge brûlante, j'accomplis mon humiliante besogne.

— Morton ! s'écria-t-elle subitement. Morton !
— Quoi ?
— Va dire à ma tante que je veux une omelette. Et regarde s'il y a du pain frais. Sinon, envoie Luther en chercher en ville.
— D'accord, approuva Morton.
— Luther n'a pas le temps, marmonnai-je.
— Vraiment ? Eh bien, il ferait mieux de le prendre.
— Pourquoi t'acharnes-tu sur eux ? Ils sont gentils, et ils ont assez souffert...
— Tu n'as pas autant de scrupules quand c'est toi qui profites d'eux, m'accusa tante Fern.
— Nous ne profitons pas d'eux. Gavin aide Luther aux travaux de la ferme, moi j'aide tante Charlotte à la cuisine et...
— Oh, tu es merveilleuse ! J'oublie toujours. Morton ! cria-t-elle. Tu es debout ?
— J'arrive, j'arrive, marmonna-t-il. J'ai besoin de faire ma toilette, moi aussi.
— Trouve une autre salle de bains. On en a encore pour un petit moment ici. Princesse va aussi me vernir les ongles des mains. Pas vrai, princesse ?

Je ne répondis pas, mais je détournai la tête pour ne pas lui offrir le plaisir de voir mes larmes couler. Je pris une profonde inspiration. Ils allaient sûrement repartir aujourd'hui, me dis-je, et nous serions de nouveau tranquilles. Mon seul désir était d'être débarrassée de tante Fern, et d'en être débarrassée pour toujours. J'étais sincèrement navrée de haïr la sœur de papa, mais je ne pouvais m'en empêcher.

Je lui fis aussi les mains. Elle ne cessait de me poser des questions à propos de l'agression d'oncle Philippe, mais je ne lui répondais pas et, finalement, elle renonça.

Après cela, je dus sortir ses vêtements. Pendant qu'elle s'habillait, elle insista pour que je fasse son lit et nettoie la salle de bains. Elle prenait un plaisir manifeste à me traiter comme une domestique. Enfin, elle descendit prendre son petit déjeuner. Quand nous entrâmes dans la cuisine, son ami était assis à table, devant une carte routière.

— As-tu envoyé Luther chercher du pain frais ? demanda aussitôt tante Fern.

— Je ne l'ai pas trouvé et ta tante n'est pas d'une grande utilité. Elle est dehors avec Gavin, Jefferson et un autre type. Ils sont en train de repeindre la grange... en vert, ajouta-t-il en ricanant.

— La grange en vert ? On devrait appeler l'asile de fous le plus proche, ironisa tante Fern.

— Ils sont heureux, tante Fern, intervins-je, et ils ne font de mal à personne.

— Et si on allait prendre notre petit déjeuner en ville ? proposa Morton.

— Ce n'est pas la peine. Ma nièce peut nous le préparer. Elle nous a déjà prouvé qu'elle savait faire le café. J'aime mon omelette pas trop cuite. Eh bien, reprit-elle tandis que je m'activais, pas assez vite à son goût, dépêche-toi ! Ce pauvre Morton est en train de mourir de faim. Qu'est-ce que tu fais ? lui demanda-t-elle alors.

— Je cherchais le meilleur moyen de retrouver l'autoroute.

— Nous ne sommes pas pressés. Tu n'apprécies pas tes petites vacances à la campagne ?

— J'apprécie, j'apprécie. Mais combien de temps comptes-tu rester ici ?

Je retins mon souffle.

— Jusqu'à ce que j'en aie assez, répondit-elle. D'ailleurs, on ne va pas abandonner ma pauvre nièce au moment où elle a le plus besoin de nous. Au fait ! tu ne sais pas pourquoi elle s'est enfuie de chez elle ? Il semblerait qu'une nuit...

Un œuf s'écrasa sur le sol.

— Tante Fern !

— Regarde ce que tu as fait ! dit-elle. Miss Aux Doigts d'Or. Eh bien, sers-toi, Christie. Celui-ci est pour toi.

Je la fixai droit dans les yeux. J'en avais assez, plus qu'assez, de supporter ses vexations. Mais je compris en la dévisageant qu'elle attendait ce moment avec impatience pour m'infliger une nouvelle brimade. Elle savait ce qui s'était passé avec oncle Philippe. Elle me tenait. La moindre occasion lui était bonne pour rendre la vie des autres aussi misérable et aussi malheureuse que la sienne. Je me mordis la lèvre et ravalai ma fierté.

— Pourquoi s'est-elle enfuie ? demanda Morton.

— Peu importe, fit-elle en me toisant tandis que je m'agenouillais de nouveau. C'est un petit secret entre une nièce et sa tante chérie, pas vrai, princesse ?

Je ramassai l'œuf cassé et j'essayai de l'ignorer. Mais elle ne me lâchait pas. Elle adorait verser du sel sur les plaies. J'aurais dû comprendre qu'elle n'aurait pas pitié de moi. Elle ne possédait pas le moindre atome de compassion.

— Pas vrai ? insista-t-elle.

— Oui, tante Fern, dis-je en ravalant une fois de plus mes larmes.

C'était terrible : j'avais échappé à un piège horrible pour tomber dans un autre. Chaque fois que je brisais la chaîne qui me liait à la malédiction familiale, elle se ressoudait. J'avais l'impression de porter un collier de fer autour du cou, des poignets et des chevilles. Je me levai mécaniquement, comme un automate. Je leur préparai deux omelettes en essayant d'éviter que mes larmes coulent dans la poêle.

— Tu ne manges pas ? s'enquit-elle tandis que je les servais.

— Je n'ai pas faim.

— Tu ferais mieux de manger quelque chose, insista-t-elle. Tu vas avoir besoin de toutes tes forces, tu as encore des tas de choses à faire. Et, plus tard, tu nous joueras du piano.

— Je ne préfère pas.

— Mais si, rétorqua-t-elle avec une joie mauvaise. Ça te donnera une nouvelle occasion de te donner en spectacle. Et tu sais comme tu aimes ça, princesse.
— Ce n'est pas vrai, tante Fern.
— Bien sûr que si. C'est la moindre des choses après tout ce qu'ils ont dépensé pour toi. Mon frère a gâché une fortune pour lui faire donner des leçons, dit-elle à Morton qui hocha la tête sans paraître très intéressé. Bien plus qu'il n'a jamais voulu me consacrer, conclut-elle, haineuse.
— J'ai de la peine pour toi, tante Fern, dis-je en secouant la tête. Tu as un monstre à l'intérieur, un monstre qui te dévore le cœur. J'ai plus de peine pour toi que pour moi, dis-je en sortant.
— Ne t'éloigne pas trop, princesse, me rappela-t-elle en riant. Je risque d'avoir besoin de toi d'un moment à l'autre.

Son rire résonna à travers toute la maison. C'était un rire qui s'accommodait fort bien des recoins sombres de cette vieille demeure. Le mal resurgissait entre ces murs qui l'avaient si bien abrité autrefois.

15

Mauvaise jusqu'à la moelle

La matinée était belle et ensoleillée ; seuls quelques nuages cotonneux paressaient dans le ciel d'un bleu profond. Pourtant, quand je sortis de la maison, le temps me parut sinistre. Même les gazouillis des rouges-gorges et des fauvettes sonnaient faux à mes oreilles. Un gros corbeau noir, perché sur une vieille chaise de jardin, me fixait avec une curiosité morbide. Complètement figé, il ressemblait plus à un oiseau empaillé qu'à un animal vivant. Au lieu d'être accueillie par l'arôme de l'herbe fraîchement coupée et les senteurs des fleurs sauvages, j'inhalai l'odeur de moisi des poutres de bois qui pourrissaient près du porche. Des mouches virevoltaient en essaims compacts comme pour célébrer la découverte d'une gigantesque carcasse dont elles allaient se repaître.

Je soupirai. Ma bonne humeur s'était envolée : je ne remarquais que la laideur et la tristesse, insensible à la réelle beauté de cette journée. Je comprenais à présent que c'étaient papa et maman qui me rendaient la vie si magnifique. Leurs sourires et leurs voix joyeuses étaient de vrais rayons de soleil. La beauté sans les gens qu'on aime et qui vous aiment n'a aucune valeur.

Et si l'amour et la bonté illuminent la vie, l'égoïsme et la cruauté créent l'enfer sur terre. Tante Fern était comme un nuage de mauvais augure planant au-dessus de ma tête, menaçant de déchaîner les éléments contre moi. Dans ma fuite éperdue de l'horreur qui régnait désormais chez moi, j'avais entraîné mon petit frère et accepté la main tendue de Gavin. Je les avais conduits dans ce qui était devenu un enfer. En cherchant refuge ici, j'avais fait entrer la malédiction dans la demeure de deux personnes d'une grande bonté qui ne méritaient pas ce coup du sort.

J'étais le chat noir, la porteuse de malheur. Si j'embarquais à bord d'un navire, il coulerait ; à bord d'un avion, il s'écraserait. Peut-être même que si j'arrivais au paradis, les anges perdraient leurs voix mélodieuses. Jamais je n'avais éprouvé autant de regret pour moi et pour ceux que j'aimais. J'envisageai soudain de fuir à nouveau et de disparaître. N'ayant plus sa « princesse » à tourmenter, tante Fern se lasserait et partirait ; Gavin emmènerait Jefferson chez lui et Charlotte, Luther et Homer retrouveraient leur monde simple et idyllique.

Je marchais dans l'allée défoncée qui rejoignait la route. Dans la forte brise, les arbres et les buissons semblaient me murmurer : « Cours, Christie, cours ! » Après tout, je ne comptais pas tant que cela. Peu importait où j'irais, ce que je deviendrais. Bien sûr, je manquerais un peu à certains. Pendant quelques semaines ou quelques mois, Gavin aurait le cœur lourd, mais le temps finirait par me faire glisser dans ses souvenirs et il retrouverait le bonheur et la joie. Vivre dans un monde où le mal succédait si vite et sans la moindre raison au bien, vivre dans un monde qui m'avait privée de papa et de maman, oui, vivre dans ce monde-là était déjà assez difficile. Pourquoi fallait-il qu'en plus je supporte le poids de cette malédiction ?

Mon pas se faisait plus décidé et plus rapide. Et si je me cachais dans les fourrés jusqu'au départ de tante Fern et de Morton ? Je verrais si Gavin et Jefferson les suivaient. Ainsi je saurais si ma décision n'avait pas été inutile et je partirais le cœur plus léger.

— HEY !

Je me figeai sur place avant de me retourner. Gavin se précipitait vers moi, visiblement alarmé.

— Où comptais-tu aller comme ça ?
— Je voulais juste...

— Quoi donc, Christie ? Cette allée mène à la route. Tu t'enfuyais, n'est-ce pas ? Fern a encore fait des siennes ? s'enquit-il avant que je ne puisse bafouiller la moindre protestation. Bon sang, je vais aller la trouver et la...

Il voulut s'élancer vers la maison.

— Non, Gavin, s'il te plaît, dis-je en le retenant par le bras. N'y va pas. Je ne m'enfuyais pas.

Il me dévisagea d'un air sceptique.

— Je voulais juste prendre un peu l'air, marcher, mentis-je, espérant qu'il ne remarquerait pas la douleur qui m'étreignait.

Mais il ne fut pas dupe.

— Christie, je t'ai dit que j'empêcherais quiconque de te faire du mal, tu te rappelles ?

— Je sais. Je sais. Jefferson va bien ? demandai-je dans l'espoir de changer de conversation.

— Il est au septième ciel avec Homer. Ils sont en train de badigeonner la grange de peinture. Je t'ai attendue toute la matinée. Que t'a-t-elle obligée à faire après son café ?

— Rien de bien terrible. Je l'ai aidée à prendre son bain et j'ai dû leur préparer le petit déjeuner. Je vais bien, je t'assure, affirmai-je en le regardant droit dans les yeux. Je sais qu'ils ne vont pas tarder à s'ennuyer et à partir.

— Hum, fit-il en plissant les yeux. Peut-être.

— C'est sûr, Gavin. Il n'y a rien pour eux ici. Tu sais à quel point Fern aime l'animation. Elle se plaignait toujours à l'hôtel qu'il ne s'y passait rien.

En cherchant à le convaincre, c'est moi-même que j'essayais de convaincre. Soudain, tante Fern et Morton surgirent sur le porche et gagnèrent leur voiture en riant.

— Tu crois qu'ils partent ? murmura Gavin, plein d'espoir.

Nous nous écartâmes pour leur laisser la voie libre. La voiture s'arrêta à notre hauteur et tante Fern descendit sa vitre.

— Où est-ce que vous alliez, vous deux ? Dans votre petit nid d'amour ? ricana-t-elle.

— Nous nous promenions, c'est tout, rétorquai-je vivement.

— Bien sûr, bien sûr. Nous allons en ville faire quelques courses. Morton veut manger un steak ce soir et il nous faut aussi de la nourriture décente pour les autres repas. Et je n'aime pas les shampooings et les savons que vous utilisez ici.

— Et on n'oubliera pas le whisky, annonça Morton.

— Et le gin... Veillez à nettoyer la cuisine, ajouta-t-elle. Cette maison doit rester propre. Ah, pendant que j'y pense, il faut aussi remettre d'autres pièces en état, les rendre habitables. Nous ferons une visite plus tard et je vous montrerai ce que je veux.

Elle remonta sa vitre et Morton redémarra. Un poing me broyait le cœur.

— Et toi qui croyais qu'ils partiraient aujourd'hui, dit Gavin. Je te jure, si jamais elle s'attaque encore à toi, je la prends par la peau du cou et je la jette dehors.

— Supportons-les encore un peu, Gavin. Ils ne vont pas tarder à s'ennuyer. Je t'en prie, je ne veux plus provoquer de problème pour qui que ce soit.

Il plissa les yeux.

— D'accord, dit-il. Mais je ne veux plus te voir t'éloigner de cette maison sans moi. Promis ? Jure-moi que tu ne feras rien de stupide, Christie !

Je baissai la tête et j'acquiesçai mais cela ne lui suffit pas. D'un doigt, il m'obligea à relever le menton et à le regarder dans les yeux.

— Christie ?

— D'accord, Gavin. Tu as ma parole.

— Bien, fit-il, satisfait.

— Je vais ranger la cuisine. Cela évitera un travail supplémentaire à Charlotte.

Je rentrai à la maison.

Tante Fern et Morton revinrent avec des sacs remplis de toutes sortes de provisions, dont deux bouteilles de gin et plusieurs d'eau gazeuse. Aussitôt, Morton leur prépara un verre. Pendant que je déballais les sacs, tante Fern visita la demeure. Peu après, je l'entendis hurler mon nom. Charlotte était revenue préparer le déjeuner.

— Oh, ma pauvre, pourquoi crie-t-elle si fort ? Que veut-elle encore ? s'inquiéta-t-elle en me suivant.

Nous trouvâmes notre tortionnaire en haut de l'escalier, son verre dans une main et dans l'autre la poupée de Charlotte. Celle-ci se pétrifia.

— Fais attention, s'il te plaît ! s'exclama-t-elle.

— Faire attention à quoi ? Pourquoi y a-t-il une poupée dans ce berceau ? demanda tante Fern.

— S'il te plaît, remets-la à sa place, demandai-je en gravissant lentement les marches. Elle est à Charlotte.

— Elle joue encore à la poupée ? fit-elle, incrédule.

— Non, mais c'est un souvenir important pour elle et...

— C'est ridicule. Tout ici est parfaitement ridicule.

— S'il te plaît, dit Charlotte, remets le bébé dans le berceau. On ne le sort jamais de la nursery.

— Vraiment ? Et que crois-tu qu'il va arriver ? Qu'il va se mettre à pleurer ?

Elle tenait la poupée par les pieds, la balançant par-dessus la rampe, menaçant de la laisser tomber.

— Arrête ! cria Charlotte en s'élançant dans l'escalier derrière moi.

— Tante Fern, ne te moque pas d'elle.

Fern avala une gorgée de gin-tonic avant d'éclater de rire.

— Morty, appela-t-elle. Il faut que tu viennes voir ça. Tu ne vas pas le croire. Morty !

— Remets-le dans le berceau, s'il te plaît ! suppliait Charlotte qui grimpait de plus en plus vite.

Morton sortit du salon où il sirotait son verre.

— Si on s'amusait un peu ? déclara tante Fern en lui montrant la poupée.

Tante Charlotte se rua pour la saisir mais, au dernier moment, Fern la lâcha dans le vide. Morton la rattrapa.

— ARRÊTEZ ! hurla Charlotte en se pressant les mains sur les tempes.

— Tante Fern, comment peux-tu faire une chose pareille ?

Je me tournai vers Morton qui souriait en montant vers nous.

— Rendez-moi la poupée, s'il vous plaît, le suppliai-je.

Il rit et, juste au moment où je l'atteignais, lança la poupée à Fern, qui la rata. Mais avant que Charlotte puisse s'en emparer, elle l'avait déjà ramassée et menaçait de la jeter à Morton.

Charlotte hurla de nouveau. Fern s'esclaffa et s'éloigna en courant. Je vis le visage décomposé de Charlotte, la peur et la douleur dans ses yeux. Dans son esprit, on lui arrachait son bébé une seconde fois.

— Tante Fern, appelai-je en me ruant à sa poursuite.

Charlotte me suivait de près. Mais quand nous arrivâmes au coin du couloir, tante Fern avait disparu.

— Où est-elle ? Où a-t-elle emporté le bébé ? demanda Charlotte.

— Tante Fern ?

Nous entendîmes un gloussement vers la droite. Nous nous dirigeâmes prudemment dans cette direction, mais avant que nous ayons atteint la porte derrière laquelle tante Fern se cachait, il y eut un bruit de verre cassé, puis un hurlement. Un instant plus tard, Homer apparut, tenant le jouet dans ses bras comme un vrai bébé. Il le donna à Charlotte avec une tendresse émouvante. Celle-ci caressa la tête de la poupée avant de partir vers la chambre d'enfant.

— Que fait-il ici ? s'exclama tante Fern. Il m'a fichu une trouille de tous les diables.

Elle avait lâché son verre, qui était en miettes à ses pieds. Homer lui lança un regard furieux.

— Je t'avais dit de l'éloigner de la maison, reprit-elle. Il a surgi de nulle part et m'a arraché cette poupée stupide des mains.

— Tout va bien, Homer, dis-je. Tout va bien. Retourne avec les autres.

Il restait là, les yeux plantés avec haine dans ceux de tante Fern, ses énormes poings serrés comme deux maillets.

— Va-t'en, Homer, dis-je plus fermement.

Il me regarda, puis s'éloigna.

— D'où sort-il, bon sang ? demanda tante Fern en s'avançant bravement vers moi maintenant que Homer était parti.

— Il a dû entendre le cri de tante Charlotte et entrer par une fenêtre. Pourquoi as-tu fait cela, tante Fern ? Tu as bien vu à quel point elle était bouleversée.

— À son âge, pleurer pour une poupée... Elle est folle ou quoi ?

— Cette poupée signifie beaucoup pour elle.

— Débile, déclara tante Fern. Cette maison et ceux qui l'habitent sont complètement débiles.

Elle avait les traits déformés par la frustration et la colère. On l'avait empêchée de jouer à son petit jeu et elle ne le supportait pas.

— Et si on partait, Fern ? intervint Morton qui venait d'apparaître.

— Non, répliqua-t-elle.

Elle fulminait. C'était visible. D'une manière ou d'une autre, il fallait qu'elle obtienne sa revanche.

— On a acheté à manger et à boire pour s'amuser un peu ici et c'est bien ce qu'on va faire.

Elle me fixa. J'étais sa proie toute désignée.

— Commençons par arranger le salon en bas. Je veux qu'on y donne une fête, ce soir. Lave le sol et cire les meubles.

— Fern, on ferait mieux de partir, implora Morton.

Pourquoi employait-il ce ton geignard ? Quelle sorte d'homme était-il donc ? Comment parvenait-elle à le mener par le bout du nez ? C'était Morton qui possédait l'argent et la voiture, mais c'était elle qui prenait les décisions.

— Calme-toi, Morton, fit-elle d'un ton plus posé et retrouvant son sourire glacial. D'abord, on va faire un grand dîner, et ensuite Christie nous donnera un récital. Après cela, nous jouerons à des jeux... tu sais, ces jeux que tu aimes tant, lui dit-elle avec un air faussement ingénu.

Quels que fussent ces jeux, cela eut l'air de lui plaire car il arbora un sourire gourmand avant d'éclater de rire.

— D'accord, dit-il.

— Voilà qui est réglé. Va nettoyer le salon, princesse. On a tous envie de passer une bonne soirée, tu es d'accord ?

— Personne ne s'amusera tant que tu continueras à tourmenter les gens, tante Fern, lui répondis-je.

— Oh, cesse de gémir. Moi, en tout cas, je m'amuse. Ta mère et mon frère m'empêchaient toujours de m'amuser. Eh bien, ils ne sont plus là maintenant. C'est moi qui commande, ici, compris ? C'est moi l'adulte.

— Alors, agis en adulte, répliquai-je, incapable de me retenir.

Elle rougit violemment, et avant que je puisse réagir, sa main vint s'écraser sur ma joue avec une telle violence que je reculai, la joue en feu, les yeux pleins de larmes. Elle s'approcha encore de moi. Instinctivement, je levai le bras dans un geste de défense.

— Espèce de petite garce ! Ne me parle plus jamais sur ce ton ! ragea-t-elle. Tu m'entends ?

Elle était dans un état indescriptible : les narines frémissantes, les yeux exorbités, le visage déformé par une rage démente. La peur me gagna. J'eus l'impression que mon corps se vidait de son sang, que je n'avais plus de forces tandis que je contemplais cette femme qui m'était devenue complètement étrangère.

— Je devrais te ligoter et te bâillonner, te jeter dans la malle de la voiture de Morton et te ramener sur-le-champ à Philippe, cracha-t-elle entre ses dents serrées. Il pourrait même faire interner ces imbéciles. Et si, par-dessus le marché, je racontais t'avoir trouvée vivant ici dans le péché avec Gavin, personne ne croirait ton histoire à propos de Philippe. Et alors, il deviendrait l'administrateur légal de cette propriété... (Elle regarda autour d'elle.) Et il pourrait nous l'offrir comme juste récompense. Morty et moi, nous en ferions un très bon usage, n'est-ce pas, Morty ?

— Sûrement, répondit-il très vite pour ne pas la contrarier.

J'eus l'impression qu'il était aussi effrayé que moi.

— Tu vois ?

Elle me toisait toujours. Mon cœur battait la chamade. J'étais submergée par ce flot d'horreurs. Je perdais pied, j'avais l'impression de me noyer.

— J'aimerais que tu me demandes pardon, dit-elle. Je ne sais combien de fois mon frère m'a forcée à m'excuser auprès de ta mère pour un oui ou pour un non. Alors ?

J'étais prise au piège, clouée sur place par sa haine et sa rage. Qui savait de quelles abominations elle était capable ?

— Je suis désolée, murmurai-je.

— Pardon ? Je n'ai pas entendu.

— Je suis désolée, tante Fern, répétai-je, assez fort pour que Morton entende aussi.

C'était ce qu'elle voulait.

— Bien, fit-elle en souriant. À présent, on peut de nouveau être amies. Tu t'es très bien débrouillée jusqu'à présent. Tu ne trouves pas, Morton ?

— Une parfaite hôtesse, approuva-t-il.

— Oui, c'est ça, une parfaite hôtesse. Très bien, poursuivit-elle en se tournant vers moi, reprenons. Tu arranges le salon comme il faut pour que nous fassions la fête ce soir.

Là-dessus, elle me tourna le dos.

— Que dirais-tu d'un autre verre ? proposa Morton en lui offrant son bras.

— Bonne idée. J'en ai bien besoin après ça. Oh, princesse, fit-elle par-dessus son épaule, tu ferais bien de balayer les morceaux du verre que cet imbécile m'a fait lâcher. Fais attention. Ne te blesse pas. S'il t'arrivait quelque chose, je ne me le pardonnerais jamais.

Elle s'en fut enfin, laissant son rire moqueur derrière elle.

J'aurais dû m'enfuir quand j'en avais l'occasion, me dis-je alors. Je n'aurais pas dû être aussi indécise. J'aurais dû gagner la route et disparaître.

La tête basse, le cœur plus lourd qu'une pierre, je m'acheminai machinalement vers la tâche qu'ils m'avaient assignée. Je voulais encore m'accrocher à l'espoir que d'ici peu ces jeux finiraient par l'ennuyer et qu'elle s'enfoncerait dans l'oubli. Car je voulais croire qu'elle disparaîtrait bientôt et peut-être même définitivement.

Voilà à quel point j'étais emplie de haine.

Voilà toute la haine dont elle m'avait emplie.

Tout au long du dîner, tante Fern et Morton furent parfaitement odieux. À tout bout de champ, ils entamaient un de leurs jeux stupides. Je pense qu'elle essayait simplement de nous montrer à quel point elle tenait cet individu, qui n'avait d'homme que le nom. Elle agissait comme son maître et il devait obéir.

— Tu es un petit bébé, décida-t-elle à un moment donné. Tu ne sais pas manger tout seul. Vas-y. Fais arreu, arreu...

— Arreu, arreu, fit-il en affichant un air hébété, les yeux au plafond, les bras gigotants et la bouche bavante.

— Tu as faim, petit Morty ? couina tante Fern.

Il hocha énergiquement la tête. Elle leva une fourchettée de purée jusqu'à sa bouche qu'il ouvrit toute grande. Elle éloigna la fourchette.

— Non, non, petit Morty. Pas si vite. Tu dois d'abord

être gentil avec maman. (Elle lui tendit son autre main.) Tiens, lèche la main de maman. Allez, lèche, ou maman ne te donnera pas à manger.

Nous le vîmes tous lui obéir. Charlotte était fascinée, Luther écœuré. Jefferson trouvait cela très drôle et commença à son tour à se comporter comme un bébé, jusqu'à ce que je lui pince le bras. Gavin secouait la tête et fermait les yeux pour ne pas voir cela.

— Morty est un bon garçon. Très bien, Morty, grandis maintenant, et mange tout seul, commanda-t-elle.

Il sourit et avala sa purée avant qu'elle ne change d'avis.

— Pourquoi fais-tu cette tête-là, princesse ? Mon frère et toi, vous n'avez pas de petits jeux comme celui-là ?

— Pas des jeux aussi stupides, répliqua Gavin.

— Oh, ne sois pas puritain comme ton frère, rétorqua-t-elle en se tournant encore une fois vers moi. Ton repas est très correct, princesse. Tu t'améliores à chaque instant. Qui sait ? À notre départ, tu seras peut-être devenue une vraie domestique. Qu'en dirais-tu, Jefferson ? Ça te plairait que ta sœur devienne une domestique ?

Jefferson haussa les épaules.

— On pourra rester ici, si elle est domestique ? demanda-t-il.

— Bien sûr. (Elle me fixa.) Tant qu'elle se montrera bonne domestique, vous pourrez rester cachés jusqu'à la fin des temps si ça vous chante. (Elle soupira.) Mais Christie n'est pas qu'une bonne domestique. Elle a beaucoup de talents. Tout le monde le sait. On nous l'a assez dit. Morty est impatient de t'entendre jouer, pas vrai, Morty ?

Il leva vivement les yeux de son assiette.

— Quoi ? Oh oui. Tu peux jouer du Chopin ?

— Bien sûr qu'elle peut, répliqua tante Fern. Elle sait tout jouer. N'est-ce pas ?

— Je connais un peu de l'œuvre de Chopin. J'ai étudié quelques sonates en technique pianistique.

— Oh, excuse-nous ! En technique pianistique. Génial ! ricana-t-elle.

— J'ai pris des leçons de piano quand j'étais plus jeune, annonça Morton.

— Mais, c'est merveilleux ! Tout le monde a pris des leçons de piano ici, sauf moi, ironisa tante Fern.

— Papa a toujours voulu que tu apprennes à jouer d'un instrument, mais c'est toi qui ne voulais pas, dis-je.

— Tu ne crois tout de même pas que j'allais m'y mettre pour ses beaux yeux ? D'ailleurs, c'était sûrement Aurore qui lui avait fourré cette idée dans le crâne. Allez, princesse, c'est toi qu'on va écouter, ajouta-t-elle en laissant tomber sa serviette. Viens, Morty. Passons au salon prendre nos digestifs. Rejoins-nous dès que tu auras fini la vaisselle.

— Une minute, fit alors Gavin en se levant.

Je lui saisis le bras.

— Ça ira, Gavin. Ça m'est égal de jouer du piano.

Morton et elle quittèrent la cuisine en souriant. Il la suivait pas à pas comme un toutou.

Nous fîmes la vaisselle. Luther, incapable de se retenir plus longtemps devant tante Fern et Morton, avait disparu depuis longtemps pour achever un mystérieux travail dans la grange. Et Homer savait à quoi s'en tenir : nous ne l'avions pas vu de la soirée. Pourtant, quand je passai au salon, je l'aperçus qui nous guettait à travers une fenêtre. Chaque fois que tante Fern esquissait un mouvement dans sa direction, il disparaissait.

Je jouai plusieurs préludes de Chopin. La musique était mon refuge, ma fuite, le tapis volant qui m'emportait loin d'ici. Je fermai les yeux et soudain l'image de maman assise, calme et attentive, dans notre salon à Cutler's Cove me revint. Elle souriait avec fierté. Brusquement, ce fut comme si tout ce qui arrivait n'était qu'un mauvais rêve déjà oublié. La musique balayait la tristesse et la souffrance, les faisait disparaître. À nouveau, nous étions réunis.

J'étais vraiment ailleurs, car quand je m'arrêtai enfin et

rouvris les yeux, tout le monde, même tante Fern, me contemplait avec stupéfaction. Ce fut tante Charlotte qui réagit la première en applaudissant frénétiquement. Seul, Jefferson ne réagit pas : il s'était endormi contre l'épaule de Gavin.

— C'était absolument fantastique, déclara Morton, ébahi. Tu as vraiment beaucoup de talent.

Cette réaction enthousiaste provoqua la colère immédiate de tante Fern.

— Elle se débrouille, j'imagine, admit-elle à regret. Je t'ai dit qu'elle avait eu les meilleurs professeurs. On n'avait jamais trop d'argent à dépenser pour la princesse.

— Il faut bien plus que de l'argent pour jouer ainsi, dit Morton.

— Moi aussi, j'aurais pu développer mes dons, se lamenta tante Fern, si j'avais été entourée de gens qui m'aimaient.

Elle croisa les bras sous ses seins et se renfonça dans son fauteuil en me contemplant avec une moue boudeuse de gamine jalouse.

— Je ferais mieux de coucher Jefferson, dis-je en allant vers lui. Allez, Jefferson.

Ses paupières papillotèrent.

— Je vais le porter, dit Gavin.

— Je vais dormir, moi aussi, annonça tante Charlotte.

— Tu as bien raison, fit tante Fern avant de s'adresser à Gavin et à moi. Revenez tout de suite après, ordonna-t-elle. On veut faire un jeu.

— Un jeu ? Quel jeu ? demandai-je, méfiante.

— Tu verras bien, répliqua-t-elle en adressant un sourire à Morton. Sers-moi un autre verre, Morty, et prépares-en un aussi pour Roméo et Juliette.

— On n'a aucune envie de boire, répliqua Gavin.

— Et voilà, ça recommence, tu te remets à jouer les puritains comme ton frère.

Gavin l'ignora et nous emportâmes Jefferson dans son lit.

Tandis que je le déshabillais, je repérai une vilaine écorchure sur sa cuisse. Les contours de la plaie étaient enflés et enflammés.

— Comment t'es-tu fait ça, Jefferson ? demandai-je.

Il ouvrit vaguement les yeux et les referma. Je me tournai vers Gavin.

— Regarde ! Qu'en penses-tu ?

Il examina la blessure.

— Je ne sais pas, dit-il finalement. Il ne s'est jamais plaint de rien. Jefferson, réveille-toi, dit-il en le secouant.

Cette fois-ci, il ouvrit les yeux pour de bon.

— Comment t'es-tu fait ça ? répétai-je en désignant la blessure.

— Oh, avec un clou, répondit-il.

— Quand ? Où ?

— Le jour où on a commencé à peindre la grange.

— Pourquoi ne nous as-tu rien dit, Jefferson ? (Il haussa les épaules.) Est-ce que tante Charlotte a nettoyé la blessure ?

— Oui, oui, dit-il en refermant les yeux.

Je me demandai si je devais le croire ou non.

— Je vais interroger Charlotte et chercher de quoi le soigner, dis-je.

Je gagnai sa chambre et frappai à la porte. N'obtenant aucune réponse, je risquai un coup d'œil à l'intérieur. Agenouillée, elle faisait sa prière au pied de son lit, comme une petite fille.

— Notre Père qui êtes aux cieux...

Elle me vit et s'arrêta.

— Je suis désolée de te déranger, tante Charlotte, mais Jefferson s'est fait une vilaine coupure à la jambe. Il dit que c'est arrivé quand il peignait avec toi l'autre jour. Tu t'en souviens ? (Elle secoua la tête.) Tu as quelque chose pour nettoyer les plaies ?

— Oh oui, dit-elle en trottinant très vite jusqu'à la salle de bains.

Elle revint avec des pansements et de l'antiseptique.
— Bien, approuvai-je. Tu ne te souviens pas de lui avoir soigné cette blessure, ce jour-là ?
Penchant la tête de côté, elle réfléchit un moment.
— Je l'ai peut-être fait. Je me mélange avec les fois où Luther s'est coupé. Il se coupe toujours quelque part.
J'acquiesçai.
— Merci, tante Charlotte.
Gavin avait couché Jefferson. Je lavai soigneusement la plaie, l'enduisis d'antiseptique puis la pansais. Pendant toutes ces opérations, pas une seule fois mon petit frère n'ouvrit les yeux.
— Il va falloir la surveiller, dis-je à Gavin, et s'assurer qu'elle ne s'infecte pas. Je ne pense pas que Charlotte l'ait nettoyée quand c'est arrivé.
Gavin hocha la tête.
— Que fait-on à présent ? demanda-t-il.
— On ferait bien de descendre voir à quel jeu stupide tante Fern veut jouer, répliquai-je. Sinon, elle risque de monter ici en hurlant et de réveiller Jefferson et Charlotte.
En retournant au salon, nous les trouvâmes assis par terre devant une table basse sur laquelle étaient posés un jeu de cartes, des bouteilles de gin et d'eau gazeuse, et quatre verres.
— Venez, fit tante Fern en nous enjoignant de prendre place avec eux sur le sol.
Elle avait du mal à garder les paupières ouvertes, et ses yeux étaient injectés de sang.
— Vous faites des progrès. Voici vos verres.
— Je t'ai déjà dit que nous ne voulions rien boire, répliqua Gavin.
— Tu te conduis comme un vieux bonhomme. (Elle sourit.) Encore que, même pour un vieux, tu ne tiens pas la distance. Grand-père Longchamp, notre cher père, expliqua-t-elle à Morton, a une sacrée descente.
— Ce n'est pas vrai ! ragea Gavin.

— Bien sûr que si, mon pauvre, rétorqua-t-elle avec mépris. Il buvait et il a fait de la prison.
— Mais... mais... il ne boit plus à présent, bafouilla Gavin.
Elle l'avait mis au bord des larmes.
— Peut-être pas devant toi mais je suis prête à parier qu'il le fait en cachette, fit-elle, savourant son avantage. Ivrogne un jour, ivrogne toujours.
— Il ne boit plus, insista Gavin.
— D'accord, il ne boit plus. Il est aussi pur que la neige qui vient de tomber, il est parfait : un ancien ivrogne et un kidnappeur.
— Tu ne sais pas de quoi tu parles, dit Gavin. Tu ne devrais pas parler comme ça de lui.
— C'est ça, c'est ça, répliqua-t-elle. Bon, amusons-nous un peu pour changer. Assieds-toi.
— Je ne boirai pas, fit Gavin, têtu.
— Ne bois pas. Tu n'as qu'à te faire moine, si ça te chante, s'irrita-t-elle.
Nous nous assîmes.
— Il faudra respecter les règles du jeu, reprit tante Fern.
Je lançai un coup d'œil à Morton qui souriait largement.
— Quelles règles ? De quel jeu s'agit-il ?
— On va jouer au strip-poker. Coupe les cartes, Morton.
— Quoi ? fit Gavin.
— Ne me dis pas que vous n'avez jamais joué au strip-poker, tous les deux. Tu peux croire ça, Morty ?
Il haussa les épaules et commença à distribuer les cartes.
— Nous ne jouerons pas, dit Gavin en contemplant les cartes comme si elles allaient nous contaminer.
— Vous y jouez seulement quand vous êtes seuls tous les deux ? ironisa tante Fern.
— Nous n'avons jamais joué à ça, fit-il.
— Il faut bien une première fois. N'est-ce pas, princesse ? dit-elle en se tournant vers moi. Tu t'y connais en premières fois, non ?

— Arrête, tante Fern.
— Alors, prends tes cartes, ordonna-t-elle sèchement. Tu sais jouer au poker, non ?
— Ne cède pas, Christie, dit Gavin.
Tante Fern sourit et ramassa son jeu.
— Je parie trois vêtements, dit-elle. Morty ?
— Trois pour voir et je relance de trois, répondit-il.
— Gavin ?
— Nous ne jouerons pas, Fern, déclara-t-il avec fermeté.
Elle posa ses cartes.
— Je n'aime pas qu'on m'empêche de m'amuser, fit-elle, glaciale. Ça me donne envie de téléphoner à Philippe, par exemple.
— Arrête de nous menacer, rétorqua Gavin.
— À papa, aussi. (Elle se tourna vers moi.) Et à des médecins qui s'occupent des malades mentaux.
— Espèce de...
— C'est inutile, Gavin, intervins-je rapidement. Jouons, si ça lui fait tant plaisir.
— Bien. Morty a misé six vêtements. Christie ?
Je regardai mes cartes. Elles étaient désastreuses, je n'avais même pas une paire.
— Je passe.
— Si tu passes, tu vas devoir enlever six vêtements.
— Mais ce ne sont pas les règles du poker, protestai-je.
— Nous avons des règles spéciales, répondit-elle. N'est-ce pas, Morty ?
— Absolument.
— C'est ignoble, dit Gavin.
— Tout ce qui est drôle te semble ignoble, lui lança tante Fern. Eh bien ? me demanda-t-elle.
— S'il faut jouer avec des règles pareilles, je ferais aussi bien de rester dans la partie, répondis-je. Même si ça n'a aucun sens.
— Bien. Gavin ?

Il l'ignora purement et simplement.
— Deux cartes, s'il te plaît, Morton.
Il les lui donna et se tourna vers moi.
— Quatre, dis-je.
— Pourquoi fais-tu ça ? me demanda Gavin.
— Elle a envie de s'amuser un peu. Détends-toi, monsieur le Puritain, se moqua tante Fern.
À regret, il regarda ses cartes.
— Deux cartes, marmonna-t-il d'une voix presque inaudible.
Mes nouvelles cartes étaient encore pires.
— Et une pour moi, dit gaiement Morton.
— Je relance de deux vêtements, annonça Fern.
— Un de mieux, répliqua-t-il.
— Ce qui fait neuf, six si vous ne suivez pas, expliqua tante Fern.
Gavin jeta ses cartes. J'en fis autant.
— Deux paires, annonça Fern. Les cinq par les trois.
— Une suite, fit Morton en montrant à son tour son jeu.
— Veinard, dit tante Fern en gloussant. Vous deux, enlevez six vêtements, ceux que vous voulez. Moi, j'en enlève neuf. Oh ! oh, je vais me retrouver entièrement nue.
Elle fit passer son chemisier par-dessus sa tête avant de s'arrêter.
— Eh bien, princesse ? demanda-t-elle.
J'enlevai mes chaussures et mes chaussettes.
— Ça fait deux, dit-elle.
— Deux ? J'ai enlevé deux chaussures et deux chaussettes, protestai-je.
— Les paires comptent pour un vêtement, dit-elle. Nos petites règles, hein, Morton ?
— Absolument.
— Continue, ordonna-t-elle.
— Ne lui obéis pas, me dit Gavin.
— On ne triche pas au jeu, fit tante Fern, cinglante. C'est comme de manquer à sa parole, comme de révéler un secret, ajouta-t-elle en me souriant largement.

Je déboutonnai mon chemisier. Morton semblait ravi, il se léchait les lèvres. Tante Fern dégrafa son soutien-gorge et, sans la moindre hésitation, l'enleva comme si elle était seule dans la pièce. Ses seins tremblèrent quand elle s'attaqua à sa jupe.

— *Fern ! Tu es complètement ivre !* s'écria Gavin en se levant d'un bond. *Comment peux-tu être ma sœur !*

Tante Fern rejeta la tête en arrière et partit d'un grand éclat de rire. Rouge de honte et de rage, Gavin se rua hors de la pièce. Elle n'en rit que plus fort.

— GAVIN ! criai-je en me levant à mon tour.

Je l'entendis courir et sortir de la maison. Je voulus m'élancer à sa poursuite.

— Ne bouge pas ! s'exclama tante Fern qui ne riait plus. Tu n'as pas enlevé tes six vêtements.

— Le jeu est fini, tante Fern, dis-je en baissant les yeux.

— Tu ne sortiras pas d'ici avant d'avoir payé ce que tu dois, insista-t-elle. C'est la règle.

— S'il te plaît, tante Fern, ne pourrait-on pas arrêter ?

— Pas avant que tu aies payé ta dette. Paie !

J'enlevai mon chemisier.

— Ça fait trois, compta-t-elle. Continue.

Ma jupe tomba sur mes chevilles.

— Quatre.

Il ne me restait plus que mon soutien-gorge et ma petite culotte.

— Tu veux que je t'aide ? s'enquit-elle.

Je secouai la tête.

— Tante Fern...

— Ce ne serait pas juste. Je n'ai pas hésité à payer tout ce que je devais, moi.

Je regardai Morton. Il me fixait avec une telle intensité que j'eus l'impression qu'il voyait à travers mes sous-vêtements. Je dégrafai la fermeture de mon soutien-gorge mais j'hésitais encore à l'enlever.

— Allez, princesse, tu l'as fait pour oncle Philippe, tu peux bien le faire pour nous.

— Tante Fern ! Comment peux-tu ?...

Je ramassai mes affaires éparses sur le sol et me ruai hors du salon.

— Garce ! hurla-t-elle. Tu ne peux pas sortir du jeu comme ça. Tu vas le regretter !

Je courus jusqu'à la porte de la maison avant de m'arrêter pour me rhabiller. Puis je sortis à la recherche de Gavin. Ne le voyant pas, je contournai la maison en direction de la grange. Soudain, je l'entendis chuchoter :

— Christie !

Il se tenait dans l'ombre d'un arbre. Je le rejoignis.

— Gavin, tu avais raison. Je n'aurais pas dû céder. Elle est effroyable et elle n'arrêtera jamais de nous torturer, surtout moi. Je me fiche de ses menaces désormais. Je ne ferai plus jamais rien pour elle.

— Bien. Alors, peut-être qu'à présent tu voudras bien m'écouter. Partons.

— Oui, Gavin. Tu as raison. Si nous ne sommes plus là pour lui servir de jouets, elle s'en ira, elle aussi. Je vais tout expliquer à Luther et il tiendra Charlotte et Homer à l'écart en attendant leur départ. Nous nous en irons demain matin.

— D'accord. Nous nous lèverons de bonne heure et nous demanderons à Luther de nous conduire à Upland Station.

— Mais que ferons-nous après ? demandai-je.

Gavin réfléchissait.

— Il va falloir que nous appelions mon père, dit-il. Il ne sera pas particulièrement ravi d'apprendre ce que nous avons fait, mais il nous aidera, surtout quand il saura ce qui t'est arrivé. Et c'est le grand-père de Jefferson, Christie. Ne l'oublie pas.

— Je sais. Je ne peux pas m'empêcher d'avoir peur, mais tu as raison. Il faut l'appeler.

— Il nous aidera, tu verras. Il n'a rien à voir avec l'homme que dépeint Fern, fit Gavin, visiblement encore choqué par les propos de sa sœur.

— Je le sais, Gavin. J'ai toujours bien aimé grand-père Longchamp. Il vaut mieux rentrer maintenant et essayer de dormir.

Il me prit la main et nous retournâmes à la maison. Nous nous fîmes aussi silencieux que possible. Des gloussements s'élevaient du salon. La porte était ouverte et, en passant, nous vîmes Fern et Morton enlacés, nus sur le sol. Sans nous attarder, nous grimpâmes rapidement à l'étage.

— Elle salit tout, dit Gavin, les yeux baissés. Même nous.

— Non, Gavin. Elle ne peut pas nous souiller car nous nous aimons. Il n'y a rien dont nous puissions avoir honte, lui dis-je.

Il sourit et je l'embrassai rapidement sur les lèvres.

— Dors bien, murmura-t-il.

— Et fais attention au Grand Méchant Loup, ajoutai-je en entrant dans ma chambre.

À présent que nous avions pris notre décision, je me sentais soulagée d'un énorme fardeau. J'allai me coucher, persuadée que nous ne tarderions pas à être débarrassés de tante Fern. J'étais navrée de voir notre séjour dans notre petit paradis se terminer mais, d'une façon ou d'une autre, les choses allaient s'arranger. J'essayais du moins de m'en persuader, d'échapper à cette malédiction qui m'écrasait comme un énorme rocher.

Mais j'aurais dû savoir.

J'aurais dû me douter que le malheur trouverait encore d'autres façons de nous frapper.

Le hurlement de Gavin me tira de mon rêve.

— Christie ! Viens vite ! C'est Jefferson !

— Quoi ? Qu'y a-t-il, Gavin ?

— Il est malade ! Il va vraiment mal !

Il était sur le seuil entre nos deux chambres et son expression de terreur me glaça le cœur.

16

Jusqu'au bout de la nuit

— Jefferson ! Qu'y a-t-il ? m'écriai-je.
Il gisait sur le dos, avec une rigidité alarmante, les bras raides le long du corps. Ses lèvres laissaient échapper un faible gémissement continu. Sa bouche semblait enflée.
— Ses gémissements m'ont réveillé, expliqua Gavin. Je lui ai demandé ce qu'il avait, mais il a continué de gémir. Et puis il s'est mis à t'appeler.
Je posai la main sur son front.
— Il a de la fièvre.
— Christie...
Jefferson venait d'ouvrir les yeux et il me fixait avec une telle intensité douloureuse que mon cœur se serra.
— Qu'y a-t-il, Jefferson ? Où as-tu mal ?
— J'ai l'impression qu'on m'écrase le cou, articula-t-il péniblement. Et à la mâchoire, j'ai mal aussi. Soigne-moi, Christie, soigne-moi !
— Il a mal à la mâchoire ? Que... qu'est-ce que ça peut être ? demandai-je à Gavin.
Il haussa les épaules d'un air impuissant.
— La grippe, peut-être.
— En tout cas, il a de la fièvre.
Les lèvres de Jefferson étaient très sèches et sa langue avait une couleur rose pâle.
— Froid, marmonna-t-il. Brr...
— Je vais lui donner ma couverture, annonça Gavin.
Il arracha aussitôt la couette de son lit et en enveloppa

soigneusement le petit corps de Jefferson. Mais il continuait de frissonner.

— Froid, répéta-t-il.

— Il fait très chaud, pourtant, dis-je, stupéfaite. Comment peut-il avoir si froid ?

Je lui frottai vigoureusement les bras et les épaules.

— Ce doit être la fièvre, dit Gavin.

— Il a l'air vraiment mal, repris-je. Il est tout pâle et raide comme un bout de bois. Touche son bras, Gavin.

— C'est peut-être la fièvre, répéta-t-il après lui avoir tâté l'avant-bras.

— Je devrais prendre sa température. Je me demande si tante Charlotte a un thermomètre.

— Ça m'étonnerait, marmonna Gavin.

— Mais il faut faire quelque chose, et vite. Je vais réveiller tante Fern et lui demander de venir le voir.

— Elle ? dit Gavin. Ne perds pas ton temps avec elle.

— Mais son ami saura peut-être quoi faire. Il a l'air instruit.

— J'ai mal aux yeux, Christie, et à la gorge aussi, se plaignit Jefferson. Ça me fait mal d'avaler et de tourner la tête.

— C'est sûrement la grippe, affirma Gavin. J'avais les mêmes symptômes.

— Qu'a fait ta mère ? demandai-je, de plus en plus affolée à mesure que le temps passait. J'ai eu la grippe moi aussi, mais je n'ai jamais été aussi mal.

— Elle a appelé le docteur qui m'a fait prendre de l'aspirine et m'a dit de boire beaucoup. Et, au bout d'un jour de ce traitement, j'allais beaucoup mieux. Ne t'inquiète pas, me rassura Gavin. Je suis sûr que ce n'est rien de plus.

— Peut-être, mais je préfère quand même que tante Fern ou son ami viennent le voir. Qu'en penses-tu ?

Sentant dans quel état de nervosité je me trouvais, Gavin approuva à regret.

— Ça me fait mal au cœur de lui demander quelque chose.

— Reste avec lui, dis-je.

Je gagnai la chambre de tante Fern. Le couloir plongé dans l'obscurité me parut plus long et plus sinistre que jamais. Je me mis à courir puis frappai à la porte. Personne ne répondit. Peut-être étaient-ils encore en bas ? Je me tournai vers l'escalier qui semblait plonger dans un immense trou noir. Je décidai de frapper à nouveau mais beaucoup plus fort.

— Tante Fern ? Tu es là ? Tante Fern ?

J'entendis un bruit de verre brisé, puis une volée de jurons.

— Qu'est-ce qui se passe, bon sang ? cria tante Fern.

Je n'eus pas le temps de répondre la porte s'ouvrait brutalement. Elle apparut. Totalement nue, les yeux lourds de sommeil, les cheveux en bataille. Elle sembla surprise de me voir.

— Que veux-tu ? Au beau milieu de la nuit ! se lamenta-t-elle. Pourquoi viens-tu faire un tel tapage à notre porte ?

À chaque nouvelle récrimination, ses yeux s'ouvraient un peu plus.

— C'est Jefferson, tante Fern. Il est malade. Il a de la fièvre et il se plaint de douleurs au cou et au visage. Nous ne savons pas ce qu'il faut faire.

— Qu'y a-t-il ? Qu'est-ce qui se passe ? s'enquit Morton depuis le lit.

Il alluma une autre lampe et s'assit.

— C'est mon frère, lui dis-je par-dessus l'épaule de tante Fern. Il est malade.

— Et alors ? s'exclama tante Fern. Les gosses tombent malades tout le temps. C'est normal !

— Est-ce qu'il vomit ? demanda Morton.

— Non, mais il a mal à la gorge et au cou et...

— Il a dû attraper froid ! déclara tante Fern avec une

grimace de dégoût. Et c'est pour ça que tu nous réveilles au milieu de la nuit ?

— Il souffre beaucoup, affirmai-je.

— Il a peut-être une mauvaise grippe, supputa Morton.

— Oui, approuvai-je. Gavin pense que c'est peut-être ça.

— Donne-lui de l'aspirine, fit Morton. C'est tout ce que tu peux faire pour le moment.

— C'est ça, de l'aspirine, marmonna tante Fern en voulant me refermer la porte au nez.

Je la retins.

— Mais je ne pense pas qu'ils aient de l'aspirine ici, dis-je, la voix brisée. J'ai peur pour lui, tante Fern. Vraiment !

— Bon sang ! maugréa-t-elle.

— Tu as de l'aspirine dans tes affaires, tante Fern, intervint Morton. On en a acheté il y a quelques jours, à Boston, pour soigner une gueule de bois.

— Oui, je me souviens. Attends un peu, fit-elle en retournant vers son lit. J'ai oublié où j'ai mis mon sac, grogna-t-elle. Est-ce que je l'ai laissé en bas ?

— Comment le saurais-je ? répondit Morton en se laissant retomber, telle une masse, sur son oreiller.

— Tu es vraiment casse-pieds, se plaignit tante Fern.

Elle ne cherchait pas vraiment, se contentant de regarder vaguement autour d'elle.

— Le voilà ! m'écriai-je en montrant la coiffeuse.

— Ah oui ! (Elle se saisit du sac et farfouilla dedans.) Il n'y en a pas.

Mon sang se glaça dans mes veines. Elle était capable de ne pas me donner d'aspirine même si elle en trouvait.

— S'il te plaît, regarde un peu mieux, tante Fern. Il est très malade. Nous avons besoin de cette aspirine.

Elle s'empourpra.

— Vous avez toujours besoin de quelque chose, ton Jefferson et toi, cracha-t-elle.

Je baissai les yeux de peur qu'elle ne me renvoie.

— Bon sang, bon sang ! marmonna-t-elle avec colère avant de retourner son sac et de le vider entièrement sur la tablette. Ah, le voilà ! dit-elle finalement en s'emparant du tube de cachets. Tiens, prends-le et fiche le camp d'ici, que je puisse enfin dormir en paix.

Elle me le jeta. Je l'attrapai au vol et fis aussitôt demi-tour.

— Qu'ont-ils dit ? s'enquit Gavin.

— De lui donner de l'aspirine.

— Ils auraient pu au moins venir le voir, s'emporta-t-il.

— Ils ne sont ni l'un ni l'autre en état de voir qui que ce soit. Au moins, Morton a dit à tante Fern de me donner des cachets.

J'allai chercher un verre d'eau et je préparai deux comprimés. Mais quand je les glissai dans la bouche de Jefferson, il se plaignit de ne pouvoir les avaler.

— Ça fait trop mal, Christie. Ça fait mal !

— Qu'allons-nous faire, Gavin ? S'il ne peut pas avaler...

— Écrase les cachets et mélange-les à l'eau, proposa-t-il. C'est ce que faisait ma mère.

Je le fis aussi vite que possible avant de porter le verre aux lèvres de Jefferson. Je commençai à verser tout doucement le liquide dans sa bouche mais dès qu'il atteignit sa gorge, Jefferson eut une terrible convulsion : tout son corps tressauta. Il avait les yeux exorbités.

— GAVIN ! Il s'étouffe !

Il se précipita pour prendre Jefferson dans ses bras.

— Doucement, petit, doucement, dit-il en l'aidant à se redresser.

Il lui tapota le dos.

— Qu'est-il arrivé ? Ce n'est pas normal. C'est juste de l'eau et de l'aspirine ! dis-je.

— Il a dû avaler de travers, répondit Gavin avec calme. Laisse-le reprendre son souffle et nous essaierons à nouveau.

Mes doigts tremblaient quand je lui présentai le verre une deuxième fois. On aurait dit qu'il s'était évanoui. Il ne bougeait plus.

— Jefferson, ouvre la bouche un tout petit peu, le suppliai-je.

Ses lèvres restèrent scellées comme ses paupières.

— Jefferson ?...

— On devrait peut-être simplement le laisser dormir, suggéra Gavin.

Je secouai la tête, terrifiée. Mon cœur battait à tout rompre. Je n'avais jamais vu mon petit frère dans un tel état, même quand il avait eu la rougeole et les oreillons.

— Ce n'est pas normal, Gavin, répétai-je. Tu n'avais pas de problème pour avaler quand tu avais la grippe, n'est-ce pas ? En tout cas, moi non.

— J'ai eu une très forte angine une fois... je ne pouvais rien avaler. C'est peut-être ça.

— Si on ne lui donne pas d'aspirine, la fièvre ne descendra pas, me lamentai-je.

— Laisse-moi essayer, proposa Gavin.

Il maintint Jefferson de façon qu'il ait le dos bien droit, puis porta le verre à ses lèvres.

— Allez, petit. Bois un peu.

Les paupières de Jefferson papillotèrent et il entrouvrit juste assez la bouche pour que Gavin y fasse couler un peu de liquide. À nouveau, quand il atteignit sa gorge, il toussa violemment, mais Gavin ne céda pas et Jefferson avala. Puis il s'affaissa dans ses bras.

— Il s'est rendormi. Attendons qu'il se réveille et on essaiera encore, suggéra Gavin.

Nous restâmes à son chevet sans le quitter des yeux. Chaque fois qu'il ouvrait les yeux, nous lui donnions un peu d'aspirine, mais chaque fois, il s'étouffait davantage. Finalement, nous parvînmes à lui faire avaler tout le verre. Malgré cela, je décidai de rester à ses côtés jusqu'à ce qu'il dorme profondément.

— Je vais veiller avec toi, dit Gavin.

Jefferson ferma les yeux mais ne s'endormit pas avant un très long moment. Il gémissait et pleurait pratiquement sans interruption. Il finit cependant par céder à l'épuisement et, peu après, Gavin et moi en fîmes autant.

L'aube arriva, grise, lugubre et inquiétante. J'ouvris brusquement les yeux et je regardai autour de moi. Pendant un instant, je crus avoir eu un mauvais rêve. Puis je vis Gavin toujours assis au bord du lit, la tête sur la poitrine, les paupières closes. Il avait sombré dans le sommeil en nous veillant, Jefferson et moi.

Je me penchai doucement pour examiner mon petit frère. Même endormi, il avait quelque chose de bizarre. Comme s'il était en train de rêver. Les commissures de ses lèvres étaient relevées en un sourire étrange et fixe, mais ce sourire n'évoquait rien de drôle ni de plaisant. Bien au contraire, c'était un rictus figé, comme un coup de couteau sur un morceau de bois. Je me mis à trembler.

Je secouai Gavin d'une main incertaine.

— Gavin ! Gavin, réveille-toi !

Il ouvrit les yeux et se massa le cou.

— Bonjour, dit-il, comment va-t-il ?

— Regarde-le.

Il se pencha à son tour sur Jefferson.

— C'est drôle.

— Ce n'est pas drôle, c'est inquiétant. Jefferson ?

Je posai la main sur son front. La fièvre ne semblait pas avoir monté, ce que je pris pour un bon signe. Mais quand il ouvrit les yeux, ce fut pour me lancer un regard de pure terreur.

— Jefferson ?

Il grogna sans ouvrir la bouche.

Et alors, sans que rien le laissât prévoir, tout son corps fut secoué de terribles convulsions, comme s'il avait touché un fil électrique. Le voir ainsi me pétrifia. Même Gavin resta muet de stupeur pendant un moment. Puis je hurlai :

— Jefferson !
Gavin se précipita pour le prendre dans ses bras. Des gouttes de transpiration apparurent sur le front de Jefferson. Ses tempes et ses joues luisaient de sueur. De la salive s'échappait des commissures de ses lèvres. Il eut un hoquet, puis il roula des yeux et s'évanouit à nouveau dans les bras de Gavin.

— Gavin !

Choqué, lui aussi, il reposa Jefferson dans le lit avant de plaquer l'oreille sur sa poitrine.

— Son cœur bat très vite.

— Il faut lui trouver un docteur... ou l'emmener à l'hôpital !

Hystérique, je me ruai hors de la chambre en criant aussi fort que je pouvais.

— Au secours ! Au secours ! Tante Fern ! Tante Charlotte ! Quelqu'un !

Tante Charlotte sortit en courant de sa chambre, suivie de Luther qui boutonnait son pantalon.

— Qu'y a-t-il, ma chérie ? Que se passe-t-il ?

— C'est Jefferson ! Il est très malade. Il vient de s'évanouir, dis-je en pleurant.

Luther se précipita pour le voir.

— Qu'est-ce que c'est que ce vacarme ? s'exclama tante Fern du seuil de sa chambre.

— C'est Jefferson, lui dit tante Charlotte. Il est malade.

— Encore ? Continuez à lui donner de l'aspirine et arrêtez de hurler comme ça. Il y a des gens ici qui ont besoin de dormir, répliqua-t-elle avant de claquer sa porte.

— Luther veut que nous l'emmenions immédiatement à l'hôpital, annonça Gavin. Il dit qu'il a déjà vu des cas pareils.

Je me tournai vers Luther qui se tenait juste derrière lui, l'air grave, les yeux sombres, les multiples rides de son visage encore plus creusées qu'à l'ordinaire.

— Oh, Luther, qu'est-ce que c'est ? Dites-moi ce dont souffre mon petit frère.

— Je ne peux pas être certain, bien sûr, articula-t-il lentement, mais ça ressemble à ce que mon cousin Frankie a eu vers trente ans quand il s'était coupé avec une lame rouillée.

— Quoi... fis-je, le souffle coupé. (J'échangeai un regard avec Gavin.) La coupure sur la cuisse ! (Gavin hocha la tête. Je me retournai vers Luther.) Qu'est-il arrivé à votre cousin ?

— Il a attrapé le tétanos, dit-il en secouant la tête.

Il n'avait pas besoin de continuer. Je compris que son cousin Frankie était mort. Terrifiée, je retournai dans la chambre, rassemblai mes affaires et m'habillai rapidement. Mes mains ne cessaient de trembler. Puis, avec l'aide de Gavin, j'enveloppai Jefferson dans une couverture. Gavin le prit dans ses bras et nous sortîmes. Pendant tout ce temps, pas une seule fois Jefferson n'ouvrit les yeux, ne proféra le moindre son. Le cœur battant, tête basse, je les suivais.

Tout était ma faute. Si je ne m'étais pas enfuie, si je ne l'avais pas entraîné avec moi... Je n'avais pas le droit de l'exposer ainsi, de lui faire subir des tourments qui ne lui étaient pas destinés. Tous ceux qui m'étaient proches souffraient d'une manière ou d'une autre.

— Oh, ma chérie, ma chérie ! disait Charlotte qui nous accompagnait en se tordant les mains. Le pauvre petit !

— Qu'est-ce qui se passe encore ? gronda tante Fern derrière nous au moment où nous nous engagions dans l'escalier.

Luther était déjà sorti pour amener sa camionnette devant la porte. Je n'avais aucune envie de lui répondre, pas plus que Gavin. Nous l'ignorâmes.

— Il vaudrait mieux que j'aie mon café d'ici peu ! hurla-t-elle.

— Ne lui apporte rien, tante Charlotte, dis-je quand nous fûmes au pied des marches. Même pas un verre d'eau. Elle ne le mérite pas.

Tante Charlotte hocha la tête, uniquement inquiète de Jefferson. Elle nous accompagna jusqu'à la camionnette.

— Passe devant avec lui, dit Gavin. Je monte à l'arrière.

Luther vint l'aider mais Gavin se débrouilla tout seul. Il déposa doucement Jefferson dans mes bras. Je l'installai du mieux que je pus contre moi et me mis à le bercer.

— Ô Seigneur, ô Seigneur ! se lamentait tante Charlotte à nos côtés.

Nous démarrâmes à toute allure sur l'allée défoncée.

— Va falloir aller jusqu'à Lynchburg, fit Luther. C'est l'hôpital le plus proche et ce petit a besoin d'un hôpital maintenant.

Je ne répondis pas. J'étais comme pétrifiée, les yeux fixés sur mon petit frère. Ses lèvres étaient à peine entrouvertes, ses paupières closes, son visage demeurait figé comme celui d'une statue.

Oh, maman, me lamentai-je en silence. Je ne voulais pas cela. Je ne voulais pas que cela arrive. Je te demande pardon ! Je te demande pardon !

Je me rendis compte que je pleurais quand mes larmes s'écrasèrent sur la poitrine de Jefferson. Alors, j'essayai de me redresser et de respirer profondément, puis je me mis à prier. J'entendis Gavin gratter à la vitre qui nous séparait de la plate-forme arrière.

— Tu vas bien ? articula-t-il.

Le vent dansait dans ses cheveux tandis que nous nous élancions sur la grand-route. Il avait le regard angoissé, lui aussi. Je voulus lui répondre mais aucun mot ne franchit mes lèvres. Je secouai la tête puis me retournai pour contempler la route que nous avalions à toute allure. Je jetai un regard vers Luther. Il allait aussi vite qu'il était possible. Le moteur toussait et se plaignait, mais le regard de Luther restait fixé droit devant lui comme un homme qui a déjà vu la mort et qui tente par tous les moyens d'échapper aux terribles souvenirs qui viennent de resurgir en lui.

J'eus l'impression que le trajet durait une éternité. Le ciel gris se chargeait de nuages de plus en plus menaçants, le vent tordait les arbres. Les voitures que nous croisions avaient leurs phares allumés car il faisait très sombre. J'étais certaine qu'un terrible orage allait s'abattre sur nous avant que nous arrivions, mais seules quelques grosses gouttes éparses s'écrasèrent sur le pare-brise. Enfin, une pancarte signala l'hôpital. Un bâtiment relativement moderne surgit devant nous. Le planton nous dit où trouver le service des urgences. Dès que la camionnette s'arrêta, Gavin sauta à terre et vint ouvrir ma portière. Jefferson n'avait pas donné le moindre signe de vie depuis notre départ. Gavin le souleva avec précaution. Nous courûmes jusqu'à l'entrée des urgences.

— Qu'est-il arrivé ? demanda l'infirmière de service dès qu'elle nous aperçut.

— Nous pensons qu'il peut s'agir du tétanos, expliqua Gavin.

Elle contourna aussitôt le comptoir en faisant signe à une autre infirmière d'apporter un brancard sur lequel Gavin déposa Jefferson. Les deux infirmières prirent immédiatement le relais, l'une lui mesurant sa pression sanguine, l'autre posant un stéthoscope sur sa poitrine. Elles échangèrent un regard préoccupé puis l'une d'entre elles poussa le brancard jusqu'à une salle d'examen. Un jeune médecin venait à peine d'en sortir. Il nous accueillit.

— Qu'avons-nous là ? demanda-t-il.

— Mon petit frère est très mal, dis-je. Il s'est blessé il y a quelques jours et nous pensons qu'il a peut-être le tétanos.

— Est-il vacciné ? s'enquit le médecin.

— Je ne sais pas. Je ne crois pas.

— Avec quoi s'est-il blessé ? demanda-t-il en soulevant la paupière de Jefferson pour examiner sa pupille.

— Un clou rouillé... dis-je.

Il leva vivement les yeux.

— Bon, où sont vos parents ? Est-ce votre père ? s'enquit-il en désignant Luther qui attendait un peu plus loin en compagnie de Gavin.
— Non, monsieur.
La première infirmière lui chuchota quelque chose et ils poussèrent le brancard dans la salle d'examen. J'allais les suivre quand l'autre infirmière m'arrêta.
— Attendez dehors, dit-elle. Allez au bureau d'accueil pour donner tous les renseignements nécessaires.
— Mais...
Elle referma la porte sans me laisser le choix. Mon cœur battait si fort que je craignis de me retrouver sur un brancard moi aussi. Je revins dans l'entrée, la gorge douloureuse des sanglots que je retenais.
— Alors ? s'enquit Gavin.
— Ils veulent que nous attendions ici. Je dois donner des renseignements au bureau d'accueil.
Il me prit la main et nous nous approchâmes du comptoir. Luther s'était assis un peu plus loin dans le hall et nous observait avec un air terriblement inquiet. Je me tournai une nouvelle fois vers la salle d'examen.
Mon petit frère va trouver la mort dans cette pièce, me dis-je. Et c'était moi qui l'y avais conduit. Il m'avait pris la main et il m'avait fait confiance dès l'instant où nous avions quitté Cutler's Cove. À présent, il gisait inconscient dans une pièce inconnue. Un frisson glacé me parcourut. Gavin posa son bras sur mes épaules.
— Il va guérir très vite, ne t'inquiète pas, dit-il.
— L'un de vous est-il parent avec le patient ? demanda l'infirmière au comptoir.
— Oui, madame, répondis-je en m'essuyant les yeux. Je suis sa sœur.
— Très bien, vous voulez bien remplir ce formulaire ? fit-elle en me tendant une feuille de papier et un stylo.
Je contemplai le formulaire en question mais les mots se mélangeaient devant mes yeux brouillés de larmes. J'étais incapable de lire.

Voyant mon hésitation, la jeune femme reprit d'un ton ferme :
— Il faut le remplir.
Je m'essuyai les yeux et commençai à m'acquitter de ma tâche. Mais lorsque je laissai en blanc la question concernant les parents ou d'éventuels tuteurs, l'infirmière s'en aperçut immédiatement.
— Pourquoi n'avez-vous pas mis le nom de vos parents ?
— Ils sont morts tous les deux, madame.
— Ah... Quel âge avez-vous ?
— Seize ans.
— Est-ce votre tuteur ? s'enquit-elle en désignant Luther qui n'avait toujours pas bronché.
— Non, madame.
Elle parut ennuyée.
— Avec qui vivez-vous, votre petit frère et vous ?
— Personne.
— Personne ? Je ne comprends pas. Ce renseignement nous est nécessaire, insista-t-elle.
Je ne pus me retenir plus longtemps. Je me mis à pleurer toutes les larmes de mon corps. Même Gavin ne parvint pas à me calmer. Il me conduisit vers un siège près de Luther et me garda dans ses bras. Je me blottis contre lui et laissai libre cours à mon chagrin. L'infirmière du bureau ne me posa plus de questions. Au bout d'un moment, je me calmai enfin, repris mon souffle et m'assis normalement, les yeux fermés. J'étais hébétée, épuisée et tout engourdie. J'avais l'impression d'avoir des fourmis partout, jusqu'à l'intérieur du crâne.
Je rouvris les yeux. Jusque-là, je n'avais pas eu conscience de ce qui se passait dans l'hôpital mais, soudain, je vis les malades qui attendaient dans le hall, les infirmières qui se précipitaient, certaines en compagnie de médecins, les personnes massées devant l'ascenseur — sans doute rendaient-elles visite à des parents.

Finalement, après une attente interminable, le jeune médecin et une des infirmières ressortirent de la salle d'examen et se dirigèrent vers nous. En chemin, ils s'arrêtèrent au bureau et la préposée leur tendit le formulaire que j'avais en partie rempli. Elle ajouta quelques mots. Le médecin se tourna vers nous et nous rejoignit. Je retins mon souffle. Gavin me serra le bras très fort. Luther hocha la tête, ses mains jointes sur les genoux.

— Christie Longchamp ?
— Oui, docteur.
— Votre frère s'appelle Jefferson, poursuivit-il en jetant un coup d'œil au formulaire.
— Oui, docteur.
— Il semble bien qu'il ait contracté le tétanos. On aurait dû lui faire une piqûre juste après cette blessure à la jambe, ajouta-t-il avec une nuance de reproche dans la voix. Vos parents sont-ils au courant ?

Je secouai la tête.

— Ses parents sont morts tous les deux, intervint Gavin. Dans un incendie.

Le médecin le fixa, les yeux plissés, avant de se retourner vers moi.

— Parlons d'abord de votre frère, dit-il. Il est dans le coma, ce qui est courant après les convulsions provoquées par le tétanos.

— Va-t-il guérir ? demandai-je d'une voix brisée.

J'avais besoin de savoir.

Le médecin regarda Luther avant de me répondre.

— La mortalité pour cause de tétanos dépend de différents facteurs : l'âge du patient, la longueur de la période d'incubation. C'est plus grave pour les jeunes enfants et, particulièrement, pour ceux qui n'ont pas été traités aussitôt après avoir contracté la maladie, expliqua-t-il froidement. Vous n'avez donc pas de tuteur ?

— Si, docteur, répondis-je en baissant les yeux. Mon oncle.

— Eh bien, il faut le prévenir immédiatement. Il y a des papiers importants à signer. Je vais poursuivre le traitement en urgence mais je dois rencontrer votre tuteur le plus tôt possible. (Il consulta de nouveau le formulaire.) Vous venez de Cutler's Cove, en Virginie, c'est ça ?
— Oui, docteur.
— Vous rendiez visite à des parents ?
— Oui, docteur. Ma tante.
— Puis-je lui parler ?
— Nous n'avons pas le téléphone à la maison, intervint Luther.
— Pardon ?
— Voici... mon oncle, dis-je.
— Votre tuteur ? s'étonna le médecin en ouvrant de grands yeux. Il est resté assis là, tout le temps ?
— Non, docteur. Il s'agit d'un autre oncle.
— Écoutez, miss Longchamp, dit-il, il s'agit d'une situation très sérieuse. Je veux le nom et le numéro de téléphone de votre tuteur sur-le-champ.

Il me mit le formulaire entre les mains et sortit un stylo de sa poche de poitrine.
— Oui, docteur.
Et je lui écrivis les coordonnées d'oncle Philippe.
— Et mon frère ?
— Nous allons le transporter au bloc des soins intensifs. Nous devons lui faire une perfusion avec des antitoxines. Il est dans un état très préoccupant.

Il contemplait Luther comme s'il sentait instinctivement que Luther était familier des maladies graves.
— Puis-je le voir ? demandai-je.
— Pas longtemps, répondit le médecin. Il y a une salle d'attente aux soins intensifs mais les visites sont très limitées.
— Merci, dis-je en me levant.

Gavin me prit la main pour traverser le hall et gagner la salle d'examen. L'infirmière venait de lui installer une perfusion. Jefferson portait déjà une chemise d'hôpital.

— Les affaires de votre frère, fit l'infirmière en me tendant la couverture et sa chemise de nuit.
— Merci.
Gavin et moi approchâmes du brancard pour observer Jefferson. Ses yeux remuaient sous ses paupières closes, ses lèvres tremblèrent, puis se figèrent.
— Jefferson, murmurai-je.
J'avais la gorge en feu, je ne voulais pas pleurer ni me mettre à hurler comme une hystérique. J'avais l'impression qu'on me frappait la poitrine à coups de marteau. Je pris la petite main de Jefferson.
— Va-t-il guérir ? demanda Gavin à l'infirmière.
— Il faut attendre, dit-elle. Mais il est en de bonnes mains, à présent, ajouta-t-elle, nous offrant pour la première fois une infime lueur d'espoir.
Gavin hocha la tête.
— C'est un petit gars costaud, dit-il, essentiellement pour me réconforter.
Je me penchai pour déposer un baiser sur la joue de Jefferson. Puis je lui chuchotai à l'oreille :
— Je te demande pardon, Jefferson. Je n'aurais pas dû t'emmener avec moi. Guéris, s'il te plaît. Je t'en supplie, je t'en supplie ! implorai-je, les larmes ruisselant sur mes joues.
— Christie, viens, intervint alors Gavin. Ils doivent l'emmener.
Me prenant par les épaules, il me força gentiment à me redresser, puis un aide-soignant et l'infirmière firent rouler son brancard dans le couloir. Nous les suivîmes jusqu'à l'ascenseur.
— Revenez dans une heure, nous conseilla l'infirmière tandis que les portes de la cabine se refermaient.
Luther était venu nous rejoindre.
— Il va falloir attendre assez longtemps, dit-il, avant de savoir quelque chose.
— Je ne pars pas d'ici, dis-je.

Il acquiesça avant de fouiller dans ses poches. Il sortit un peu d'argent.

— Prenez ça, dit-il en l'offrant à Gavin. Vous en aurez besoin pour manger ou boire quelque chose. Je retourne voir Charlotte. Je raconterai à ta sœur ce qui se passe. Elle aura peut-être la décence de venir s'occuper de vous.

— Merci, Luther.

Il me contempla alors et je vis que ses yeux brillaient plus qu'à l'ordinaire, comme s'il avait envie de pleurer.

— Je prierai pour lui, dit-il. C'est un bon petit garçon, comme j'aurais aimé en avoir un.

Gavin et moi le suivîmes des yeux tandis qu'il gagnait la sortie. Après son départ, nous commençâmes notre veille devant la salle des soins intensifs.

Je m'assoupis fréquemment, la tête posée sur l'épaule de Gavin. Nous avions pris place sur un petit canapé en imitation cuir dans la salle d'attente des soins intensifs. En face de nous, une femme d'un certain âge était installée près de la fenêtre. Elle sortait souvent son mouchoir brodé pour se tamponner les yeux. Elle nous regardait parfois en souriant.

— Mon mari vient de se faire opérer, nous expliqua-t-elle. Cela s'est bien passé, mais à son âge...

Elle ne termina pas sa phrase et se tourna de nouveau vers la fenêtre. Dehors, le ciel gris s'était un peu éclairci et la pluie avait cessé.

— Est-ce que cela fait une heure, Gavin ? demandai-je.

— Un petit peu plus.

Nous nous levâmes et gagnâmes le poste de garde de la salle de réanimation. Nous passâmes devant de grandes baies vitrées derrière lesquelles se trouvaient des malades sous oxygène, les uns avec les bras ou les jambes dans le plâtre. L'infirmière leva immédiatement les yeux.

— Nous voudrions voir Jefferson Longchamp, expliqua Gavin.

— Cinq minutes seulement, répliqua-t-elle sèchement.
— Comment va-t-il ?
— Aucun changement. Vous le trouverez dans l'allée au fond à droite.

Nous franchîmes la porte vitrée. J'essayai de ne pas voir tous ces gens si gravement touchés. Mais les bips des machines de réanimation, les murmures des infirmières, les gémissements, les râles et les rangées de lits occupés par des gens plus ou moins conscients, tout cela était difficilement supportable. J'avais l'impression de sentir ce fil invisible qui sépare la vie de la mort. Ce fil sur lequel mon petit frère se tenait en ce moment.

Jefferson était dans une pièce séparée sous une tente à oxygène. La chambre était plongée dans une semi-obscurité. Il offrait toujours le même aspect inquiétant, à cette différence qu'on l'avait relié à un appareil surveillant les battements de son cœur et qu'il était sous perfusion. La blessure à la jambe avait été soignée et bandée. Gavin me serra dans ses bras.

— Je n'aurais jamais cru qu'il était si mal en point, murmura-t-il. Nous aurions dû faire quelque chose la nuit dernière.

— C'est ma faute. J'avais complètement oublié qu'il s'était blessé sur ce clou.

— Ne te culpabilise pas, ordonna Gavin.

Nous nous retournâmes tandis qu'une infirmière entrait pour vérifier le goutte-à-goutte et son pouls.

— Comment est-il ? s'enquit Gavin.
— Il n'a plus de convulsions. C'est plutôt bon signe.

Nous restâmes jusqu'à ce qu'elle nous conseille de partir, puis nous descendîmes à la cafétéria de l'hôpital. Je n'avais pas très faim mais Gavin pensait qu'il valait mieux que nous avalions quelque chose. Je pris un bol de céréales chaudes dont je laissai la moitié, et une tasse de thé. Puis nous retournâmes dans la salle d'attente. Nous y passâmes la plus grande partie de la journée, allant voir Jefferson dès qu'on nous le permettait.

Les parents des autres malades allaient et venaient. Certains se montraient très bavards, d'autres pas. Gavin et moi somnolions, lisions vaguement quelques magazines ou bien regardions simplement par la fenêtre le ciel qui s'éclairait. La vue des morceaux de bleu qui déchiraient les nuages me faisait du bien. J'y voyais un heureux présage. À notre visite suivante à Jefferson, l'infirmière en chef des soins intensifs nous annonça qu'il allait mieux d'heure en heure.

— Il n'est pas encore sorti d'affaire, dit-elle, et de loin, mais son état n'a pas empiré.

Rassurés par ces paroles, nous retournâmes à la cafétéria. Nous avions bien plus d'appétit cette fois-ci.

— J'espérais quand même que Fern viendrait, déclara Gavin. Je ne pensais pas qu'elle était tombée si bas.

— Pourvu qu'ils ne soient pas en train de tourmenter Charlotte et Luther, remarquai-je.

— Oh, je crois que Luther ne se laissera pas faire maintenant. Il les mettra dehors par la peau du cou.

En retournant à la salle d'attente, nous trouvâmes Luther. Il n'était pas venu seul : Homer l'accompagnait. Il portait un pantalon propre, une chemise blanche et une cravate, et il avait même essayé de peigner tant bien que mal son épaisse tignasse. Il semblait effrayé et triste, mais ses yeux s'agrandirent de plaisir quand il nous aperçut.

— Il a tellement insisté pour venir qu'il a failli me rendre fou, expliqua Luther.

— C'est très gentil à vous, Luther. Merci d'être venu, Homer.

— Comment il est ? demanda-t-il aussitôt.

— Il va mieux mais il est encore très malade.

Homer hocha gravement la tête.

— Je lui ai apporté quelque chose pour jouer. Pour quand il ira mieux, ajouta-t-il en nous montrant un de ces jeux qui tiennent dans la paume de la main.

Il s'agissait de faire entrer de petites boules argentées dans des trous.

— Ce truc-là est si vieux que c'en est presque une antiquité, fit Luther en clignant de l'œil. (Il se pencha vers nous pour murmurer la suite.) Je le lui ai donné alors qu'il avait à peu près l'âge de Jefferson.
— Merci, Homer, dis-je. Je veillerai à ce qu'il l'ait.
— Et ma sœur ? s'enquit Gavin.
— Oh, fit Luther, dès qu'ils ont su pour Jefferson, elle et son guignol ont pris la poudre d'escampette.
— Vous voulez dire qu'ils sont partis ? demanda Gavin, abasourdi. Ils sont partis sans même prendre des nouvelles de Jefferson ?
— Ils auraient pas détalé plus vite si la maison avait brûlé, fit Luther. Je crois pas qu'on les regrettera.
— Je n'arrive pas à y croire, marmonna Gavin.

Nous rendîmes une nouvelle visite à Jefferson. Cette fois-ci, l'infirmière nous permit de rester près de vingt minutes et elle autorisa Homer à se joindre à nous. Il resta debout à nos côtés, les mains serrées devant lui, sans jamais quitter Jefferson des yeux. Quand le moment vint de partir, il s'avança jusqu'à la tente.

— Tu vas guérir, Jefferson. Tu vas guérir très vite parce qu'il y a la grange à peindre et des tas d'autres choses à faire.

Je serrai la main de Homer et nous partîmes ensemble, tête basse tous les trois, murmurant chacun nos prières. Mais quand nous sortîmes de la salle de réanimation, mon cœur rata un battement. J'aurais pourtant dû m'y attendre et me préparer à ce moment, mais mon inquiétude pour Jefferson avait balayé toute autre considération.

Devant nous, aux côtés du médecin, se tenait oncle Philippe. Il arborait un air de mauvais augure et le médecin semblait assez courroucé, lui aussi.

— Tout le monde est malade d'inquiétude à cause de toi, Christie, fit-il avant de se tourner vers Gavin. Et tes parents sont dans tous leurs états.

Je baissai les yeux. Le regarder m'écœurait.

— Luther et Charlotte n'auraient jamais dû vous permettre de rester chez eux, poursuivit-il.

Cette fois-ci, je relevai le menton et le fixai durement.

— Je t'interdis de leur reprocher quoi que ce soit.

— Oh, mais je ne leur reproche rien, concéda-t-il vivement. Je suis certain qu'ils ne comprenaient pas la situation, mais le fait est...

— Le fait est que quoi ? éclata Gavin.

— Le fait est, jeune homme, que tes parents sont bouleversés. Ils n'ont pas les moyens de payer tes petites escapades à travers tout le pays. J'ai pris les arrangements nécessaires pour ton retour immédiat chez eux, fit-il en sortant un billet d'avion de sa poche. Je leur ai dit que ceci me concernait. Un taxi t'attend devant la porte de l'hôpital pour t'emmener à l'aéroport, tu as dix minutes pour descendre.

— Je ne quitterai pas Christie, affirma Gavin en se portant à mes côtés.

— Christie part elle aussi, répliqua oncle Philippe avec un sourire mielleux. Elle rentre à la maison.

Je secouai la tête.

— Non.

— Ne veux-tu pas rester auprès de ton frère ? s'enquit-il. (Je me tournai vers le médecin.) Monsieur est d'accord pour que, dans un jour ou deux, nous effectuions le transfert de Jefferson en avion ou en ambulance. Nous l'emmènerons à Virginia Beach où j'ai déjà pris les contacts nécessaires pour qu'il soit traité dans une clinique privée. C'est bien ce que tu désires, n'est-ce pas ? Que ton frère bénéficie des meilleurs soins possibles ?

— Elle ne rentrera pas avec vous, déclara Gavin.

Oncle Philippe lui lança un regard noir avant de me consulter.

— Christie ?

— Je dois rentrer avec lui, Gavin, dis-je.

— Non, tu ne peux pas. Nous devons prévenir la police, leur dire ce qui s'est passé. Nous...

— Pas maintenant, pas avec Jefferson dans cet état, l'interrompis-je. Ne t'inquiète pas. Je saurai me débrouiller.

— Mais bien sûr qu'elle saura, fit oncle Philippe avant de s'adresser au médecin. Il y a eu quelques malentendus à la maison. Ç'a été très dur pour Christie depuis la mort soudaine de ses parents, mais...

— Des malentendus ! s'écria Gavin. C'est comme ça que vous appelez ce que vous lui avez fait !

— Calmez-vous, jeune homme, intervint le médecin. Vous n'êtes pas dans la rue.

— Mais vous ne comprenez pas...

— Ce n'est pas son rôle de régler des différends familiaux, fit vivement oncle Philippe. Tu devrais plutôt te soucier de tes parents. Ta mère est malade à cause de toi, et ton père...

— Gavin, s'il te plaît, intervins-je en lui serrant le bras. Pas maintenant. C'est inutile. Il a raison. Rentre d'abord chez toi, vois tes parents. J'ai causé assez de souffrances et d'ennuis comme cela.

— Mais, Christie, je ne peux pas te laisser rentrer avec lui. Je ne peux pas !

— Ça ira. Je t'appellerai dès mon retour. Tout ce que je veux, c'est être avec Jefferson. Il a besoin de moi, en ce moment, Gavin. Je t'en prie.

— Mais...

— Le taxi attend, fit oncle Philippe en lui mettant le billet d'avion dans les mains. Si tu rates ton vol, tu devras passer toute la nuit dans la salle d'attente de l'aéroport.

— Va-t'en, Gavin, implorai-je. S'il te plaît.

Il ne parvenait pas à se décider et restait là, en proie à une énorme frustration. Silencieusement, j'articulai les seuls mots qui pouvaient l'apaiser : « Je t'aime. »

Il hocha la tête puis se tourna vers oncle Philippe et accepta le billet.

— Si vous la touchez, si vous touchez un seul de ses cheveux... prévint-il.

Oncle Philippe devint écarlate.

— Ne me menace pas, jeune homme, gronda-t-il avant de lancer un regard gêné vers le médecin. Les gosses de maintenant...

Le médecin hocha la tête.

Tête basse, Gavin s'engagea dans le couloir vers la sortie.

— GAVIN ! m'écriai-je alors avant de me ruer dans ses bras.

Nous nous embrassâmes avec une ardeur désespérée.

— Appelle-moi, dit-il, appelle-moi, et je trouverai toujours un moyen de venir près de toi. Je te le jure.

Il m'offrit un dernier baiser et s'en fut. Mon regard vola jusqu'à Homer et Luther qui avaient assisté en silence à toute la scène. Ils avaient tous les deux la même expression : triste, compatissante.

— Merci, Luther. Et, s'il vous plaît, remerciez tante Charlotte pour tout ce qu'elle a fait. Jefferson t'écrira, Homer. Dès qu'il ira mieux, je te le promets. Et, un jour, bientôt, nous reviendrons vous voir.

Il sourit. Lentement, je retournai vers oncle Philippe. Un large sourire lui mangeait le visage d'une oreille à l'autre.

— Christie, dit-il, tu verras, nous allons tout arranger. Tatie Bett est impatiente de te voir et les jumeaux aussi. Tout ira bien. Tout reprendra comme avant... Oui, conclut-il, les yeux brillants, tout sera comme avant, comme si tu n'étais jamais partie.

17

Dans les griffes du passé

Après qu'oncle Philippe eut pris toutes les dispositions nécessaires pour le transfert de Jefferson à Virginia Beach, nous retournâmes à Cutler's Cove. Ce fut l'un des plus longs voyages de ma vie, même si nous prîmes l'avion, car je devais rester à ses côtés. Malgré son élégance et sa parfaite éducation, il me semblait laid et sale. Pendant presque tout le trajet, il fit comme si rien ne s'était passé entre nous. Il ne cessait de faire l'éloge de l'hôtel de Cutler's Cove et de me raconter comme la reconstruction se déroulait à merveille. Puis il me parla des jumeaux, me disant qu'il était parvenu à les convaincre de prendre des leçons de piano.

— J'ai loué les services de ton professeur, m'apprit-il. Maintenant que tu es de retour, tu pourras peut-être les encourager et leur donner quelques conseils de temps en temps. Je ne pense pas qu'ils deviendront aussi bons que toi mais, au moins, ils ont trouvé une activité intéressante.

Le nez sur le hublot, je lui tournais le dos, contemplant l'obscurité. Parfois, quand nous sortions des nuages, j'apercevais une étoile mais, chaque fois, elle semblait plus lointaine, plus inaccessible, comme si j'étais en train de couler.

— Je sais que les jumeaux seront ravis de te revoir, poursuivit-il. Mélanie et Richard ont été très tristes d'apprendre que tu étais partie au milieu de la nuit avec Jefferson.

— Ça m'étonnerait, marmonnai-je.

J'ignore s'il m'entendit ou pas. En fait, je crois qu'il bavardait uniquement pour empêcher le silence de faire éclater le bouclier de mensonges qu'il avait forgé.

— Bien sûr, ta tante était morte d'inquiétude. Elle n'en mangeait plus, et tu sais comme elle est maigre. Nous nous sentons une grande responsabilité envers Jefferson et toi. Vous êtes comme nos propres enfants. Maintenant que tu es de retour, je te promets que les choses seront différentes, poursuivit-il.

Je lui jetai un coup d'œil. Il était assis très droit et très raide, regardant devant lui comme si j'étais en face et non à ses côtés. Mais ses yeux étaient vitreux et immobiles. On aurait dit un somnambule, parlant dans son rêve.

— Oui, les choses seront différentes. Nous avons appris à mieux nous entendre. Il faut du temps pour ça, il faut du temps pour s'habituer l'un à l'autre, comme pour tout ce qui est important dans la vie, dit-il en hochant la tête. Nous commettons tous des erreurs. Le sort nous a projetés l'un vers l'autre, violemment, sans ménagement, mais nous saurons faire face. Nous sommes forts. C'est dans notre sang.

Il cligna des yeux et se tourna soudain vers moi.

— Nous avons une nouvelle gouvernante, tu sais. Nous avons remplacé Mme Stoddard. Elle ne convenait pas... trop de conflits de personnalité avec Betty Ann. Tu sais comme il est difficile de trouver de bons domestiques de nos jours. Tout le monde se prend pour le patron, personne ne sait rester à sa place. Mais je laisse Betty Ann s'occuper de tout ce qui concerne la maison. C'est son rôle. D'ailleurs, je n'ai pas le temps avec tout le travail qui m'incombe à l'hôtel maintenant.

Finalement, il se tut, contemplant le vide devant lui d'un air égaré. Je me renfonçai dans mon siège et fermai les yeux mais, peu après, je sentis sa main couvrir la mienne sur le bras du fauteuil. J'ouvris les yeux. Il avait pratiquement collé son visage au mien.

— Christie... Oh, Christie, pourquoi t'es-tu enfuie

comme cela ? Je ne voulais pas te faire du mal, ni t'effrayer, et surtout pas te chasser, chuchota-t-il.

— Qu'aurais-je dû faire, selon toi, oncle Philippe ? demandai-je en secouant la tête de dégoût.

— Nous nous étions fait des promesses l'un à l'autre. Tu aurais dû les tenir.

— Des promesses ? Quelles promesses ?

— Tu ne t'en souviens pas ? Moi si, dit-il en retrouvant cette étrange posture dans son siège, les yeux fixés droit devant lui. Nous avons conclu un pacte. Nous avions promis de nous faire confiance et de nous reposer l'un sur l'autre à jamais, de nous dire tout ce que nous ne pouvions dire aux autres.

» Tu ne peux pas avoir oublié, enchaîna-t-il en se tournant vers moi, posant de nouveau sa main sur la mienne. Je te l'ai dit : tout ce qui te fait de la peine me fait de la peine, et tout ce qui te rend heureuse me rend heureux. Tu ne te rappelles pas ? Nous avons scellé notre pacte par un baiser, dit-il. Un merveilleux baiser.

Je me souvenais de cette scène dans ma chambre, mais cette idée avait été entièrement la sienne. Je n'avais rien dit, rien promis. J'étais trop stupéfaite et confuse pour lui répondre quoi que ce soit.

— Si quelque chose te troublait, tu aurais dû venir me trouver, continua-t-il en hochant la tête. Tu aurais dû frapper à ma porte et me parler, et j'aurais fait tout ce qui était en mon pouvoir pour régler ton problème.

— Régler mon problème ?

C'était donc ainsi qu'il voyait les choses : c'était *mon problème* qu'il fallait régler ?

— Oui, dit-il. Je te l'ai dit déjà à plusieurs reprises : je suis ici pour toi. Et pour Jefferson, bien sûr. Tiens, à peine ai-je su ce qui était arrivé, que je me suis précipité à l'hôpital sans prendre le temps de dire à Betty Ann où j'allais. J'en ai chargé Julius. Jefferson et toi, vous aviez besoin de moi. J'ai donc pris toutes les dispositions nécessaires. Et, à présent, conclut-il en souriant, nous voilà à nouveau réunis. Tu es en sécurité. Tu seras toujours en sécurité avec moi.

Je le dévisageai. Faisait-il semblant ou bien avait-il réellement oublié ce qu'il m'avait fait ? Je fus tentée de le lui rappeler et de lui cracher au visage, mais je préférai me détourner et fermer les yeux comme une huître ferme sa coquille contre les agressions extérieures. Si je me barricadais assez solidement, si je rêvais d'autres choses, je parviendrais peut-être à le maintenir hors de ma vie. S'il m'adressait la parole, je le regarderais et hocherais la tête, mais je ne l'écouterais pas et je ne le verrais même pas. Avec le temps, il deviendrait aussi invisible qu'un fantôme. Et même s'il me touchait, je ne sentirais rien.

Julius nous attendait à l'aéroport, visiblement heureux de me voir.

— Comment se porte Jefferson ? s'enquit-il aussitôt.

— Il va guérir, lui dit oncle Philippe. J'ai demandé son transfert dans une clinique privée, il n'y a donc plus de problème.

— Pas de bagages ? s'étonna Julius.

— Non, dis-je rapidement.

Je n'avais aucune envie de m'étendre sur les événements qui s'étaient succédé depuis ma fuite en pleine nuit.

— Rentrons à la maison, maintenant, fit oncle Philippe en me prenant par le bras pour me conduire hors de l'aérogare. Tu vas être surprise de voir les progrès dans la restauration de l'hôtel, ajouta-t-il en s'installant à l'arrière de la limousine avec moi. Même si, finalement, tu n'es partie que quelques jours, tu vas voir, cela fait un sacré changement, n'est-ce pas, Julius ?

— Oui, monsieur.

Partie ? pensai-je. Il agissait comme si je venais simplement de prendre quelques jours de vacances, comme si j'étais allée rendre visite à des amis. Comment pouvait-il jouer une telle mascarade ? Et moi, comment pouvais-je y prendre part ? Oncle Philippe nourrissait visiblement l'espoir que ce petit épisode (ainsi qu'il devait le qualifier) allait simplement s'évanouir dans l'air comme une bulle de savon qui éclate. Quoi qu'il en soit, cet espoir fut broyé dès que nous franchîmes le seuil de la maison. Tatie Bett y veilla. Elle devait nous guetter par une des fenêtres car elle se rua immédiatement sur nous, le visage tordu de rage et de fureur, les yeux hagards.

— Alors, tu es contente de toi ? explosa-t-elle avant que j'eusse posé le pied dans le hall d'entrée.

Elle me barrait la route, ses mains osseuses sur les hanches. Ses coudes pointus saillaient de façon extravagante, comme s'ils allaient lui percer la peau. C'en était presque comique, mais je n'avais guère envie de rire. Les muscles de son cou étaient tendus comme des cordes, et ses lèvres pincées s'entrouvraient en un rictus menaçant.

— Ça te fait plaisir d'avoir provoqué une telle pagaille ? Ça te fait plaisir de nous avoir rendus complètement fous d'angoisse ? hurla-t-elle d'une voix hystérique.

— Betty Ann, intervint oncle Philippe, ne soyons...

Elle lui décocha un regard meurtrier qui lui cloua le bec.

— Ne commence pas à me dire de me calmer, Philippe Cutler, enragea-t-elle en lui agitant son petit poing sous le nez. Et je te préviens, n'essaie pas de prendre sa défense. C'est moi qui suis restée là à me morfondre, ne sachant même pas ce qui s'était passé. C'est moi qu'on a abandonnée. J'ai dû m'adresser à des domestiques, à des serviteurs, pour obtenir des nouvelles... comme si j'étais quelqu'un de seconde zone.

— Allons, Betty Ann, personne n'a voulu t'abandonner. Je devais simplement agir très vite car Jefferson était très malade et...

— Regarde ce que tu as fait ! me hurla-t-elle au visage. Ton petit frère a failli mourir !

Mes lèvres se mirent à trembler. Je serrai les poings et fixai le sol tandis qu'elle continuait à jeter son fiel.

— Dieu sait que nous n'avons pas été épargnés ces derniers temps, mais chacun essayait de faire face à ces tragédies avec dignité. Chacun cherchait à réparer le mal qui avait été fait, à rétablir un peu de normalité dans nos vies brisées et toi... espèce de petite garce gâtée et pourrie...

— Je ne suis ni gâtée ni pourrie ! m'écriai-je à mon tour, tout le corps noué. Qui a vu sa vie brisée ? Certainement pas toi !

Elle soupira en secouant la tête, puis se mit à sourire. C'était un petit sourire malsain qui lui étirait le visage d'une façon écœurante.

— Je savais bien, reprit-elle, que tu n'éprouverais aucun remords. Je savais que la douleur que tu nous as infligée ne changerait rien pour toi. Tu ne penses qu'à toi-même. Eh bien, fais attention. Tu es sous notre responsabilité légale. Tu nous dois obéissance et ce que tu as fait mérite une sévère punition.

Elle se redressa comme pour me dominer de toute sa taille.

— Tu ne sortiras pas de ta chambre jusqu'à nouvel ordre. Tu as le droit de descendre uniquement pour les repas et tu remonteras aussitôt après. Tu ne recevras aucun coup de téléphone et tu n'en donneras aucun, et tu n'auras aucune visite. Tu m'entends ? Aucune ! Et laisse-moi te prévenir, ma petite, ne songe même pas à violer une nouvelle fois mes règles. Monte dans ta chambre, maintenant ! Monte ! C'est un ordre ! cria-t-elle en montrant l'escalier.

Je jetai un coup d'œil à oncle Philippe qui semblait complètement abasourdi par un tel éclat. Puis je m'empressai de m'éloigner d'eux et grimpai les marches quatre à quatre. Dans le couloir, la porte de l'ancienne chambre de Jefferson était entrouverte et Richard, ce misérable petit monstre, me surveillait, l'air goguenard.

— Tu veux ma photo ? grondai-je.

Il garda son sourire mais referma la porte.

Je me ruai dans ma chambre et restai un moment figée

sur place. fulminant de colère. Comment osait-elle me parler ainsi ? J'aurais dû lui dire la vérité. Lui expliquer les vraies raisons de ma fuite. Cela lui aurait coupé les pattes pendant au moins quelques jours et peut-être même le sifflet. Tout à coup, l'idée que je pouvais à tout instant lui clouer le bec en lui révélant la vérité me fit du bien. Mais, une fois ma fureur dissipée, je me rendis compte que révéler une telle monstruosité n'était pas chose aisée. En fait, j'en souffrirais sûrement autant qu'elle. C'était une arme à double tranchant.

Non, il valait beaucoup mieux l'ignorer, elle aussi. Faire comme si elle n'existait pas. Je les tolérerais jusqu'à ce que Jefferson soit rétabli, et alors je trouverais un moyen de partir d'ici. C'était la seule solution.

Il y avait certains aspects positifs à me retrouver chez moi, à être à nouveau dans ma chambre et à revoir tout ce que m'avaient offert papa et maman. C'était merveilleux de sentir l'odeur de mon linge, d'utiliser ma brosse à cheveux, de m'asseoir devant ma coiffeuse. Ma chambre était remplie d'excellents souvenirs, de souvenirs qui me ramenaient à l'époque bénie où mes parents étaient encore avec nous.

J'étais épuisée. À présent que mon errance avait pris fin, que je me retrouvais dans ma chambre, je ressentais le poids des dernières vingt-quatre heures. Toutes les émotions, les tensions et l'horreur subies m'accablaient, me submergeaient et m'enlevaient les lambeaux d'énergie qui subsistaient encore en moi.

Je me déshabillai pour me mettre au lit, mais quand j'ouvris ma penderie, une autre surprise de bienvenue m'attendait. La belle robe de mon seizième anniversaire avait été saccagée. Elle gisait sur le sol comme une mouette blessée, les épaulettes du corsage étalées comme deux ailes. On l'avait déchirée à partir de la pointe du décolleté jusqu'en bas avant de réduire la jupe en charpie. On aurait dit qu'elle avait été lacérée par un fou furieux.

— Oh non ! m'écriai-je en m'agenouillant pour la serrer contre moi. Oh non ! Non !
La porte de la chambre s'ouvrit brutalement.
— Qu'est-ce qu'il y a ? Pourquoi brailles-tu ainsi ? Tu ne te rends pas compte de l'heure qu'il est ? s'exclama tatie Bett.
— Regarde, dis-je en lui montrant ma robe. Regarde ce que tes adorables jumeaux ont fait.
Elle jeta un coup d'œil à la robe et ricana.
— Je suis sûre que ni l'un ni l'autre n'a fait une chose pareille. Ce n'est pas leur genre. De toute façon, c'est ta faute, ajouta-t-elle d'une voix mauvaise. Si tu ne t'étais pas enfuie, tu aurais été là pour t'occuper de tes affaires ! Alors, maintenant, arrête de crier et va dormir.
Là-dessus, elle claqua la porte derrière elle. Puis j'entendis un bruit de clé dans la serrure. Je n'en crus pas mes oreilles : elle m'enfermait dans ma propre chambre.
Je m'effondrai sur place, m'accrochant à la robe. Je vis alors le sourire radieux de maman quand elle m'avait vue la porter. J'eus l'impression que les larmes qui ruisselaient sur mon visage étaient les siennes. Elle pleurait pour moi et à travers moi. Je sanglotais en silence, le corps secoué de hoquets douloureux. Et je restai là, enfouie dans la douce crinoline jusqu'à ce que j'eusse épuisé toutes mes larmes. Puis, je me levai lentement pour étaler la robe déchiquetée sur le lit et je m'endormis à côté d'elle, espérant encore qu'en me réveillant au matin je découvrirais que tout cela n'avait été qu'un long et terrible cauchemar.
Je me lèverais et ce serait le jour de mes seize ans. Papa et maman seraient vivants, Jefferson serait en parfaite santé, Gavin allait arriver ainsi que tous mes amis et mes invités préférés comme tante Trisha. Le ciel serait bleu et l'océan clair comme le cristal.
Une telle époque avait-elle jamais existé ?
Je me levai pour une seule et simple raison : prendre des nouvelles de Jefferson. Malgré l'heure tardive à laquelle je

m'étais couchée, tatie Bett avait décidé de m'empêcher de dormir bien longtemps. Elle frappa à ma porte et l'ouvrit brusquement.

— Encore au lit ? fit-elle.

Je me frottai les yeux avant de me redresser.

— Nous avons une nouvelle gouvernante qui a des ordres très stricts. Il n'y a qu'un service pour le petit déjeuner. Si tu le rates, tu ne mangeras plus rien avant le déjeuner, et si tu le manques aussi, tu devras te contenter du dîner. Nous sommes déjà tous habillés et prêts à descendre, alors je te conseille de sortir de ce lit et de te préparer en vitesse si tu veux avaler quelque chose.

— Tout ce que je veux, ce sont des nouvelles de mon frère, répliquai-je.

— Comme il te plaira, dit-elle avant de refermer la porte.

Je me laissai retomber contre mon oreiller. La vue de ma robe me serra à nouveau le cœur. Finalement, je me levai et passai dans la salle de bains. Puis j'ouvris un tiroir pour prendre des sous-vêtements propres. Le spectacle qui s'offrit alors à moi m'horrifia : on l'avait rempli de boue et de vers de terre.

Richard, pensai-je. C'était bien son style. Mais il serait inutile de montrer cela à tatie Bett. Cela ne ferait qu'empirer les choses : elle prendrait sa défense. Je sortis le tiroir et allai le vider dans la cuvette des toilettes. Je le nettoyai du mieux que je pus avant de le remettre en place et de choisir des sous-vêtements qui n'avaient pas été trop souillés. Puis je jetai un regard autour de moi. Sa sœur et lui ne s'étaient sûrement pas contentés de cela.

Effectivement, je trouvai d'autres preuves de leur vandalisme. Mes parfums et mes eaux de Cologne avaient été mélangés et définitivement gâchés. Ils avaient vidé mes pots de crème de beauté dans mes chaussures, lardé mes chemisiers de traits de rouge à lèvres et rempli d'eau une de mes boîtes à bijoux. Je réparai tant bien que mal les dégâts et. bien sûr, quand j'eus terminé, tatie Bett vint m'annoncer que l'heure du petit déjeuner était passée.

— Essaie de ne pas manquer le déjeuner, ajouta-t-elle, à travers la porte.

Il y eut un bruit de serrure. Je manœuvrai la poignée, la porte était verrouillée.

— Laisse-moi sortir, demandai-je en cognant sur le battant. Tatie Bett, ouvre cette porte. Je dois aller voir Jefferson. Tatie Bett !

Il n'y eut pas de réponse. Furieuse, je balançai un coup de pied à la porte mais ne réussis qu'à me faire mal. Je m'immobilisai, la respiration sifflante, pour entendre alors la voix de Richard.

— Tu devrais passer par la fenêtre, fit-il en ricanant.

— Petite crapule ! Attends que je sorte d'ici...

Je tirai sur la poignée à m'en arracher les bras.

— Tatie Bett ! S'il te plaît ! Ouvre la porte ! Oncle Philippe ! Laisse-moi sortir !

Je criai et m'acharnai sur la porte pendant des heures, mais personne ne vint. À l'heure fixée par ses soins pour le déjeuner, tatie Bett monta dans ma chambre. Elle ouvrit et me contempla. Épuisée, à bout de forces, j'étais affalée sur le sol.

— Comment oses-tu m'enfermer ainsi ? dis-je en me levant lentement.

— Désormais tu comprendras peut-être qu'il faut respecter les horaires. Nos vies sont très bien organisées maintenant et nous ne voulons pas d'une trouble-fête.

— Ne m'enferme plus jamais, dis-je.

Son sourire froid ne trembla pas.

— Et alors, que feras-tu ? s'enquit-elle. Tu t'enfuiras de nouveau ?

Ce fut comme si une lame de couteau me sciait la colonne vertébrale. Je compris soudain que notre fuite l'avait rendue heureuse. Elle était enfin débarrassée de nous. Elle n'avait eu aucune envie de nous voir revenir.

Elle espérait que nous étions allés vivre ailleurs pour de bon. Soudain, je n'eus plus qu'une idée en tête : me venger... quoi qu'il m'en coûtât.

— Pourquoi crois-tu que je me sois enfuie ? Pour quelle raison, à ton avis ?

— Je n'en ai pas la moindre idée, répliqua-t-elle, mais une lueur d'angoisse passa dans ses yeux.

Je croisai les bras et m'approchai d'elle, les yeux plantés dans les siens.

— Tu n'as pas osé demander à oncle Philippe, n'est-ce pas ? Pourtant, tu as bien dû te réveiller, cette nuit-là. Tu as bien dû te rendre compte qu'il quittait votre lit, aboyai-je avec une méchanceté qui me surprit moi-même.

Elle eut un geste de recul.

— Quoi ? Que dis-tu, petite menteuse ?

— Il est venu dans ma chambre. Il est venu dans mon lit, repris-je.

Elle ouvrit la bouche, ses yeux s'écarquillèrent, mais elle fut incapable de répondre.

— Il m'a violée. C'était horrible. Il n'arrêtait pas de me dire qu'il ne supportait plus d'être près de toi, de te toucher.

Elle secoua la tête avec véhémence.

— J'ai essayé de le repousser mais il était trop fort, trop déterminé. Et finalement... il m'a violée.

Elle se plaqua les mains sur les oreilles et poussa un cri hideux, un cri de folle. Puis elle voulut me gifler mais je lui attrapai le bras à mi-chemin.

— Ne me touche pas ! lui dis-je. Et ne m'enferme plus jamais dans ma chambre ! N'y pense même pas !

Elle se libéra et s'enfuit à toutes jambes. Elle se réfugia dans sa propre chambre dont elle claqua la porte derrière elle.

— Bon débarras, criai-je avant de reprendre mon souffle.

Ma poitrine était en feu. Je me rendis compte que j'étais complètement tétanisée. J'avais mal aux côtes. Même si j'avais atteint mon but, je n'en éprouvais pas la moindre fierté. Et maintenant que j'étais calmée, je pouvais facilement imaginer à quel point j'avais pu paraître haineuse et laide. C'était un aspect de moi-même que je ne voulais pas accepter car je savais les cicatrices qu'un tel comportement me laisserait plus tard. Les autres ne les discerneraient peut-être pas, mais moi si. La chose la plus vile et la plus répugnante que des gens comme tatie Bett pouvaient vous faire, c'était de vous forcer à leur ressembler. Et, cette fois-ci, elle y avait parfaitement réussi.

Je descendis pour le déjeuner. Mélanie et Richard étaient déjà à table, lui avec sa serviette autour du cou et elle sur les cuisses. Ils se tenaient parfaitement droits, utilisaient leurs cuillères de façon tout à fait correcte. On aurait dit des mannequins, et non des êtres vivants.

— J'ai vu ce que vous avez fait dans ma chambre, leur annonçai-je. Vous ne vous en tirerez pas aussi facilement, croyez-moi.

Mon ton inhabituellement dur leur fit lever les yeux de leur assiette. Richard reprit le premier ses esprits et riposta :

— Jefferson va mourir. Mère nous l'a dit ce matin.

— C'est un mensonge. Il va beaucoup mieux. On va le transférer dans une clinique près d'ici dès qu'il pourra supporter le voyage, répliquai-je.

Il eut un sourire en coin.

— C'est ce que mon père t'a raconté pour te faire rentrer. Ça a marché.

Je regardai Mélanie qui me dévisageait avec la froideur d'une scientifique analysant ma réaction après une telle nouvelle.

— Vous êtes... monstrueux. Monstrueux ! m'écriai-je.

Alors, d'un geste brusque, je leur renversai leur assiette de soupe sur la poitrine. Ils poussèrent des hurlements de putois en se mettant à sauter tandis que le liquide s'infiltrait sous leurs vêtements et venait leur brûler la peau. Sans attendre l'arrivée de tatie Bett, je tournai les talons et m'enfuis.

Je me précipitai hors de la maison, dévalai les marches du porche et courus vers l'hôtel. Tous les gravats avaient été déblayés et les nouveaux murs se dressaient vers le ciel. Comme j'approchais, un groupe d'ouvriers se tourna vers moi et, un instant plus tard, oncle Philippe sortit pour m'accueillir.

— C'est une famille de monstres, commençai-je. Je les hais !

Il leva les mains.

— Allons, allons, tout le monde a besoin de temps pour s'habituer. Avec du temps...

— Je ne m'habituerai jamais à eux, ni à toi !

Haletante, je restai là à le fixer droit dans les yeux. Il semblait perdu, blessé.

— Les jumeaux m'ont dit, repris-je, que tu m'avais menti à propos de Jefferson. Ils disent qu'il ne sera pas transporté à la clinique.

Cette fois, il sourit.

— C'est ridicule. Ils plaisantaient, voilà tout. En fait, j'ai reçu un coup de téléphone ce matin et je voulais venir te voir. Jefferson est sorti du coma et il arrivera à la clinique dans la soirée. Toi et moi, nous serons là pour l'accueillir.

— C'est vrai ? Ce n'est pas un nouveau mensonge ?

— Pourquoi mentirais-je sur un sujet pareil ? (Il me posa la main sur l'épaule, mais je m'écartai comme si elle me brûlait.) Christie, s'il te plaît...

— Ne me touche pas. Je ne veux plus que tu me touches. Plus jamais !

— Christie, nous nous aimons. Nous...

— Sais-tu qu'elle m'a enfermée dans ma chambre ?

— Elle est encore un peu bouleversée.

— Et tu la laisses faire. Tu la laisses faire tout ce qu'elle veut.

— Betty Ann dirige la maison, et moi...

— Elle dirige tout et tout le monde. Mais pas moi. Je lui ai dit ce que tu m'avais fait. Je le lui ai dit ! hurlai-je avant de faire volte-face et de m'enfuir.

Je ne retournai pas à la maison avant la fin de l'après-midi. Entre-temps, je descendis en ville pour m'acheter quelque chose à manger. Puis je vagabondai sur la plage avant de m'asseoir derrière l'hôtel pour regarder travailler les ouvriers. Quand je rentrai finalement, la maison était mortellement calme. Je montai dans ma chambre. La porte de Mélanie était ouverte. J'y jetai un coup d'œil en passant. Ils étaient tous deux assis sur le sol de part et d'autre d'un jeu de dames. Ils me lancèrent un regard haineux. Je m'immobilisai. Cela parut les terrifier et ils reprirent aussitôt leur partie.

La porte de tatie Bett et d'oncle Philippe était close. Je me demandai si elle s'y était enfermée toute la journée. Quoi qu'il en soit, à six heures et quart précises, elle frappa doucement à ma porte. On aurait dit qu'elle avait pleuré pendant des heures. Elle avait le visage flétri, le regard éperdu de ceux qui ne savent plus exactement ce qu'ils font.

— Le dîner est servi, annonça-t-elle, et elle s'en fut sans attendre ma réponse.

Je n'avais pas très faim et aucune envie de me retrouver à table avec eux, mais je descendis quand même. Les jumeaux me jetèrent un bref regard avant de s'absorber très vite dans la contemplation de leur assiette. Le plus animé restait encore oncle Philippe, même s'il ressemblait à une marionnette qui attend désespérément qu'on tire ses fils. La nouvelle gouvernante nous servit sans dire un mot. C'était une femme encore jeune au visage prématurément vieilli. À la façon dont elle s'y prenait, il était clair que tatie Bett la terrorisait, qu'elle était épouvantée à l'idée de commettre la moindre erreur. Je fus la seule qui la remercia. Son regard s'éclaira mais elle osa à peine hocher la tête avant de filer dans la cuisine.

Comme ils restaient tous silencieux et discrets, je pus

me remémorer certaines des scènes joyeuses que j'avais vécues quelques semaines plus tôt. J'entendais les plaisanteries de papa, le rire de maman et les protestations enjouées de Jefferson. J'imaginais Mme Boston nous surveillant avec sa bonhomie habituelle. Perdue dans ma rêverie, je ne me rendis pas immédiatement compte que la nouvelle gouvernante m'avait adressé la parole. Je n'avais même pas entendu le téléphone sonner.

— Elle n'a pas le droit de recevoir de coups de téléphone, entendis-je tatie Bett annoncer. Dites à cette personne...

— L'opératrice dit qu'il s'agit d'un appel longue distance, expliqua la jeune femme.

— Longue distance ?
Je jaillis de mon siège.

— Personne ne parle au téléphone quand nous sommes à table, déclara tatie Bett. Ce n'est pas poli. C'est...

Je lui lançai un regard noir. Elle se tourna vers oncle Philippe qui piqua du nez. Alors, elle frissonna violemment comme si un vent glacé venait de la frapper, et se remit à manger. J'allai au téléphone. C'était Gavin.

— J'ai essayé de te joindre toute la journée, dit-il, mais on n'arrêtait pas de me dire que tu dormais ou que tu étais sortie.

— C'est horrible ici, plus horrible encore qu'avant, lui dis-je. Dès que Jefferson sera guéri, nous partirons.

— Philippe a...

— Il ne m'a pas approchée. Gavin, je... j'ai dit à tatie Bett ce qui s'était passé. Elle m'y a obligée.

— Vraiment ? Qu'a-t-elle dit ?

— Elle s'est enfuie en hurlant et maintenant ils sont tous comme des zombies. Mais ça m'est égal.

— J'ai parlé avec maman et elle est en train de discuter avec papa. Ils se demandent quoi faire.

— Dis-leur de ne rien faire tant que Jefferson n'est pas rétabli. Je ne veux pas de nouveaux problèmes avant, affirmai-je avec fermeté.

— Je me fais du souci pour toi, Christie. Je suis là a me morfondre et je pense sans cesse à toi.

— Tout ira bien, Gavin. Je ne les laisserai plus me faire du mal. Jefferson arrive ce soir. Nous devons aller le voir à la clinique.

— Appelle-moi dès que tu sais quelque chose, d'accord ? C'est promis ?

— Tu n'as pas besoin de ma promesse. Je t'appellerai. Jefferson et toi, vous êtes les deux seules personnes auxquelles je tiens maintenant.

— Je t'aime, Christie. J'ai aimé tous les beaux moments que nous avons passés aux Meadows, ajouta-t-il avec douceur.

— Moi aussi.

— J'attends ton appel, dit-il. Au revoir.

— Au revoir.

Je raccrochai le combiné et retournai dans la salle à manger. Tous les visages se tournèrent vers moi.

— Je n'ai plus faim, annonçai-je. J'attendrai en haut, oncle Philippe. Appelle-moi quand tu seras prêt.

— Prêt pour quoi ? intervint tatie Bett.

— Nous allons à la clinique, dit-il. Jefferson doit y être transféré.

— Tu ne me l'avais pas dit, fit-elle.

— Vraiment ? Oh, ça dû me sortir de la tête. Nous avons eu une journée fatigante à l'hôtel, expliqua-t-il rapidement sans la regarder.

Tatie Bett fit la moue avant de me considérer avec malveillance.

— Je t'ai dit ce qu'elle a fait aux jumeaux aujourd'hui ? Tu devais lui en parler, Philippe. Eh bien ?

Il me regarda.

— Ce n'est pas le moment.

— Au contraire, je trouve...

— Ce n'est pas le moment ! déclara-t-il avec plus de dureté dans la voix qu'il n'en avait eu depuis bien longtemps.

Tatie Bett rougit violemment et pinça les lèvres. Elle hocha la tête vigoureusement. Avec son cou maigre, l'effet était surprenant : on aurait dit une petite boule qui s'agitait au bout d'une tige.

— Je suis en haut, répétai-je en les abandonnant à leur ambiance lugubre.

Une demi-heure plus tard, oncle Philippe frappa à ma porte. Il s'était changé et portait à présent une tenue des plus étranges : un jean, un sweat-shirt noir, et une veste noir et doré avec son nom brodé sur la poche de poitrine.

— Prête ? demanda-t-il en souriant.

Il vit ma surprise.

— Oh, c'est la veste de mon université, expliqua-t-il en tournant sur lui-même comme un mannequin. Elle me va encore bien, n'est-ce pas ?

Je me levai lentement et j'enfilai une veste légère. Sans pouvoir m'en expliquer la raison, sa tenue m'inquiétait.

Il s'écarta pour me laisser passer.

— Tu es très jolie, me complimenta-t-il. Très jolie.

Je m'étais demandé si tatie Bett allait nous accompagner, si elle allait au moins faire semblant de s'intéresser à Jefferson, mais elle était assise au salon en train de lire et d'écouter les jumeaux massacrer un air au piano. Aucun d'entre eux ne nous gratifia du moindre regard quand nous passâmes devant la porte ouverte. Oncle Philippe avait garé sa propre voiture, dont il ne se servait que très rarement, devant l'entrée.

— Où est Julius ? demandai-je.

— C'est son soir de congé.

— Je suis sûre qu'il aurait voulu venir.

— Oh, Julius a une petite amie, une veuve à qui il rend visite à Hadleyville. Il y a même du mariage dans l'air, expliqua oncle Philippe en souriant.

Il m'ouvrit la porte côté passager et je montai. Puis il s'installa rapidement au volant et démarra.

Le ciel nocturne était si couvert qu'on ne distinguait

même pas la lune. À mesure que nous nous éloignions de Cutler's Cove en direction de Virginia Beach, les ténèbres me semblaient de plus en plus profondes. Oncle Philippe était étrangement silencieux. Je m'étais plus ou moins attendue à l'entendre bavarder, comme lors de notre voyage en avion, mais il se contentait de conduire en fixant la route devant lui. Le surveillant du coin de l'œil, je vis qu'il gardait en permanence un doux sourire sur les lèvres.

— Quelle nuit ! dit-il finalement.

La nuit n'avait rien de remarquable. L'océan à notre droite était une immense tache d'encre. Je n'y aperçus même pas la lumière d'un bateau. On avait l'impression que le ciel et la mer s'étaient mélangés. Autour de nous, tout était noir et vide.

— Tu étais merveilleuse, ajouta-t-il quelques secondes plus tard.

— Pardon ?

— Le visage des gens dans le public... (Il se tourna vers moi.) Avec les projecteurs qui t'aveuglaient, tu ne pouvais pas les voir aussi bien que moi, je sais. Moi aussi, j'ai été sur une scène.

— Sur une scène ? De quoi parles-tu, oncle Philippe ?

Mon cœur commençait à battre très fort.

— Tu avais la plus belle voix que j'aie jamais entendue.

— Quoi ?

— Je suis si fier de toi, si fier de ma petite amie, dit-il avant de ralentir soudain et d'engager la voiture sur une route secondaire qui descendait vers la plage.

Je sursautai.

— Oncle Philippe ! Que fais-tu ?

— Jusqu'au toit du monde, tu t'en souviens ? Je t'avais promis de te le montrer. Eh bien, nous y voilà, ajouta-t-il en stoppant la voiture. (Il se redressa et contempla à travers le pare-brise la nuit complètement noire.) As-tu jamais vu autant de lumières ?

— Quelles lumières ? De quoi parles-tu ? Oncle Philippe, nous sommes en route pour l'hôpital... pour voir Jefferson.

— Je te l'ai dit, fit-il. Je t'ai dit que je t'apprendrais beaucoup de choses ; que je te ferais découvrir le monde.

Il glissa sur son siège pour se rapprocher de moi et passa son bras autour de mes épaules.

— Arrête ! m'écriai-je. Oncle Philippe !

Il m'avait saisie solidement et commençait à m'attirer vers lui, les lèvres entrouvertes.

— Aurore... Oh, Aurore !

Je hurlai et le repoussai en lui enfonçant mes ongles dans la joue. Puis je fis volte-face pour manœuvrer la poignée de la portière. Il agrippa le col de ma veste mais je réussis à ouvrir et à me propulser au-dehors, lui abandonnant ma veste. Il me griffa le cou mais la douleur ne m'arrêta pas. Je ne pensais qu'à une chose : m'enfuir.

— AURORE !

Je l'entendis se lancer à ma poursuite. L'océan rugissait à ma droite et j'avais l'impression qu'à ma gauche le sable s'étendait sur des kilomètres. Je courais de toutes mes forces, trébuchant et m'écroulant parfois, mais me relevant aussitôt pour me remettre à courir. Juste au moment où je pensais lui avoir enfin échappé, je ressentis un choc violent dans le dos et nous nous effondrâmes ensemble.

— Je veux... te montrer... t'apprendre... des choses... haleta-t-il.

Ses mains étaient sur mes seins et ses doigts arrachaient déjà les boutons de mon chemisier. Je me débattis sauvagement mais il était trop lourd et trop fort. Ses ongles me déchirèrent une nouvelle fois le cou et la poitrine. Je hurlais sans relâche, lançant désespérément mes mains autour de moi. Soudain, mes doigts se refermèrent sur du sable.

Dans l'obscurité, ses yeux luisaient comme deux charbons ardents.

— Aurore...

— Je ne suis pas Aurore ! criai-je avant de lui jeter le sable au visage.

Il hurla et porta les mains à sa figure. J'en profitai pour rouler sur moi-même et me libérer. Je me relevai tant bien que mal pour m'enfuir, cette fois-ci vers ma gauche. Je courus comme jamais je ne l'avais fait de ma vie, jusqu'à ce que j'entende le bruit d'une voiture. Je compris alors que j'avais rejoint la route. Je m'élançai en plein milieu de la chaussée, agitant frénétiquement les bras dans la lumière des phares du véhicule qui arrivait. Il y eut un hurlement de frein, la voiture chassa sur la gauche, mais le conducteur m'évita et refusa de s'arrêter. Je vis ses feux arrière s'enfoncer dans la nuit.

Je repris ma course effrénée. J'étais à bout de souffle, à bout de forces, mais je continuai de courir. Je m'écartai un peu de la route, craignant que l'une des voitures qui me dépassaient sporadiquement ne fût celle d'oncle Philippe. Finalement, j'atteignis les premières maisons de Cutler's Cove, mais je n'allai pas au village. J'empruntai la route qui menait à la maison de Bronson Alcott. Il me fallut encore plus d'une heure pour gravir la colline. Les vêtements en lambeaux, haletante et échevelée, je cognai à la porte. Il ouvrit lui-même.

— Christie ! s'exclama-t-il, abasourdi.

Je m'effondrai dans ses bras.

Dans un état de confusion extrême, j'étais allongée sur le divan du salon. Bronson avait demandé à Mme Berme de préparer une compresse froide tandis que lui-même allait me chercher un verre d'eau. Il revint très vite et m'aida à me redresser pour boire.

— À présent, dit-il quand je me carrai à nouveau contre un coussin, raconte-moi tout. Je ne savais même pas que tu étais revenue. Je suis surpris et choqué que personne n'ait songé à me le dire. Ton oncle et ta tante savaient à quel point j'étais inquiet.

— Cela ne me surprend pas, répondis-je.

Mais j'hésitais encore. Même après cette effroyable

scène avec oncle Philippe. il m'était difficile de lui demander de l'aide, même si je savais que je n'avais aucune raison d'éprouver de la honte ou de la culpabilité. Mais finalement, l'épuisement eut raison de ma résistance. Je me mis à parler.

Bronson m'écouta attentivement, haussant les sourcils quand j'abordai les raisons de ma première fugue. Il lança un regard à Mme Berme qui s'esquiva, croyant sans doute qu'il préférait que nous soyons seuls pour évoquer des problèmes aussi personnels.

Après cela, il n'y eut plus d'interruption. Quand j'eus terminé mon récit, Bronson, stupéfait, ne réagit pas immédiatement, puis il me considéra avec bienveillance.

— Betty Ann m'a dit que tu t'étais enfuie parce que tu ne supportais pas de lui obéir. Après la discussion que nous avions eue, j'ai cru qu'elle avait raison, fit-il sur un ton d'excuse. J'aurais dû accorder un peu plus d'attention à ce que tu me disais. Je suis navré. Je n'aurais pas permis qu'ils vous traitent ainsi, Jefferson et toi. Quant à Philippe... Où ce dernier épisode s'est-il déroulé ?

— Il m'emmenait voir Jefferson à la clinique, dis-je avant de lui décrire la route de la plage où oncle Philippe m'avait traînée.

Bronson hocha la tête, les traits soudain durcis. Grave et déterminé, il se leva pour gagner le téléphone dans la pièce voisine. Il appela la police.

— C'est une sale histoire, fit-il en revenant. Tu as traversé une terrible épreuve mais, à présent, c'est terminé. Je t'en donne ma parole, ajouta-t-il d'un ton ferme. Jefferson et toi, vous viendrez vivre avec moi. Si tu es d'accord, bien sûr.

— Oh oui, approuvai-je aussitôt. Je l'ai toujours voulu.

Il hocha la tête et sourit.

— Ça va être agréable d'avoir à nouveau un petit garçon dans cette maison. On commençait à s'endormir un peu. Les rires d'un enfant nous réveilleront sûrement. Et, ma foi, nous avons bien besoin de la délicatesse d'une jeune femme, ajouta-t-il en lançant un regard vers le portrait de sa sœur depuis si longtemps disparue. Je suis impatient de vous avoir ici...

— Jefferson ! m'exclamai-je subitement. Je ne suis pas certaine qu'oncle Philippe m'ait dit la vérité. Il n'a peut-être pas été transféré depuis Lynchburg. Il y est peut-être encore !

— Je vais m'en occuper sur-le-champ, dit Bronson. Pendant ce temps-là, passe à la salle de bains pour nettoyer ces vilaines égratignures. Mme Berme t'apportera du désinfectant. Je suis navré, répéta-t-il. Je suis navré de ne pas m'être rendu compte de la situation dans laquelle vous étiez, Jefferson et toi.

— Ne vous reprochez rien. Vous deviez déjà veiller sur ma grand-mère, Bronson.

— Oui, dit-il, pensif. Oui, je devais veiller sur elle. Si étrange que cela paraisse, elle me manque, malgré son état de fragilité mentale. Il lui arrivait parfois de redevenir celle qu'elle avait été et nous passions alors des moments formidables. (L'évocation de ces souvenirs le fit sourire.) Mais, à présent, c'est ton frère et toi qui mettrez un peu d'animation dans cette grande maison. Bien, va soigner tes blessures et laisse-moi m'occuper de l'hôpital.

Dans la salle de bains, j'enlevai délicatement mon chemisier qui collait par endroits à ma peau écorchée. En me regardant dans le miroir, je vis la terreur encore imprimée sur mes traits. J'avais le regard égaré, les cheveux en bataille. Des sillons sanglants me couvraient le cou et le haut de la poitrine. Je fermai les yeux pour éviter de me remettre à pleurer. Mme Berme ne tarda pas à m'apporter de quoi me soigner.

— Oh, pauvre chérie, fit-elle en contemplant mon dos.

Je ne m'étais pas rendu compte de la gravité des blessures qu'il m'avait infligées quand il m'avait rattrapée et jetée au sol. Mme Berme me soigna et me pansa sans poser la moindre question embarrassante. Un peu plus tard,

Bronson vint nous annoncer que Jefferson se trouvait bien dans une clinique à Virginia Beach.

— Et il se rétablit parfaitement, ajouta-t-il.

— Pouvons-nous aller le voir ? demandai-je.

— Bien sûr, ma chérie. Si tu es certaine d'en avoir la force.

— Oh, oui. Je n'ai rien de grave et il me manque tellement !

Bronson éclata de rire.

C'est alors que la sonnette de la porte d'entrée retentit. Mme Berme alla ouvrir à un grand policier aux cheveux bruns. Je suivis Bronson qui l'accueillit dans le hall d'entrée.

— Bonsoir, monsieur Alcott, dit-il avant de m'examiner. C'est vous, Aurore ?

— Aurore ? Non, non, c'est sa fille, Christie. Pourquoi l'appelez-vous ainsi ? s'enquit Bronson.

Je vins tout près de lui et il me prit la main. C'était un peu affolant d'entendre un policier utiliser ainsi le nom de ma mère.

— Eh bien, nous nous sommes rendus sur la plage, à l'endroit que vous nous aviez décrit. Nous y avons d'abord découvert la voiture. Un peu plus tard, Charley Robinson, mon collègue, a entendu quelqu'un crier. Alors, nous sommes allés voir et nous avons trouvé un homme qui appelait une certaine Aurore.

— Oh non ! murmurai-je.

— C'était M. Cutler ? demanda Bronson.

— Lui-même, monsieur... il errait sur la plage en hurlant. Nous avons pratiquement dû le porter jusqu'à notre véhicule.

— Où est-il, à présent ?

— À l'arrière de notre voiture. Il n'a pas l'air très bien, monsieur Alcott. Je suis monté jusqu'ici parce que je me demandais...

— Oui, intervint vivement Bronson. Merci, Henry. Je

crois que M. Cutler a plus besoin de voir un médecin... un psychiatre... qu'un juge, pour l'instant.

— Je vois.

— Vous vous en chargez ?

— Oui, monsieur. Nous nous en occuperons. Vous allez bien ? demanda-t-il en nous contemplant tous les deux.

Bronson me prit par les épaules.

— Oui, Henry. Merci.

Le policier hocha le menton et s'en fut. Nous le suivîmes sur le porche. La voiture de patrouille était garée en bas des marches. Dans la lumière de la façade, nous distinguions clairement oncle Philippe assis à l'arrière. Il ne bougeait pas. Mais quand la voiture entama son demi-tour pour s'éloigner, il se retourna et pressa son visage contre la vitre. J'aurais juré qu'il hurlait le nom de ma mère, et même si je ne l'entendis pas vraiment, l'écho de ce cri monta jusqu'à moi et me fit frissonner.

— C'est fini, Christie, chuchota Bronson en me serrant contre lui. Je te le promets... C'est vraiment fini.

Épilogue

Oui, c'était terminé, et, oui tout commençait.
Au cours d'une de nos fréquentes promenades sur la plage quand j'étais petite, maman et moi avions trouvé un poisson mort au bord de l'eau. Je m'étais mise à pleurer. Maman m'avait alors prise dans ses bras tandis que la marée montait. Les vagues venaient mourir autour du poisson, l'entraînant à nouveau dans la mer.
— Va-t-il recommencer à nager, maman ?
— D'une certain façon. Il va se changer en quelque chose d'autre et renaître.
— Je veux voir, exigeai-je.
J'étais encore une enfant qui croyait pouvoir commander au soleil et aux étoiles en croisant les doigts et en fermant les yeux assez fort.
— C'est impossible, me dit-elle. Certaines choses sont trop magiques pour que nous les voyions. Pourtant, nous devons y croire même si nous ne les voyons pas. Peux-tu croire que ce poisson renaîtra ? ajouta-t-elle en souriant. Peux-tu croire à la magie ?
Je hochai vigoureusement la tête tout en n'étant pas trop certaine de comprendre ce qu'elle me disait. Mais j'observai le poisson flotter sur les vagues et j'eus l'impression que, tout à coup, il se retournait et plongeait. Je voulais croire. J'avais encore cette foi enfantine que les choses belles et bonnes ne s'arrêtaient jamais.
En grandissant, je compris que nous ne pouvions commander au soleil et aux étoiles d'apparaître, mais que

nous pouvions sentir la chaleur du soleil et nous émerveiller devant un ciel nocturne. Je compris aussi que chaque jour, une nouvelle part de nous-mêmes venait à la vie pendant qu'une autre s'éteignait.

Il y avait tant de choses en moi que j'aurais voulu voir disparaître. Ces jours et ces semaines après la mort de mes parents avaient été une véritable torture. Cette agonie et ces tourments semblaient ne jamais devoir finir. Mais la promesse de Bronson se réalisa.

Il prit la situation en main et s'occupa de tout avec une discrétion admirable. Quelque chose s'était brisé dans l'esprit d'oncle Philippe cette nuit-là sur la plage, et il ne s'en remit jamais complètement. Il ne pouvait plus diriger l'hôtel, assumer ses responsabilités professionnelles, et devait perpétuellement rester sous assistance médicale. Tatie Bett fut rapidement dépassée par les événements. Tant et si bien qu'elle fut incapable de supporter le regard de notre communauté et décida d'aller s'installer chez ses parents avec les jumeaux.

Jefferson se remit complètement, et il hurla de joie en apprenant que nous allions vivre à Bel Ombrage avec Bronson. Mme Berme joua vite pour nous le rôle d'une nouvelle grand-mère et Bronson celui d'un grand-père avisé et aimant. Chez lui, je me mis à jouer du piano comme jamais auparavant. Au cours des belles soirées d'été, il ouvrait les baies vitrées du salon pour que ma musique dévale la colline et « que tout le monde à Cutler's Cove puisse en profiter ».

J'avais pris ma décision : la musique serait ma vie. Certes, l'hôtel était important et il rapporterait beaucoup d'argent mais, pour moi, il viendrait toujours en seconde position. Bronson devint notre tuteur et se chargea de nos affaires. Il essayait de m'intéresser à la gestion de l'hôtel et j'essayais de lui faire ce plaisir, pour lui et aussi en souvenir de maman et de papa. Mais, dans le secret de mon cœur, j'espérais que ce serait Jefferson qui reprendrait le flambeau et deviendrait un jour le véritable propriétaire de Cutler's Cove.

Mes rêves me conduisaient ailleurs... au conservatoire, à des voyages en Europe, dans les plus belles salles de concerts. Et, bien sûr, il y avait Gavin.

Nous nous retrouvions aussi souvent que possible et, à chaque rencontre, nous évoquions notre séjour à Grand Prairie. Un été, nous rendîmes visite à Charlotte, à Luther et à Homer. Nous emmenâmes Jefferson avec nous, et quand Homer et lui se retrouvèrent, ce fut comme s'ils ne s'étaient jamais séparés.

— Qu'est-il arrivé à Fern ? me demanda Luther un soir au dîner.

— Elle a disparu avec un homme quand j'ai cessé de lui verser sa pension. Mais ce n'était pas celui avec lequel elle est venue ici, expliquai-je avant d'ajouter : Elle ne me manque pas.

— À nous non plus, fit Charlotte, et nous éclatâmes tous de rire.

Ce fut un séjour merveilleux et je jouai souvent du piano pour eux. En les quittant, nous leur fîmes la promesse de revenir les voir aussi souvent que possible.

Au cours de l'été de mes dix-neuf ans, je fus engagée pour une tournée de trois semaines qui devait me conduire à Paris et à Vienne. Il s'agissait de mes premiers concerts à l'étranger, et j'étais impatiente d'y être. Gavin vint me voir avant mon départ et nous fîmes une promenade sur la plage.

— Tu vas me manquer, Christie, dit-il. Chaque fois que nous nous séparons, quelque chose en moi meurt. Et chaque fois que je te revois, j'ai l'impression de revivre.

— C'est pareil pour moi, Gavin.

— Je suis jaloux de ta musique, confessa-t-il. Elle te possède comme j'aimerais te posséder.

— Ne sois pas jaloux, répondis-je en souriant. La musique me remplit de joie mais c'est une joie que je ne partagerai qu'avec toi.

— Promis ?
— À jamais et pour toujours, dis-je, mais je m'arrêtai. Je ne souriais plus.
— Qu'y a-t-il, Christie ? s'enquit Gavin.
Il suivit mon regard. Un poisson flottait, immobile, sur l'eau. Mon cœur se serra, mais soudain... il remua la queue une fois, deux fois puis il tournoya sur lui-même comme s'il avait simplement fait semblant d'être mort. Il plongea dans la vague suivante et disparut.

Et, aussi distinctement que le jour où elle m'avait prise dans ses bras, j'entendis maman demander :
— Peux-tu croire que ce poisson renaîtra, Christie ? Peux-tu croire à la magie ?

Je pouvais y croire ; je pouvais y croire maintenant et pour toujours. Merci, maman, pensai-je. Merci de ta confiance et de ce merveilleux cadeau.
— Tu vas bien ? s'inquiéta Gavin.
— Oh oui, Gavin ! oh oui...

Là-bas, au loin, une mouette se dirigeait vers le soleil couchant. Je me serrai contre Gavin et ensemble nous repartîmes, nous éloignant des ombres du passé, partant à la rencontre de la lumière et de la beauté qui nous attendaient.

Cet ouvrage a été réalisé par la
SOCIÉTÉ NOUVELLE FIRMIN-DIDOT
Mesnil-sur-l'Estrée
pour le compte de France Loisirs
123, boulevard de Grenelle, Paris
en mars 1995

Imprimé en France
Dépôt légal : février 1995
N° d'édition : 25131 - N° d'impression : 29975